POPOV

DU MÊME AUTEUR

Money (Denoël)
Cash (Denoël), *Prix du Livre de l'été 1981.*
Fortune (Denoël)
Le Roi Vert (Edition° 1/Stock)

Paul-Loup Sulitzer

POPOV

Edition°1 OLIVIER ORBAN

Les yeux du chaos brillent derrière le voile de l'ordre.

Novalis.

A mon père,
à ma mère
à ma sœur Dominique
à ma fille Olivia

A Milly

A mes amis J.-R. Hirsch,
Gérard et Marion Katz
et J.-P. Rein

A mon oncle Paul,
mort en déportation

A tous ceux plus nombreux qui placent la Liberté *au-dessus de toutes les doctrines, de toutes les idéologies, de toutes les religions.*

Tel qu'il fut joué le 1er janvier 1979, avec sa dramatique conséquence, le Grand Jeu de la Guerre consistait en une reconstitution d'une bataille du passé. Les règles en étaient précises : le nom de la bataille à livrer était communiqué soixante minutes seulement avant le début du jeu ; un tirage au sort déterminait quel rôle de chef de guerre réel chaque joueur devait tenir — par exemple Nelson et Villeneuve à Trafalgar, ou bien Rommel et Montgomery à El Alamein ; les joueurs disposaient des seules connaissances enfermées dans leur mémoire ; ils n'avaient droit à aucune espèce de documentation, à aucun assistant ; on les jugeait d'une part sur l'exactitude de leurs souvenirs, et d'autre part sur les manœuvres faites ; celles-ci ne pouvant être exécutées que pour autant que, dans la réalité historique, leurs prédécesseurs eussent effectivement pu les ordonner ; un jury d'historiens décidait du vainqueur.

Les cinq finales précédentes s'étaient déroulées à Londres, dans les salons d'un club privé, sur table. Or, en 78, l'un des énormes casinos-hôtels du Nevada souhaita, pour les fêtes de fin d'année, une animation hors du commun (le même établissement organisa, ensuite, sur son propre parking, pour distraire sa clientèle, un Grand Prix automobile de Formule 1). L'accord se fit. On convint que la finale aurait lieu à Las Vegas ; on obtint de l'une des trois grandes chaînes américaines de télévision une retransmission en direct ; on s'enthousiasma pour la troisième et dernière innovation : l'utilisation de pièces vivantes...

« Ce dernier point, surtout, nous fascina. Au lieu de figurines de plomb et de plastique, nous allions avoir à diriger des hommes de chair et de sang... »

La remarque est de celui des deux finalistes qui survécut à la bataille.

Tout au long de l'année 78, trente-deux concurrents s'étaient affrontés. Dans leur quasi-totalité, ils appartenaient au monde des affaires, le plus souvent de la finance. Tous étaient naturellement passionnés d'histoire militaire, à titre de violon d'Ingres.

Le premier des deux hommes qui se qualifièrent pour la finale de Las Vegas était un industriel américain du nom d'Erwin Nash ; lors des quatre tours éliminatoires, il avait remporté les batailles (jouées classiquement sur table) de Sadowa, d'Antietam, de la Marne et de Marignan.

Le deuxième était un banquier français en poste à Genève, qui fut le vainqueur successif de Waterloo, de Stalingrad, de Little Big Horn et des Plaines d'Abraham.

Les règles ordinaires du Jeu furent respectées. Malgré l'ampleur des préparatifs, le secret fut conservé quant au nom de la bataille à livrer, et quant au rôle que les concurrents allaient y jouer.

Et ce fut seulement le 1er janvier 79, à midi, soixante minutes avant le premier coup de feu, qu'on sut qu'Erwin Nash serait Napoléon Ier...

... Qu'Henri de Chastel allait être Koutouzov...

... Et que la bataille — si bizarrement, fantastiquement reconstituée dans les sèches, désertiques, étrangères collines des environs de Las Vegas — que cette bataille serait Austerlitz.

Henri de Chastel et Paul Quant avaient débarqué à Las Vegas au soir du 30 décembre. Ils arrivaient de Genève, via New York. Le lendemain 31, ils déjeunèrent avec Erwin Nash (les deux finalistes ne s'étaient jamais rencontrés auparavant) et avec les cinq juges arbitres ; en compagnie également des représentants de l'hôtel-casino et des marques finançant la reconstitution.

La réunion fut courtoise, et même gaie. Le finaliste survivant note : « Nous nous sommes pas mal amusés à imaginer par exemple que la bataille que nous allions livrer dût être celle des Thermopyles. L'idée de Léonidas et Xerxès survolés par des hélicoptères remplis à ras bord de journalistes, cadreurs et preneurs de son, et répondant aux interviews entre deux messages publicitaires pour une lessive ou une boisson gazeuse !... »

A aucun moment, l'appartenance d'Erwin Nash à la C.I.A. — appartenance passée ou non — ne fut évoquée.

Un seul point souleva une brève controverse (mais très sportivement, Nash donna son accord et les juges le suivirent) : la présence de Paul Quant au côté d'Henri de Chastel, durant la journée du lendemain. On convint pour finir que Quant pourrait accompagner son supérieur hiérarchique dans le civil, sous la condition expresse qu'il s'abstînt de tout commentaire. M. Quant pouvait-il engager sur ce sujet sa parole de gentleman ?

Sourire : il pouvait, indiqua-t-il d'un lent mouvement de tête, sans un mot ; ses yeux étaient totalement invisibles derrière les lunettes à verres teintés. Il se trouvait en bout de table, presque à l'écart. Plusieurs des participants au déjeuner découvrirent à cet instant qu'ils ignoraient jusqu'au son de sa voix. Certains crurent simplement qu'il ne savait pas l'anglais ; d'autres allèrent plus loin, et s'interrogèrent, vaguement intrigués et agacés peut-être, sur le personnage, sur ses fonctions réelles auprès de Chastel, sur les raisons de sa présence à côté du banquier.

Ce sont ces mêmes hommes qui, plus tard, évoquèrent « le sentiment de bizarrerie » qu'ils avaient éprouvé, lors de leur première rencontre avec Paul Quant.

Au physique, la taille haute, très haute. Démarche et gestes empreints d'une gaucherie qui, en effet, pouvait paraître simulée. Il pourrait être beau, n'était ce regard qu'on ne voit jamais, tapi derrière les lunettes trop fumées. Fin 78, début 79, Paul Quant a trente-quatre ans et six mois. Il est né le 22 juillet 1944. Il est diplômé de l'Ecole nationale d'administration française, docteur en droit, licencié d'histoire, diplômé de Harvard. Outre le français, il parle très couramment l'anglais, l'allemand et le russe, sait pas mal d'espagnol. Il appartient par naissance à la Haute banque. Et sur son compte, avant même l'affaire de Las Vegas, les jugements divergent à l'extrême dans ce monde clos.

Déjà.

C'est un farfelu, insoucieux de toute carrière, immature, fils de famille trop gâté...

... Ou bien c'est un arriviste forcené et froid, en représentation permanente, prenant appui sur la fortune et les relations familiales, en réalité redoutable au plus haut point.

Rien de ce qui arriva ne saurait s'expliquer si l'on néglige cette saisissante ambiguïté de Paul Quant.

Rien, à commencer par la scène de la rencontre, sur Sahara Avenue, avec Peabody.

Vers neuf heures et demie du soir, le 31 décembre, Henri de Chastel se retira dans son appartement. Avec ses ouvrages de chevet pour la nuit : les livres I et VIII du *De la Guerre,* de Clausewitz, complétés des annotations de Lénine en 1915, en allemand; et *The Decisive Wars of History* de sir Basil Lidell Hart, en anglais.

C'était un homme de soixante-quatre ans, entré en 1938 au Crédit français Industriel, où il avait fait toute sa carrière. Il sourit à Paul et lui dit, de sa voix douce et agréable, toujours si courtoise, quelque chose comme : « Je vais lire une heure ou deux et dormir. Pour reprendre le mot de Foch, nous autres généraux en chef avons surtout besoin de sommeil. »

Paul Quant regagna l'appartement voisin qu'il occupait et passa un coup de téléphone à la réception demandant que Chastel et lui fussent réveillés le lendemain matin à six heures cinquante. Ensuite, il descendit. Il passa une quarantaine de minutes environ dans la salle de black-jack du casino, à traîner entre les petites tables en fer à cheval, mais sans jouer. (On peut effectivement voir cette déambulation comme celle d'un homme attendant de se rendre à un rendez-vous ; beaucoup ne s'en privèrent pas.)

Il quitta l'hôtel aux environs de dix heures et demie, au volant de la Cadillac de location destinée à les acheminer le lendemain, Chastel et lui, vers les collines où aurait lieu la reconstitution. Il roula d'abord lentement sur le Strip, artère principale de Las Vegas, regorgeant de ses néons multicolores.

On était à un peu plus d'une heure de la fin de l'année, la nuit de Las Vegas dans sa fabuleuse orgie de lumières vibrait d'une excitation supplémentaire, à l'aube d'une année nouvelle. Selon Paul Quant, le hasard seul fit qu'à un moment il interrompit sa promenade sur le Strip et quitta celui-ci pour Sahara Avenue, roulant à l'ouest, dans la direction fléchée de Red Rock Canyon et de la Vallée de la Mort. Peu de temps après, il dut stopper, à cause des feux de circulation, au carrefour avec Valley View Boulevard. Un camion stoppa aussi et pour la même raison sur la voie parallèle, à gauche. Son conducteur se pencha, fit un signe réclamant que Quant baisse la vitre électrique de la Cadillac. Le camionneur avait environ vingt-huit ans, ses cheveux blonds étaient coupés court, ses yeux d'un bleu très pâle ; la main qu'il posa sur la portière du *truck*, quand il se pencha en travers de sa banquette, révéla un tatouage bleu : une étoile à huit branches inscrite dans un cercle. Il dit à Paul Quant qu'il se nommait Peabody et qu'il voulait lui parler. Le feu passa au vert presque aussitôt. Les deux véhicules démarrèrent et allèrent s'immobiliser à nouveau, de l'autre côté du carrefour. Aucun des deux hommes ne mit pied à terre. Peabody déclara à Quant qu'il avait identifié la Cadillac parce qu'il travaillait pour l'agence de location ayant fourni la voiture, mais que ce n'était pas la raison qui l'avait amené à l'interpeller. Il lui dit qu'il avait été engagé comme figurant dans la bataille du lendemain et que, pour cinq cents dollars, il consentirait à révéler le nom de cette bataille, « puisqu'il paraît que c'est ultra-secret ». Paul Quant répondit qu'il se foutait à l'extrême de la bataille en question et que la proposition le laissait d'une indifférence minérale.

Il redémarra le premier et mit ainsi fin à un entretien qui, en tout, n'avait pas dû dépasser une minute. Il regagna son hôtel : le *Caesars Palace,* et fut au lit avant minuit. Le sommeil le prit au moment où, au cœur d'une rumeur sourde, presque indistincte mais puissante, dans toutes les salles de tous les casinos, dans les bars et les restaurants de l'étrange ville plantée tel un mirage au milieu d'un désert, montaient les lentes et graves et nostalgiques mesures du « *Ce n'est qu'un au revoir...* » saluant l'année défunte.

— Fabuleux.

Henri de Chastel se penchait en avant, littéralement fasciné, avec au fond des prunelles quelque chose de l'émerveillement d'un enfant.

— Austerlitz, dit-il. Napoléon choisit l'endroit le 21 novembre, onze jours avant la bataille. C'était en Moravie, l'actuelle Tchécoslovaquie. Au nord étaient les premiers contreforts des monts de Bohème, Brünn était à l'ouest, Vienne au sud, Austerlitz derrière nous. Le ruisseau en contrebas, qu'on voit à peine, à cause de leur brouillard artificiel, qu'on devrait voir moins encore, était le Goldbach. Nous sommes sur le plateau du Pratzen... Et je suis Koutouzov...

On était convenu de trois choses essentielles, quant à la reconstitution de la bataille. En premier lieu, d'en changer l'heure (parce qu'un 1er de l'An à huit heures du matin l'indice d'écoute aurait été ridiculement faible et les annonceurs n'y auraient pas trouvé leur compte). En deuxième lieu, de réduire à deux pour cent des effectifs réels le nombre des figurants engagés — il y avait déjà là plus de trois mille hommes. Et enfin de choisir, entre les sept heures qu'avait duré la bataille, l'une de celles où tout s'était joué...

— Personnellement j'aurais préféré, dit Chastel, qu'on choisisse la contre-attaque de Kamenski et Kollowrath, vers dix heures trente, quand Saint-Hilaire faillit bien être emporté. Ce fut un moment plus décisif, Paul. Les Français venaient de prendre Pratzen et de réduire...

L'un des hélicoptères de la chaîne de télévision apparut dans le ciel parfaitement bleu, caméras pointées...

— ... de réduire à néant tout le plan des Austro-Russes, conçu par Weirother, qui consistait à déborder Napoléon par son flanc droit... Est-ce que ce que je dis vous intéresse, Paul ?

— Passionnément, assura Paul Quant, qui mangeait un hamburger.

— Bougre de foutre de menteur, aurait dit Napoléon. Mais je suis Koutouzov. A ma droite est le prince Bagration avec treize ou quatorze mille hommes. En retrait, devant Austerlitz, se tient le grand-duc... Constantin, je crois, avec la Garde impériale — la russe, Paul, pas celle de ce maudit Buonaparte. A droite du grand-duc, le prince de Liechtenstein avec ses cinq mille uhlans et hussards, ses cuirassiers de Lorraine... Et moi, Paul, moi Koutouzov, je me trouve à côté de mes deux empereurs, celui d'Autriche et celui de Moscou, qu'on appelle l'Archange et que j'ai supplié d'attendre pour livrer bataille mais qui est passé outre... A ma gauche, Paul... Quelle heure est-il, au fait ?

— Treize... je veux dire huit heures, dit Paul. Méridien d'Austerlitz.

On entendit, sur la gauche et en contrebas de l'escarpement figurant le plateau du Pratzen, des coups de feu.

— La bataille a commencé, dit Chastel. Regardez donc...

Et il se mit à citer les unités qui faisaient mouvement, dans leurs uniformes multicolores à dominante blanche : régiments des Szecklers, chasseurs à pied russes, régiments de Vyborg, de Perm et de Koursk, hussards d'Elisabethgrad, dragons de Tchernigov...

— Et les Cosaques, Paul, vous les reconnaissez ?

— Jamais je ne les ai tant vus, dit Paul, la bouche pleine de son hamburger.

Il n'y voyait goutte, en contrebas, où était en théorie l'armée française : une brume laiteuse couvrait tout, à la façon d'un lac, collant au creux du canyon nevadan transformé en vallée morave.

— Et c'est ce brouillard qui a fait Austerlitz, Paul. Le Pratzen était ensoleillé, à l'aube du 2 décembre 1805 : les Français ont pu voir sur les hauteurs le déferlement des vagues d'assaut russo-autrichiennes, marchant au sud, vers Telnitz et Sokolnitz. Mais moi Koutouzov, je ne vois rien : le jour se lève à peine, le brouillard givrant me dissimule les hommes de Soult, les divisions Vandamme, Oudinot et Saint-Hilaire, plus de vingt mille hommes en tout, que ce satané Buonaparte va jeter droit sur mon centre pour ainsi me surprendre...

Une équipe de télévision s'approcha de Koutouzov-Chastel qui répéta en anglais ses explications, face aux caméras, indiquant à mesure, sur un tableau électronique lumineux, l'emplacement des corps d'armée Kienmayer, Langeron, Doctorov, Przbyszewski et Miloradovitch, établis ou faisant mouvement dans cet ordre, du nord au sud (de droite à gauche), parallèlement au dispositif français. Et de temps à autre, il s'interrompait pour lancer des ordres réels...

— Quoique ce soit historiquement faux, Paul : dans la réalité, Koutozov était ivre, saoul comme un moujik et il ne prit que peu de part à la bataille. Outre cela, il était borgne, et maussade, il boudait, obligé de livrer une bataille à laquelle il ne croyait pas...

— Huit heures quarante-cinq, dit Paul.

... Et lui-même se pencha en avant, à son tour : émergeant comme une fantomatique armée d'ombres, l'infanterie française venait d'apparaître à quatre cents mètres de distance et cent pieds plus bas, prenant mécaniquement le pas de charge, chantant et hurlant, escaladant le versant pentu du prétendu Pratzen... Et pour la première fois, d'un coup, la scène prit une hallucinante réalité, dans le grondement des tambours qui battaient à mort. Des cadreurs et preneurs de son se mêlaient à la charge. Le brouillard commença à se dissiper, tandis qu'au sud le roulement des détonations était maintenant continu...

— Au sud, Paul, à Telnitz et Sokolnitz, nous autres, Austro-Russes, sommes à plus de cinq contre un. Nous sommes quarante mille et ils sont à peine huit mille, 3e de ligne et Chasseurs corses, que va venir renforcer le 26e léger. Mais ils vont tenir, nous ne passerons pas et c'est le premier signe de ce que le destin favorise Buonaparte l'Usurpateur...

Un vendeur de hot-dogs passa, coiffé d'une calotte blanche, à l'instant même où les vingt canons se mettaient à tirer tous ensemble, chargés à blanc, mais la sonorisation multipliait leur vacarme au point qu'ils semblaient être au moins quatre cents.

— L'heure, Paul ?

— Huit heures cinquante.

— En tant que Koutouzov, je commence à comprendre. Sur ma gauche, les colonnes d'assaut s'éloignent vers Telnitz. Il est trop tard pour les rappeler, je suis pris de vitesse par la fulgurante avance des Français. Je dispose des huit mille hommes de Kollowrath, des neuf mille de Miloradovitch, je suis encore à deux contre un, Vandamme et Saint-Hilaire disposent au mieux de huit mille soldats, et d'à peine douze canons...

Un homme en combinaison brune portant le badge de la société de boissons gazeuses qui patronnait la reconstitution débarqua d'une jeep et vint sur Chastel. Souriant, il accrocha à la poitrine de ce dernier une pastille électronique.

— Monsieur le Maréchal, à en croire l'Empereur Napoléon qui m'envoie à vous, vous devez être blessé dans exactement onze minutes.

Chastel se mit à rire :

— Cet animal de Nash n'a rien oublié. Mais il a raison : Koutouzov a en effet été touché par un éclat, un biscaïen comme on disait alors. Pas à la poitrine, mais à la joue.

— Je ne peux guère vous fixer une pastille à la joue, répondit l'homme en combinaison ; il me faut bien l'attacher quelque part. Vous ne sentirez rien, bien entendu. En face... (il indiqua les « Français » progressant à quelques centaines de mètres), un tireur vous visera et quand il vous aura touché, la pastille deviendra rouge. Electronique.

Il remonta dans sa jeep et repartit.

— Neuf heures, dit Paul.

Le brouillard artificiel était à présent tout à fait dissipé. Sur la droite, deux armées à cheval se découvrirent face à face : cuirassiers d'Hautpoul et Nansouty opposés aux cuirassiers et uhlans de Jean de Liechtenstein :

— Le dispositif français, Paul, pour le simple plaisir d'étaler mes connaissances... Du nord au sud, les corps d'armée de Lannes et de Suchet, puis Murat et Soult, et Legrand et Davout sur la droite. Soult est en train de m'enfoncer, Davout me résiste et en renfort, ayant parcouru cent cinquante kilomètres à pied en deux jours, lui viennent les divisions Bourcier et Friant. Je n'ai pas d'autre solution que de faire pivoter mes quatre-vingt-dix mille hommes d'un quart de tour à droite, pour m'opposer à l'attaque de flanc. Je dois enjoindre à Miloradovitch de tenir à tout prix, je fais intervenir d'ores et déjà la Garde impériale russe de mon tsar bien aimé... Tout ce que Koutouzov n'a pas fait et qui pourtant aurait...

Il eut un hoquet, s'interrompit et il fallut à Paul Quant vingt, peut-être trente secondes pour comprendre qu'il y avait, dans ce soudain silence, quelque chose d'anormal. Il se retourna. Chastel était toujours debout, à cet instant et tenait dans sa main droite le micro dans lequel il parlait.

Mais le micro d'un coup s'échappa de ses doigts.

— Paul ? dit Chastel. Oh ! Seigneur, Paul, ça ne va pas...

Son regard se fit vitreux, une mousse rosâtre parut à la commissure droite de ses lèvres. La blessure était très nette, un petit trou rond précisément découpé au-dessus de la pastille électronique, à hauteur du cœur. Le sang se mit à en couler, et Chastel tomba, sur les genoux d'abord, puis sur le côté gauche.

— Pour l'amour du ciel, ne parlez pas ! dit Paul Quant.

L'hélicoptère redescendait sur Las Vegas, frôlant la tour Landmark. Le regard de l'un des médecins chercha celui de Paul. Mouvement de tête disant : « Nous ne l'en tirerons pas... »

— Paul...

La voix de Chastel, largement couverte par le grondement sifflé du rotor, n'était plus guère qu'un murmure. Paul Quant se pencha. La main du mourant toucha sa poitrine, le pressant de se pencher encore. Paul Quant plaça son oreille carrément à toucher les lèvres ensanglantées :

— CROSS 237, dit Chastel. Répétez.

— CROSS 237, répéta Paul Quant.

Qui attendit une explication, une suite. En vain.

Henri de Chastel mourut quatre minutes plus tard, à l'instant même où il pénétrait dans la grande salle de réanimation de l'hôpital municipal de Las Vegas.

Les policiers locaux soutinrent dès les premières minutes qu'il ne pouvait s'agir que d'un accident. L'arme utilisée était un authentique *fusil de munition,* modèle Gribeauval 1777, celui qu'utilisaient les fantassins de l'armée napoléonienne et les régiments américains sous George Washington.

Le coup de feu avait été tiré à cent soixante-quatorze mètres, en léger contrebas.

Le tireur était évidemment identifié puisque, comme convenu, il avait opéré sous l'œil d'une caméra le prenant en gros plan.

Il avait visé la pastille électronique, selon les ordres qui lui avaient été donnés.

Il le reconnaît, ne nie en aucune façon, s'étonne et à la limite se vexe de n'avoir pas atteint la pastille électronique. Dans les Marines où il a servi, il était classé tireur d'élite et c'est d'ailleurs pour cette raison qu'il avait été choisi par les organisateurs. Il pense — pour être francs nous le pensons aussi — que seule une erreur sur l'arme qui lui a été confiée peut expliquer l'accident. L'armurier de cinéma qui s'est occupé de préparer les fusils, les canons et toutes les explosions de la bataille ne comprend pas davantage. C'est un professionnel d'excellente réputation, il nous semble difficile de le mettre en cause. C'est également le cas du tireur. Si substitution volontaire et criminelle il y a eu, elle ne peut être le fait de l'un de ces deux hommes. Mais la thèse de l'accident avait les préférences des enquêteurs. Celle aussi des organisateurs, et de la ville de Las Vegas, et de Nash lui-même — ce dernier peu désireux, en raison de son passé, de se trouver mêlé à...

Paul Quant pour sa part répondit à toutes les questions qui lui furent faites. A la dernière notamment, et de la façon la plus formelle :

— Je n'ai jamais vu, ou même simplement rencontré ce Peabody avec une étoile tatouée sur le dos de la main droite. Jamais.

1

Paul et Julie

1

Julie Saban alla accueillir Paul Quant à son arrivée à Paris, aéroport Roissy-Charles de Gaulle, le vendredi 5 janvier 79, en début de matinée.

Elle fut dans ses bras à la seconde où il franchit le dernier contrôle et ils s'étreignirent un court instant, leurs lèvres s'effleurant à peine, pudique expression de l'amour qu'ils avaient l'un pour l'autre, depuis déjà trois ans.

Hors cette brève effusion, ils ne se touchèrent pas, se parlèrent peu, sinon pour échanger des mots sans importance, même durant la longue attente des bagages. Il est aisé de les imaginer : toutes les photos que l'on a d'eux les montrent ainsi : unis mais séparés, côte à côte toujours, formant couple, à n'en pas douter, et d'une assez remarquable beauté physique, l'un et l'autre. Par delà la mort glacée des photographies figées, leur présence éclate ; ils sont et vont ensemble.

Quoique jamais le regard de Paul Quant ne soit visible.

Les bagages finirent par arriver et elle remarqua tout de même :

— Tu as ramené ses valises ?

— Je ne pouvais guère les laisser à Las Vegas.

Dehors, par un temps beau et froid, elle prit le volant de son Alfetta bleue, immatriculée à Genève. Conduisant comme elle faisait toutes choses : avec une assurance paisible, sereine.

Mais ils avaient l'un et l'autre trop d'intuition, se portaient l'un à l'autre trop d'attention pour n'avoir pas deviné, dès le premier regard qu'ils avaient échangé à Roissy, qu'un malaise s'était installé entre eux, que quelque chose n'allait pas, et que c'était grave.

Julie Saban.

Elle est née en 1950, n'a donc pas encore vingt-neuf ans. Elle n'est pas de ces femmes sur lesquelles on se retourne dans la seconde, saisi. Selon le degré d'attention qu'on lui porte — et arrive toujours un moment où cette attention devient considérable — il faut d'une à plusieurs minutes pour découvrir qu'elle est remarquable. Par ses yeux gris, le timbre un peu voilé de sa voix, la beauté de ses mains et de tout son corps, par cette façon qu'elle a de propager le calme autour d'elle, comme par cercles concentriques. Et, pour qui l'étudie mieux par cette intimidante conviction qu'elle est d'une intelligence hors du commun.

En janvier 79, elle travaille depuis cinq ans à la filiale suisse du Crédit français Industriel. En poste à Genève, où d'ailleurs elle est née.

Elle fait partie de ces administrateurs sûrs, désignés par la banque chaque fois que celle-ci est appelée à créer, au bénéfice de l'un de ses clients, une société strictement anonyme de type Curaçao ou Panama.

De l'aéroport, ils se rendirent directement rue Beethoven dans le seizième, où ils louaient, part à deux, un studio. Quoique étroitement liés depuis trois ans, ils ne vivaient pas véritablement ensemble (même et surtout à Genève, où ils occupaient deux appartements distincts). Ils ne faisaient en aucun cas bourse commune, fût-ce au restaurant, voire au cinéma ou au théâtre, exigence qu'elle avait formulée, au premier temps de leur liaison.

Paul déposa dans l'entrée les valises d'Henri de Chastel et se déshabilla pour prendre une douche. Il fit couler l'eau mais ne se plaça pas immédiatement dessous. Au contraire, il se mit à marcher dans la grande pièce unique, vêtu en tout et pour tout d'un extravagant caleçon long, marqué à ses initiales, rayé de bandes verticales à dominante rouge, et qui lui avait été confectionné sur mesure à New York par Brooks Brothers, sur Madison Avenue. Il allait et venait en silence, passant à chaque fois devant Julie, assise sur le bras d'un canapé de cuir, cigarette entre les doigts. Il s'arrêta enfin, remarqua :

— Je croyais que tu devais t'arrêter de fumer ?

— Je l'ai fait. Six fois, rien que la semaine dernière.

Il se mit face à elle, prit entre pouces et index les coutures de son caleçon, écarta les mains, esquissa comme une révérence, tournoya sur lui-même à la façon d'un mannequin de mode. Autant de pitreries destinées à briser ce silence trop lourd et à engager leur conversation sur le ton de la légèreté :

— Tu as remarqué les motifs ?

Les bandes verticales représentaient des alignements de croix blanches sur fond rouge. Elle acquiesça sans même sourire :

— Le drapeau de la Confédération helvétique.

Son ton le révélait : elle se refusait à entrer dans le jeu.

— En ton honneur, Julie. Je n'ai pensé qu'à toi, ces derniers jours.

Silence encore. Elle le fixait, la fumée de sa cigarette montait, rectiligne. Il bougea. Sa main se déplaça, l'index et le majeur allongés touchèrent la lèvre inférieure de Julie.

Elle secoua presque imperceptiblement la tête :

— Non.

La très grande main cessa tout mouvement, pour quelques secondes.

— *Julie...*

— Ne dis rien.

La main se remit en mouvement, la paume caressant cette fois les cheveux et la joue, avec une infinie tendresse. Julie ferma les yeux et comme malgré elle, fit un peu pivoter son visage ; ses lèvres vinrent au contact de la paume et s'y posèrent, soufflant une haleine brûlante.

Il allait l'attirer dans ses bras et elle le pressentit, car elle dit doucement :

— Va prendre ta douche.

Elle n'avait toujours pas rouvert les yeux. Il s'écarta. Marcha encore un peu dans la vaste pièce et s'il y eut un moment, quoiqu'elle lui eût demandé de ne rien dire, où il fut très près de lui raconter tout ce qui, selon lui, était arrivé à Las Vegas, ce fut celui-là. Mais il la dévisagea à nouveau, et se tut. Il passa dans la salle de bains.

Elle écrasa sa cigarette. Il y avait sur le grand lit unique une courtepointe faite de peaux de loup que Paul avait rapportées de Leningrad l'année précédente. D'abord assise, elle finit par s'allonger, et se couvrit en partie de la fourrure. Ses yeux étaient ouverts à présent et s'écarquillaient un peu, très clairs et perdus dans le vide.

Il ne fait aucun doute (et elle en eut très certainement conscience) qu'elle eut plus que sa part de responsabilité dans ce qui arriva entre eux. Elle aurait dû parler, à cet instant de leurs retrouvailles, dès lors qu'ils étaient seuls, en tête à tête. Parler et avant tout exiger de lui sa version personnelle de l'étrange mort de Chastel à Las Vegas...

... Ensuite, tout lui dire de l'enveloppe jaune, que pour sa part elle avait reçue la veille, soit le 4 janvier au soir — alors que Paul ne put décacheter celle qui lui était destinée que le surlendemain, dimanche 7.

... Lui annoncer enfin cette surprenante nouvelle qu'elle connaissait déjà et que Paul n'allait apprendre que deux heures plus tard.

... Et tous ces éléments mis ensemble — la mort d'Henri de Chastel, l'arrivée et le contenu de l'enveloppe jaune, la nouvelle que Paul allait apprendre —, ils en auraient débattu, Paul et elle.

Avec au moins cette conséquence de s'épargner le remords qu'elle eut, après, de n'avoir rien tenté. Car pour le reste, au 5 janvier 79, la mécanique implacable avait commencé de tourner, et rien en vérité n'aurait pu la stopper.

Il ressortit de la salle de bains enveloppé dans un très beau peignoir bleu nuit. Julie se trouvait toujours sur le lit mais elle était maintenant couchée sur le ventre, yeux clos, ayant posé sa joue sur son avant-bras replié, dans une position qui lui déformait légèrement la bouche et faisait saillir sa lèvre inférieure. Semblant endormie. Il demanda :

— Quand rentres-tu à Genève ?

— Aujourd'hui.

— En voiture ?

— A cheval !

Il entreprit de s'habiller, hésita entre une chemise de Charvet et une autre de Bardelli, puis entre un costume de Huntsman et un pied-de-poule de Cifonelli, opta finalement pour une combinaison franco-italienne et, s'agissant des chaussures, pour des John Lobb — sept mois de délai de livraison. Quand il eut terminé, il demeura immobile, devant le miroir mural qui lui renvoyait l'image d'un homme de très haute taille, mince, d'un extrême raffinement mais au visage d'une impassibilité totale et bizarre, en raison de ses lunettes noires.

Il pouvait voir Julie, grâce au miroir. Et il savait aussi un peu ce qui se passait en elle, devinait l'épouvantable soupçon qu'elle avait conçu, dont elle devait éprouver de la honte, contre lequel elle devait lutter, au nom de l'amour qu'elle avait pour lui. Il était bien trop intelligent pour ne pas percevoir ces choses — diablement trop.

Il bougea enfin, vint s'asseoir sur le bord du lit. Consulta sa montre :

— Gros-Minet risque de m'attendre.

— Ne l'appelle donc pas Gros-Minet.

— Tu l'appelles bien le Vénérable.

— C'est quand même moins ridicule.

— Ton respect inné pour la hiérarchie m'émerveillera toujours. Je reconnais là l'influence de tes ancêtres suisses-allemands von Bretzel.

— Von Barzel.

Il se pencha et embrassa avec délicatesse cette lèvre si tentante. Dit :

— Je prendrai un avion dans l'après-midi. On dîne ensemble ?

La réponse tarda énormément à venir et il se figea, sentant qu'ils pénétraient dans cette zone d'ombre nouvelle entre eux ; la félure se dessinait.

— Je ne crois pas que tu seras à Genève ce soir, répondit-elle enfin.

Elle avait doucement pesé chacun de ses mots.

— A cause de ce que Gros-Minet va m'annoncer ?

— Mmmmm.

— Tu sais vraiment ce qu'il va m'annoncer ou est-ce un effet de ton admirable intuition féminine ?

Pas de réponse. Il se mit debout, prêt à s'éloigner quand, alors seulement, elle fit émerger l'un de ses bras de sous la fourrure, mais sans pour autant remuer la tête ni ouvrir les yeux. Leurs mains se joignirent.

— Je t'aime, Julie.

— Je sais, dit-elle. Justement.

Il ne s'appelle évidemment pas Gros-Minet, ni même le Vénérable. Il est président-directeur général du Crédit français Industriel, établissement nationalisé le 2 décembre 1945, figurant parmi les trois plus grandes banques françaises, entre le troisième et le sixième rang dans la hiérarchie mondiale.

En 1979, le Crédit français Industriel emploie aux alentours de cinquante mille personnes ; son capital avoisine les quatre mille cinq cents millions de francs ; le montant des dépôts dans ses coffres frôle les cent cinquante mille millions de francs, avec cinq millions de comptes particuliers ouverts à ses deux mille cinq cents guichets ; le montant des crédits accordés dépasse nettement les cent soixante mille millions, en très grande partie destinés au financement des opérations de commerce extérieur ; son réseau international couvre une soixantaine de pays.

Mais la plus importante et la plus rentable de ses antennes en terre étrangère est de très loin la filiale helvétique — C.F.I.-Suisse. Dont le siège central est à Genève, avec deux agences à Zurich et Lausanne. Le C.F.I. — Suisse réalise à lui seul quarante-deux pour cent du chiffre d'affaires global ; il est spécialisé dans les relations avec les pays de l'Est ; ces relations à elles seules représentent plus de soixante pour cent de ses activités ; et en dépit de sa stricte dépendance à l'égard d'un établissement bancaire français nationalisé, il a (pour les ressortissants non français) les droits et les devoirs d'une banque suisse ordinaire, et applique le même secret, en principe hermétique.

... Jusqu'au 1er janvier 1979, 13 h 07, heure du Nevada, il était dirigé, depuis seize ans, par Henri de Chastel.

Le 5 janvier, cinq jours plus tard, Gros-Minet emmenait Paul Quant déjeuner chez *Taillevent.*

— Et est-il nécessaire de le souligner, dit Gros-Minet, la mort de ce pauvre Henri m'a affecté infiniment plus que je ne saurais le dire.

— Oui, monsieur, dit Paul.

L'œil marron clair, presque jaune, se posa sur Paul Quant, assis à l'arrière de la Citroën noire avec chauffeur, en train de rouler boulevard Malesherbes.

Gros-Minet était un homme ayant depuis longtemps passé la soixantaine. De taille au-dessous de la moyenne, et corpulent — lui disait : potelé. La neige de ses cheveux devait tout au rinçage bi-mensuel qu'il allait se faire faire à Londres, dans un des boxes de *Geo Trumper,* au 9 Curzon Street, prenant un avion tout exprès. Sa peau était rose, il était habillé à merveille, il avait la voix très douce et la conviction sereine (qu'il étayait à la moindre demande) que tous les ministres des Finances européens, voire mondiaux, mais surtout français, étaient des crétins congénitaux, quels que pussent être leur destin ou leur appartenance politique. Mais au vrai, il relevait ce crétinisme chez tous les hommes politiques et, qui plus est, dans l'espèce humaine en général, ce qui atténuait un peu la sévérité de son jugement. Son sourire se fit bienveillant :

— Ne dites donc pas « oui, monsieur » de telle sorte que je me demande si vous acquiescez par politesse, ou parce que vous croyez à mon chagrin.

— Oui, monsieur, dit Paul.

Nouveau sourire, encore plus bienveillant que le précédent :

— N'essayez pas la causticité avec moi, Paul. Je suis un expert mondialement reconnu en matière de causticité et de sarcasme. Et ayant pratiquement le double de votre âge, j'ai déjà effectué plusieurs fois le parcours que vous entamez à peine. Ne jouez pas davantage l'innocence candide, vous me feriez perdre mon temps. Je n'ai pas le moindre doute sur votre intelligence, votre cynisme, votre aptitude à dominer tous les événements. Je lis sous votre masque. Ma seule inconnue, vous concernant, touche à vos motivations véritables : veut-il ou non du pouvoir ? Non, ne me donnez pas de réponse, s'il vous plaît, il est possible que vous ne la connaissiez pas encore vous-même. A moins que vous n'ayez réussi à me tromper, ce qui n'est pas donné à tout le monde et ferait de vous l'homme de la situation, plus que je ne l'escomptais.

Rue Lamennais, la voiture stoppa, ils entrèrent chez *Taillevent*. Prirent place dans la salle privée du premier étage, au cœur d'un respectueux ballet de maîtres d'hôtel.

— Quel âge avez-vous, Paul ?

— J'aurai trente-cinq ans en juillet prochain.

— Vous *avez* trente-cinq ans.

— Bien, monsieur.

— Ne devenez pas vieux trop vite, Paul. A vieillir, quand on n'est pas trop bête, on acquiert des choses et des gens une vision d'une clarté qui peut fort bien se révéler insoutenable, en général d'ailleurs, inversement proportionnelle à l'acuité de sa vue. Voulez-vous choisir ? Je parle du menu, évidemment.

— Je vous fais confiance en toutes choses, dit Paul. Et ses mains tremblaient un tout petit peu.

Les prunelles jaunes notèrent ce tremblement. Maître

d'hôtel et sommelier repartirent, avec leurs ordres de mission.

— Vous êtes ému, dit Gros-Minet de sa voix douce. Vous pourriez l'être bien sûr à cause de mon invitation. Je suppose que l'on sait que lorsque j'invite à dîner quelqu'un de notre maison, et la chose est fort rare, Dieu merci, ce n'est pas sans une solide raison. Vous êtes déjà venu ici ?

— Oui, monsieur.

— Avec votre père. Qui connaît les tables mieux encore que moi.

— Oui, monsieur.

— Dites encore une fois « oui, monsieur » et je vous griffe. En tant que Gros-Minet.

— *Jawohl, mein Herr,* dit Paul.

Derrière ses lunettes, ce qu'on apercevait de son regard s'écarquillait un peu, rêveur. Mais ses doigts continuaient de se mouvoir nerveusement.

— Mais je pense à une autre explication, dit Gros-Minet. Mlle Saban se trouve actuellement à Paris, ou s'y trouvait ce matin. Vous l'avez vue ?

— *Si señor,* dit Paul.

On approcha une table roulante, bizarrement recouverte d'une nappe. Deux serveurs ôtèrent la nappe, au-dessous de laquelle se trouvait un grand couvre-plat d'argent.

— Cinq secondes, Paul, dit Gros-Minet. Ils vont soulever ce couvre-plat pendant exactement cinq secondes et vous me direz ensuite ce qui se trouve dans le plat.

— Jeu de Kim ?

— Jeu de Kim. Henri m'a parlé de votre mémoire. Vous êtes prêt ?

— *Si signor,* dit Paul.

— Un, deux, trois, quatre, cinq, compta posément Gros-Minet.

Le couvre-plat avait repris sa place.

— Les œuvres complètes d'Alexandre Dumas, dit Paul.

— Très drôle, dit Gros-Minet. Mais encore ?

— Une salière vide aux deux tiers, trois allumettes dont une brisée en deux, un chèque bancaire d'un montant de trente-trois francs vingt-quatre, portant le numéro 6914254 Y 453, agence G. 359, une addition pour deux turbans de homard... Voulez-vous le menu complet, monsieur ?

— Le montant de l'addition.

— Mille quatre cent vingt-huit francs. Plus un cure-pipe en or à vos initiales, plus... Paul Quant contempla le plafond : ... plus un ticket de seconde classe du métro parisien portant le numéro 864932287 B.H.

Silence.

— Remportez ce machin, dit Gros-Minet aux serveurs. Mais rendez-moi mon cure-pipe, s'il vous plaît. Paul, je n'ai rien dit à Mlle Saban. Toutefois elle a compris. Et vous aussi. D'où ce tremblement de vos doigts, dont je ne serais pas étonné qu'il fût simulé.

— *Yes, sir,* dit Paul.

Le gouverneur de la Banque de France passa sur ces entrefaites et lui et Gros-Minet échangèrent des mots ordinaires, tout comme des hommes ordinaires, jusqu'au moment où Gros-Minet dit au gouverneur :

— Et voici Paul Quant, qui aura la lourde tâche de prendre à Genève la succession de ce pauvre Henri de Chastel.

Le gouverneur souligna son intérêt passionné à une telle nouvelle et sa conviction que le choix de Gros-Minet (il ne l'appelait pas Gros-Minet) était assurément le meilleur possible. Il prononça l'usuelle oraison funèbre à la mémoire du défunt, souhaita à Paul Quant, à Genève, mille choses et plus encore. Et s'en alla.

Paul Quant et Gros-Minet se rassirent. On apporta cette fois le vin, un château haut-brion 1934. Gros-Minet y goûta et le déclara buvable. Puis dit :

— Taisez-vous, Paul. Pas un mot, je vous prie. Vous allez me dire que vous êtes trop jeune pour un tel poste, que votre nomination va susciter des jalousies féroces, passé la stupéfaction première; que vous étiez en Suisse, au mieux, le numéro six ou sept dans l'ordre normal de succession, sans compter les éléments extérieurs que j'aurais pu détacher du siège ou d'ailleurs, et qui étaient bien vingt ou trente, tous persuadés d'être plus compétents que vous. Vous allez me parler de ce qui est arrivé à Las Vegas. Gagnons du temps, s'il vous plaît : considérons que vous m'avez dit non, que j'ai insisté, que vous avez fini par me dire oui, la mort dans l'âme. Et passons à la suite : nous allons achever ce déjeuner et regagnerons mon bureau, où nous nous enfermerons pendant trois heures, dans un effort dérisoire pour faire le tour de toutes ces responsabilités que vous endossez désormais.

Et Gros-Minet dit encore, dans le courant de l'après-midi :

— Un point capital, Paul : ne vous fiez qu'à moi, moi seul, personne d'autre. Quoi qu'il arrive, rendez-moi compte, sur-le-champ. Vous pourrez me joindre à toute heure du jour et de la nuit, à ces numéros que je viens de vous donner. N'hésitez pas, jamais, à le faire. Quoi qu'il arrive.

Puis, un peu plus tard :

— Non, Paul, ne vous en préoccupez pas, j'ai dès ce matin fait le nécessaire : on a annulé votre vol pour Genève et votre réservation pour Nice est faite. Vous pourrez donc être à Cannes ce soir, pour dîner. Et, bien sûr, toutes mes amitiés à votre père.

Julie Saban arriva à Genève vers sept heures trente, au soir du même jour. La nuit de janvier était depuis longtemps tombée. Le téléphone sonnait quand elle introduisit la première de ses clés dans la première des serrures de sa porte palière, pour pénétrer dans son appartement rue de la Corraterie, au cœur de la vieille ville, à cinquante mètres (mais de l'autre côté de la rue), de l'appartement de Paul Quant.

Elle ne se hâta nullement d'ouvrir la porte et laissa sonner le téléphone, même après qu'elle fut entrée.

Ne décrocha toujours pas quand, s'étant interrompue durant quelques minutes, la sonnerie retentit encore.

Il y eut dix-sept appels, tous pareillement laissés sans réponse. Ils n'étaient sans doute pas tous de Paul Quant, mais elle préféra ne pas courir le risque.

Elle dîna seule d'une tranche de veau froid préparé par la femme de charge qui ne venait que dans la journée. Et passa toute la soirée à entendre ces sonneries intermittentes, avec ce calme qui n'appartenait qu'à elle, suivant d'un œil distrait le film déroulé par le magnétoscope.

Ne pouvant s'empêcher malgré tout, par intervalles, de ramener son regard sur l'enveloppe jaune et son contenu.

Elle avait reçu celle-ci la veille, au studio de la rue Beethoven, par porteur spécial-recommandé-accusé de réception-urgent. L'enveloppe était d'un jaune peu banal en Europe, mais plus ordinaire aux Etats-Unis où l'administration l'emploie, comme nombre de sociétés privées. Elle n'avait pas été postée telle quelle mais enfermée dans une seconde enveloppe, celle-ci en papier kraft classique, dont le tampon indiquait qu'elle avait été enregistrée par les Postes et Télécommunications françaises le 4 janvier à quatorze heures quinze, au bureau de la rue de la Pompe, dans le seizième arrondissement de Paris.

Nom et adresse de l'expéditeur : R.L. Noguer, 5, rue Frédéric-Sauton, Paris 5e. Vérification faite, il n'existait bien sûr aucun R.L. Noguer à cette adresse, près de Notre-Dame.

Quant au contenu, il consistait en trois coupures de journaux, probablement américains, et une photo. Sans aucune espèce de commentaire ou de signature. Les trois extraits de presse relataient en des termes à peu près identiques la mort d'Henri de Chastel à Las Vegas, le lundi précédent. Dans les trois cas, quelqu'un avait souligné au feutre les déclarations faites par Paul Quant à la police nevadane, selon lesquelles il n'avait de sa vie ni rencontré ni vu Clyde Peabody, l'ancien Marine meurtrier très vraisemblablement involontaire du banquier français.

La photo représentait le même Peabody et le même Paul Quant en train de se parler, d'une portière à l'autre, sur Sahara Avenue à Las Vegas, dans un décor qui était sans nul doute possible celui d'une nuit de la Saint-Sylvestre, soit le dimanche 31 décembre 78.

Environ treize heures avant la mort du directeur du C.F.I.-Suisse, auquel Paul Quant venait de succéder.

2

Pierre Quant, le père de Paul, avait passé la soixantaine et pris sa retraite, deux ans plus tôt. C'était l'homme le plus distingué, le plus courtois, le plus doux qui se pût imaginer, servi en cela par une fortune personnelle qui, pour n'être pas extravagante, n'en atteignait pas moins les deux millions et demi de dollars. Il partageait son temps entre sa propriété irlandaise, bien de famille, sa villa de Cannes, ses deux appartements de Paris et New York. Paul était son fils unique.

— Et j'en remercie le ciel chaque jour, dit-il en s'asseyant sur le fauteuil face au lit, dans l'encadrement de l'une des portes-fenêtres dont un valet de chambre venait d'ouvrir les volets :

« Je cite de mémoire, Paul, je ne tiens évidemment pas une comptabilité de ce genre de choses : au cours des six derniers mois, tu m'as laissé régler tes factures de chez Caraceni à Milan, pour six costumes ; pour près de douze mille francs de chemises chez Charvet, trois mille francs suisses de chocolats chez Hanselmann à Saint-Moritz — soit dit en passant, j'ignore qui dans ton entourage peut dévorer une quantité aussi monstrueuse de chocolats mais tu es en train de l'assassiner —, plus les quelque mille livres sterling chez Floris de Jermyn Street, plus six cents autres de papier à lettres de Smythson — assez pour écrire à tous les abonnés au téléphone d'une ville moyenne... Et j'allais oublier Lobb, et les douze paires de chaussures que tu as commandées en septembre dernier. Je ne parlerai pas des additions de *Troisgros* ou du *Moulin de Mougins* — pourquoi n'être pas venu dîner à la maison puisque tu étais si près ? — et de celles de la *Terrasse* du Dorchester, de *Smith et Wonninsky* à New York — et du grill du *Connaught* à Londres que tu as eu la gentillesse de me faire parvenir...

— Je suis bien de votre avis, papounet, dit paisiblement Paul. N'en parlons pas.

— Tu faisais ce genre de choses quand tu avais quinze ou dix-huit ans, et ça m'amusait. A la limite, je devais être flatté, peu ou prou, que mon fils pût entrer dans n'importe lequel des plus célèbres magasins, hôtels ou restaurants du monde et dire : « Envoyez la facture à mon papa, s'il vous plaît... »

— Mais j'ai trente-cinq ans.

— Mais tu as trente-cinq ans. Comment va ton golf ?

— Plus exécrable que jamais. Désolé. Vous avez pourtant fait de votre mieux.

— Ton drive ?

— A Saint-Andrews, on a dû hospitaliser mon caddie pour dépression nerveuse. Je lui ai fait adresser quelques chocolats.

Pierre considérait Paul, qui engloutissait, assis dans son lit, des œufs brouillés et un bacon qu'on faisait spécialement venir d'Irlande tous les trois jours.

... Et la vieille angoisse se manifesta à nouveau, chez le plus âgé des deux hommes. Encore que le mot angoisse fût peut-être trop fort pour définir ce que Pierre avait souvent éprouvé face à son fils, depuis que ce dernier avait eu ses sept ans. Quand Pierre avait pour la première fois croisé véritablement l'étrange regard brun-vert déjà élargi à l'époque par d'énormes verres correcteurs, regard lourd d'une profondeur presque anormale — sûrement anormale à un tel âge en vérité. On était, chez les Quant, d'ascendance irlandaise, d'ailleurs fort ancienne puisque cela remontait à Louis XI, quoiqu'on n'eût jamais tout à fait rompu les liens avec l'île. Et il y avait de l'Irlande dans les yeux de Paul, quelque chose des lacs du Connemara et surtout du Wicklow, dont la surface vert très sombre, parfois rouille, impénétrable, semble toujours cacher une horreur de légende...

« Je divague complètement », pensa Pierre. Il dit à voix haute :

— Hier soir, je n'ai pu annuler le dîner que j'avais et à mon retour, tu dormais. Tu as volé directement de Las Vegas à Paris puis à Nice ? On serait fatigué à moins.

Un silence. Pierre se releva du fauteuil où il était assis, marcha dans la chambre, superbement mis, à son ordinaire, d'un blazer couleur prune et d'un col roulé gris fumée. La villa des Quant était perchée sur les hauteurs de Cannes, à un jet de pierre de celle de la Bégum, et elle s'enorgueillissait d'un identique escalier de cent marches en pierre blanche, d'une seule volée, croulant sous les plantes grasses et les fleurs en pot que deux jardiniers rentraient chaque soir, pour les replacer au matin.

— Tu veux me parler de ce qui s'est passé à Las Vegas, Paul ?

— Si vous y tenez, papounet. Mais il n'y a pas tant à dire.

Alors qu'il disait « mère » à Lucie Quant, qui n'était au vrai que sa belle-mère, il avait toujours appelé Pierre d'abord « papa » puis « papounet », surtout en public, depuis quelques années. Venant d'un homme de trente-cinq ans, de plus de cent quatre-vingt-dix centimètres de haut, et banquier... Pierrre Quant s'y était fait. Il avait choisi d'y voir le signe d'une complicité affectueuse, traduite par Paul à sa manière, avec cet humour parfois très singulier qui était le sien. « Mais quelle bizarrerie dans nos rapports, qui fait que je ne sais même pas, après tant d'années, si mon fils a ou non de l'affection pour moi... »

— Tu es donc venu à cause de cette nomination.

— Quand l'avez-vous apprise ?

— Avant-hier. Ton Gros-Minet m'a téléphoné, pour m'annoncer qu'il t'avait choisi. Après tout, nous nous connaissons depuis des siècles, lui et moi. C'est la raison de ta visite, Paul, tu veux savoir ce que j'en pense ?

— Et qu'en pensez-vous ?

— La promotion est inespérée.

— Stupéfiante, dit Paul le nez dans sa tasse. N'ayons pas peur des mots.

— D'accord pour stupéfiante. Tu vas avoir des responsabilités énormes, plus grandes que toutes celles que j'ai jamais endossées.

— Mais vous pensez que je saurai m'y prendre.

— Oui.

Pierre sourit à Paul, qui lui rendit son sourire, but ce qui restait de son thé de Chine, reposa sa tasse, s'adossa aux oreillers :

— C'est donc autre chose qui vous préoccupe...

— La nature même du travail. Je n'aime pas les gens de l'Est. Faire de la banque avec eux ne ressemble en rien à ce que j'ai fait toute ma vie. J'ai toujours trouvé extravagant que tu aies appris le russe. Tu déjeunes avec moi ?

— Désolé, non. Je dois rentrer à Genève.

— Tu as un avion dans la soirée.

— Je rentrerai par la route. Si vous me prêtez l'une de vos voitures.

— La Porsche, dit Pierre en soupirant aussitôt après, résigné.

— Merci, papounet ! dit Paul fort gaiement, ses yeux derrière ses lunettes virant carrément au vert, comme à chaque fois qu'il riait.

— Il serait temps que tu t'achètes une voiture, tu ne crois pas ?

— Puisque je me sers des vôtres.

— L'argument est sans réplique. Combien gagnais-tu en tant qu'assistant d'Henri de Chastel ?

— Un peu plus de trente mille francs français, par mois. Plus quelques primes de-ci, de-là. (Il devina la question suivante et y répondit par avance :) De cent vingt à cent cinquante mille francs, je ne sais pas encore exactement. Plus une voiture et un appartement de fonction, les domestiques qui vont avec, plus des tas de frais, y compris les cigares.

Le valet de chambre frappa, entra, reprit le plateau du petit déjeuner, sortit.

— Pose ta question, Paul, dit Pierre. Celle pour laquelle tu es venu me voir.

Le vert dans les prunelles s'effaça et, à sa place, le brun

sombre apparut, d'autant plus visible que Paul venait d'ôter ses lunettes et en essuyait les verres avec un coin de drap.

— Nous venons d'en convenir, papounet : c'est une promotion stupéfiante. Et je m'interroge, je me pose la question et vous la pose aussi, à vous qui connaissez Gros-Minet depuis deux cents ans et plus, et qui connaissiez aussi Henri de Chastel, qui savez tout de la Banque : m'a-t-on nommé parce que je suis d'une intelligence proprement diabolique... ou tout au contraire parce que je suis d'une inexpérience quasi totale, pour être responsable à un tel niveau et chargé de traiter avec les pays de l'Est ?

Il rechaussa ses lunettes et son regard s'en effaça d'un coup, disparut brutalement, à en susciter le malaise. Il sourit :

« Et dans ce dernier cas, je serais tout bonnement ce que l'on appelle un pigeon. Je me trompe, papounet ?

Ses dents étaient très régulières et très blanches, lui faisant un sourire superbe, charmeur.

Mais la question était posée. Pierre Quant s'était interrogé de même, dans des termes identiques ou peu s'en fallait, à la minute où il avait appris la si surprenante nomination de son fils. Quatre jours de réflexion n'avaient nullement dissipé ses incertitudes.

En sorte qu'il n'eut d'autre choix qu'une sincérité totale, quand il dit :

— Je n'ai aucune espèce de réponse, Paul.

Paul n'avait pas pris la direction de Genève et la Porsche entra dans Saint-Tropez un peu après une heure de l'après-midi, ce même samedi 6 janvier. Il se gara aux abords de la mairie, faute d'un emplacement plus proche. Fit à pied les quelques centaines de mètres le séparant de la Place des lices, indifférent — il n'avait même pas endossé son manteau — au mistral glacé qui soufflait dans les petites rues tropéziennes.

A une telle heure de la journée et en une telle saison, le magasin d'antiquités aurait normalement dû être fermé, mais la porte vitrée s'ouvrit sitôt qu'il apparut.

— Merci de m'avoir attendu.

L'antiquaire se mit à rire :

— Je pouvais difficilement faire moins pour un client qui m'a téléphoné des Etats-Unis voici trois jours, à seule fin de m'empêcher de revendre illico à Sotheby des pièces uniques. Voudriez-vous me suivre ?

Ils s'engagèrent dans une enfilade de salons d'exposition, descendirent un escalier, parvinrent à une cave, que fermait une porte blindée. L'antiquaire demanda :

— Vous habitez l'Amérique ?

— Genève, répondit Paul Quant. Je n'étais à Las Vegas que de passage.

La porte blindée franchie, l'antiquaire ouvrit le coffre à combinaison qui était dans la cave. Il en retira un coffret et, avec des précautions d'orfèvre, le porta sur une table, sous une lampe. Il sourit à Paul, avec une expression complice, tourna la petite clé d'argent, souleva le couvercle :

— Ainsi que je vous l'ai dit au téléphone, l'un des pieds est cassé, mais les cinq autres sont intacts. Le coffret quant à lui n'est que de la fin XIXe, mais il a été fait sur mesure, comme vous pouvez le voir. Mon vendeur m'a autorisé à vous en faire cadeau, sous réserve bien sûr que le prix...

— Trente mille pour chaque pièce intacte, et cinq mille pour celle, la sixième, dont le pied est cassé. Cent cinquante-cinq.

— Cent quatre-vingt mille francs en tout, dit l'antiquaire en souriant. Je ne suis pas autorisé à descendre davantage.

— D'accord, dit Paul.

Le coffret contenait six flûtes en cristal, à la façon de Murano, datant de 1590, à jambes moulées, à fausses cannelures, gravées de mufles de lions dans le goût et la tradition de la lagune vénitienne et de ses maîtres verriers. Paul les prit une à une, très délicatement, les mira dans la lumière. Et à chacun de ses mouvements successifs, l'image des flûtes se refléta dans le verre foncé, impénétrable, de ses lunettes.

— Superbes, n'est-ce pas ? dit l'antiquaire curieusement impressionné.

Paul acquiesça.

— Règlement par chèque ?

— Je paie en liquide, dit Paul.

Il venait de replacer la dernière des flûtes dans l'écrin-coffret. Ils regagnèrent le bureau, où furent établis les documents. L'antiquaire demanda :

— Puis-je vous poser une question ? Je suis très intrigué : comment diable avez-vous appris que je possédais ces pièces ? Vous m'avez téléphoné de Las Vegas le jour même où mon vendeur me les a confiées !

— Je connaissais leur existence. Et j'ai d'abord joint M. de Castelanne, qui m'a annoncé que les flûtes se trouvaient chez vous.

— Dans ce cas, pourquoi n'avoir pas traité directement avec mon vendeur, il y a une semaine, quand il s'est enfin décidé à s'en séparer ?

Paul sourit :

— Il y a une semaine, je n'avais pas les moyens d'acheter.

Il déjeuna au Mas de Chastelas, reprit la route vers trois heures, juste après avoir une nouvelle fois — la vingtième au moins depuis la veille au soir — formé en vain le numéro de Julie Saban, rue de la Corraterie à Genève. Et il renouvela son appel à deux autres reprises, d'abord à hauteur de Montélimar, puis lors de sa traversée de Lyon. Toujours sans résultat.

Il fut à Genève à temps pour le rendez-vous pris la veille, en son nom, par Gros-Minet en personne : huit heures et demie du soir, devant l'entrée principale de la banque, rue du Rhône. Le gardien de nuit et deux hommes qui avaient été les adjoints directs d'Henri de Chastel l'attendaient. Ils lui ouvrirent les portes et les coffres. L'un d'entre eux s'appelait Deblicker. Dans ce que Gros-Minet avait baptisé « l'ordre normal de succession », il avait figuré en numéro quatre. C'était un Lillois blond et froid, d'une cinquantaine d'années, aussi peu chaleureux que possible. Dans un premier temps, il assista sans broncher au véritable déménagement entrepris par Paul Quant, qui entassait dossier sur dossier, avec la visible intention de tout emporter. Il finit toutefois par laisser percer un certain agacement :

— Ces dossiers sont strictement confidentiels.

— Ma responsabilité, répondit Paul. A partir d'hier.

— Les sortir de la banque, surtout en aussi grand nombre, est contraire à toutes les règles de sécurité.

— C'est également mon avis. Ce qui ne rentre pas sur la banquette arrière, mettez-le sur le siège avant. J'adore lire au lit.

La Porsche était alors pratiquement à court d'essence. Paul emprunta cinq cents francs suisses à Deblicker (il n'avait plus en poche que quelques pièces de monnaie françaises).

Il ne rentra pas directement chez lui, se rendit au préalable à la *Rôtisserie du Chat-Botté.* Le samedi y était jour de fermeture mais, comme il l'avait demandé par téléphone depuis Lyon, on lui avait préparé un en-cas constitué d'un peu de foie gras, de turbot braisé au champagne plus un dessert au chocolat. Il ne régla pas l'addition, usant comme d'habitude de la formule : « Vous l'enverrez à mon papa. » Toutefois, il laissa cent francs de pourboire.

Rue de la Corraterie, les deux fenêtres du salon de Julie étaient éclairées, rideaux ouverts. Il ne s'arrêta pas, monta chez lui précédé par un serveur du *Chat-Botté* encombré de son plateau, Paul lui-même portant un mètre de dossiers. Sitôt ceux-ci posés, il forma une nouvelle fois le numéro de téléphone de la jeune femme.

Sonnerie dans le vide.

— Monsieur est servi, annonça le garçon de restaurant qui dans l'intervalle avait mis à réchauffer le turbot braisé.

Paul lui donna cent francs sur les trois cents qui lui restaient (il avait mis cent francs d'essence dans le réservoir de la Porsche) le raccompagna jusqu'à la porte, redescendit avec lui et acheva le transfert des dossiers encore dans la voiture. L'opération terminée, il alla décrocher du mur une longue-vue de marine qui, à en croire l'antiquaire de South Kensington à Londres, était celle-là même utilisée par Nelson à Trafalgar, peu de temps avant sa mort. Il monta sur le toit de l'immeuble, faillit se casser par deux fois la figure mais réussit tout de même à parvenir en vue directe de l'appartement de Julie.

Qui était là, assise, lisant et, sans nul doute, écoutant de la musique.

Après une bonne minute à claquer des dents, il redescendit, dîna sans hâte particulière puis se mit au travail, attaquant les dossiers les uns après les autres, ne prenant jamais de notes. Il y passa la nuit.

Au matin, histoire de se dégourdir les jambes, il alla faire un tour jusqu'au hall d'entrée et examina sa boîte aux lettres : elle contenait pour l'essentiel des numéros de *L'Equipe* et du *Wall Street Journal* auxquels il était abonné, des tas de lettres et prospectus publicitaires sans grand intérêt...

... Et postée rue de la Pompe à Paris, enfermée dans une première enveloppe, une enveloppe jaune.

Il en lut le contenu, épinglant au mur face à lui la photo qui le représentait en compagnie de Peabody, sur Sahara

Avenue. Il petit-déjeuna avec *L'Equipe*, consacrant toute son attention aux spéculations de Denis Lalanne relatives à la composition de l'équipe de France de rugby appelée à disputer le premier match du Tournoi des Cinq Nations.

Il se remit au travail après cet intermède d'une trentaine de minutes, revenant aux dossiers et restant sur eux l'essentiel de la journée du dimanche, ne s'interrompant que toutes les deux heures à peu près, pour essayer toujours en vain de joindre Julie, qui était à cinquante mètres de lui. Il se nourrit de café, de pain de mie et de tranches de jambon cru à la coupe — il avait un jambon suspendu dans l'office — puis, dans la soirée, d'un nouveau repas qu'il fit venir comme le premier du *Chat-Botté*. Dilapidant par la même occasion, ainsi qu'il l'avait sans doute calculé, ses derniers deux cents francs en pourboire.

Il se coucha à minuit juste, dans la nuit du dimanche au lundi, s'éveilla à six heures, sans utiliser de réveil.

Il prit son petit déjeuner à crédit, dans un café non loin de la rue du Rhône, fut donc à la banque un peu avant sept heures trente, le 8 janvier 79.

Une cinquantaine d'heures avant sa première rencontre avec Popov.

3

Appliqué au C.F.I.-Suisse, le terme de filiale est relativement impropre. Il s'agit en réalité d'une société anonyme. Le Crédit français Industriel (et donc l'Etat français puisque l'établissement est nationalisé) possède soixante-cinq pour cent des parts. Les trente-cinq autres pour cent sont détenus par un groupe financier suisse (vingt-cinq) et de petits porteurs, pour l'essentiel allemands et belges.

La nomination de Paul Quant à la tête du directoire, si surprenante qu'elle puisse apparaître en janvier 79, n'est tout de même pas tout à fait inexplicable, en dépit de la jeunesse de l'intéressé et du bond spectaculaire que cette nomination lui fait faire dans la hiérarchie. En 1979, Paul Quant entame sa onzième année de présence au sein du

C.F.I.-Suisse. Ses titres universitaires sont remarquables, on ne peut guère douter de sa connaissance des mécanismes, il est issu (et ces choses-là comptent, dans la Haute Banque) d'une famille où, tant du côté paternel que maternel, on est banquier depuis un siècle et demi au moins. Qui plus est, il a constamment, au cours des cinq années précédant sa nomination, opéré au côté d'Henri de Chastel, accompagnant presque à tous coups ce dernier dans chacun de ses déplacements professionnels — le plus souvent au-delà du rideau de fer. Sans fonction nettement définie hormis un vague titre d'attaché de direction.

Et il sait très couramment le russe, entre autres langues.

Tous arguments qui ne sont pas sans mérite. Les deux derniers surtout, lorsqu'il s'agit de prendre la tête d'une banque effectuant l'essentiel de ses opérations avec l'Est européen.

Le coup de téléphone de Pissarugues arriva le mardi matin, 9 janvier. Vers dix heures.

A ce moment-là Paul Quant présidait pour la première fois la conférence générale traditionnellement tenue le premier mardi de chaque mois — mais qui avait été reportée d'une semaine. Tout l'état-major de Genève était présent, plus les directeurs des agences de Zurich et Lausanne, un ambassadeur extraordinaire de Gros-Minet venu spécialement de Paris pour, en quelque sorte, introniser Paul Quant, et un représentant du partenaire suisse. Ordre avait été donné de ne passer aucune communication qui ne fût essentielle.

— M. René Pissarugues, monsieur Quant. Il souhaite vous parler personnellement.

— Je prends, dit Paul.

Sept hommes et deux femmes se trouvaient dans la salle de conférence du deuxième étage. Aucune des deux femmes n'était Julie Saban dont le rang hiérarchique n'était pas assez élevé pour lui permettre de prendre part à la réunion. Tous se turent pendant l'interruption et plusieurs personnes reconnurent la forte voix, si caractéristique, de Pissarugues :

— Mon très cher Paul, permettez-moi d'être parmi les premiers à vous féliciter de votre promotion...

L'accent fleurait les Pyrénées catalanes, il était rocailleux et roulait les « r » jusqu'à la parodie. Pissarugues s'était mis à parler de Bulgares avec lesquels il serait le lendemain à Genève :

— J'aimerais que vous déjeuniez avec nous, Paul. Il y aura Jerkov, que vous avez déjà rencontré à Sofia l'année dernière...

— Midi trente, dit Paul. Mais j'aurai peu de temps.

On convint de se retrouver au *Gentilhomme*, restaurant de l'hôtel *Richemond*. Paul raccrocha. Reprit la discussion où il l'avait laissée, au mot près, avec cette précision dont il faisait montre depuis peu, et qui commençait à impressionner même un Deblicker pourtant peu enclin à l'admiration.

Cet appel de Pissarugues n'était pour autant qu'il parût, qu'un appel entre des dizaines, voire des centaines d'autres. Tous ceux prenant part à la réunion du 9 janvier connaissaient le nom de l'homme d'affaires pyrénéen, dont la notoriété avait largement dépassé les milieux bancaires : il était réputé huit ou dix fois milliardaire et, par une contradiction qu'il était à peu près seul à ne pas relever, membre éminent du Parti communiste français.

— Tu t'en tires bien.

Julie Saban venait de s'asseoir dans le bureau de Paul et c'était leur premier véritable tête-à-tête depuis leurs retrouvailles à Paris.

— Comprends pas, dit Paul.

— Tu comprends très bien.

Il signait son courrier et ne releva même pas la tête :

— Je t'ai téléphoné une ou deux fois, ces derniers jours, mais tu n'étais pas chez toi.

— J'ai pris un amant.

— Satisfaisant ?

— Pas mal. Il ne dort pas les bras en croix, lui.

Elle posa sur le plateau du bureau les documents qui justifiaient sa visite et concernaient la création de sociétés dans divers paradis fiscaux, pour le compte de clients ; une quinzaine en tout, pour cette seule journée du 9 janvier, ce qui était au-dessous de la moyenne. Julie Saban était à chaque fois administratrice au nom de la banque — ce qui faisait d'elle l'administratrice de plus de mille sociétés identiques. Pendant quelques minutes, ils travaillèrent en silence, hors quelques commentaires qui n'étaient que professionnels. Il était un peu plus de six heures du soir et les bureaux s'étaient vidés, de même que les salles ouvertes au public, au rez-de-chaussée et au premier étage.

— Rien d'autre, mademoiselle Saban ?

— Rien, monsieur le directeur.

Il lui tendit les derniers documents et, dans le même mouvement, saisit son poignet.

— Julie.

Elle ne tenta pas de se libérer, attendit simplement, le fixant impassible.

— Julie, on arrête. J'ai besoin de toi.

Elle demanda calmement :

— Tu comptes t'installer aussi dans l'appartement de fonction ?

— Je n'ai pas le choix. Je peux difficilement donner des dîners rue de la Corraterie.

Il se leva, la tenant toujours par le poignet. Il fit le tour de la table, et la prit dans ses bras. Quelques secondes s'écoulèrent, pendant lesquelles elle se laissa faire. Jusqu'à l'instant où — par maladresse pure ou de propos délibéré, le pire étant justement qu'on pût se poser la question — il se mit à parler des flûtes en cristal, qu'ils avaient elle et lui admirées quelques mois plus tôt, à l'époque où il n'avait pas pu les acheter, à la fois parce qu'il n'en avait pas les moyens et parce que leur propriétaire refusait de s'en dessaisir. « Mais il s'est brusquement décidé, Julie. Je les ai. » Il expliqua comment il avait fait un détour par Saint-Tropez sur le chemin du retour de Cannes à Genève, et que l'affaire s'était faite très vite, chez un antiquaire à qui Castelanne les avait confiées. Il se pencha sur elle et voulut l'embrasser. Elle s'écarta, interposant ses dossiers à la façon d'un bouclier.

— Je vais déménager moi aussi, dit-elle.

Ses parents — son père était chirurgien — avaient une grande et belle maison sur les hauteurs de Cologny. Elle allait s'y installer ou, plus exactement, y retrouver sa place. Paul demanda :

— Tu gardes l'appartement rue de la Corraterie ?

« Non. » Elle s'en alla.

« Je ne suis pas un milliardaire, je ne suis que l'employé de mes sociétés », avait coutume de dire René Pissarugues. Il en dirigeait au vrai une soixantaine, à quoi s'ajoutait une trentaine au moins de coopératives diverses. Il avait son avion personnel, chose peu courante en France. C'était l'un des grands spécialistes européens, sinon mondiaux, du commerce de compensation. Il vendait à l'Union soviétique, ou à tel autre pays du Comecon, par exemple des céréales, en échange de pétrole lui-même troqué contre du matériel agricole, lequel servait à obtenir de l'électronique, laquelle à son tour...

Et à chaque fois il prélevait une commission pouvant se chiffrer par millions de francs. Il avait à maintes reprises et depuis des années, utilisé les services du C.F.I.-Suisse, dont il était l'un des gros clients.

Au physique, une masse impressionnante, carrure de pilier de rugby qui, avec vingt-cinq années de moins, n'aurait pas déparé la première ligne de l'U.S.A.P. de Perpignan ou du Stadoceste tarbais. Et une voix de stentor. Il dit à Paul Quant :

— Vous connaissez Zaki Vitchev et Georgi Jerkov. Et aussi Elin Dalcev... Mais si, mais si...

Les hommes qui l'accompagnaient ce jour-là étaient huit et Paul serra des mains, ne prêtant qu'une attention relative aux patronymes que d'ailleurs massacrait joyeusement la grosse voix rocailleuse de Pissarugues. On prit place autour de la table dans un salon réservé, on commanda le repas. Le Pyrénéen, qui ne savait que le français, dirigeant d'autorité la manœuvre, interrogeait pour la forme — « vous voulez quoi, Constantin, du ris de veau Gordon Richard ou le filet d'agneau » ? — des interlocuteurs dont deux ou trois seulement semblaient le comprendre à peu près. Il avait ce tic fréquent, s'adressant à des gens ne connaissant que peu ou pas sa langue, de hurler pour être mieux perçu, comme s'il avait eu affaire à des sourds. Et entrecoupait ses ordres aux maîtres d'hôtel de plaisanteries dont il était le premier à éclater d'un rire tonitruant. Cette force de la nature n'était pourtant pas un imbécile, tant s'en fallait ; il avait l'intelligence vive et froide, sous ses dehors de maquignon.

L'incident se produisit au dessert.

— Des goulags ! disait Pissarugues. Ils me font rigoler, avec leurs goulags, il n'y a pas de quoi en faire un drame, rien que la General Motors tue plus de monde, ce n'est pas moi qui le dis, c'est l'un d'entre eux, ce Ralph Nader, il n'est pourtant pas communiste, Ralph Nader... Nous autres, communistes, quand nous construisons des voitures, quand nous en construisons en France — et on construira de plus en plus, ces diables de capitalistes seront tous foutus —, c'est à l'homme que nous pensons...

Avec son voisin de droite, Vitchev, qu'il avait en effet déjà rencontré, lors d'un séjour à Sofia l'année précédente en compagnie d'Henri de Chastel, Paul Quant parlait en allemand, de cinéma. Vitchev avait un temps dirigé l'usine de textile de Marica-Iatok, puis occupé des fonctions importantes à la tête du complexe d'industrie chimique de Dimitrovgrad, toujours dans le bassin de la Marica. Mais il avait le cinéma pour passion, n'avait manqué aucun des festivals de Karlovy Vary et de Moscou, avait même réussi à se rendre une fois à Venise, en 65, l'année où *Sandra* de Visconti avait obtenu le Lion d'Or, et rêvait d'aller un jour à Cannes. Paul, qui s'ennuyait ferme, lui sourit :

— Faites-le-moi savoir, le cas échéant. Nous avons une maison là-bas...

— Qu'en pensez-vous, mon cher Paul ? répéta Pissarugues à l'autre extrémité de la table ovale.

— De Nader ou de la General Motors ?

— Ni l'un, ni l'autre, monsieur Quant. Nous étions en train de parler de ce projet qui ferait de la Bulgarie la seizième république fédérale de l'Union Soviétique.

Le silence d'un coup descendit sur la table et fut immédiatement anormal, comme si ce déjeuner, enfin, trouvait soudain sa raison d'être, comme si des masques venaient de tomber, à commencer par celui de Pissarugues lui-même : le milliardaire marxiste venait d'ailleurs de s'adosser à son siège, s'écartant de la table, semblant attendre la relève ; à la façon d'un équipier ayant fait sa part de travail et passant le témoin à son chef.

— Monsieur Quant ?

L'homme aux yeux bleus et aux lunettes d'or était assis à la droite de Pissarugues et souriait à Paul, dont il était séparé par toute la longueur de la table.

— Je me souviens à présent, dit Paul. Vous étiez dans ce groupe avec lequel nous avons déjeuné à Plovdiv, M. de Chastel et moi, en avril de l'année dernière. Vous avez même quitté la table aussitôt après les hors-d'œuvre.

— Quelle mémoire !

— J'ignorais que vous parliez français.

— Je fais de mon mieux pour en balbutier quelques mots. Vous n'avez pas répondu à la question de notre ami Pissarugues.

— Sur une éventuelle entrée de la Bulgarie dans l'Union Soviétique ?

— Ce n'est qu'un projet, bien entendu.

Autour d'eux, on continuait à se taire et certains des convives en étaient même à plonger le nez dans leur assiette.

— J'en pense si peu de choses, dit Paul, que cela participe du miracle.

— Réponse de banquier, monsieur Quant.

— Je suis un banquier.

— Et capitaliste, ajouta Pissarugues rigolard.

Paul sourit :

— Je suis un banquier capitaliste et ce que vous autres Bulgares envisagez de faire avec les Popoffs ne regarde que les Popoffs et vous.

Le rire de Pissarugues dut faire trembler les vitres et tout autour de la table, on rit de même, soit qu'on eût compris, soit de confiance. L'homme blond aux yeux pâles et aux lunettes cerclées d'or sourit :

— C'est qu'il se trouve que je suis popoff, monsieur Quant. Tout ce qu'il y a de plus Popov.

— Quelle surprise, dit paisiblement Paul. Vous m'en direz tant.

Son regard abandonna enfin celui du Russe et alla chercher le visage de Pissarugues. Qui, aux trente-six mille procédures, plus classiques, dont il aurait pu user pour mettre officiellement en présence Paul Quant et le Soviétique, avait préféré celle-ci. Car il ne faisait aucun doute que tout avait été très soigneusement concerté, et le déjeuner et cette façon de faire passer pour un Bulgare ne sachant d'autre langue que la sienne, un homme en réalité moscovite et visiblement de grande importance.

Et qui allait à compter de ce jour jouer dans l'histoire de Paul Quant un rôle capital.

Avec une première manifestation le soir même, sous la forme d'un paquet qui arriva rue de la Corraterie, acheminé non par la poste mais par un messager muet aux allures de chauffeur de maître... En train de préparer son déménagement, Paul ouvrit le paquet, sans aucune mention de l'identité ou de l'adresse de l'expéditeur. Il trouva un contenant de métal à double paroi, l'intervalle étant empli de glace. De telle sorte que le contenu devait être à la température optimale : huit à dix degrés.

Le contenu consistait en cinq kilos de caviar Béluga et un jéroboam de Dom Pérignon rosé 1959 ; le tout accompagné d'un rectangle de carton où l'on avait écrit, en français : *Avec l'espoir que vous voudrez bien me pardonner une plaisanterie fort innocente, et me flattant de l'idée d'une amitié à naître.*

Le texte était simplement signé : « Popov. »

Coïncidence ou non, le premier des messages d'outre-tombe d'Henri de Chastel parvint presque en même temps. Le lendemain matin, en fait. Il se présentait comme une lettre ordinaire, expédiée par la poste française, enregistrée à Lyon un jour et demi plus tôt. Les nom et adresse de Paul étaient dactylographiés. Le texte intérieur de même. Ce texte disait : *HAUTEMENT CONFIDENTIEL — A l'intention de M. Paul Patrick Quant et conformément aux instructions reçues de M. de Chastel avant sa mort : Cross 237 — Pour en faire le meilleur usage.*

Pas de signature, là encore... Et CROSS 237, quoi que cela pût signifier (pour l'heure, ça n'avait strictement aucune signification perceptible), était bien sûr le mot et le chiffre prononcés par Chastel à l'instant de sa mort, à Las Vegas.

Paul Quant compara les deux envois pareillement anonymes : celui-ci et le précédent, arrivé dans l'enveloppe jaune. Aucun point commun, sauf que les deux expéditions avaient été faites de France, l'une de Paris, l'autre de Lyon, poste centrale. Le filigrane du message du 10 janvier était celui du papier à lettre utilisé par le C.F.I.-Suisse pour son courrier, et provenant d'une papeterie de Voiron.

Rien d'autre.

4

La nature du C.F.I.-Suisse était classique, au sens où il réalisait les opérations courantes propres à tout établissement bancaire, avec cet avantage supplémentaire de se trouver en territoire helvétique et donc de bénéficier des dispositions si favorables de la législation locale.

Mais sa nature était en même temps particulière dans la mesure où, du fait de la participation majoritaire d'un Etat, en l'espèce l'Etat français, nombre de ses opérations pouvaient être influencées par des considérations de haute politique.

Ç'avait été, c'était, ça allait être le cas des prêts consentis aux pays de l'Est, dans lesquels la banque était engagée pour environ douze milliards de dollars. Sous la forme de prêts syndiqués, c'est-à-dire d'opérations menées conjointement avec d'autres bailleurs de fonds. Douze milliards de dollars était le chiffre en janvier 79.

Le prêt polonais représentait à lui seul cinq de ces douze milliards. Il avait été consenti pendant l'été 1975, à la suite de la visite officielle en Pologne du Président de la République française.

Il fut le motif du premier voyage à l'Est qu'effectua Paul Quant au titre de ses nouvelles responsabilités.

Au retour de Varsovie, l'avion transportant Paul Quant et l'un de ses adjoints, Jacques Bellus (il dirigeait le département étranger Est de la banque), se posa en Allemagne de l'Est, à Dresde. Bellus gagna la salle des transits pour attendre un vol qui devait l'amener à Vienne, puis de Vienne à Genève. Paul en revanche sortit de l'aéroport et dehors, comme convenu, trouva Pissarugues qui l'attendait.

— Ça s'est passé comment, avec les Polonais ?

Question de pure forme, le Pyrénéen ne s'attendant certainement pas à une réponse. Les deux hommes montèrent dans une voiture où, outre l'interprète de Pissarugues, se trouvaient un chauffeur et un Allemand de l'Est dont Paul ne sut jamais le nom.

— Merci d'avoir accepté de faire cette escale à Dresde, mon cher Paul. J'ai profité des circonstances et de votre déplacement à Varsovie, sans quoi je ne me serais jamais permis d'empiéter sur votre emploi du temps, si chargé...

La voiture s'engagea sur l'autoroute qui menait à Berlin mais la quitta très vite, en direction de Radeberg. Pissarugues se mit à réexpliquer pourquoi il avait insisté sur la présence du directeur du C.F.I.-Suisse : il avait mis sur pied une autre de ses affaires par compensation, « très simple, Paul », il s'agissait d'une sorte de troc : textile, bière et matériel d'optique est-allemands contre du blé argentin qui serait obtenu en échange de pétrole roumain utilisé pour l'achat de cacao de Côte-d'Ivoire, permettant à son tour l'importation en France de matériel agricole vendu aux coopératives, celles notamment qui produisent du beurre. Et, par la grâce de toutes ces juteuses subventions allouées par les gens de Bruxelles, celui-ci...

— L'essentiel étant que je prélève à chaque fois ma commission.

— Que *vos* sociétés les prélèvent, corrigea Paul même pas sarcastique.

Pissarugues éclata de rire : c'était cela même, puisqu'il n'était que l'employé de ses sociétés. Et il tenait à utiliser les services de la banque de Paul pour toutes les démarches. Par exemple, prendre les accords habituels avec la Compagnie française d'assurance pour le Commerce extérieur et assurer les nécessaires opérations de change...

La voiture stoppa à Radeberg, où fut organisée une rapide visite de la brasserie, suivie d'un entretien avec ses dirigeants. Il était aux alentours de midi quand on revint vers le centre de Dresde. On franchit l'Elbe.

— Paul, j'aimerais faire équipe avec vous. Henri de Chastel était d'un autre temps, il avait toujours l'air de s'attendre à ce que je lui flanque un coup de faucille ou de marteau par-derrière, mais je suis français, communiste français et je préfère travailler avec les banques de mon pays. Est-ce tellement surprenant ? Et quand le capitalisme mourra de sa belle mort, quand nous en aurons débarrassé la terre — il n'y en a plus pour longtemps, ils sont foutus —, vous pourrez compter sur moi, je vous trouverai quelque chose... Non, non, ne vous préoccupez pas de votre avion, j'ai le mien, et je vous déposerai à Genève, avant de rentrer chez moi. Parlons de ces gens que nous allons voir, je voulais vous les faire rencontrer, ils sont importants, il y a de sacrées affaires à faire avec eux, putain, ils sont l'avenir, mon cher Paul...

On déjeuna au restaurant de l'hôtel *Konigstein,* sur la Pargerstrasse, en compagnie de huit ou dix hauts fonctionnaires du commerce extérieur est-allemand. Dont un qui dit se nommer Raab et annonça qu'il projetait un voyage à Genève, pour affaires.

Vers quatorze heures trente ou quinze heures, le déjeuner terminé, René Pissarugues et Paul Quant remontèrent dans leur voiture. « On décolle dans deux heures, Paul. Mais j'ai un dernier rendez-vous, ça vous ennuie si je vous laisse tomber un petit quart d'heure ? »

On se rendit place du Vieux-Marché longeant la superbe façade du palais du Zwinger. Il y avait là des arcades et même une espèce de boutique d'antiquaire, à quelques mètres de la voiture en stationnement dans laquelle Paul attendait en compagnie du seul chauffeur.

Il finit naturellement par mettre pied à terre, alla jeter un coup d'œil sur la vitrine. Peu enthousiasmante d'ailleurs, en dehors de trois ou quatre gravures du XIXe représentant soit le Vieux Pont Auguste, soit l'inévitable Zwinger, soit encore la Place Neuve au temps où la dominait la coupole de la Frauenkirche, aujourd'hui réduite à une ruine informe par le terrifiant bombardement de février 45. Paul était à contempler distraitement ces gravures quand deux hommes s'approchèrent, se présentèrent comme des policiers, d'abord très froids puis en fin de compte souriants, après l'intervention du chauffeur.

La scène ne dut pas durer plus de deux ou trois minutes en tout. Mais, à en croire Paul Quant, elle suffit à expliquer pourquoi et comment les photographies furent prises. Evidemment à son insu.

Gros-Minet en personne vint à Genève, trois jours après que Paul Quant fut rentré. Il débarqua à Cointrin admirablement vêtu d'un ensemble d'Huntsman, agrémenté d'une chapka à la moscovite, qui était tout simplement en zibeline.

— Vu du ciel, dit-il, à supposer qu'un satellite espion me surveille, ce qui est sans doute le cas, je dois ressembler à une bête à bon dieu équipée pour l'hivernage. Comment l'avez-vous baptisé ?

— Popov.

— Bonté divine ! Paul, vous avez vraiment le génie des surnoms absurdes. Est-ce que son caviar était bon, au moins ?

— Fabuleux.

— Il vous en reste ?

— J'ai bien peur que non.

— Sale égoïste, dit Gros-Minet.

Ils s'installèrent dans le bureau de Paul, au troisième étage de la banque, ayant par les fenêtres vue sur le lac, par-dessus le jardin anglais. Le jet d'eau de la jetée des Eaux-Vives ne coulait pas, mais il avait encore neigé la veille et le froid était très vif.

— Vous avez l'air fatigué, Paul. On le serait à moins. Voici maintenant un mois que vous avez pris vos fonctions et je sais que vous avez travaillé comme un damné. Je voudrais vous dire deux choses. D'abord ma satisfaction, vous vous en tirez parfaitement, au-delà de mes espérances. La deuxième...

— Pouvons-nous parler de l'affaire polonaise, monsieur ?

— ... La deuxième : nous n'allons pas parler de l'affaire polonaise. Pas pour l'instant. Ni l'instant d'après. Pas un mot. Rien ne presse, contrairement à ce que vous semblez croire.

Et il tint parole, s'acharnant très méticuleusement, en revanche, à passer au crible toutes les opérations effectuées par la banque depuis le début de l'année ; n'hésitant pas à réclamer la présence momentanée de tel ou tel chef de service, pour des explications plus précises. Cela pendant les trois premières heures de la matinée. Après lesquelles on fit la pause. Paul Quant et lui allèrent déjeuner légèrement en tête à tête au *Lion d'Or* de Cologny, d'une mousseline de truite au coulis d'écrevisse. Retour à la banque. Quatre nouvelles heures de travail. La nuit tomba sur Genève, les étages de la banque se vidèrent. Gros-Minet ralluma son cigare éteint depuis la fin du déjeuner. Il s'adossa et allongea les jambes. Ce fut comme un signal convenu de ce que l'on changeait maintenant de registre. Il dit :

— Parlez-moi de Raab.

Paul raconta la rencontre de Dresde.

Gros-Minet : « Et il a insisté, une fois ici, pour que Julie Saban et vous, et nul autre, soyez les *trustees* [1] de sa panama ?

A nouveau, Paul raconta : comme il l'avait annoncé lors du déjeuner au *Konigstein* de Dresde, Walther Raab avait effectué son voyage à Genève ; dès son arrivée sur les bords du lac, il avait téléphoné à Paul depuis son hôtel — le *Rhône,* quai Turettini —, avait invité Paul à déjeuner ou dîner et, après le refus poli de ce dernier, l'avait prié de l'honorer d'une visite.

— Et vous y êtes allé.

— Avant-hier soir. Il insistait, ne voulait avoir affaire qu'à moi, personnellement. Appartement 14. Il m'a demandé comment on créait une société dans un paradis fiscal, très confidentiellement, en vue de réaliser certaine spéculation.

— Qui a suggéré une panama ?

1. Trustees : propriétaires apparents détenant les actions d'une société à titre fiduciaire, pour le compte d'un tiers, le propriétaire réel.

— Moi.

— Et l'idée de prendre Julie Saban comme *cotrustee* [1], avec vous ?

— Mon idée.

— Il connaissait le nom de Mlle Saban ?

— Il n'a pas paru le connaître. M'a simplement demandé de prévoir un *cotrustee* en qui j'aurais, moi, une confiance absolue.

— Paul, je sais très bien que vous ne pourrez pas me répondre en toute certitude. Ce que je veux, c'est votre sentiment personnel, intuitif : Raab vous a-t-il semblé opérer pour son propre compte, tel un haut fonctionnaire est-allemand se préparant à un passage à l'Ouest, ou bien agissait-il dans le cadre d'une manœuvre concertée, autrement dit sur ordre de son gouvernement ?

— La deuxième explication, monsieur.

Les petites mains potelées de Gros-Minet se joignirent, doigt par doigt.

— Et il vous a remis cent mille dollars en liquide ?

— Oui, monsieur.

— Vous lui avez signé un reçu ?

— Oui, monsieur.

— Il avait un passeport est-allemand ?

— Oui, monsieur.

Les prunelles jaunes de Gros-Minet ne lâchaient pas Paul :

— Et avant-hier, il n'a pas précisé de quel type de spéculation il s'agissait ?

— Non, monsieur.

— Alors qu'hier au contraire...

— Hier, il m'a dit que je devais acheter de l'or à terme. Pour un million de dollars moins les frais, avec un *deposit* de dix pour cent.

— Or livrable au 21 janvier de l'année prochaine ? Les contrats doivent êtres reportés tous les trimestres jusqu'à cette échéance.

— Oui, monsieur.

— Le matin ou l'après-midi ?

Paul sourit :

— Il n'a pas précisé.

— Vous avez revu ce Raab, hier ?

1. Pratique bancaire fréquente consistant à faire apparaître deux ou plusieurs prête-noms comme administrateurs des sociétés détenues par un tiers.

— Il m'a téléphoné pour me passer ses consignes. L'appel venait de Berlin-Ouest. Il a bien sûr utilisé le code convenu.

Silence. Gros-Minet se mit à contempler le plafond. Dit enfin :

— Paul, appelez la réception de l'*Hôtel du Rhône,* je vous prie, et passez-moi la communication.

Trois minutes. Gros-Minet remercia très courtoisement et raccrocha, ses yeux dans ceux de Paul :

— Si j'ose m'exprimer ainsi, dit-il, les choses sont claires : ils n'ont pas eu, à l'*Hôtel du Rhône,* dans une suite ou une chambre ordinaire, de client appelé Walther Raab depuis des lunes, surtout en provenance d'Allemagne de l'Est. Et je vous parierais qu'au contrôle des frontières, aucun Raab Walther, de Dresde, n'a été signalé au cours des cinq dernières années. Vous voulez parier, Paul ?

— Je n'en vois pas l'intérêt, dit Paul.

— Votre explication à tout ceci ?

— Ou bien j'ai inventé ce Raab que je suis le seul à avoir vu et dans ce cas je dispose de cent mille dollars que quelqu'un m'aurait remis en paiement de quelque chose... ou bien quelqu'un me tend, ou continue de me tendre un piège.

Gros-Minet sourit avec une extrême bienveillance :

— C'est tout à fait cela, Paul. Si nous allions dîner ?

Ils dînèrent, toujours en tête à tête, au restaurant du *Richemond,* où l'une des suites, retenue à l'année par la banque, allait héberger Gros-Minet pour la nuit :

— Et maintenant, parlons de votre Popov.

— Mais toujours pas des Polonais.

— Toujours pas.

Gros-Minet composa le menu, avec sa minutie ordinaire et une gravité qu'il n'eût sans doute pas accordée à un plan de sauvetage du franc. Sitôt qu'ils furent à nouveau seuls :

— Votre Popov a cinquante-sept ans. Il est, comment dire ? le ministre des affaires financières extérieures de l'Union soviétique, le Grand Pourvoyeur en chef de devises. Vous l'avez déjà rencontré deux fois ? Je l'ai vu à peine plus souvent que vous. Trois fois en tout, dont deux qui ne comptent guère. D'abord, en 58, il faisait partie d'une délégation soviétique qui vint nous voir à Paris. Il se tint en retrait, ne dit pas un mot ; quand on s'adressait à lui, il souriait et ne semblait pas comprendre un traître mot de français, d'anglais, d'allemand ni d'aucune autre langue civilisée ; on aurait dit un sous-fifre, de quatorzième rang, en rupture de steppe... Seigneur, Paul, goûtez-moi ce romanée-conti 1940, c'est une pure merveille !... En rupture de steppe, donc. Seulement, trois mois plus tard, en janvier 59, voici tout juste vingt ans quelle coïncidence, je me trouvai moi-même à Londres, au *Connaught* et quand je demandai la suite que votre père et moi nous sommes disputée pendant des années, on me répondit qu'elle était prise, qu'un autre habitué l'occupait...

— Popov.

— Popov. Et je fis en sorte de le rencontrer, son nom me rappelant quelque chose. Je le rencontre donc et découvre que j'ai été roulé dans la farine. Car notre homme parle le français, et l'anglais, et Marx seul sait combien d'autres langues. Il connaît la France tout autant ou presque que moi et pire encore — j'en ai eu sur le moment un haut-le-corps d'indignation jalouse — peut vous parler une heure pleine de l'arôme tertiaire d'un saint-émilion ou du bouquet d'un La-Tache. Je découvris tout cela parce que ce soir-là à Londres, il m'invita à dîner, l'air en plus de se payer quelque peu ma tête et laissant paraître par instants je ne sais quelle jubilation intérieure. Au point que j'annulai un autre rendez-vous que j'avais et acceptai l'invitation. Mais en deux heures, je ne lui tirai pas un mot sur lui-même et ses fonctions réelles. Je rentrai à Paris, appelai un ministre ou deux, je réclamai un dossier. On me le fournit : il était laconique. Né à Moscou en 1922, études à Moscou ; un blanc entre 41 et 45, on ne sait pas où il est ni ce qu'il y fait ; il est à Yalta en février 45, comme interprète pour l'anglais ; nouveau blanc entre 45 et 51 ; réapparaît en 51 dans une mission économique en Finlande ; un blanc ; en 53, très sûrement par suite de la mort de Staline, se retrouve en Suisse, en France, aux Etats-Unis, en Amérique latine, toujours dans des missions, toujours officiellement à l'arrière-plan, dans un rôle indéfini ; blanc à partir de février 55, c'est le temps où Malenkov cède le pas à Boulganine ; retour à la surface en 56, au moment de Budapest ; de nouveau en Suisse en juin 57, quand Khrouchtchev se débarrasse de Molotov, Malenkov et autres Kaganovitch...

Gros-Minet fit silence à l'approche des maîtres d'hôtel et serveurs papillonnant.

Puis reprit :

— ... En janvier 58, date de ma rencontre avec lui à

Londres, quand je perçois cette jubilation en lui, jubilation que j'attribue au fait qu'il a dû se voir confier des fonctions importantes, enfin, après des années d'attente...

Deuxième intermède. « Otez-moi cet horrible pain de sous les yeux, s'il vous plaît, maître d'hôtel. Ne suis-je pas assez rond comme cela ? »

— ... En janvier 58 donc, il achète son appartement de Paris et celui de New York et c'est également la date où Nikita « la Godasse » prend les commandes dans ses seules mains. Popov est présent — en retrait et officiellement sous la dénomination de conseiller économique, à la rencontre de Vienne entre Kennedy et Khrouchtchev. On n'entend plus parler de lui entre 62 et 63, mais c'est pour mieux rebondir : le 14 octobre 64, Brejnev remplace Khrouchtchev et notre homme atteint son apogée : il achète son appartement en duplex du Sonnenberg, à Zurich, et dès lors ne cesse plus de voyager à travers le monde, tantôt s'entourant du plus grand luxe, comme un Rockefeller ou un Getty, tantôt s'enfouissant dans l'anonymat. C'est un vrai financier, Paul, et de très haute volée, comme il n'y en a pas trois sur la planète; le plus puissant du monde et évidemment le plus secret. Lui a l'Armée rouge, plus le K.G.B. et tout le réseau communiste du monde. Son rôle premier est de veiller à l'approvisionnement en devises de l'empire, vital pour l'acquisition de hautes technologies nécessaires à l'U.R.S.S. Je n'ai aucune preuve, mais des chiffres courent sous le manteau. Paul, pourriez-vous imaginer Coca-Cola, I.B.M., ou Ford partiellement aux mains des Russes, par actionnaires complices et sociétés interposés ?

— Difficilement.

— Vous auriez tort : rien ne s'y oppose. Rien. Les chiffres qui courent font état de quatre cent cinquante mille sociétés dans le monde occidental dans lesquelles les Soviétiques auraient des intérêts, et seraient parfois majoritaires à travers une multitude de prête-noms [1]. Et qui dirige cette monstrueuse pyramide de l'ombre ?

— Le tentaculaire Popov.

— Que prendrez-vous comme dessert ?

— Soufflé à la vodka, dit Paul.

— Ça s'impose, dit Gros-Minet.

1. Pour contourner la loi américaine qui oblige à une déclaration lorsqu'une personne ou une société détient plus de cinq pour cent des actions d'une société cotée en Bourse.

5

— Il y a là, dit la mère de Julie, une paire de lunettes avec un grand dadais derrière, qui te réclament.

— Je suis au Tibet, dit Julie.

— Va le lui dire toi-même. Il est dans la bibliothèque, à répondre à ton père qui voudrait bien savoir quoi faire de toutes ces obligations que tu lui as fait acheter.

La propriété des Saban à Cologny, à quelques kilomètres de Genève, se trouvait sur la hauteur. Le jardin en était superbe, il était l'heureux résultat de quatre siècles de soins ininterrompus. Des traces de la neige de l'avant-veille subsistaient entre les haies de troènes et encerclaient le pied d'un épicéa. Le ciel était bas et plombé. Julie frissonna. Paul remarqua, suave :

— Je suis persuadé que dans ta chambre, il y a du feu, et des tas de fourrures.

— Va au diable.

Il la prit dans ses bras, elle se dégagea aussitôt. Mais il n'avait pas lâché ses épaules et à nouveau l'attira contre lui. Il l'embrassa :

— Froide comme la mort.

Il l'embrassa encore, sur les paupières, l'arête du nez, sur les lèvres ; lui-même fermant les yeux par instants, en proie à une incroyable tendresse à laquelle il s'abandonnait :

— Cela fait plus d'un mois, Julie ; cela fait presque deux mois, en fait. Et j'en ai par-dessus la tête. On est dimanche, j'erre dans ce grand appartement solitaire et glacé qu'on m'a contraint à habiter, au lieu de mon nid douillet rue de la Corraterie, d'où je pouvais te surveiller avec une longue-vue. Julie, j'ai un cafard noir.

— Très bien, dit-elle.

— Tu ne vas pas me croire : j'ai même envisagé de laisser tomber cette foutue banque.

— Bravo.

— Tu ne me crois pas, c'est ça ?

— Non.

Ils arrivèrent, au bout d'une allée, devant la grosse Mercedes grise qui était également de fonction. Il en ouvrit la portière.

— Non. Je n'ai aucune envie de me retrouver coincée

entre un levier de vitesse et un obsédé sexuel, dit-elle avec un humour amer.

— Il faut que je te parle.

Il la considérait de toute sa haute taille, maigre et dégingandé, visage et mains bleuis par le froid (il ne portait sur son tee-shirt qu'un simple blouson de toile, à peine suffisant pour la fraîcheur d'une nuit marocaine). Et il eût été attendrissant s'il n'y avait eu ce regard, que les verres fumés de ses lunettes ne pouvaient dissimuler tout à fait : perçant, et énigmatique.

— Je t'en prie, Julie...

D'un coup, elle se décida, après un dernier coup d'œil vers la façade de la maison, où rien ne bougeait. Elle prit place dans la voiture, se pelotonnant et s'enfermant dans son manteau de cuir doublé de fourrure, comme on se claquemure dans une forteresse. Ils roulèrent dans une Genève quasiment morte, plutôt triste, où le temps hésitait entre neige et pluie. L'appartement de fonction dans lequel Paul Quant avait succédé à Henri de Chastel, se trouvait sur le quai Wilson, à l'aplomb du parc Mont-Repos, découpant par ses douze fenêtres le panorama du lac, des monts du Jura, du Salève et du mont Blanc. Il comportait huit pièces, outre le logement du couple de domestiques. Julie n'y était venue qu'à deux reprises, pour y dîner, au temps où Hélène de Chastel était la maîtresse de maison. Elle parcourut plusieurs des pièces et remarqua, sur un ton de sarcasme :

— Solitaire et glacé, hein ?

Il n'était pas une pièce qui ne fût admirablement meublée. Du Louis XVI pour les deux salons et la salle à manger, du Charles X pour la bibliothèque et le bureau ; à grand renfort de meubles marquetés, où tantôt dominait l'ivoire, tantôt les bois fruitiers, citronnier ou loupe de noyer. Paul Quant :

— J'ai toujours eu horreur de ce genre de décor. Toi aussi, d'ailleurs. Mais je n'ai fait que compléter ce qu'avait laissé Hélène. La bergère en gondole et les fauteuils cabriolets sont d'authentiques Jacob, les bronzes sont des Gouthière, l'une des consoles est de la propre main du cousin de la belle-sœur du concierge de Jean-Baptiste Boulard. Julie, pour l'amour du ciel enlève ce sacré manteau ou bien je m'assois par terre et j'inonde le tapis chinois de mes larmes. J'ai envie de toi à en crever et j'en crève.

Mais elle parut ne pas entendre. Elle tenait serrés sous

son menton les revers en vison de son manteau, l'air d'appréhender une attaque imminente. Elle pénétra dans le deuxième des salons et tomba en arrêt devant une collection complète de *Dinky Toys,* modèles réduits de voitures des années cinquante et soixante, alignées sur les étagères de deux armoires-vitrines de Riesener. Elle secoua la tête, incrédule :

— Ne manquent plus que ton seau et ta pelle, du temps où tu faisais des pâtés de sable.

— La chambre est au sud-ouest, à deux mètres cinquante environ à gauche des Coromandel.

— Je m'esclaffe, dit-elle fort calmement.

Mais elle ouvrit la porte de la chambre à coucher, aux murs tendus de soie cannelle et centrée sur un gigantesque lit à la turque.

— Tous les crédits spéciaux de la banque y sont passés, dit-il. Je l'ai fait tout exprès venir d'Allemagne. Il aurait appartenu à Louis II de Bavière. Julie, il y a pas mal de choses que je ne t'ai pas dites, et d'autres dont tu ne m'as pas parlé. Entre autres l'affaire de Vegas. Mais je n'ai aucune intention d'en discuter maintenant.

Elle entra dans la chambre, alla jusqu'à la porte de la salle de bains, qu'elle ouvrit. Avec l'air de chercher quelque chose, elle parcourut du regard les marbres noirs et le mini-jardin exotique. Se retournant, elle fixa la coiffeuse qui se trouvait dans l'exact alignement du lit. Ce meuble-là au moins lui était familier : Paul et elle l'avaient acheté ensemble, part à deux, lors d'une vente chez Sotheby-Genève, d'une collection Maurice Segoura.

— Je t'ai dit que je voulais te parler, reprit Paul de l'autre pièce. Je veux te dire encore ceci : entre toi et la banque, je n'hésiterai pas.

— Tu n'abandonneras jamais la banque.

— Tu n'en sais fichtre rien.

Elle continuait de fixer la coiffeuse, dite « coiffeuse d'accouchée », et qui était probablement de Weisweiler. Elle finit par s'en approcher et à deux mains en actionna le mécanisme secret, qui les avait tant amusés, elle et lui, au moment de l'achat. Toute une partie du meuble glissa latéralement et une photo apparut, la représentant, elle Julie, parfaitement nue et sortant de la mer, sur une petite plage tropézienne. L'objectif avait saisi, avec une précision étincelante, les brillantes gouttes d'eau aux pointes de ses seins dressés, ou prises dans la toison de son ventre, que dorait le soleil à contre-jour.

Laissant la photo exposée, elle alla s'asseoir sur le lit, entre les deux dossiers latéraux qui faisaient comme des accoudoirs de géant.

Il apparut sur le seuil sans qu'elle tournât la tête. Elle dit :

— Aucune explication. Pas de questions. A prendre ou à laisser. C'est ça ?

— C'est ça.

Elle bougea et le regarda :

— Ote tes lunettes.

Il s'exécuta. Elle put plonger son regard dans les impénétrables prunelles vert sombre. Six jours plus tôt, elle avait reçu une deuxième enveloppe jaune, tout aussi anonyme que la première, expédiée du même bureau de poste de la rue de La Pompe à Paris. Cette fois encore renfermant une photo, prise au télé-objectif, où Paul apparaissait sous les arcades d'une place de Dresde, en Allemagne de l'Est, en train de bavarder en souriant avec un homme blond vêtu d'un manteau de cuir noir. Deux textes accompagnaient l'épreuve : l'un était un article paru dans le *Washington Post* qui traitait d'une officine spécialisée dans la fabrication de faux documents de toutes sortes (le journal américain publiait un cliché de l'entrée de l'immeuble concerné, sous les arcades de la place du Vieux-Marché à Dresde). L'autre texte était la reproduction d'une fiche signalétique telle qu'en établissent les services de renseignements : de face et de profil, l'homme blond en manteau noir était bien à n'en pas douter l'interlocuteur de Paul Quant ; la fiche soulignait son appartenance « avérée » au K.G.B. et mentionnait ses identités d'emprunt connues Igor Vlassov, Arkadi Tsypine, Jurgen Katz, Kasimir Nowotarski, Walther Raab...

Walther Raab.

Julie continuait à sonder le regard de Paul. Et cédant soudain :

— Oh ! mon Dieu, dit-elle la gorge nouée, je t'aime tant !

Elle se laissa tomber sur le lit. Atterrée mais émerveillée aussi, bouleversée jusqu'aux larmes, par cette découverte qu'elle venait de faire : la seule vérité était là, dans son amour pour Paul, irrémédiable.

Quoi que Paul eût pu faire, s'il avait ou non fait quelque chose...

Quoi qu'il pût leur arriver à tous deux, désormais.

Elle dit une seconde fois :

— Je t'aime tant.

Et s'abandonnant, elle tendit les bras, prit entre ses mains le visage de Paul, et l'attira vers elle.

Pendant la fin de février et le début de mars, Paul Quant s'absenta une nouvelle fois de Suisse. Ce voyage tenait encore au prêt polonais. Prétexte fort plausible, si tant est que ce fût un prétexte.

Le prêt polonais, donc, était syndiqué. C'est-à-dire que le C.F.I.-Suisse y était associé, en tant que bailleur de fonds, à des groupes financiers. Pour l'essentiel, une banque américaine. Mais aussi divers établissements d'Allemagne fédérale, de Belgique et d'Italie, pas mal enchevêtrés dans un épais fouillis de sociétés plus ou moins connues. S'ajoutait à tout cela une banque suisse, dont la participation était purement nominale, « pour la carte de visite », selon la formule.

Le membre américain du syndicat pour le prêt polonais était une banque de New York, parmi les cinq plus grandes de la place. Donc, pour tout ce qui concernait l'affaire varsovienne, l'homme en charge était un certain Ted MacManus.

Reparti de Paris (où il avait passé trois jours), le vendredi 2 mars 79, Paul Quant arriva à New York par Concorde en début de matinée. Il passa l'après-midi à l'agence new-yorkaise du C.F.I., la soirée au restaurant *Palm* (où il avait invité le directeur du C.F.I. aux U.S.A.), la nuit à l'hôtel *Mayfair Regent*.

Le mystère quant à son emploi du temps durant ce voyage concerne donc uniquement ce qu'il fit entre le samedi 3 midi, et le lundi 5 douze heures. Puisque l'on sait que jusqu'à ce même samedi midi, il se trouva — le rendez-vous avait été pris depuis Genève — en compagnie de Ted MacManus.

Une cinquantaine solide, un physique puissant et assuré. Pour le caractère, une jovialité courtoise qui n'avait même pas pour but de dissimuler le plus naturel des cynismes MacManus était (comme Paul) banquier de naissance. Il avait derrière lui sept générations d'hommes d'argent, Ecossais qui bien qu'américanisés n'avaient rien perdu de leurs vertus ancestrales.

Il prononça les mots d'usage en pareille occasion, dit sa tristesse de la mort de « ce pauvre Henri », sa conviction de ce que la nomination de Paul était la meilleure chose pouvant survenir à la banque. Il ajouta :

— Et quel est votre handicap moyen, au golf ?

— Selon les parcours, entre trois et quatre cents, répondit Paul.

MacManus affirma qu'il n'avait rien contre un peu d'humour. Et que, pour parler tranquillement, rien ne valait de pousser une balle sur un green.

— Ne vous préoccupez pas de l'équipement, on vous prêtera tout ça au club-house.

Ils allèrent jouer dans l'un des clubs select de Long Island.

Dès le premier drive du premier des dix-huit trous, MacManus considéra Paul Quant d'un œil pour le moins surpris. Le Un était un *par* quatre, un bon joueur moyen devait donc en principe, trois coups après le départ, être en position de lutter pour le trou. MacManus réussit un *birdie* d'entrée et passa les trente-cinq minutes suivantes à attendre son partenaire français. A la quatorzième tentative enfin, au prix de ce qui n'était même pas un putt mais un nouveau drive qui, en toute logique, aurait dû précipiter la balle dans l'Atlantique, Paul rejoignit l'Américain, lui sourit : « Je vous avais prévenu. » Le pire étant qu'il avait l'air plutôt content de lui, sous sa nonchalance.

— Et vous jouez depuis longtemps ?

— A peu près trente ans. Mon papa a toujours beaucoup insisté.

C'était une belle matinée froide et claire de fin d'hiver. Les deux hommes convinrent qu'au train où allaient les choses, le week-end ne suffirait pas pour terminer le parcours. Plantant là leurs caddies électriques, ils se mirent à marcher sous les arbres.

— Qui avez-vous rencontré en Pologne ?

Paul cita des noms, énonçant avec une déconcertante aisance des patronymes polonais imprononçables, à moins d'être polonais soi-même. Il donna la composition de chaque équipe qu'il avait eue en face de lui, tant à Varsovie qu'en Silésie. Et MacManus écoutait cette énumération ahurissante, partagé entre la question de savoir si Quant essayait de le bluffer, par l'étalage d'une aussi fabuleuse mémoire, ou bien s'il était réellement aussi indifférent qu'il semblait l'être à l'impression qu'il pouvait produire.

— En somme, dit MacManus, vous avez rencontré toute la Pologne, sauf Gierek.

— Voilà.

— Vous savez vraiment le russe ?

— *Da*, dit paisiblement Paul.

— Et le polonais ?

— Un peu.

De nouveau, MacManus le fixa avec curiosité, se posant pas mal de questions. Et juste à cet instant, Paul Quant tourna vers lui son visage aveugle où, derrière les verres fumés s'assombrissant à proportion de la lumière, le regard était anormalement acéré, lourd, voire sarcastique. Sans doute devina-t-il ce que le New-yorkais avait en tête, car il sourit et dit :

— Je me le suis souvent demandé, moi aussi.

— Demandé quoi ?

— Pourquoi on m'avait nommé. Et si je n'avais pas été un peu ou prou influencé par les Popoffs, lors de mon séjour chez eux pour apprendre leur langue.

Interloqué, MacManus mit quelques secondes à se remettre. Déjà, il était agacé par l'interruption de leur partie (il était convaincu que Quant avait joué mal *exprès*). Le sentiment que Quant, en plus, se payait sa tête, ne fit rien pour arranger les choses. Il dit assez brusquement :

— Parlez-moi de cette affaire polonaise, puisque vous êtes venu me voir pour cela.

— Sur les cinq milliards de dollars du prêt, la banque américaine à elle seule s'était engagée pour douze cents millions ; le C.F.I.-Suisse pour nettement plus du double ; le reste avait été apporté par les partenaires européens non français. Très évidemment, des préoccupations proprement politiques avaient pesé leur poids, lors de l'octroi des crédits. Prêter de l'argent à l'Est, développer au maximum les échanges entre les deux blocs était la meilleure façon de favoriser la détente. Tel était le credo officiel. Même si, pour des financiers américains, un tel credo pouvait ressembler à un prétexte, fort bien venu : la crise pétrolière de 73 avait fait déferler dans leurs coffres des quantités monstrueuses de pétrodollars, en provenance des pays producteurs de pétrole donc, dollars qu'il avait bien fallu placer. Pour tout banquier normalement constitué, laisser des capitaux improductifs est plus qu'une faute, c'est un crime...

— Et vous êtes venu à seule fin de m'expliquer ça ? demanda MacManus.

— Je comprends toujours mieux les choses quand je les explique, répondit Paul Quant avec beaucoup de suavité. Et je me résume : il y a eu un prêt de cinq milliards de dollars ; ce prêt a été consenti par mon pays et nos partenaires européens avec un bel enthousiasme et pour des raisons qui étaient plus spécialement politiques. Les raisons étaient essentiellement financières en ce qui vous concerne. D'accord ?

MacManus haussa les épaules. Paul lui sourit encore :

— Vous êtes d'accord. Je reprends. Ce prêt de cinq milliards est un prêt syndiqué, dont ma banque assure le *leadership*[1]. Par le truchement de sa filiale suisse. Dont je suis le directeur, moi, Paul Quant.

— Où voulez-vous en venir ?

Leur déambulation les avait conduits en vue du green du Neuf, que défendait une série de petits bunkers de sable. Paul Quant se pencha sur l'herbe rase du fairway et, à l'aide d'un club imaginaire, mima très exactement, avec un style que n'aurait pas désavoué Ballesteros, un drive d'anthologie. « J'avais raison », pensa MacManus, « il pourrait jouer remarquablement s'il le voulait. Pourquoi diable fait-il le clown ? »

— Vous n'avez pas répondu à ma question, Paul. Où voulez-vous en venir ?

Figé dans la position ultime du drive, les yeux suivant au loin une balle imaginaire qui aurait volé à n'en plus finir, par-delà le détroit de Long Island jusqu'au Connecticut, Paul finit tout de même par bouger, et ramena son regard sur l'Américain :

— C'est justement là où est le problème, Ted. Je ne sais où je vais ni où je veux en venir. Parce que pour moi la chose est parfaitement claire : ces Polonais ne nous paieront jamais. Jamais. C'est ce que j'ai dit à mon président, dès mon retour de Pologne — je suis convaincu que vous êtes au courant de mes conclusions, par lui, puisqu'il est clair qu'il vous a téléphoné, sachant que j'allais venir vous voir. Ces conclusions n'ont pas l'air de vous troubler, pas plus qu'elles ne l'ont troublé, lui. Et pour avoir bien connu Chastel que je viens de remplacer, je suis évidemment sûr qu'il avait, bien avant moi, peut-être dès le début, dès 1975, compris ce qu'il en était. Et néanmoins il a continué de faire comme si. Jusqu'à sa mort.

Sourire.

1. Est chef de file.

« Jusqu'à sa mort. Et je me pose des questions, Ted. On peut à la rigueur imaginer que des banques européennes, plus ou moins asservies à leurs gouvernements respectifs, au nom d'intérêts supérieurs, acceptent de telles situations. Mais vous ne dirigez pas une banque nationalisée, Ted. Pas vous. Vous, vous êtes un financier, et des plus avisés, recherchant le profit avant toute chose... Non, laissez-moi parler, je vous prie. Je sais ce que vous pourriez me dire : que les Polonais paieront tôt ou tard, que par exemple certains signes se sont manifestés en Pologne comme la fameuse loi du 10 novembre 77 [1]... Je me trompe, Ted ?

— Je vous laisse parler, répondit MacManus.

— Merci, Ted. Un banquier qui veut inscrire sur ses livres des montants de créances dont il sait qu'il n'a pas une chance sur un milliard de les récupérer a le choix entre trois formules consacrées et pudiques : « dettes à haut risque », « dettes à consolider »... et *pure losses*, pertes pures, le comble de l'infamie bancaire. Quelle formule avez-vous choisie, Ted ?

Ted MacManus leva les deux mains ensemble, tout en souriant, l'air de dire : « Je me rends », ou bien : « Je vous laisse parler. »

Paul Quant acquiesça, ôta ses lunettes, en essuya les verres avec un mouchoir en papier qu'il roula ensuite en boule, avant de le remettre dans une de ses poches :

— Ted, vous perdez ou allez perdre, intérêts comptés, un milliard et demi de dollars. Avec un flegme qui vous honore. C'est votre affaire. Je n'ai pas votre flegme — mon sang latino-irlandais sans doute. Moi, l'idée que ma banque est en train de perdre ou a déjà définitivement perdu pas loin de trois milliards de dollars, cette idée m'agace. Profondément.

Il sourit :

« Le manque d'expérience, sans doute. Et la réponse à votre question est non. Aux deux questions.

— Quelles questions ?

— Vous étiez sur le point de me demander, d'une part si je n'avais pas envie de reprendre la partie, sans faire le

1. La loi du 10 novembre 77 permet (ou permettait) à des personnes privées de louer certains magasins d'Etat, pour les gérer en faisant tous les bénéfices possibles ; elle facilite (ou facilitait) la vente de terres d'Etat à des particuliers ; elle étend (ou étendait) enfin le domaine privé en agriculture.

clown cette fois, et d'autre part si j'acceptais de passer le week-end chez vous, à condition que nous n'y parlions pas de banque. Exact ?

— Exact.

— Désolé, non. Dans les deux cas. Mais merci pour l'invitation, dit Paul Quant.

Sur quoi il partit de son grand pas de faucheux, laissant MacManus réellement perplexe.

Paul ne regagna Genève que dans l'après-midi du lundi suivant. Tout le monde pensa qu'il avait séjourné chez MacManus durant le samedi après-midi et le dimanche.

Julie Saban elle-même le crut. Jusqu'au jour où elle découvrit la vérité.

6

Pierre Quant débarqua noblement, en fin d'après-midi du 13 avril, soit deux jours avant Pâques, sur les bords du lac Léman, également dit de Genève (surtout par les Genevois), au volant d'une étourdissante Rolls-Royce de 1934, bleu sombre et rouge, dont l'intérieur était en loupe d'orme. Au premier coup de klaxon, Paul descendit sur le quai Wilson et fit lentement le tour de la voiture, très impressionné. Il finit par s'accouder à la portière avant droite :

— Tante Amélia a craqué ? C'est à peine croyable.

Tante Amélia était la grand-tante de Paul, la tante de Pierre et elle marchait allègrement sur ses cent ans. Les piétinait même, à vrai dire. Elle habitait en Irlande, dans un stupéfiant château de cent cinquante pièces environ où l'on identifiait distinctement dix-sept styles différents, tous mêlés avec une malignité sardonique.

— *Phantom II Continental,* dit Pierre. Rarissime. Montée sur un châssis long au lieu d'être portée par un vulgaire soubassement.

— La différence est aveuglante, concéda Paul. Et vous l'avez eue comment ?

— Echangée contre trois dessins de Lautrec, un Klimt et cette composition de Piet Mondrian qui de toute façon m'a toujours coupé l'appétit.

— Marché de dupes. Pauvre tante Amélia.

— Je sais. Nous autres banquiers avons le sens des affaires. Monte.

Le chauffeur en livrée assis à l'arrière mit pied à terre et Paul prit place à côté de l'auteur de ses jours. Dans un silence feutré la Rolls s'engagea sur la route de Saint-Gingolph par la rive suisse. Jusqu'à Coppet, ils se turent. Paul se retournait de temps à autre, nonchalamment. Mais on ne semblait pas les suivre. La Phantom II roulait à quarante kilomètres à l'heure. Pierre dit enfin :

— Paul ?

— Oui, papounet.

— Tu avais raison. C'est la plus fabuleuse opération de spéculation sur l'or dans l'histoire universelle de la banque.

Outre une identique maladresse à piloter les véhicules automobiles, Pierre et Paul Quant avaient de fort nettes ressemblances physiques, à commencer par leurs mains, grandes, longues et fines. Celles de Pierre étaient couvertes de mitaines en cuir, spécialement conçues — on lui en avait fait le serment — pour la conduite des Rolls-Royce. Paul, lui, ne portait pas de gants. Ses doigts étaient allongés, posés sur ses cuisses, et ils bougeaient doucement, comme animés d'une vie indépendante. Cela, avec le brusque élargissement de ses prunelles qui s'écarquillèrent un peu, fut le seul signe visible de l'émotion qui le prit, à cet instant. Il demanda :

— Et avez-vous pu vous faire une idée du nombre de courtiers qui sont entrés dans la bataille ?

— Des milliers, Paul. *All over the world,* dans le monde entier. Peut-être cinq mille, ou davantage.

Silence. Hormis le très léger tintement d'une bouteille, dans le bar derrière eux.

— Il y a un doute, papounet, une possibilité d'erreur ?

— J'en donnerais à couper la tête de tante Amélia, répondit Pierre.

Le cours de l'or, son *fixing,* est déterminé à Londres chaque jour ouvrable par les membres d'une sorte de club privé, sur la foi de renseignements concernant l'offre et la demande qui leur parviennent de tous les marchés mondiaux.

Au cours de l'année 78, il s'était échangé sur ces marchés 3 460 tonnes d'or. Et sur les 1 730 tonnes offertes aux acheteurs, l'Union Soviétique à elle seule en avait vendu 430.

L'U.R.S.S. et bien évidemment l'Afrique du Sud (706 tonnes vendues en 78) sont les deux principaux producteurs d'or dans le monde, de fort loin.

— Paul, je ne t'apprends rien : quand l'Union Soviétique souhaite faire monter le prix de l'or, elle fait circuler des bruits selon lesquels, entre Moscou et Pretoria, des accords secrets sont sur le point d'être conclus, visant à une limitation de leur production respective. Le résultat est souvent immédiat : sur toutes les places, on se rue sur la barre et le lingot. Et qui démentirait ? Les Sud-Africains ? Ils sont producteurs, eux aussi, et toute hausse fait leur affaire, mets-toi à leur place.

— J'ai faim, dit Paul.

La Rolls avait dépassé Coppet, elle entrait dans Nyon, la nuit était tombée depuis un moment. Progressant toujours à la même allure lente, comme cérémonieuse. Pierre Quant parvint sur l'esplanade, ralentit encore devant les colonnes romaines que couronnait un fronton sculpté. Il stoppa, en vue du lac et des montagnes de Savoie :

— J'ai fait ce que tu m'as demandé, Paul. Je l'ai fait sans savoir pourquoi je le faisais. Puisque tu ne m'as rien dit, rien expliqué. De Dublin d'abord : j'ai rendu à moitié folles les standardistes du Shelbourne et dépensé une fortune en chocolats d'Hanselmann, ne ricane pas, s'il te plaît. Puis de Londres. J'ai passé trois, peut-être quatre cents coups de téléphone. J'ai plus travaillé ces dernières semaines qu'en vingt-cinq années de banque. J'ai même dû séjourner à Chicago, que pourtant j'abomine, et il m'a fallu me rendre au Japon, Dieu te pardonne.

— Désolé, papounet.

— Ne fais pas l'imbécile, en plus.

— Papa, j'ai faim et besoin de savoir comment vous êtes parvenus à ces conclusions.

— A ces trois ou quatre cents hommes que j'ai appelés, plus la bonne centaine que j'ai rencontrés physiquement, surtout à Londres et Chicago, à Zurich, New York et Paris, et dans le Far-East, à tous j'ai posé les mêmes questions. Expliquant comme tu me l'avais suggéré que je préparais un livre sur l'or, son marché, ses bizarreries, son évolution actuelle. J'ai pendant trente-huit ans fait partie de la Famille, et mon papounet à moi m'avait précédé ; on m'a parlé. On m'a raconté les histoires les plus incroyables, que pour la plupart je connaissais déjà et face à certains de...

— Papounet ?

— D'accord, allons au fait : en vingt-sept occasions, j'ai relevé ce phénomène tout à fait extraordinaire : des courtiers dont je suis quasiment certain qu'ils opèrent pour le compte de l'U.R.S.S. en train non pas de vendre, mais d'acheter de l'or.

— A terme.

— Oui. Tous les contrats renouvelables par trimestre passés depuis le 20 janvier dernier viendront à terme entre le 21 et le 25 janvier prochain. Et pour tous les contrats passés *avant* le 20 janvier de cette année, je suis prêt à parier qu'ils seront reportés. Paul ?

— Oui, papa ?

— Que va-t-il se passer d'ici au 21 janvier prochain ? Quel événement aura pour conséquence de faire monter l'or sans doute jusqu'au vertige, et dont seuls les Russes connaissent la nature ?

— Je ne suis pas popoff, dit Paul. Ni Popov, moins encore.

Ils avaient abandonné les sièges avant de la Rolls et étaient venus s'asseoir à l'arrière. Pierre ouvrit le bar, en retira une bouteille de champagne Dom Pérignon rosé et deux flûtes. Ils burent. Le Léman disparaissait dans la pénombre.

— Vingt-sept cas, avez-vous dit ?

— Vingt-sept. Avec un peu plus de temps, j'en trouverais des dizaines, voire des centaines d'autres. A mon avis, je te l'ai dit, on utilise des milliers d'agents. L'opération a commencé. Elle se poursuit.

— Parlez-moi de ces vingt-sept cas, je vous prie.

— De tous ?

— Un exemple suffira, s'il est typique.

— L'un des premiers que j'ai trouvés s'appelle Gérard Katz. C'est un Belge possédant le statut de résident aux Bahamas. Profession officielle : courtier en sucre. Son nom figurait sur cette liste que tu m'as donnée.

— Celle des industriels ayant versé des fonds à ce mouvement pour la paix.

— Celle-là. Le 30 octobre de l'année dernière, par l'intermédiaire d'un avocat de Nassau, Katz a passé un contrat d'achat à terme de deux mille onces d'or chez Abraham, à Londres. Livrables le 30 octobre 79, au prix *spot* de 257 dollars l'once, plus un *premium* de 14, plus un *spray* de deux pour cent, soit un peu plus de 298 dollars l'once.

— 298 dollars et 12 cents. Pour deux mille onces : 596 240 dollars.

— Mais bien entendu, Katz n'a en réalité investi que le dix pour cent, le *deposit* normal.

— Et Abraham vous a révélé tout ça ?

— Charlie Abraham et moi avons été glorieusement éliminés au premier tour du double messieurs de Roland-Garros, Wimbledon et Forest Hills en 1934, 35, 36 et 37. Il était encore plus mauvais volleyeur que moi. En revanche, au tournoi du Queens de 1935, lorsque nous avons passé le premier tour par *walk-over*, autrement dit par forfait adverse...

— Papa...

— Qu'un Katz spécule sur l'or et achète deux mille onces à terme n'a vraiment rien d'extraordinaire. Ce qui est plus surprenant, c'est qu'il achète plusieurs fois deux mille onces.

— Et il l'a fait.

— Dix-neuf fois déjà [1] et il continue. Dix-neuf fois à ma connaissance. En s'adressant à dix-neuf banques ou agences différentes. Comme tu me l'avais demandé, je n'ai pris aucune note et je n'ai pas ta mémoire, mais il a passé des ordres d'achat non seulement à Londres mais aussi à Zurich, Chicago, New York, Hong Kong, Nassau, Singapour, et Paris, je crois. Et ça, ça n'a pas de sens, Paul. Aucun financier ne se livrerait à de telles fantaisies. Ne serait-ce que parce qu'en s'adressant à un seul intermédiaire pour traiter les contrats de dix-neuf fois deux mille onces...

— Trente-huit mille onces [2]. Si l'on retient le prix que vous m'avez indiqué, à 298 dollars 12 cents : 11 millions 328 560 dollars. Mais il a dû acheter à d'autres prix.

— C'est très possible. Paul, en s'adressant à un seul et même intermédiaire, Katz aurait pu faire baisser la

1. Une entité (particulier ou société) ne peut par réglementation posséder plus de 6 000 contrats de 100 onces chacun soit six cent mille onces de métal achetable à terme.

2. Une once d'or : 31,1035 grammes; un kilo d'or : 32,15 onces.

commission. Il ne l'a pas fait et a préféré parcourir le monde. Il avait donc quelque chose à cacher. Je me suis intéressé à lui et suis allé à Nassau, où j'ai de vieux amis à la retraite. Katz a deux sociétés, l'une d'elles de part à deux avec un Mexicain du nom d'Ibanez, fiché par la Commission des activités antiaméricaines et refoulé des Etats-Unis. Ibanez est un spécialiste du marché des céréales. Il a un frère, qui est ici en Suisse, à Zurich et s'occupe essentiellement de prêts syndiqués à destination de l'Angola, j'entends la République populaire de l'Angola, le Malapalala ou quelque chose de ce genre...

— M.P.L.A., Mouvement pour la libération de l'Angola. Soutenu par Moscou et Cuba. Ça me suffit, papounet.

Pierre Quant reprit du champagne, fit la grimace : pas assez frais. Il avait horreur du champagne trop glacé mais ne le goûtait pas davantage tiède.

— Paul, je ne pourrai jamais te prouver ce que je viens de te dire, et personne ne le pourra. Charlie Abraham et tous ceux qui m'ont parlé jureraient ne m'avoir jamais rencontré et me fermeraient leurs portes. Mais tu le sais.

— Vous avez un chiffre en tête, quant à l'ampleur de la spéculation ?

— Tu vas rire.

— Jamais je ne ris de mon papounet quand mon papounet me parle de chiffres et de banque, parce que mon papounet est drôlement costaud et malin pour les chiffres et la banque, dit Paul Quant en imitant la voix d'un enfant de cinq ans.

— Vingt millions d'onces, dit Pierre Quant.

— Six cent vingt-deux tonnes, dit aussitôt Paul. Environ.

— A mon avis, dit Pierre, ils ont investi aux alentours de sept cents millions de dollars. En prenant pour base de réflexion un prix moyen de l'once de 350 dollars, *premium* et commissions compris, et compte tenu de ce que ces sept cents millions ne représentent que les dix pour cent de leur mise globale, on peut donc estimer que leur spéculation porte sur sept milliards de dollars. Si quelqu'un a jamais fait mieux, qu'il m'écrive. Doux Jésus, Paul, ils ont dû mettre en ligne des milliers et des milliers d'hommes pour pouvoir opérer dans le secret le plus absolu. La marche qu'ils suivent me paraît claire : ils essayent d'accumuler sur une longue période des contrats afin d'en prendre livraison sans pour autant éveiller les soupçons et sans faire casser au métal des niveaux techniques suivis par les opérateurs et ainsi de suite. Ils crachent sur nos institutions, ne cessent de proclamer leur ferme intention de les détruire, et leur absolue conviction d'y parvenir tôt ou tard, mais ils s'en servent avec une habileté diabolique. J'ignore ce qu'ils préparent, mais quoi que ce soit, ils le feront avec *NOTRE* argent.

Le silence tomba entre père et fils, dense comme l'énormité des sommes énoncées. Et c'étaient maintenant les mains gantées de Pierre qui tremblaient, alors que celles de Paul demeuraient immobiles; le regard brun-vert avait presque totalement disparu derrière les lunettes; perdu dans le vide, prunelles écarquillées, il n'exprimait rien.

— J'ai soixante-trois ans, dit Pierre. J'ai eu une vie somme toute merveilleuse. Mis à part la mort de ta mère et, à un degré infiniment moindre, ces deux ou trois années que j'ai passées à jouer les passe-murailles ou à conduire un char d'assaut du Tchad à Strasbourg, dans un uniforme horriblement mal coupé qui me faisait ressembler à n'importe qui, je n'ai pas eu à me plaindre de mon existence...

A ce décompte des chagrins de sa vie, il ajouta *in petto* un troisième, tenant à ce fils qu'il aimait plus que lui-même et qu'il n'avait néanmoins jamais pu approcher vraiment. « Comme en ce moment, par exemple, où tu te tais encore et toujours, alors que je vois bien que tu te trouves dans une situation incroyable... » Il reprit :

— Cette enquête que tu m'as demandée m'a beaucoup amusé, dans les débuts. Avant qu'elle ne me fasse peur. Car à présent, je m'interroge : est-ce que le K.G.B. va m'assassiner, d'un coup de parapluie mortel, roumain ou bulgare, en raison de ce que j'ai découvert ? Je suis perplexe.

— J'ai vraiment très faim, dit Paul. Je n'ai pas eu le temps de déjeuner à midi.

— Prends le volant et essaie de ne pas nous tuer. Si c'est toi qui casses la Rolls de tante Amélia, elle te le pardonnera peut-être. Passé les dix premières années de reproche et de haine. Elle t'a toujours tout pardonné, à toi.

Ils se réinstallèrent sur les sièges avant. Paul remit le moteur en route. Il était un peu plus de sept heures et le Léman était tout à fait sombre; on ne distinguait plus guère que les feux de la côte française, ceux de Chens et, plus à gauche, d'Yvoire, ces derniers s'irisant sous l'effet d'un brouillard qui montait très vite.

Après le port de Nyon, ils reprirent la route de Genève.

— Paul ?

— Oui, papounet.

— Première question stupide, Paul : comment l'idée t'est-elle venue que les Soviétiques, traditionnellement vendeurs d'or, et qui d'ailleurs continuent d'en vendre — à eux-mêmes ! on nage en plein délire — que ces mêmes Soviétiques étaient en train d'acheter, et dans d'aussi gigantesques proportions ? Et en grande partie à terme ? Car tu savais qu'ils achetaient à terme, n'est-ce pas ? Je ne t'ai rien appris, en réalité. J'ai tout au plus confirmé une hypothèse que tu avais en tête.

Silence. Et puis, Paul :

— Je ne crois pas pouvoir vous répondre, papa. Désolé.

Silence encore. La voiture traversait Coppet, passant près du château de Mme de Staël, fille de Necker, ministre des Finances de Louis XVI.

— Deuxième question stupide, Paul : est-ce que Julie et toi allez m'accorder un jour une chance d'être grand-père ?

— Tout peut arriver, papa. Tout. Même le meilleur. Elle dîne avec nous, soit dit en passant. J'ai retenu une table pour trois, chez *Girardet.*

— Je ne serai donc pas venu pour rien, après tout, dit Pierre, submergé par une vague bouleversante de tendresse, étrangement mêlée de chagrin. Je parle de Julie, évidemment. Et de *Girardet,* dans une moindre mesure.

7

Outre l'amour qu'ils avaient l'un pour l'autre, Julie Saban et Paul Quant possédaient un autre trait en commun : la conviction, nourrie d'orgueil et étalonnée par leur propre intelligence, qu'on ne donne pas d'explications sur soi-même, surtout à quelqu'un de qui on est en droit d'attendre une confiance et une compréhension totales.

A prendre ou à laisser, avait dit Paul. Julie avait pris. Et elle allait continuer en acceptant, dès la fin de février 79, de reprendre la vie commune, ou ce qui leur en tenait lieu. Leur liaison retrouva donc son cours normal. Ils ne la poussèrent pas toutefois jusqu'à son terme logique : elle ne s'installa que par intermittence dans l'appartement du quai Wilson et maintint sa résidence officielle à Cologny, chez ses parents.

Car elle n'avait pas pour autant jeté aux oubliettes ses interrogations.

... Sur l'affaire de Las Vegas et celle de Dresde, déjà troublantes en elles-mêmes, et dont le mystère était épaissi par la réception des enveloppes jaunes anonymes.

... Sur cet autre envoi énigmatique — « CROSS 237 », etc. — qu'elle avait elle aussi reçu, dans les mêmes conditions que Paul et le même jour.

... Sur l'affaire Raab enfin.

— Quel nom avez-vous dit ?

— Raab. Walther Raab. Avec deux « a » et un « h » dans le prénom, à la germanique.

Accordant une audience à Julie, Gros-Minet n'avait pas pris place dans son fauteuil présidentiel. Il avait donné la priorité à la jeune et très jolie femme sur la subordonnée. L'entretien se déroulait dans le coin salon de son vaste bureau. Il n'en adopta pas moins l'une de ses attitudes familières : abandonné contre le dossier de son siège, les paumes jointes sous le menton.

— Mademoiselle Saban, je n'ai pas pour habitude de m'immiscer dans la vie privée de ceux qui travaillent avec moi. Mais je crois savoir qu'entre M. Quant et vous...

— Nous sommes amants depuis plus de trois ans, dit Julie fort paisiblement.

Gros-Minet sourit :

— Je peux donc en déduire qu'il existe entre vous une certaine sympathie.

— Vous le pouvez, monsieur.

— Et pourtant vous venez me voir, vous insistez pour être reçue, non sans m'avoir d'emblée précisé que vous souhaitez une entrevue personnelle, en dehors des hiérarchies ordinaires, à l'insu de votre supérieur, qui se trouve être M. Quant. Vous me parlez d'un homme appelé Raab, avec deux « a », et qui n'existe pas. Selon votre enquête — parce qu'il paraît que vous avez mené une enquête — ce Raab qui n'existe pas a demandé à nos services une opération normale, à savoir la création d'une société de type Panama. Cette société a été créée normalement, oui ?

— Oui, monsieur. Très normalement.

— Créée, sur la demande de M. Raab, avec deux administrateurs, qui sont M. Quant et vous-même ?

— Oui, monsieur.
— Avez-vous relevé la moindre irrégularité ? En dehors du fait que M. Raab n'existe pas, bien entendu ?
— Non, monsieur.
Les yeux dorés de Gros-Minet parcoururent, avec un plaisir non dissimulé mais très bienveillant, la silhouette de Julie :
— J'aurais quatre-vingts ans de moins, dit-il... Mais parlons sérieusement, de la panama Raab. Des mouvements récents ?
— Cent mille dollars ont été versés, en liquide, au moment de la création. Cent mille dollars supplémentaires sont, depuis, versés chaque mois. Les sommes nous sont parvenues, pour février, de la Wozchod Handelbank de Zurich ; pour mars, de la Banque unie Est-Ouest de Luxembourg ; pour avril, de la Ost-West Handelbank de Francfort ; pour mai, de la Donaubank de Vienne ; de la Moscow Narodny de Londres le mois dernier et ce mois-ci le virement a été fait par la Banque commerciale pour l'Europe du Nord à Paris.
— Un vrai catalogue des banques soviétiques en Europe de l'Ouest.
— Sept cent mille dollars en tout, monsieur, dit Julie. Et l'ordre est à chaque fois renouvelé : acheter de l'or au terme du 21 janvier prochain, quel que soit le prix de l'once. Soit un contrat de sept millions de dollars environ, diminué des commissions et *premiums*.
Sur le bureau, à quelques mètres de là, le téléphone bourdonna à deux reprises, s'interrompant aussitôt après. Gros-Minet consulta sa montre :
— Je vous avais prévenue de ce que mon temps était fort limité, mademoiselle. Le délai s'achève. Je vais donc conclure. Et d'abord une question : avez-vous fait part à qui que ce soit, disons, de vos interrogations à propos de cette affaire Raab ? A part moi ?
— Non, monsieur.
— Mon verdict, à présent, dit Gros-Minet. Je sais très bien qui est Walther Raab, mademoiselle. En quelque sorte, je réponds de lui. Cela devrait vous suffire. Au revoir, mademoiselle.

A Zurich, à l'époque où elle y faisait des études, Julie avait fait la connaissance d'une Canadienne de Montréal, venue en Suisse pour trois ans. A plusieurs reprises depuis,

Colleen Cannon avait séjourné à Cologny, pour des vacances, dans la propriété des Saban.

Au cours de l'été 79, Julie répondit enfin à l'invitation lancée depuis longtemps par son ancienne condisciple, à se rendre sur les bords du Saint-Laurent. Les trois années précédentes, elle avait pris ses vacances avec Paul. Mais les nouvelles fonctions de celui-ci, l'énorme accroissement de travail en résultant, lui interdisaient toute absence prolongée, surtout durant sa première année de poste.

Julie partit donc seule.

Et passa en effet trois semaines au Canada, officiellement du moins, du 2 au 22 juillet. Faisant en sorte, avec la complicité de son amie, que ce séjour canadien parût continu, vu de Suisse ou d'Europe. Et il est très probable que même Colleen Cannon ne sut pas où Julie se rendit, du mardi 10 au vendredi 13 juillet.

Selon sa version, elle arriva à Panama dans la soirée du 10 juillet. Ayant volé de Montréal à New York, de New York à Mexico, et enfin de Mexico à Tocumen-Panama sans discontinuer. Elle passa la nuit au *Continental,* rue d'Espagne. Comme prévu, le lendemain matin 11 juillet, à neuf heures et demie, elle trouva l'attendant dans le hall de l'hôtel le détective privé avec qui elle avait pris rendez-vous depuis Genève, deux semaines plus tôt, et dont elle avait obtenu le nom par d'un des avocats panaméens avec qui elle travaillait régulièrement pour la création des sociétés. Le détective privé s'appelait Calderon. En tant qu'enquêteur, il était surtout spécialisé dans les recherches financières ; il était donc tout à fait l'homme de la situation. Dès les premiers mots, il annonça à Julie qu'il avait réuni la quasi-totalité des informations demandées, aussi bien sur les sociétés que sur les séjours faits à Panama par Paul Quant.

Julie ne chercha pas à dissimuler sa surprise :

— *Les* séjours ? Parce que M. Quant est venu plusieurs fois ici ?

— Deux fois au moins, répondit Calderon. Mais mes recherches n'ont porté que sur les douze derniers mois.

— Les dates, je vous prie.

— Les 12 et 13 décembre 78 d'une part — il est descendu au *Continental* comme vous-même. Et d'autre part les 3 et 4 mars de cette année. Ce deuxième séjour a été très bref : il est arrivé par le même avion que vous hier, celui d'onze heures du soir en provenance de Mexico, a passé la nuit à *La Siesta,* l'hôtel juste à côté de l'aéroport et est reparti le lendemain après-midi pour New York. Le 4 mars était un dimanche, tout était évidemment fermé ici et d'ailleurs il ne s'est même pas rendu en ville. Le rendez-vous pour lequel il était venu s'est tenu au bord de la piscine de l'hôtel *La Siesta.* J'ai pu identifier les deux hommes qu'il a rencontrés ce jour-là...

Carlos Lohrer et Jaime Salazar : deux avocats d'affaires de Panama, tirant le plus clair de leurs revenus de leur participation nominale mais très officielle à la constitution de plusieurs centaines, sinon davantage, de sociétés dont les actionnaires véritables demeuraient anonymes. Des professionnels du prête-nom. (Julie depuis Genève en avait suffisamment utilisés pour connaître l'espèce. Mais elle ne se souvenait pas d'avoir jamais fait appel à ces deux-là.)

— Et vous avez une idée de la raison de la rencontre entre M. Quant et ces deux hommes ?

Calderon en avait une. Il lui avait fallu éplucher de fond en comble le registre des sociétés, mais il était parvenu à découvrir quelque chose :

— Une *sociedad anonima* créée par le bureau genevois du cabinet Moro, Alvarez et DeVille, le 17 janvier dernier. Créée à la demande du Crédit français Industriel-Suisse, agence centrale, représenté par deux administrateurs...

— M. Paul Quant et moi-même. Il s'agit de la Saint-Moritz Investment 114 S.A.

— Exact, *señorita.* Mais vous savez évidemment qu'ici à Panama, les noms des fondateurs d'une *sociedad anonima* inscrits sur le Registre du commerce ne sont pas nécessairement ceux des véritables fondateurs — il peut s'agir et s'agit le plus souvent de mandataires, d'hommes de paille. J'ai recherché les noms des fondateurs officiels de la Saint-Moritz Inv. 114. Selon notre loi, au moment de l'enregistrement de l'acte de création devant notaire, les actionnaires inscrits doivent être au moins deux. Dans le cas qui nous intéresse, ils étaient trois : Carlos Lohrer, Jaime Salazar et Patrick Walther.

— Comment savez-vous que la Saint-Moritz Inv. 114 était le motif de la réunion du 4 mars au bord de la piscine de *La Siesta ?*

— J'ai le témoignage de l'un des serveurs de l'hôtel. Il s'est souvenu que Lohrer et Salazar, qu'il connaît très bien, avaient montré à M. Quant une quantité importante de photocopies, notamment de certificats d'actions, très caractéristiques. En second lieu, j'ai pu apprendre que le vendredi 2 mars, quarante-huit heures plus tôt, Lohrer avait demandé une photocopie du Registre de commerce, à la page où est portée l'inscription de la Saint-Moritz Inv. 114. Est-ce que le nom de Patrick Walther vous dit quelque chose ?

— Oui, dit Julie. A présent, parlez-moi de l'autre voyage, celui qu'a effectué M. Quant en décembre de l'année dernière.

— Les 12 et 13 décembre : son entrée et sa sortie ont été enregistrées par la police. Il est descendu à ce même hôtel *Continental,* donc. Appartement 18. Est-ce que M. Quant est un collectionneur de bibelots ?

— Entre autres choses, dit Julie.

(Dieu seul savait ce que Paul était capable de collectionner !)

— C'est cela qui a permis à quelques amis que j'ai dans cet hôtel de remarquer M. Quant, et donc de se souvenir de lui. Il a convoqué plusieurs antiquaires dans sa suite. Outre cela, il y a son caractère... je ne sais pas le mot en anglais ; en espagnol, nous disons *muy caprichoso...*

— Fantaisiste définit assez bien, à maints égards, le comportement de M. Quant, dit Julie.

— Fantaisiste, *si.*

— Il a acheté quelque chose à ces antiquaires ?

— Une seule chose. J'ai retrouvé le vendeur : une statuette, une figurine en terre cuite, datant du XIVe siècle, faite en pays tarasque, dans la province mexicaine de Michoacán.

— Représentant quoi ?

— Un homme avec une bosse dans le dos et s'appuyant sur une canne. L'antiquaire l'appelle le Bossu de Michoacán. *Señorita,* on se souvient très bien, ici, de M. Quant et de son voyage de décembre. Et on se rappelle aussi qui il a rencontré, à l'occasion de ce voyage...

Les yeux noirs, un peu bridés, de Calderon s'emplirent d'une expression de triomphe, assez inattendue chez cet homme grave et solennel, ressemblant plus à un notable castillan qu'à un policier privé.

— Raul Sanchez-Iribarne, lâcha-t-il enfin, l'air convaincu que sa révélation était capitale.

— Ce nom m'est tout à fait inconnu, dit Julie froidement.

Calderon lui fit voir qu'une telle méconnaissance était anormale, quasi coupable. Parce que Sanchez-Iribarne était fort connu dans le petit monde du bord du canal et, au-delà, dans le monde bien plus vaste de la finance internationale. Il était l'homme de Fidel Castro pour tout ce qui concernait *el mundo financiero...*

— Et des Russes, *señorita*. Et il ne s'agit pas de simples racontars. M. Quant et Sanchez-Iribarne ne se sont pas simplement rencontrés. M. Quant a dîné le 13 au soir dans sa propriété et le lendemain matin, c'est une des voitures avec chauffeur de Sanchez-Iribarne qui l'a ramené à l'aéroport de Tocumen, où il a pris un avion pour Mexico.

Il y avait un avion dans l'après-midi, qui l'aurait mise à New York en début de soirée. Elle choisit de rester à Panama et d'y passer une nuit de plus. Elle alla consulter elle-même le Registre du commerce. Bien entendu, Calderon n'avait pas menti : Patrick Walther. L'écriture était caractéristique et familière. Patrick, le deuxième prénom de Paul et Walther, comme Walther Raab.

Pour le voyage des 3 et 4 mars, la confirmation vint très vite : les 3 et 4 mars étaient un samedi et un dimanche et Paul avait prétendu, à ces dates, avoir passé le week-end chez MacManus, à Long Island, ne regagnant l'Europe que le lundi.

Le précédent voyage, celui des 12 et 13 décembre 78, nécessita un peu plus de recherches. Mais elle finit par découvrir qu'entre le 8 et le 17 décembre, Henri de Chastel et Paul Quant avaient pris part à une conférence à Mexico...

... Et au retour de ce voyage-là, Paul avait offert à Julie une figurine de terre cuite tarasque, affirmant l'avoir achetée à un antiquaire de la capitale mexicaine, un bossu s'appuyant sur une canne.

... Et Henri de Chastel était mort à Las Vegas dix-huit jours après la rencontre de Paul et de Sanchez-Iribarne...

... Mort des suites d'un accident impliquant un homme appelé Peabody, photographié dix ou douze heures plus tôt en compagnie de Paul Quant, lors de ce qui semblait bien être un rendez-vous secret, d'ailleurs officiellement nié par Paul...

... Photographié comme l'avait été l'homme de Dresde, Vlassov-Tsypine-Katz-Nowotarski ou Walther Raab, quel que fût son véritable nom mais appartenant au K.G.B....

... Et un Walther Raab que nul n'avait jamais vu en dehors de Paul...

... Et cent mille dollars versés chaque fois, virés par des banques soviétiques en Europe de l'Ouest...

... Virements toujours accompagnés d'un ordre irrévocable d'achat de contrats d'or, au terme du 21 janvier 1980.

Et l'attitude si étrangement impavide de Gros-Minet s'ajoutant à tout cela.

Tous ces éléments mis ensemble, un schéma se dessinait : indiscutable, assez clair aux yeux de qui savait réfléchir et tirer des conclusions. Ce qui était le cas de Julie Saban. Il est sûr qu'elle sut, dès l'été 79, à quoi s'en tenir. A la fois sur Paul Quant, qu'elle connaissait mieux que personne au monde et qu'elle aimait, et sur ce qui était en cours.

Et encore n'avait-elle pas rencontré Popov.

Rentrée du Canada, elle ne parla à âme qui vive de son rapide voyage à Panama. Moins encore des découvertes qu'elle y avait faites. Quant à son attitude à l'égard de Paul, si elle la modifia dès son retour, ce fut pour se rapprocher plus étroitement de lui.

Ce fut en août de cette année-là (pour la première fois depuis trois ans que durait sa liaison avec Paul Quant) qu'elle laissa entrevoir à ses parents la possibilité d'un mariage.

— Sans doute au printemps prochain. Mais rien n'est vraiment fixé. Paul est tellement pris par son travail qu'il serait capable de glisser des dossiers sous notre traversin lors de notre nuit de noces. Nous ne sommes pas à quelques mois près, somme toute...

Sans s'installer tout à fait, en tout cas pas officiellement, dans l'appartement du quai Wilson, il lui arriva d'y habiter plusieurs jours de suite. En général toutes les fins de semaine, qui pouvaient s'allonger jusqu'au mardi ou au mercredi. Mais elle n'y recevait pas son courrier, qu'elle continuait de se faire adresser à Cologny.

Elle n'eut pas connaissance de l'arrivée, ni à plus forte raison du contenu, de la nouvelle enveloppe jaune qui parvint à Paul Quant le 20 août. (Julie ne se trouvait même pas à Genève, mais en déplacement professionnel à Lausanne ; simple coïncidence ou calcul de l'expéditeur.)

Le nouvel envoi concernait Panama. Il renfermait encore et toujours des photos prises au téléobjectif.

... Julie Saban embarquant à New York sur un vol de la Mexicana de Aviacion...

... puis prenant à Mexico la correspondance pour Panama...

... puis à Panama même, saisie par l'objectif à deux reprises : s'apprêtant à monter dans un taxi, devant l'entrée de l'hôtel *Continental,* tandis qu'un homme aux cheveux d'un blond très clair, aux yeux cachés par des lunettes de soleil, lui tenait en souriant la portière ouverte ; puis marchant sur un trottoir, aux côtés de ce même homme blond.

Qu'évidemment Paul Quant dut reconnaître puisqu'il l'avait vu au moins deux fois, et lui avait parlé : une première fois à Dresde et ensuite dans un appartement de l'*Hôtel du Rhône,* à Genève, quai Turretini, sous l'identité de Walther Raab.

Chaque photo portait au verso, dactylographiée, la date à laquelle elle avait été prise.

Deux coupures de journaux accompagnaient l'envoi. La première relatait un accident de voiture mortel qui s'était produit en Allemagne : la conductrice d'une Alfetta s'était tuée ; le visage de la morte avait été découpé, son nom et son adresse avaient été rayés dans le corps de l'article. Il ne s'agissait bien sûr pas de Julie Saban (qui avait une Alfetta) mais *ç'aurait pu* être elle.

La menace était claire.

Le second extrait de presse provenait d'un journal en espagnol non identifié . en quelques lignes, il annonçait le décès par noyade d'un détective privé panaméen du nom de Calderon.

8

Le 24 septembre eut lieu à Paris la première de toute une série de réunions qui, par la suite, allaient revêtir une importance de plus en plus grande. Il s'agissait de la dette extérieure de la Pologne. A la fois la dette publique (prêts d'Etat à Etat et donc garantis par les gouvernements des organismes prêteurs) et les emprunts privés, obtenus de plus de quatre cents banques occidentales.

Au dernier trimestre de 79, le montant global de cette dette s'établissait à quelque dix-huit milliards de dollars. En y incluant le très récent crédit accordé par la Bank of America. Laquelle avait d'ailleurs exigé en contrepartie le principe d'une conférence annuelle réunissant bailleurs de fonds et emprunteurs polonais.

Entre autres motifs d'inquiétude chez les prêteurs (inquiétude dont Paul Quant avait fait état à son retour de Varsovie et même plus qu'inquiétude puisqu'il déclara sa certitude que les dettes ne seraient jamais honorées), il y avait le fait qu'on commençait d'approcher dangereusement du moment où le produit des exportations polonaises ne suffirait même plus à couvrir le service de la dette. Autant dire que les dépenses allaient très bientôt dépasser les recettes, dans des proportions dramatiques.

Paul Quant prit part à la conférence. Chose normale dans la mesure où la banque qu'il dirigeait était le chef de file d'un prêt syndiqué représentant *grosso modo* un tiers de la dette polonaise globale, et presque la moitié de la seule dette publique.

Mais sa participation fut plus théorique que réelle. Gros-Minet en personne jugea bon de conduire la délégation du C.F.I. Lui et Ted McManus s'entendaient comme les amis de vieille date qu'ils étaient.

La conférence ne donna aucun résultat digne de ce nom. Les optimistes l'emportèrent. Ils firent valoir la probabilité d'un relais par les banques du Moyen-Orient : les crédits bancaires en eurodevises et les prêts proprement dits consentis par les pays arabes producteurs de pétrole avaient doublé pour les premiers, quintuplé pour les seconds, entre septembre 78 et septembre 79. Et puis, il y avait les arguments traditionnels en faveur de la solvabilité des nations de l'Est : orthodoxie en matière de politique financière, « parapluie » soviétique (l'U.R.S.S. étant réputée excellent payeur) et, évidemment, stabilité politique. Cette stabilité dont rêvent tous les banquiers, peu importe à la limite la façon dont elle est assurée.

Le vendredi 28, toutes discussions terminées, Gros-Minet emmena une nouvelle fois Paul Quant dîner chez *Taillevent*, après avoir mis MacManus dans son avion pour New York.

Gros-Minet se mit à rire :

— Bonté divine, Paul, ne faites donc pas cette tête ! Vous n'avez pratiquement pas desserré les dents lors des trois derniers jours. Quelques vacances ne vous feraient pas de mal, vous avez travaillé comme une bête, depuis janvier.

— Je m'arrêterai quelques jours, entre Noël et Jour de l'An.

— Il serait temps. Vous avez englouti ce Petrus 61 comme s'il s'était agi d'eau minérale. Et sans le moindre commentaire extasié, ce qui me désoblige.

— Grand, de la jambe, légère queue de renard, dit Paul comme à regret.

— Vous avez quelque chose contre les queues de renard ?

— Au contraire, monsieur.

Il souleva une nouvelle fois son verre et par-dessus le vin, son regard alla chercher celui de Gros-Minet :

— Puis-je poser une question ?

Gros-Minet sourit avec bienveillance. Paul demanda :

— Que se serait-il passé, ces derniers jours notamment, si Henri de Chastel n'était pas mort, s'il avait tenu sa place, au lieu que ce soit moi qui l'occupe ?

— Les choses se seraient déroulées fort différemment, répondit Gros-Minet. Tout en aurait été dramatiquement changé. Ce pauvre Henri a toujours préféré les bourgognes aux bordeaux. Et pour moi qui ai composé notre menu, cela aurait représenté une véritable catastrophe.

Autre voyage, de considérable conséquence pour la suite, celui que Paul Quant fit à Moscou, en compagnie de Pissarugues, à la mi-novembre.

L'objet en était quelques-unes des très nombreuses affaires conduites par le Pyrénéen. L'obtention par Moscou du droit d'organiser les Jeux Olympiques lui avait apporté un véritable pactole. Pissarugues était intervenu, comme courtier et point de passage obligé, à presque toutes les étapes de presque tous les marchés passés pour la circonstance entre des entreprises européennes, mais surtout françaises, et les autorités moscovites. Il s'était occupé des badges, de la signalisation des rues de la capitale soviétique, de matériel électronique de toutes sortes et, surtout, d'hôtels et de leurs équipements. Il avait même opéré à son propre compte, obtenant l'exclusivité totale d'un des hôtels construits pour accueillir les visiteurs, prévus par millions. A cet effet, il avait créé une société à Londres, Intratechnic East-West, grâce à laquelle il avait pu lancer ses appels d'offre.

Il était évidemment citoyen français. Mais apparemment en position d'esquiver toutes les contraintes ordinaires. « Je n'ai jamais subi de contrôle fiscal, Paul. Et ce n'est sans doute pas demain la veille... »

Il faisait de plus en plus appel au C.F.I.-Suisse. Vers la fin 79, il avait en train une bonne dizaine d'opérations diverses faisant peu ou prou intervenir la banque.

« Mon cher Paul, reconnaissez-le : je fais gagner un argent fou à votre banque. Qui vous a amené ces sociétés françaises à qui vous prenez de si grosses commissions ? — Vous êtes un bienfaiteur public, c'est l'évidence même. Et la réponse est non. — Je ne vous ai rien demandé ! — Vous alliez me réclamer quelques facilités, voire quelque commission sur les commissions. Non. Pourquoi ne pas solliciter la légion d'Honneur ? — Ça viendra, mon cher Paul, ça viendra... »

A Moscou où les deux hommes passèrent quatre jours, ils étaient descendus au gigantesque hôtel *Rossia,* à deux pas du Kremlin. Mais ils ne firent qu'y dormir. Pissarugues était un bourreau de travail, sous ses dehors et sa faconde de président de club de rugby — ce que d'ailleurs il était aussi. Ils parcoururent les multiples chantiers ouverts dans la capitale olympique, participèrent à une bonne dizaine de réunions et ce ne fut qu'au soir du troisième jour, leur départ étant prévu pour le lendemain, qu'ils s'accordèrent une soirée de détente. Ils allèrent dîner au *Sedmoïe Nebo* (le Septième Ciel), restaurant tournant de trois étages juché au sommet de la tour de télévision d'Ostenkion, à près de trois cent trente mètres. D'un commun accord, ils évitèrent tout sujet rappelant de près ou de loin les affaires et en fin de compte se rabattirent sur le seul sujet capable de les passionner l'un et l'autre : le rugby, les chances françaises dans le prochain tournoi des Cinq Nations et les divers candidats aux postes de demis de mêlée et d'ouverture. Ils en étaient encore à ferrailler sur les mérites comparés de Fouroux et de Jérôme Gallion quand ils remontèrent dans la voiture devant les ramener au *Rossia.*

Le chauffeur était un homme d'une quarantaine d'années, trapu, qui semblait comprendre à peu près le français mais ne le parlait guère, hormis quelques monosyllabes, immanquablement complétées d'un sourire. Jusqu'à la place Kolkhoznaïa, puis un peu plus loin par l'avenue Mira, il suivit l'itinéraire ordinaire pour revenir au sud, vers le centre ville. Mais vint un moment où il évita Dzerzhinski, et prit soudain à droite sur le boulevard

Rozhdestvenski. Paul lui demanda en russe la raison du changement de cap, traduisit la réponse à Pissarugues :

— Il dit qu'il est encore tôt, même pas onze heures, que nous partons demain et que la nuit est belle, et qu'il nous offre une promenade dans Moscou la nuit.

Pissarugues secoua la tête :

— Ne me regardez pas comme ça, Paul, je n'y suis pour rien. Ça prouve simplement à quel point ces types sont gentils. Vous êtes trop méfiants, vous autres banquiers capitalistes bourgeois.

Et il trouvait, même en rugissant de rire, le moyen de rouler encore les « r ».

Ils dépassèrent la façade de verre du cinéma Rossia, la fontaine et la statue de Pouchkine, arrivèrent en vue des balcons asymétriques de l'immeuble des Izvestia. Là encore, il eût suffi de prendre à gauche la rue Gorki pour déboucher droit sur la Place Rouge. Mais le chauffeur sourit de plus belle et poursuivit imperturbablement sa route au sud-est. Même Pissarugues semblait intrigué, à présent.

On entra dans le quartier des ambassades, regroupées autour du ministère des Affaires étrangères. On le traversa par les boulevards Souvarov et Gogol. Paul Quant se repéra : il avait longuement circulé à pied, en cercles concentriques autour du Kremlin, poussant même une pointe (mais c'était en été ou au printemps) jusqu'à la cité des sports Loujniki, dans la grande boucle de la Moscova. Le Vieux-Moscou, il y avait flâné, arpentant les rues de ce que l'on dénommait autrefois le faubourg Saint-Germain moscovite.

La voiture s'engagea dans la rue Kropotkine, qu'elle quitta bientôt pour une artère plus petite, aux trottoirs plantés d'arbres, bordée de façades dont beaucoup étaient du XVIIIe siècle.

Le chauffeur stoppa sans couper son moteur, posa les mains sur ses genoux et son regard soutint celui de Paul Quant dans le rétroviseur.

Pissarugues s'était détendu d'un seul coup, comme s'il avait maintenant compris ce qui se passait. D'ailleurs, il dit, baissant bizarrement la voix :

— L'immeuble juste devant vous, Paul, cette espèce d'hôtel particulier, moi, j'y suis venu une fois. Pas seul, on était bien cent invités et on a bu et mangé, surtout bu, jusqu'à l'aube. Les fenêtres sont éclairées mais il n'y est pas. Il n'est même pas à Moscou, en ce moment. Sans ça, il nous aurait sûrement invités à dîner. Au moins vous, en tout cas. Il m'a dit à plusieurs reprises qu'il avait beaucoup de sympathie pour vous. Ce soir, il aura voulu que vous puissiez voir où il habite. En attendant mieux...

Paul ouvrit la portière et descendit. L'immeuble avait quatre étages. La date de sa construction, 1814, était inscrite sur le fronton soutenu par quatre colonnes. Un milicien montait la garde à quelques mètres, battant la semelle, à l'entrée d'une courte rampe en plan incliné qui devait desservir un garage souterrain. Le bâtiment était beau, non sans élégance. Les deux premiers étages seuls étaient éclairés. Des rideaux ouverts révélaient de grandes pièces de réception aux plafonds à caisson, superbes, ornés de lustres vénitiens en cristal. Paul jugea que l'hôtel particulier comportait vingt-cinq à trente pièces. Un véritable petit palais.

Le milicien fixait Paul, mais il n'esquissa aucun mouvement à l'adresse de ce visiteur nocturne.

— Bonne nuit, lui dit Paul en russe.

Il n'obtint pas de réponse.

La nuit de novembre, quoique claire, était glaciale. Paul reprit place dans la voiture. Il demanda au chauffeur :

— On peut rentrer dormir, maintenant ?

— Sauf si vous souhaitez boire un verre quelque part.

— On rentre.

Tandis que la voiture démarrait, il se retourna et, par la lunette arrière, jeta un dernier coup d'œil à la maison de Popov.

En 1979, le jour de Noël se trouva tomber un mardi et, comme toutes les banques qui ne ratent jamais pareille aubaine, le C.F.I.-Suisse fit le pont. Paul Quant et Julie Saban purent donc quitter Genève dès le matin du samedi 22. Ils prirent la route de Saint-Moritz dans la Porsche de Pierre. « Et c'est toi qui conduis, dit Paul. Moi, je suis en vacances. » Il avait encore travaillé très tard, la nuit précédente et c'était presque à regret, en tout cas non sans remords, qu'il s'était enfin décidé à s'accorder ce premier répit, au terme de presque douze mois de labeur acharné, à raison de quatorze à quinze heures par jour, sept jours sur sept. Il s'endormit un quart d'heure à peine après le départ.

Le chalet appartenait à Julie et lui venait d'un oncle, par héritage. Il ne se trouvait pas tout à fait à Saint-Moritz mais aux abords du petit village de Fex. Pour y parvenir, il fallait remonter la vallée de l'Inn, en longeant les admirables lacs de Saint-Moritz, Champfer et Silvaplana. Une fois à Sils-Maria, où Nietszche avait vécu, ils abandonnèrent la Porsche et chargèrent leurs bagages sur un traîneau tiré par un cheval, le chemin étant interdit aux voitures.

Le bout du monde. Et un silence à vous faire tinter les oreilles. Ils prirent leurs quartiers. Le chalet qui n'avait même pas le téléphone, ne comportait que deux pièces, si l'on exceptait la cuisine, une petite grange adjacente et surtout l'étrange salle de bains inventée par Paul deux ans plus tôt et qui avait fait crouler de rire tous les montagnards de l'Engadine, pourtant peu portés à la rigolade, quand ils en avaient entendu parler par les ouvriers chargés de l'exécution. C'était quelque chose à mi-chemin entre le sauna finlandais et le jacusi à la romaine, bain rond et bouillonnant, avec un zeste d'aquarium : sur presque tout le pourtour, les parois étaient vitrées au ras de la baignoire, elle-même profonde d'un mètre quarante. Le résultat était qu'en barbotant, on avait la plus belle vue du monde sur une pente enneigée, les sapins et la Bernina.

Julie avait énergiquement refusé le plongeoir. Pour le reste, elle avait remarqué : « Plus grostesque, je pourrais difficilement trouver mieux, même en passant dix ans sur le problème. Tu t'es surpassé. On va me voir nue sur trois cent vingt degrés de circonférence. Surtout le soir. Tu as pensé à installer des gradins, j'espère ? »

Mais elle avait fini par s'en accommoder. Tout comme Pierre Quant qui, lui, avait dû régler la facture. En francs suisses.

Ils étaient convenus de ne pas sortir de leur lit, ou à l'extrême rigueur du chalet, avant le 2 janvier, date prévue pour leur retour à Genève. Mais le lundi 24, Paul n'y tint plus et, sous le prétexte peu plausible de s'acheter un cigare pour le réveillon, alors qu'il ne fumait pour ainsi dire jamais, ils redescendirent à Sils-Maria. Et naturellement il y passa un coup de téléphone ou deux, depuis la cabine de l'hôtel *Waldhaus*. Il joignit Jacques Bellus à Genève, tandis que Julie, résignée, vaquait à quelques emplettes encore plus superflues que les cigares.

Ils se retrouvèrent au bar de l'hôtel. Elle demanda :

— La banque a brûlé, en ton absence ?

— Même pas. D'après Jacques, tout est en ordre.

Elle avait réussi à trouver quatre Château-Yquem de

Davidoff, les extorquant à force de sourires à un acteur en vacances. Ils remontèrent dans le traîneau, il dit « hue » en français. Le cheval demeura de marbre. Julie ricana et dit « hue » à son tour.

Le cheval se mit en route à une allure helvétique. Il soufflait deux cônes de vapeur par les naseaux et balançait sa tête pomponnée de rouge et vert, faisant tinter sa double clochette d'argent de l'air de celui qui n'en pense pas moins.

Il fallait une heure, avec de longs et superbes passages au cœur d'une forêt écrasée sous la neige, pour rallier le chalet. Aux deux tiers du parcours Julie dit enfin, sur un ton vraiment très neutre :

— Et pour l'or ?

— Le lingot à bientôt soixante-dix mille, l'once à cinq cents et plus.

Ce fut le seul instant où ils en parlèrent, alors qu'en dehors d'eux-mêmes et de leur amour, ils n'avaient en tête que cela : ce qui allait se passer dans le monde pour que, au 21 janvier prochain, l'once d'or pût atteindre des sommets inimaginables. Pierre Quant avait posé la question à son fils, lors de la promenade dans la Rolls de tante Amélia ; Julie s'était interrogée dans des termes à peu près identiques.

Ils réveillonnèrent en tête à tête, burent un peu trop et finirent la nuit dans la baignoire-sauna-aquarium où ils s'endormirent, après avoir une nouvelle fois fait l'amour. Ils restèrent au lit les trente heures suivantes, à soigner leur refroidissement à grandes lampées d'eau-de-vie de prune coupée de champagne. Elle gagna soixante-treize parties consécutives de strip-poker, suant à grosses gouttes sous les neuf chandails de grosse laine qu'elle avait enfilés pour se couvrir de pertes éventuelles. Mais il la battit aux échecs, comme d'habitude.

Le 26, ils se rendirent à pied au belvédère du Marmoré.

Le 27, ils réussirent à tenir encore, s'infligeant, sous une neige épaisse et molle tombant à gros flocons, une autre excursion, cette fois à Prasüra, par le téléphérique du Furtschellas. Parvenus au sommet, ils ne virent rien d'autre qu'un océan cotonneux et blanc où les lacs de la haute Engadine devenaient superbement imaginaires.

Mais le 28, cette impatience angoissée qu'ils éprouvaient l'un et l'autre, d'autant plus insidieuse qu'ils ne s'en disaient pas un mot, cette impatience l'emporta. Ils n'eurent même pas à se concerter, à s'inventer des prétextes. Ils redescendirent à Sils-Maria.

... Où ils n'eurent pas davantage besoin de contacter Genève : au bar du *Waldhaus,* un industriel français habitué des lieux leur apprit la nouvelle : quatre-vingt mille soldats de l'U.R.S.S. avaient envahi l'Afghanistan, la veille, apportant dans leurs équipages, pour n'être pas pris au dépourvu, un gouvernement tout prêt.

— Et vous, comme banquier, qu'en pensez-vous ? demanda l'industriel après avoir assené à l'assistance un cours magistral sur « l'absence totale de stratégie de l'Occident vis-à-vis de l'Union Soviétique », sur « le tragique échec du libéralisme d'un Carter », sur « l'inefficacité d'ensembles géopolitiques tels que ceux formés par les pays occidentaux, les pays arabes ou africains, les prétendument non-alignés et par opposition... »

— L'or va monter, dit Paul, le nez dans son verre et évitant le regard de Julie.

L'or monta. En une seule séance, le 3 janvier 1980, le napoléon gagna soixante-treize pour cent, le lingot vingt et un, l'once grimpa à 634 dollars.

Ce n'était qu'un début. Le lendemain, cette même once atteignit le prix incroyable, record absolu, de 850 dollars.

Ils furent au moins trois — Julie, Pierre et Paul — et peut-être Gros-Minet et quelques autres de très haute volée, à faire le calcul.

La seule « Panama Raab », avec ses millions d'or à terme avait gagné à peu près neuf millions cent quatre-vingt mille dollars.

Et la Panama Raab, quel qu'en fût l'initiateur — Walther Raab s'il existait vraiment, ou bien Paul Quant lui-même, ou quelqu'un d'autre —, n'était qu'une infime partie du titanesque mécanisme mis en place lors des quinze mois précédents, par l'intermédiaire de milliers de courtiers secrets. Avec des *deposits,* selon l'estimation de Pierre Quant, de l'ordre de sept cents millions de dollars...

... soit un engagement réel dix fois supérieur.

... et donc un bénéfice dépassant les neuf milliards et demi de dollars.

Assez pour financer une opération politico-militaire de premier rang.

En Afghanistan par exemple.

Ou en Angola, en Ethiopie, au Liban, en Amérique latine ou au Cambodge.

A condition qu'il se fût trouvé quelqu'un, dès l'automne 78, pour savoir que quelque chose allait survenir qui bouleverserait le marché de l'or (pour ne s'en tenir qu'à celui-ci) dans des proportions fantastiques. Quelqu'un pour calculer les effets de ce quelque chose avec une extrême précision, quelqu'un qui fût un financier de génie, capable de mettre en œuvre la maxime : « Donnez-moi une armée et je vous ferai de la finance », précisément parce qu'il avait pour ainsi dire à sa disposition une armée, et la plus puissante de tous les temps.

Popov ?

2

Les Maisons Rouges

Tout pouvoir est une conspiration permanente.

H. de Balzac

9

— Popov, dit Gros-Minet de sa voix douce et tranquille. Popov, votre Popov, Paul. Qui en sait sur les vins autant et plus que votre père et moi, et qui par-dessus le marché à l'audace de me rafler sous le nez l'unique suite du *Connaught*. C'est de lui qu'il s'agit, n'en doutez pas.

On était en janvier 80. Paul Quant avait débarqué à Paris le matin même, officiellement pour une réunion de travail normale. Ce déplacement de janvier avait pourtant revêtu un caractère particulier, du fait d'un coup de téléphone donné la veille par Gros-Minet : « Paul, comme c'est l'usage, la réunion débutera à dix heures trente. Mais je souhaiterais vous voir avant, et en dehors de mon bureau. Pourquoi ne pas imiter les prétendus grands de ce monde, qui petit-déjeunent ensemble ? Si vous pouvez être à Paris aux aurores et chez moi vers sept heures quarante-cinq, par exemple... Inutile d'apporter votre musette, j'aurai ce qu'il faudra. »

Gros-Minet habitait Neuilly, dans un hôtel particulier à deux pas de l'avenue du Roule.

— Est-ce que ces pains au lait vous conviennent, Paul ?

— Tout à fait, monsieur.

— Et maintenant, Paul, ne me faites pas dire ce que je n'ai pas dit : je ne crois pas une seconde que Popov ait demandé à l'Armée rouge d'envahir l'Afghanistan à seule fin de recueillir... Combien à votre avis ?

— Je ne sais pas, dit Paul. Comment le saurais-je ?

Gros-Minet engloutit un petit pain tiède, surabondamment garni du beurre d'un producteur normand impitoyablement sélectionné, et d'une confiture d'oranges dont le fabricant écossais ne consentait à fournir qu'une cinquantaine d'amateurs triés sur le volet dont la Reine (figurer sur cette liste était mille fois plus difficile que d'entrer au Jockey Club). Il sourit lèvres fermées et yeux plissés, miclos sous l'effet de la gourmandise comblée :

— Paul, vous ne m'agacez jamais autant que lorsque vous faites semblant d'être moins fûté que vous l'êtes en réalité. Et vous m'agacez souvent. Je pense que vous avez une idée, exacte ou non, sur le fabuleux bénéfice retiré de cette spéculation sur l'or. Dont je ne crois pas en effet qu'elle soit la raison première de l'opération afghane. Popov ne pourrait pas mobiliser l'Armée rouge. Mais en revanche, ce qu'il peut faire, et ce qu'il a sûrement fait, c'est mettre à profit une entreprise militaire décidée par le Kremlin pour lancer ses propres manœuvres. Avez-vous essayé d'imaginer — non, ce n'est pas une question que je vous pose, c'est une manière de parler — avez-vous essayé d'imaginer ce que peut être la position d'un homme qui sait la technique financière sur le bout des doigts, qui dispose de capitaux phénoménaux, comme aucun individu ni même aucune multinationale n'en a jamais eus ou rêvés, qui est informé au jour le jour, voire heure par heure, grâce au plus formidable réseau d'espionnage qu'on ait connu de tout ce qui se passe ou va se passer dans le monde, qui dans le cas présent sait que dix ou douze divisions vont entrer en Afghanistan pour y changer le gouvernement... Ou encore qui sait, à l'avance — à l'avance, Paul ! — qui sait que dans tel ou tel pays producteur de café, de sucre, de tabac, de cuivre, de n'importe quelle matière première, un bouleversement est imminent, qui en connaît la date et les conséquences prévisibles sur les marchés mondiaux et qui a toutes les possibilités d'en tirer les meilleurs bénéfices... Que pensez-vous de cette confiture ? Très sincèrement ? Le fond de votre pensée ?

— Admirable, dit Paul. On en pleurerait.

— Je ne vous le fais pas dire. J'essaierai de vous en faire livrer huit ou dix pots. Et notre homme peut donc jouer sur la baisse ou la hausse de ce café, de ce sucre, de cette matière première ; par le truchement des quatre ou cinq cent mille sociétés qu'il contrôle dans le monde ; se servant des dizaines de millions d'adeptes du communisme dont la grande majorité est prête à lui fournir tous les renseignements dont il a besoin. Par exemple sur les prix de revient exacts de tel produit acheté en Occident par l'Union Soviétique, dont on a ensuite la naïveté de s'étonner qu'elle soit si dure quand elle négocie ses contrats d'achat de technologie, de cafetières et de poêles à mazout. Je dis n'importe quoi, bien sûr. Mais je pourrais vous citer quantité de cas précis, authentiques, dont j'ai eu connaissance parce que notre banque y a été mêlée, des cas de fabricants français, ou d'Europe occidentale, qui ont trouvé devant eux des acheteurs soviétiques sachant infiniment mieux qu'eux-mêmes les capacités de production de leurs usines et le prix réel, au centime près, de ce qu'ils voulaient vendre aux gens de Moscou. Paul, c'est comme de jouer au poker avec quelqu'un qui à tout instant peut lire les cartes que vous avez en main ! Sans parler de ces grèves qui surviennent juste au moment nécessaire, durant le temps nécessaire, et qui mettent l'entreprise occidentale dans l'obligation d'exporter à tout prix — à tout prix est le mot — et même à perte. Un autre pain au lait, Paul ? Mais si, mais si, laissez-vous faire, vous n'en trouverez pas d'équivalent : mes petits pains au lait sont uniques à Paris, sans doute même au monde...

— Pour le moins, dit Paul.

— Vous êtes fichtrement intelligent, Paul. Certains jours, j'en arrive même à me demander si vous ne l'êtes pas plus que moi, si vous ne pensez pas un peu plus vite, et plus profond. Encore un peu de thé ?

— Merci, non, vraiment.

— Parlons encore de l'homme qui dispose de tous ces moyens formidables, et sait admirablement s'en servir. Il ferait rêver n'importe quel financier passé, présent et à venir. J'en rêve. J'imagine que durant les années 1940 et 41, j'aie été japonais, contrôlant en sous-main dix mille sociétés nord-américaines, possédant les moyens financiers d'en racheter cent mille autres, sans apparaître jamais, me servant de foutus cons qui me serviraient pour de seules raisons idéologiques, souvent même sans le savoir... J'imagine que j'aie été japonais et connaissant assez de finance et d'économie pour savoir dans quels secteurs de l'industrie il me fallait investir — armement ou matériel de toutes sortes — à la veille du 7 décembre 41, c'est-à-dire de Pearl Harbour... J'aurais pu garantir à mon empereur, à mon mikado personnel que, quoi qu'il advienne, les bénéfices de mes spéculations seraient largement suffisants pour couvrir les frais de ses aventures militaires. Paul, vous l'avez revu, depuis le déjeuner du *Richemond* organisé par Pissarugues ?

— Non, monsieur.

— Je rêve, Paul. C'est fabuleux, à y bien réfléchir : il dispose de milliards et de milliards de dollars, à ne savoir qu'en faire et sait par avance que des guérilleros armés par les Cubains, ces tirailleurs sénégalais de l'Empire de l'Est, vont emporter tel gouvernement de tel *Banana Republic* d'Amérique centrale ; il sait que tel chef politique essentiel va tomber sous les balles d'un tueur, quelque part en Afrique, ou qu'une bombe de forte puissance va faire exploser telle ambassade américaine du Moyen-Orient ; il peut utiliser les services des satellites mis en orbite par son pays, et les renseignements qu'ils fournissent vingt-quatre heures sur vingt-quatre sur les récoltes à venir, les pénuries à prévoir et pour peu que l'un des partisans de l'idéologie qui l'anime lui-même soit en place dans le gouvernement d'un pays adverse... Paul, vous me le diriez, si vous l'aviez revu ?

Paul sourit :

— Mais certainement, monsieur.

— Vous avez eu un contact avec lui, de n'importe quelle sorte ?

— Non, monsieur. Sauf le cas Walther Raab, bien entendu.

— Si Walther Raab existe.

— Oui, monsieur : si Walther Raab existe et n'est pas le seul produit de mon imagination.

Silence. Gros-Minet acheva d'engloutir son quatrième petit pain au lait :

— Que pensez-vous de ce que je viens de dire sur Popov, Paul ?

— Vous détenez infiniment plus d'informations que moi.

Gros-Minet hocha la tête. (A Londres dans ses boxes presque hippiques, le maître-coiffeur Trumper avait fait du bon travail : la calvitie légère était invisible.)

— Je poserai la question autrement, Paul : que pensez-vous de Popov ?

— Je ne l'ai vu qu'une fois.

— Est-il du K.G.B. ?

— Je ne le crois pas, monsieur.

— Nom d'une pipe, enlevez vos lunettes ! C'est très irritant, à la fin, de ne jamais voir vos yeux ! Continuez.

Parlez-moi des rapports, selon vous, entre Popov et le K.G.B.

La voix de Paul Quant marqua une nouvelle nonchalance :

— On peut penser qu'il est en fait sous la surveillance du K.G.B., qu'une certaine rivalité existe même entre le K.G.B. et lui. Qu'il ne tient que par la protection personnelle de quelqu'un qui, pour l'instant, est un peu plus puissant que le K.G.B.

— Brejnev ?

— Brejnev...

Le maître d'hôtel frappa, entra, annonça que la voiture était avancée, se retira sur un geste impatient de la petite main potelée de Gros-Minet :

— Continuez, Paul.

— On peut penser que si cette protection lui était retirée, soit en raison de la disparition de son protecteur soit à cause de certaines rivalités, ou pour toute autre raison, il cesserait à l'instant d'être ce qu'il est.

— C'est-à-dire ?

— Un joueur, monsieur. Une sorte de joueur d'échecs, jouant pour son pays, et contraint de demeurer toujours le meilleur, s'il veut continuer à jouer.

— Qu'entendez-vous par continuer à jouer ? Continuer à mener sa vie de multimilliardaire occidental, à voyager de par le monde, descendre dans les meilleurs palaces, fréquenter les meilleures tables, boire les meilleurs vins, fumer les meilleurs cigares ? Seulement cela ? Au fait, savez-vous qu'il a un appartement tout près d'ici, à Neuilly, au 57 du boulevard du Commandant-Charcot, Résidence du Lac Saint-James ? Vous le saviez ?

Paul Quant secoua la tête en signe de dénégation. Qu'il eût ôté ses lunettes et mis ainsi ses yeux à nu n'avait pas arrangé les choses. En un sens, c'était pire, à présent : le regard brun-vert s'écarquillait, se voilait d'une brume impénétrable. Gros-Minet reposa sa tasse de thé avec une certaine brusquerie :

— Je ne crois pas avoir proféré un juron depuis au moins quarante-cinq ans. Mais je vais le faire : nom de Dieu, Paul, je voudrais pour une fois aller au fond des choses avec vous, et tenter de savoir ce que vous avez en tête. Vous m'exaspérez. Mais de cela aussi, Henri m'avait prévenu, c'est vrai. Bon reprenons : qu'est-ce qui fait agir Popov, selon vous ? J'aimerais assez entendre votre version.

— Le goût, la passion du jeu avant toute chose, dit Paul

d'une voix lointaine. Et l'ambition d'une puissance secrète mais énorme. Et le patriotisme aussi, bien sûr.

— L'idéologie ?

Paul sourit :

— Je ne pense pas, monsieur.

— Est-ce que Popov vous fascine, Paul ?

— Oui, monsieur.

Il y eut, à cet instant de leur conversation, une question en l'air, évidente : cette fascination dont Paul Quant reconnaissait qu'il la subissait était-elle si forte qu'elle pourrait aller jusqu'à inciter Paul Quant à rallier Popov, et à travailler pour lui ?

Mais la question ne fut pas posée par Gros-Minet qui devina qu'elle n'eût pas vraiment reçu de réponse. Au lieu de cela, le président du C.F.I. changea, sinon de sujet, du moins d'angle d'attaque :

— Toujours à votre avis, pourquoi vous ai-je nommé, l'année dernière ?

— En partie sur la base de ce qu'Henri de Chastel vous avait dit de moi.

— Répondez directement à ma question, nom de Dieu — vous noterez que c'est mon deuxième juron en quarante-cinq ans, je m'encanaille...

— Au début, dit Paul la voix carrément rêveuse, au début j'ai pensé que vous m'aviez promu en raison même de mon inexpérience.

— Et maintenant ?

— J'ai modifié mon jugement, monsieur. Je pense que je suis à la tête du C.F.I.-Suisse parce qu'il va s'y passer, ou s'y passe déjà, quelque chose d'exceptionnel.

— Mais que vous n'avez pas encore découvert.

— Que je ne suis pas sûr d'avoir encore découvert.

— Et moi, dit Gros-Minet, je saurais ce qu'est ce quelque chose d'exceptionnel ?

— Vous le savez certainement, monsieur. Depuis longtemps. Et Ted MacManus le sait aussi. Et probablement quelques autres hommes également.

— Mais pas vous.

— Vous attendez de moi que je le découvre seul, par mes propres moyens. Une sorte d'épreuve initiatique, peut-être. Et vous attendez de voir comment je vais réagir à ma découverte, quand je l'aurai faite.

Paul Quant inclina un peu la tête en arrière et contempla le plafond. Son visage prit d'un coup quinze ou vingt ans de moins, il eut ce regard absent et comme empli d'innocence d'un lycéen recherchant la solution à un problème, ou la conclusion d'une dissertation. Il reprit :

— Entre autres petites choses qu'Henri de Chastel a pu vous dire de moi, et qui vous ont conduit à me nommer, il y a le fait, par exemple, que je joue assez bien au bridge. Entre autres choses.

— Les mots exacts d'Henri ont été : « Le jeune Quant connaît superbement la banque, il a une mémoire stupéfiante relevant de la pathologie et c'est le plus formidable joueur de bridge que j'ai rencontré en quarante année. » Paul, vous avez comparé Popov à un joueur d'échecs. Jouez-vous aux échecs, vous-même ?

— Assez bien, monsieur.

— *Assez* ou *très* bien ?

— Très bien, monsieur, j'en ai peur.

Le regard brun-vert redescendit du plafond, très lentement, à la façon d'un canon prenant fermement sa ligne de mire. Paul dit :

— Il m'est arrivé de jouer des parties contre ceux que l'on considère comme les meilleurs du monde : Larsen le Danois, Kavalek l'Américain, Andersson le Suédois, Nunn à Londres, et aussi le Néerlandais Timman. J'ai même eu l'honneur d'affronter Kortchnoï, à cinq ou six reprises. Et Karpov, il y a deux ans, à Moscou...

Il fixait Gros-Minet, toute brume de son regard brusquement effacée. Il poursuivit :

« Dans une partie, parfois, on devine, très clairement, le piège qui vous est tendu, cinq, six ou douze coups à l'avance...

— Un piège, Paul ?

— Oui, monsieur. Et quand on le perçoit, la sensation que l'on éprouve est à la fois... Elle vous emplit d'une sorte d'excitation sauvage mais, dans le même temps, elle est extrêmement angoissante... si je me fais bien comprendre, monsieur...

Il sourit, très gentiment, d'un air d'excuse. Il y eut un silence. Gros-Minet troublé reposa enfin sa serviette, repoussa son fauteuil, se leva. Dans le hall de l'hôtel particulier, un valet de chambre leur tendit leurs manteaux mais Paul Quant refusa d'endosser le sien. Ils sortirent, dans un air glacé et cette senteur particulière des feuilles pourrissantes et givrées de l'hiver des grandes villes.

— Et contre qui jouez-vous actuellement la partie, Paul ?

— Je ne sais pas, monsieur. J'ai un peu de mal à identifier mon adversaire. Peut-être suis-je en train de livrer plusieurs parties simultanées, comme on fait parfois, et peut-être ces parties n'ont-elles aucun rapport entre elles. Mais j'en serais surpris. Je veux dire : je crois qu'elles sont liées les unes aux autres.

Gros-Minet le premier prit place à l'arrière de la voiture noire. Il sourit avec une extrême bienveillance :

— N'ayez aucune crainte, Paul : vous vous faites très bien comprendre.

Paul s'assit à son côté et ils se mirent à parler de tout autre chose. Des affaires de la banque, des événements de la Bourse, de la réunion à venir. Très naturellement, sur un ton paisible et enjoué, voire amical. On aurait juré qu'ils avaient énormément d'amitié l'un pour l'autre, par-delà leur différence d'âge.

Comme si la seule présence du chauffeur devant eux avait refermé une parenthèse. Ni l'un ni l'autre n'avait l'air de considérer que leur rencontre, en ce début de janvier 80, à déguster des pains au lait, ait été capitale, ait marqué une phase essentielle de l'histoire conjuguée de Popov, Paul Quant, Julie Saban et Gros-Minet en personne, plus quelques autres personnages de moindre intérêt.

Ce qui, pourtant, était le cas.

10

Saint-Moritz Inv. 114 S.A.

C'était le nom de code de la « panama » dont Julie Saban et Paul Quant étaient les administrateurs officiels et dont l'énigmatique Walther Raab était le créateur réel (mais ce dernier élément ressortissait du secret bancaire absolu).

Pour Julie, dans la stricte intimité de ses conversations avec Paul, il s'agissait plus simplement de la « Panama Raab ». Jusqu'à la fin, elle continua de l'appeler ainsi.

La jeune femme s'y intéressa dès son retour de Val-Fex, le 2 janvier. D'abord pour constater, tout au long des deux semaines suivantes, que la « Raab » était la seule de son espèce. Dans les quelque mille sociétés anonymes qu'elle gérait, elle ne trouva nul autre exemple d'une société ainsi créée dans un paradis fiscal, sans autre but que servir à une spéculation sur l'or avec un calendrier aussi précis : 21 janvier 80 pour la livraison.

(Mais il est vrai que Julie Saban n'était pas le seul cadre de la banque à officier comme administrateur. Outre Paul, dont l'activité en ce domaine s'était considérablement réduite depuis qu'il avait succédé à Henri de Chastel, une bonne douzaine d'autres personnes remplissaient le même rôle qu'elle. Il se pouvait donc qu'il y eût d'autres « Raab », sous d'autres noms bien sûr, dans les dossiers de ses collègues. Elle l'ignora toujours.)

Les sept cent mille dollars de la « Raab », versés en *deposits* de dix pour cent, avaient permis un achat à terme de sept millions de dollars d'or, soit approximativement vingt mille onces, pour un prix d'achat moyen de trois cent cinquante dollars l'once.

Le 21 janvier, ces vingt mille onces furent livrées à l'acheteur. Dans la réalité, il n'y eut évidemment pas livraison physique. Pour cela, il eût fallu que le dit acheteur (officiellement Paul et Julie) versât la totalité du prix d'achat, dont il n'avait acquitté que les dix pour cent. Simplement le C.F.I.-Suisse, opérant au nom de son client mais à ses risques, ayant donc acheté vingt mille onces à un prix moyen de trois cent cinquante dollars l'once, crédita le compte de la Saint-Moritz Inv. 114 ayant son siège à Panama de la valeur de ces vingt mille onces, non plus au prix d'achat durant les mois de janvier, février, mars et la suite en 1979, mais au prix du 21 janvier 80.

Soit à huit cent cinquante dollars l'once : dix-sept millions de dollars.

En théorie du moins. Parce que de cette somme, il fallait évidemment soustraire les quatre-vingt-dix pour cent non versés par le client...

... soustraire encore les diverses commissions...

... et parce que la transaction n'avait pas été faite à la côte maximum de 850 mais à celle de 810, pour diverses raisons tenant au marché et surtout au prélèvement de nouvelles commissions.

— Le bénéfice réel, net, définitif, de la Panama Raab est exactement de neuf millions et cent quatre-vingt mille dollars. Et dix cents, annonça Julie à Paul. D'accord avec moi, monsieur Quant ?

Il acquiesça. Elle poursuivit :

— L'actif de la société est donc de cette somme, augmentée des sept cent mille dollars de *deposit* versés en sept mois au cours de l'année dernière. Soif neuf millions huit cent quatre-vingt mille dollars. Paul ?

Elle s'était levée et mise à marcher dans le bureau, où ils étaient seuls, la double porte capitonnée bien refermée.

— Non, dit-il, tête baissée et continuant, comme il le faisait depuis quelques minutes, de jongler avec les chiffres sur sa calculatrice électronique solaire. Julie se retourna, abandonna la contemplation du lac.

— Pas de questions, à prendre ou à laisser ?

— Exactement.

— Bien, monsieur le directeur, dit-elle. Des ordres particuliers à propos de la Saint-Moritz Inv. 114 ?

— Ils viennent justement de me parvenir, dit Paul.

Le jour même par porteur spécial, précisa-t-il. Et confirmés par la conversation téléphonique qu'il avait, d'après lui, eue avec Walther Raab personnellement :

— En tant que co-administratrice de la société, mademoiselle Saban, vous voudrez noter que les codes convenus ont bien été utilisés.

Julie revint vers le bureau, prit les documents et lut : dans sa lettre, Balthazar 630 — nom de code de Walther Raab — demandait que sur l'actif au 21 janvier de la Saint-Moritz Inv. 114, neuf cent mille dollars fussent prélevés et bloqués sur un compte à terme de deux mois, générant des intérêts. Il souhaitait de surcroît que le C.F.I., garanti par ce dépôt, prît en son nom une position de vendeur à deux mois, le 20 mars suivant, toujours sur le marché de l'or.

Les intérêts générés par le compte à terme devant couvrir le *premium* et la commission prélevée par le C.F.I.-Suisse.

Ce qui revenait à dire qu'après avoir joué l'or à la hausse, avec une cote maximum au 21 janvier 80, Balthazar 630-Raab le jouait à présent à la baisse, et sur deux mois. Sans laisser pour autant inactifs les bénéfices réalisés lors de sa première opération.

Les neuf cent mille dollars représentant évidemment le *deposit* de dix pour cent pour un contrat de neuf millions de dollars.

— Une chose est sûre, dit Julie, nous avons là un client qui sait exactement où il va, et qui se passe fort bien de nos conseils.

Paul ne releva pas la remarque. Il dit :

— Tout indique que nous pourrons passer un contrat à

sept cent soixante dollars l'once soit, pour neuf millions, un peu moins de douze mille onces. A vue de nez, onze mille huit cent quarante deux. Mademoiselle, vous voudrez bien exécuter les instructions de notre client.

Julie le fixait, au bord des larmes.

A cette date, elle ne lui avait pas parlé de son propre voyage à Panama, de son entrevue avec Calderon (dont elle ignorait la mort), de ce qu'elle avait découvert là-bas. Poser à Paul Quant n'importe quelle question sur Walther Raab (ou sur ce nom de Patrick Walther figurant parmi les trois fondateurs panaméens de la Saint-Moritz Inv. 114), dut paraître inutile à Julie. Elle connaissait trop Paul, et son agilité d'esprit, pour ne pas savoir qu'il lui aurait fourni à la seconde trois douzaines d'explications fort crédibles.

... Ou bien il se serait tout bonnement accroché à sa version de départ : Walther Raab existait bel et bien, était le seul initiateur de la Panama, la seule tête pensante de la spéculation sur l'or. Et après tout, aucune loi n'oblige un banquier, en Suisse ou ailleurs, à ouvrir une enquête pour faire vérifier l'authenticité des documents, passeport et autres, présentés par l'un de ses clients. Surtout si ce client ne réclame que des opérations légales, voire banales.

Les *deux* voyages de Paul à Panama ? A la mi-décembre 78 pour l'un (un peu plus de deux semaines avant la mort de Chastel), les 3 et 4 mars 79 pour l'autre ? Paul aurait pu les expliquer, sans aucun doute. Il aurait par exemple affirmé qu'il avait effectué le premier sur ordre verbal de Chastel — qui n'était plus là pour le contredire. Ou alors il aurait prétexté la curiosité (le C.F.I.-Suisse gérait des milliers de panamas) ou le simple tourisme...

Il y avait certes l'affaire Peabody à Las Vegas. Et les enveloppes jaunes.

Mais le moyen d'en tirer parti, sauf en déclenchant une enquête officielle ? (Une enquête à laquelle le président-directeur général du C.F.I. à Paris, avait en quelque sorte opposé son veto : « Je réponds personnellement de Walther Raab », avait dit Gros-Minet.)

Dès la nouvelle de la mort de Chastel et la nomination de Paul, Julie Saban avait agi avec la conviction que Paul Quant — et elle aussi — étaient les victimes d'une machination. Et elle préféra attendre, accordant toute sa confiance à Paul, misant sur la capacité de ce dernier à se tirer d'affaire. Se disant que s'il avait besoin d'elle, et de son soutien, il était assez grand pour déterminer le moment où il appellerait au secours.

Le 19 mars 1980, l'once d'or tomba à quatre cent soixante quatorze dollars, soit une baisse de trois cent soixante seize dollars en deux mois.

Compte tenu de ce que la deuxième volée de contrats passés par le C.F.I.-Suisse au nom de son client Balthazar 630, avait été conclue à sept cent soixante d'une part ; et d'autre part de ce que la livraison eut lieu à un prix un peu supérieur à la cote officielle, sans trop entrer dans les détails, le bénéfice par once réalisé par la panama Raab fut d'à peu près deux cent cinquante dollars.

Soit, pour onze mille huit cent quarante-deux onces vendues, un bénéfice de deux millions neuf cent soixante mille cinq cents dollars.

Qui s'ajoutant à l'actif initial, portèrent les capitaux détenus par la Saint-Moritz Inv. 114 (ou la panama Raab, quel que soit le nom qu'on lui donne) à douze millions huit cent quarante mille cinq cents dollars.

Bénéfice en tous points fantastique si l'on songeait que l'investissement de départ avait été seulement de sept cent mille dollars.

Ces douze millions huit cent quarante mille cinq cents dollars représentaient quatre fois la fortune personnelle d'un Pierre Quant qui avait mis quarante ans à l'acquérir — et encore était-il parti d'une situation familiale fort confortable.

Si Julie s'était posé la question de savoir ce qu'il allait advenir de ce capital, elle ne dut pas s'interroger longtemps. L'ordre arriva le 24 mars 1980. Quatre jours après la conclusion de la deuxième opération spéculative. La Saint-Moritz Inv. 114 devait le jour même être dissoute et la totalité de son actif transféré sur un compte à numéro de la Oxford international Bank and Trust, agence de Pelican Island, dans les îles Turks et Caïcos. C'était assurément là l'une des façons les plus sûres, sinon la plus sûre, de faire disparaître l'argent sans laisser le moindre trace [1]...

L'ordre du 24 mars parvint à Julie sous la même forme que les précédents adressés par l'invisible Walther Raab, c'est-à-dire que Paul Quant affirma avoir reçu un message

1. Officiellement colonie britannique mais dans la pratique quasi indépendantes, les îles Turks et Caïcos (au sud des Bahamas) ont, avec les Caymans, la législation la plus sévère du monde, s'agissant du secret bancaire. La loi de 1979 *(Confidential Relations Ordinance)* prévoit pour les violations du secret bancaire une amende de dix à cinquante mille dollars et une peine de trois ans de prison.

téléphonique sur l'une de ses lignes directes, ne passant pas par le standard de la banque ni par le secrétariat ; message téléphonique confirmé par une lettre portant les codes convenus. Il montra bien entendu la lettre à Julie.

Sans commentaire. Elle n'en fit pas davantage.

Ce fut elle qui procéda à la liquidation de la Panama Raab et veilla au transfert des fonds, une fois déduits les commissions prélevées par le C.F.I.-Suisse et frais de dissolution à Panama.

Etant parfaitement consciente de ce que Paul avait très bien pu, à distance, ouvrir le compte aux Turks et Caïcos, et s'attribuer les douze millions huit cent vingt mille dollars. Qui auraient ainsi représenté le paiement d'un service rendu.

Julie Saban n'avait aucune possibilité de déterminer de quelle sorte de service il pouvait s'agir. Si elle pensa qu'il pouvait y avoir une relation avec la mort d'Henri de Chastel, elle garda pour elle sa réflexion.

Le paiement était certes assez énorme. Mais en réalité, il avait très bien pu ne rien coûter, pas un cent, au payeur.

Puisque rien n'empêchait la restitution des sept cent mille dollars de départ, même assortis d'intérêts, au besoin. Le gros de la somme, en fin de compte, ayant été acquitté par les spéculateurs occidentaux, impérialistes-capitalistes et autres, qui avaient été fort malheureusement inspirés en jouant à la baisse un or que « Walther Raab » jouait à la hausse, et vice versa.

... Tout ceci dans la mesure où Julie se posa longtemps la question. En effet, dans la stricte chronologie, les trois étapes successives de l'affaire Raab (première spéculation avec une position d'*achat* d'or à terme du 21 janvier 80, puis inversion de l'opération avec position de *vente* d'or au terme du 24 mars, puis enfin dissolution de la *sociedad muy anonima* dès le 24 mars), ces trois étapes ne retinrent que fort peu l'attention de la jeune femme.

D'abord parce qu'elle avait déjà, à cette date, son opinion faite, sur la Panama Raab.

Ensuite et surtout parce qu'elle était d'ores et déjà plus préoccupée, voire fascinée — ou affolée — par les informations reçues au courrier du 8 janvier, trois jours après le retour d'Engadine. Par ces informations, par les conclusions qui pouvaient en être tirées...

... Et bien sûr par les Maisons Rouges.

11

A l'origine, il y eut, sinon une erreur d'adresse, du moins une méconnaissance des conditions dans lesquelles Paul Quant et Julie Saban vivaient ensemble.

La lettre destinée à la jeune femme portait comme adresse celle de son ancien appartement de la rue de la Corraterie. Le bail en avait été résilié un an plus tôt. Conformément aux instructions données par Julie, la lettre fut acheminée à Cologny, chez ses parents. Elle y arriva le 8 janvier au matin. « Soit tu passes la prendre », dit à Julie sa mère au téléphone, « soit je te la dépose quai Wilson. J'ai justement quelques courses à faire. »

Et ainsi la lettre lui parvint le 8 au soir.

... Ce même 8 au soir où Paul de son côté rentrait de Paris, où il avait pris part à la conférence-réunion du C.F.I. de début d'année; où surtout il avait partagé avec Gros-Minet le fameux petit-déjeuner de pains au lait, au cours duquel des choses d'importance avaient été dites.

De sorte que Paul et Julie, qui était allée le chercher en voiture à l'aéroport, virent leurs lettres en même temps, posées côte à côte par le valet de chambre, sur la console Louis XV, dans l'antichambre de l'appartement du quai Wilson. Ils furent pareillement frappés par la similitude des enveloppes, des caractères dactylographiés des adresses, et surtout de l'inscription au pochoir, dans le coin supérieur gauche et à l'encre verte : *PERSONNELLE*.

L'expéditeur était le même dans les deux cas. Dans les deux cas il était anonyme.

Ils ramassèrent leur courrier, les yeux dans les yeux.

Les lettres du 8 janvier semblaient d'une provenance différente de celle des enveloppes jaunes. (Il y eut bien deux sortes de messages anonymes — la série des enveloppes jaunes, d'une part, et celles-ci, d'autre part, qui n'étaient pas les premières puisqu'il y avait eu celles de janvier 79, un an plus tôt qui, « très personnelles et hautement confidentielles » avaient reproduit les mots prononcés par Henri de Chastel à l'instant de sa mort : CROSS 237.)

Les lettres de 1980 avaient été postées à Lyon, poste centrale, même heure et même jour, le 5 janvier.

— Il y a deux solutions, dit Paul en souriant à Julie, alors qu'ils se tenaient encore dans l'antichambre. Nous pouvons aller nous vautrer dans le salon, grignoter un toast ou deux, boire un verre et ouvrir les lettres ensemble, en comptant un-deux-trois-partez. Ou bien nous pouvons les décacheter en cachette l'un de l'autre, toi enfermée dans les cabinets et tirant la chasse pour couvrir le bruit du papier déchiré, et moi tapi dans le placard à balais de la cuisine.

Julie se gratta délicatement le bout du nez et demanda :

— C'est à qui le tour, pour les amuse-gueule ?

— A toi.

— Sûr ?

— Certain. Et je m'occupe des boissons. La dernière fois, c'est moi qui ai fait les tartines. Je t'assure, souviens-toi.

« Admettons », dit-elle, sceptique. Elle alla dans la cuisine, entreprit de découper en tranches fines le pain de campagne cuit au feu de bois, fit légèrement griller ces mêmes tranches, y étala le foie gras de canard. Quand elle revint, portant le plat sur un chauffe-plat à bougies, Paul avait entre-temps débouché la bouteille de meursault Charmes, disposé les verres, placé sur la platine Tandberg un Miles Davis.

Et les deux lettres étaient toujours côte à côte sur une table basse, intactes.

Ils ne les touchèrent pas au cours des vingt minutes suivantes, tandis qu'ils engloutissaient le foie gras et buvaient le meursault avec des airs graves d'enfants cachés dans un grenier et y faisant la dînette. Ils écoutèrent Miles Davis dans « *In Your Own Sweet Way* », hanche contre hanche, la joue de Julie venant parfois s'appuyer sur l'épaule de Paul et la main de Paul se posant, entre deux tartines, sur la cuisse de Julie, sinon un peu plus haut, effleurant et caressant le mont de Vénus et la fente du ventre. Il devait être dans les huit heures du soir et c'était un de leurs moments privilégiés que ces retrouvailles muettes au terme d'une journée identique de travail, à se dire en public « monsieur » et « mademoiselle », bien que leur liaison ne fût un secret pour personne.

— Tu t'es encore fichue dedans...

Elle avait en effet préparé un nombre impair de tartines, si bien qu'il en restait une, après qu'ils en eurent mangé le même nombre.

— Plus faim, dit-elle.

Mais elle mordit dans le pain à la seconde où il le portait à sa bouche et ils grignotèrent au même rythme, jusqu'au moment où leurs langues au parfum de foie gras et de meursault se touchèrent. Suivit une bagarre faussement violente qu'elle finit par rompre, se mettant hors d'atteinte.

— Moi, dit-il, je pensais à tout autre chose...

— *HA ! HA !*

Mais elle acquiesça. Leurs regards se portèrent sur les enveloppes. Il dit :

— Julie, à Las Vegas Henri a très peu parlé, entre le moment où il a reçu la balle et celui où il est mort. Il a tout de suite compris qu'il allait mourir. Il a prononcé deux mots...

CROSS 237.

Julie avait refermé ses paupières et posé sa nuque sur le dossier du canapé.

— Et dès mon retour à Genève, le samedi, j'ai trouvé dans mon courrier une lettre : très personnelle, hautement confidentielle, de la part d'Henri de Chastel à Paul Patrick Quant... CROSS 237... Tu as reçu la même ?

— Oui.

— Même texte ?

— De la part d'Henri de Chastel à Julie Saban, c'était la seule différence.

— Postée à Lyon, poste centrale, le 4 janvier 79 ?

— Oui.

— Une idée à propos de CROSS 237 ?

— Aucune.

Silence. Puis Paul :

— Henri a toujours raffolé des mots croisés, des puzzles, des problèmes imbéciles du type : « J'ai cent trente-sept chaussettes à carreaux dans le tiroir de gauche de ma commode; comment, dans l'obscurité la plus totale, en équilibre sur un pied et avec seulement deux pesées, puis-je repérer à coup sûr celle qui a été tissée en Belgique ? » Ce genre de trucs et les cryptogrammes de toutes sortes. Quand nous voyagions ensemble en avion, il n'arrêtait pas.

Julie, je n'ai pas la moindre idée de ce que signifie CROSS 237. Et maintenant, si on ouvrait ces satanées lettres ? Après quoi on pourrait faire l'amour, nous n'avons pas fait un seul gros câlin depuis au moins trois jours et je suis en état de manque et mon avis est que tu l'es aussi, à en juger par la caractéristique palpitation de ta narine droite. On y va ?

Ils décachetèrent les enveloppes.

Très personnel et hautement confidentiel — De la part d'Henri de Chastel à Paul Patrick Quant (ou Julie Nicole Saban) — Conformément aux instructions données par monsieur Henri de Chastel le 11 juillet 1978...

— Paul, c'est à croire qu'il s'attendait à mourir !

— J'ai vécu avec lui plus longtemps qu'avec toi, nous étions ensemble jusqu'à soixante heures par semaine. Je n'ai rien remarqué. Rien.

Julie fixait Paul mais ne distinguait pas ses yeux, moins encore qu'à l'ordinaire. Elle ne voyait guère, en fait, dans les verres fumés des lunettes, que le double reflet de la lampe. Ils reprirent la lecture des deux lettres...

Suivant scrupuleusement ces instructions, je vous convie à un rendez-vous en date du samedi 9 février 1980, à douze heures, chez Alain Chapel à Mionnay. Votre chambre y est retenue.

Et c'était tout. Pas de signature. Le texte était dactylographié. Et l'avait été les deux fois, l'expéditeur ne s'était pas contenté de faire une copie au carbone.

Silence.

Paul remarqua pensivement :

— Henri adorait Chapel. Ça, c'est vrai.

Nouveau silence.

— Je peux le faire, si ça t'ennuie, dit Julie.

Mais il secoua la tête en signe de refus, le menton sur la poitrine, comme il faisait souvent quand il pensait à autre chose que la conversation en cours. Puis il se leva et, avec sa maladresse ordinaire, renversa sur le tapis ce qui restait de meursault dans son verre.

— Et allez donc, dit Julie, M. Catastrophe a encore frappé.

Il marcha jusqu'à son bureau, en revint avec un carnet d'adresses. Le feuilleta :

— J'ai le numéro mais pas l'indicatif départemental...

— Le 7, dit Julie.

Quant à elle, elle était déjà dans la cuisine d'où elle rapporta, pour le déverser sur le tapis chinois taché par le vin, assez de sel pour assaisonner six bœufs rôtis. Il forma le numéro de Chapel, à Mionnay dans l'Ain, et quand il eut quelqu'un en ligne, demanda si des réservations avaient bien été faites, pour le week-end du 9 au 10 février, au nom de Julie Saban et Paul Quant.

Oui.

Et qui avait fait les réservations ?

La secrétaire particulière de M. Paul Quant qui avait téléphoné, puis confirmé par lettre.

D'autres chambres que celles-là avaient-elles été réservées par la même personne ?

Non.

Et avait-on conservé cette lettre de confirmation ?

— Il se trouve que je suis moi-même Paul Quant, madame, dit Paul. Et ma secrétaire est actuellement en vacances, à cause d'une petite dépression nerveuse. Je veux simplement m'assurer que tout est en ordre.

On lui lut la lettre au téléphone, effectivement signée par Margot Lelong (qui était bien la secrétaire particulière de Paul, mais ne se trouvait pas plus en vacances qu'elle ne souffrait de dépression nerveuse), sur papier à en-tête du C.F.I.-Suisse, Direction générale.

— Je vous remercie infiniment, madame, dit Paul. Mais oui, bien entendu, nous nous ferons une joie de venir, Mlle Saban et moi.

Margot Lelong avait quarante-cinq ans, un sens presque effrayant de l'ordre et de la hiérarchie, et une dévotion quasi fanatique à l'égard de Paul que dans son panthéon personnel elle plaçait à peine en dessous et à la droite de Jean Calvin. Qui plus est, elle n'était entrée au C.F.I.-Suisse que dix mois plus tôt et n'avait jamais connu Henri de Chastel.

Ce n'était pas fait pour rendre la situation plus claire.

Ils firent l'amour avec une infinie tendresse. Ensuite Julie s'endormit la première. Un quart d'heure plus tard, elle fut tirée de son sommeil par l'une des immenses jambes de Paul, carrément posée sur les siennes (il avait cette horripilante habitude de dormir bras et jambes en croix et elle passait des demi-heures par nuit à lutter farouchement pour défendre son *Lebensraum*, son espace vital).

— Désolé, chérie.

— Mets-toi à plat ventre.

Il s'exécuta docilement, faisant exprès de grognasser à la façon d'un vieux cocker qui n'en finit pas de se lover sur son tapis, un soir d'hiver. Malgré elle, dans l'obscurité de la chambre, elle sourit, son irritation soudain effacée, ayant pour Paul, et à jamais, tout l'amour du monde.

Trois ou quatre minutes plus tard :

— Paul ?

— Mmmmmm...

— J'ai peur.

Il ne dit rien et pendant quelques secondes ne bougea pas. Puis, toujours couché sur le ventre et respectant ainsi la consigne, il déplaça l'une de ses mains glissées sous le traversin et de la paume vint lui envelopper un sein. Elle s'endormit ainsi.

12

La première apparition de Popov, lors du déjeuner organisé au *Richemond* de Genève par René Pissarugues, en compagnie d'une bonne demi-douzaine de Bulgares, avait été une prise de contact, sans autre but que de se faire officiellement connaître de Paul Quant.

Le jeudi 10 janvier 80 marqua sa véritable entrée dans la partie.

Ils se serrèrent la main et Popov dit :

— Je ne saurais trop vous remercier d'avoir accepté une invitation aussi impromptue. A vrai dire, je n'espérais guère vous avoir à dîner, je me rends bien compte que sans ma désolante insistance vous seriez actuellement dans votre avion pour Genève, où l'on vous attend sans doute...

— Je ferais n'importe quoi pour diminuer mes notes de

frais. Et je prendrai le dernier avion. J'aime beaucoup votre appartement. Mondrian ?

Paul indiqua une toile tout à l'extrémité de la très vaste et très belle salle de séjour, constituée de trois pièces en enfilade.

— Malevitch. Nous avons nos peintres, nous aussi.

— *Je veux transformer le monde et ce faisant, me transformer moi-même,* cita Paul, en russe.

— Puis-je vous appeler Paul ? Vous m'étonnez, Paul, non seulement en parlant notre langue avec une telle perfection, mais aussi par vos connaissances en peinture. Ils ne doivent pas être si nombreux, Russes ou non, à pouvoir citer de mémoire sinon les mots exacts du moins l'une des idées force du manifeste de Casimir Malevitch, rédigé en 1915 avec Maïakovski.

— Il fut un temps où Chagall et mon père étaient très liés.

Par la taille, Paul Quant dépassait son hôte d'une dizaine de centimètres et néanmoins il devait être plus léger de quinze ou vingt kilos. A droite, les portes-fenêtres donnaient sur un balcon qui, par sa surface, représentait une véritable terrasse. Popov dut deviner la curiosité qu'éprouvait Quant car il dit :

— Je vous en prie : je serais heureux que vous visitiez. Ouvrez toutes les portes. J'insiste, Paul, je serais flatté que vous puissiez voir où j'habite.

Paul actionna la crémone d'une des portes-fenêtres, sortit sur la terrasse. On était à Zurich, le luxueux petit immeuble résidentiel se trouvait sur l'Aurorastrasse, avec une vue saisissante sur la ville, le lac et les montagnes bleues des alpes de Glaris. A cette heure de la soirée, le froid commençait à descendre. Paul rentra. L'appartement était immense. Neuf pièces au premier niveau, six au deuxième. Paul les parcourut toutes et dans l'office trouva un trio de domestiques, deux hommes et une femme, auxquels Popov parla en allemand (bien que l'un des hommes semblât soviétique, à n'en pas douter) pour dire qu'on serve le dîner dans vingt minutes, un dîner pour trois.

Ils revinrent dans les pièces de réception, choisirent de ne rien boire avant le repas, parlèrent peinture, uniquement. Popov révéla que son père avait été marchand de tableaux et à ce titre, avec Morozov et Soukine, avait fait connaître aux peintres de son pays Cézanne, Picasso, Gauguin et Matisse. Lui-même, Popov, avait été ou était l'ami de Natalia Gontcharova, de Yankilievski, du sculpteur Zadkine...

Popov parlait et soliloquait presque dans un français qui n'était pas moins pur que le russe de Paul, d'une voix grave mais très douce, à laquelle un très léger accent donnait un charme supplémentaire. De tout son corps émanait une impression de puissance; le cou était large, le torse développé; le visage carré, un peu empâté, était lisse et clair. Popov souriait le plus souvent et, derrière les lunettes à fine monture d'or, le regard bleu s'éclairait d'une lueur amicale, peut-être un peu moqueuse, mais d'une moquerie en aucun cas désobligeante et qui semblait surtout s'adresser à lui-même.

A huit heures très précises, on sonna à la porte d'entrée. Quelqu'un alla ouvrir. Un homme entra, le troisième convive. Paul Quant le reconnut à la seconde : c'était l'homme en manteau de cuir noir avec qui il avait échangé quelques mots, sous les arcades de la place du Vieux-Marché à Dresde, l'année précédente.

Popov le présenta sous le nom d'Arkadi Tsypine.

Selon Paul Quant, dans le récit qu'il fit ensuite à Gros-Minet, il ne s'agissait absolument pas de l'homme qu'il avait rencontré à Genève, à l'*Hôtel du Rhône,* sous l'identité de Walther Raab.

Quoique, toujours à en croire Paul Quant, les deux hommes fussent assez semblables au physique : environ un mètre quatre-vingt-cinq, trente-cinq à quarante ans, en superbe condition physique, cheveux presque blancs à force d'être blonds, « avec des yeux pâles froids comme la mort, monsieur, si vous voulez bien me passer ce cliché assez usé... et à peu près autant d'humour qu'une guillotine... »

A la longue table en marbre de Carrare, Popov avait placé Paul à sa droite et Tsypine à sa gauche :

— Et vous vous seriez croisés à Dresde, tous les deux ? Quelle extraordinaire coïncidence !

— Le monde est petit, dit Tsypine. Seules les montagnes ne se rencontrent pas.

— Et encore, dit Paul. Peut-être verra-t-on un jour le mont Blanc au milieu du Caucase. A Dresde, le camarade Tsypine se trouvait être est-allemand, alors qu'ici il est soviétique. Je tiens à le féliciter de sa récente naturalisation.

C'était à n'y pas croire : en français, la voix d'Arkadi Tsypine n'était même plus basse, elle était sépulcrale. Et son accent à couper à la hache faisait penser à quelque comédien jouant les espions russes dans un film des Marx Brothers.

...« Mais à dire le vrai, monsieur, ce n'est pas précisément le genre d'homme à vous donner envie de rire. Il n'a pas pris part à ce dîner par hasard. Il se trouvait là pour prendre position, à mes yeux, à côté de Popov, comme ces policiers interrogeant un suspect et se répartissant les rôles, l'un le gentil et l'autre le méchant... Se trouvait là aussi pour m'avertir de ce que, quoi que je fasse avec Popov, il serait présent, et informé. Il a cherché à m'impressionner. Il y a réussi. Même en faisant la part de la comédie... »

On dîna russe — *koulibiak* et *pojarski* [1] accompagnés d'un vin de Crimée — et rapidement :

— Je ne voudrais surtout pas vous faire manquer votre avion, Paul.

— J'accompagnerai M. Quant à l'aéroport, dit Tsypine.

Lui et Popov ne s'adressaient jamais directement la parole. Ils parlaient à Paul, et l'atmosphère était semblable à celle d'une dispute conjugale à laquelle se trouve mêlé un hôte de passage. Paul Quant ne put déterminer s'il s'agissait de rôles convenus, ou bien si les deux hommes se haïssaient aussi mortellement qu'ils en avaient l'air.

Du *tsliandi,* le vin de Géorgie, on passa tout naturellement au Caucase, où Paul était allé deux fois, sur les talons d'Henri de Chastel...

— A Bakou, précisa Paul. Il y a de cela presque quatre ans. Une affaire de pétrochimie à laquelle s'intéressait un de nos groupes français. Et la deuxième fois...

— Rostov, dit Tsypine. Octobre 78. Du 16 au 21 octobre.

Paul sourit :

— Quel hôtel ?

— Celui de l'Intourist, au 115 de la rue Engels.

— Vous n'auriez pas les numéros de nos chambres ? Je prépare mes mémoires.

— Je peux vous les indiquer dans une trentaine de minutes, dit Tsypine, ses yeux plantés dans ceux de Paul. La vérité, monsieur Quant, est que je sais à peu près tout de vous.

1. *Koulibiak :* sorte de tourte farcie de poisson ; *pojarski :* côtelette de poulet très relevée par une sauce épicée.

Leurs regards se défièrent quelques secondes.

Paul finit par tourner la tête. Il jeta un coup d'œil sur Popov qui demeurait impassible, à l'extrémité de la table. Les doigts manucurés de ses deux mains posés à plat sur le marbre.

— Je ne me savais pas à ce point passionnant, dit Paul. Au point que le K.G.B. me consacre une biographie complète. Pouvez-vous me donner un autre exemple de l'intérêt fasciné que vous me portez ?

— A Saint-Tropez, dit Tsypine, qui s'obstinait à parler français avec son accent de comédie. Saint-Tropez et un marchand d'antiquités sur le Boulevard des Lices.

— La Place des Lices, rectifia Paul.

— Cent quatre-vingt mille francs français pour six verres.

— Des flûtes.

— Vous les avez achetées le samedi 6 janvier 1979, à une heure et quinze minutes de l'après-midi. Et vous aviez téléphoné de Las Vegas, aux Etats-Unis d'Amérique, pour que le marchand reste ouvert et vous attende, et vous réserve les verres. Et vous avez prévu cet achat avant d'apprendre votre nomination et de savoir que vous auriez les moyens de payer.

Celui des domestiques qui ne semblait pas soviétique déposa devant Paul l'assiette contenant une part énorme de *vatrouchka*, sorte de gâteau au fromage blanc.

— Je n'y arriverai jamais, mes chances sont nulles, je n'en sortirai pas, dit Paul. Qui diable pourrait manger un aussi gros morceau ? Camarade Tsypine, je préférerais d'assez loin prendre un taxi pour me rendre à l'aéroport.

— Arkadi vient justement de se souvenir qu'il ne pouvait vous accompagner, dit Popov d'une voix paisible, sans même regarder son compatriote.

— Un rendez-vous que j'ai failli oublier, dit Tsypine. Je suis navré de ne pouvoir vous accompagner, monsieur Quant.

— La prochaine fois, peut-être, dit Paul.

Tsypine se leva, s'inclina. Paul lui sourit :

— Parmi toutes les choses que vous connaissez de moi, camarade Tsypine, savez-vous si je suis vacciné contre le choléra ?

— Vous l'êtes.

— Je ne pourrais donc pas en être atteint et, par suite, le transmettre à quelqu'un ?

Arkadi Tsypine avait l'un de ces visages d'une brutalité

fruste, aux traits taillés à la serpe qui, à tort ou à raison, font dire quand on les voit : « C'est un Russe. » Pour la première fois, ce visage froid, et les yeux pâles et glacés, exprimèrent autre chose qu'une agressivité méprisante et sûre d'elle-même. Il hésita, finit par dire :

— Non, vous ne pourriez pas.

— Dommage, dit Paul en souriant plus largement encore.

On entendit le claquement de la porte palière, puis le grondement sourd et quasi imperceptible de l'ascenseur; un peu plus tard, le moteur de la voiture de Tsypine, qui s'en allait.

Le silence retomba.

— Café ? demanda Popov.

— Si vous en prenez vous-même.

— Toujours, Paul. J'aime à travailler un peu, chaque soir après dîner.

Ils quittèrent la table de marbre, passèrent dans un salon voisin, face au panorama de Zurich et de son lac, sur lequel la neige commençait à tomber dru.

— Mon avion ne va pas pouvoir décoller.

— Voulez-vous coucher à l'hôtel *Baur-au-Lac ?* Mais bien entendu, j'ai ici toutes les chambres qu'il vous faut.

— Le *Baur-au-Lac*, je vous prie.

Le maître d'hôtel leur apporta le café et les cigares, ceux-ci dans un admirable coffret de marqueterie, macassar et amboine jaune, à l'assemblage souligné par de minces fils d'or.

— Une extravagance qui m'a amusé, souligna Popov. Je l'ai trouvé dans une vente à Londres.

Le même maître d'hôtel fut chargé d'appeler le *Baur-au-Lac* et d'y réserver une chambre.

Il réapparut pour annoncer que c'était chose faite et disparut ensuite dans les profondeurs de l'appartement.

Popov se mit à parler de cigares, de Cuba, de Pinar del Rio et de ses cigarières scandant « *Cuba si, Yankis no* », tout en triant leurs feuilles que depuis belle lurette, pour des raisons probablement idéologiques, elles ne roulaient plus sur leurs cuisses couleur de miel. Mais Popov s'exprimait sur le ton de celui qui sait que ce qu'il dit est sans importance. Et à un moment, répondant à une question qui lui était faite, Paul dit que oui, il était aussi allé à Cuba, à La Havane, sans toutefois visiter aucune manufacture.

— J'avais infiniment d'estime et de sympathie pour Henri de Chastel, Paul. Nous nous connaissions depuis trente ans et plus. Je souhaiterais que les mêmes relations, cordiales et confiantes, s'établissent entre vous et moi.

— Rien ne saurait me faire plus plaisir.

— Avec M. de Chastel, il nous arrivait de nous rencontrer, pour déjeuner ou pour dîner. Assez souvent. Sans toutefois que ces rencontres aient le moindre caractère de régularité, c'était uniquement affaire de circonstances. Vous a-t-il jamais parlé de moi ?

— Pas que je me souvienne.

— Il n'est pas d'homme plus secret qu'un banquier, n'est-ce pas ? Quelqu'un d'autre vous a-t-il jamais parlé de moi ? Votre président de Paris, par exemple ?

— Quelques mots peut-être, oui.

— Il ne vous a pas raconté une petite anecdote, une sorte de petite dispute très courtoise que nous avons eue, lui et moi, à propos de l'unique suite du *Connaught* de Londres ? Dispute qui s'est d'ailleurs fort bien terminée, puisque nous avons ensuite dîné ensemble ?

— Non, dit Paul. Je ne connaissais pas l'anecdote en question.

Popov sourit, se leva, servit lui-même le cognac. Par un contraste très net avec sa corpulence, sinon sa masse, il avait la main petite et fine. Ayant empli les verres ballons, il demeura debout :

— Je bois, dit-il, à d'autres rencontres, dans l'avenir.

— Affaire de circonstances, dit Paul.

— Je vous promets que nous ne mangerons pas russe, les prochaines fois. Ce soir, c'était un peu différent. Quand il n'a pas ses concombres molossol et ses radis noirs, le bon Arkadi Ivanovitch estime ne pas pouvoir manger. Nous n'avons pas tout à fait les mêmes goûts, lui et moi.

« Et bien sûr, monsieur, à lire entre les lignes ou sous chacun de ses mots, on pouvait découvrir des doubles sens cachés à chaque phrase. Ce coffret à cigares par exemple, qu'il a bien dû payer deux mille pounds pour le moins — j'en ai vu un chez *Simmon's* dans Burlington Arcade qui était moins beau et était à vendre pour ce prix. M'affirmer qu'il l'avait acheté dans une vente aux enchères, c'était façon de me dire : " Je ne suis pas un subalterne, Quant ; j'ai les moyens, financiers ou autres, de m'offrir des 'extravagances', quel qu'en soit le prix... " Mais il y a plus important, monsieur : il m'a laissé entendre qu'Henri de Chastel travaillait avec et peut-être pour lui, " depuis trente ans et plus ", qu'Henri de Chastel et lui se rencontraient " assez souvent ", quoique de façon irrégulière, et que ces rencontres étaient secrètes puisqu'" il n'y a pas d'homme plus secret qu'un banquier ". Enfin, il y a la question de ses rapports avec Tsypine : " Nous n'avons pas tout à fait les mêmes goûts, lui et moi. " Il ne voulait peut-être pas parler que de cuisine. " Nous n'avons pas tout à fait les mêmes idées, lui et moi ", voilà ce que sa phrase pouvait en réalité signifier... »

— La neige est de plus en plus épaisse, remarqua Popov. Au train où vont les choses, même demain matin, vous ne pourrez prendre aucun avion.

— Je louerai un traîneau pour regagner Genève. Ou simplement des raquettes, afin de gagner la gare et d'utiliser les services des chemins de fer suisses.

Dans le hall dallé de marbre gris-vert, ils se serrèrent la main, après que Popov eut une dernière fois exprimé sa confusion, son regret, voire sa honte devant la situation où il avait mis Paul Quant, par son invitation à dîner, en le bloquant ainsi à Zurich.

— Une chose au moins me réconforte un peu, Paul : mon chauffeur, qui va vous amener à votre hôtel, a une très grande habitude de la conduite sur neige.

Le chauffeur en question se révéla être celui des trois domestiques qui était si vraisemblablement soviétique. C'était un homme trapu, aux épaules exceptionnellement larges, aux sourcils épais et noirs.

Contrairement à toute attente, il engagea la conversation sitôt qu'il eut pris place au volant, Paul assis derrière lui dans la Mercedes 450. Et d'emblée il parla russe, son regard très mobile et très dur allant constamment chercher celui de son passager, tandis qu'il pilotait avec virtuosité au cœur du blizzard. Il dit qu'il s'appelait Iamskoï, Kostia Iamskoï. Précisa qu'il était sibérien, du fait d'un arrière-arrière-grand-père exilé par un tsar. Il demanda à Paul s'il était jamais allé en Sibérie. Pas le moins du monde affecté par la sécheresse de la réponse négative de Paul, il se mit à raconter qu'avant d'obtenir son permis de séjour à Moscou, et donc d'être autorisé à quitter sa Sibérie natale, il avait été chasseur...

— De zibelines. C'est la chasse la plus difficile du monde. On n'approche jamais une zibeline à moins de quarante ou cinquante mètres, dans le meilleur des cas. Et la seule façon de tuer sans abîmer la peau est de toucher la cible dans l'œil, uniquement dans l'œil. Il faut être extrêmement bon tireur...

Sa familiarité était anormale, sa prolixité plus encore. Le pire, et à coup sûr le plus irritant, était cette sensation d'une comédie sinistre, avec ce prétendu chauffeur proférant des menaces à peine voilées. Son œil fixe et rond d'oiseau de proie, brillant d'un implacable éclat, ne lâcha pour ainsi dire jamais Paul Quant grâce au rétroviseur réglé pour la circonstance. Et ceci jusqu'à l'entrée de l'hôtel *Baur-au-Lac*.

Ce fut là, seulement, alors que se précipitait un portier muni d'un immense parapluie noir, que le Sibérien reprit l'attitude d'un chauffeur de maître. Neutre, respectueux, insoucieux de la neige, il descendit et tint la portière ouverte, casquette à la main.

Le regard de gerfaut, seul, restait inquiétant, et vaguement ironique.

Ainsi, au terme de cette soirée du 10 janvier 1980 à Zurich, était en place le trio essentiel sur lequel allait s'articuler toute l'aventure avec l'Est : Arkadi Tsypine, Kostia Iamskoï, et Popov.

13

A Julie, Paul ne dit rien de sa deuxième rencontre avec Popov. Il se contenta d'expliquer son retard par le fait qu'il avait raté l'avion de vingt heures et qu'ensuite la neige avait empêché tout décollage. « J'ai essayé de t'appeler quai Wilson, mais ça ne répondait pas... »

Il n'en parla pas davantage à Gros-Minet. Pas à cette

époque. S'il raconta effectivement la scène au président du C.F.I., ce fut plus tard, des mois plus tard, et dans des circonstances très particulières.

Mais il est vrai que tout le début de l'année 80 fut marqué par une très forte intensification des activités du C.F.I.-Suisse. Entre autres raisons, il y eut l'embargo décidé le 4 janvier par le président Carter, embargo sur les céréales s'accompagnant d'une réduction de toutes les exportations américaines à destination de l'Union Soviétique. Ces exportations diminuèrent en 1980 de près de soixante pour cent. C'était là un marché à prendre. Les partenaires européens des Etats-Unis ne se privèrent pas de le faire. Chacun des membres du Marché Commun se tailla une part du gâteau abandonné par les Américains. Les ventes à l'Est enregistrèrent des hausses spectaculaires : près de vingt-trois pour cent pour l'Allemagne fédérale, plus de soixante-sept pour les Pays-Bas, dix-neuf pour le Royaume-Uni...

... Et près de vingt et un pour cent pour la France. La moitié au moins de ce flux nouveau passa par le C.F.I.-Suisse, spécialisé dans ce genre d'échanges et qui de surcroît était déjà intervenu dans beaucoup des contrats entre Russes et Français, lors de la préparation des Jeux Olympiques.

Pour Paul Quant, acharné à justifier sa nomination, cela se traduisit par un travail supplémentaire, qui le mena au bord de l'épuisement.

Il boudait.

Julie l'avait contraint à sortir du lit à huit heures quinze, alors qu'il avait consacré l'essentiel de sa nuit à ses dossiers, à seule fin de se ménager le temps libre nécessaire à leur voyage à Mionnay. Pour l'arracher de ses draps, dans lesquels il avait passé quatre heures au plus, elle n'avait pas lésiné sur les moyens. Elle l'avait traîné par les chevilles jusqu'à la salle de bains, comme un cadavre. « Nous avons rendez-vous à midi et nous serons là-bas à midi. Pour une fois dans ta vie, tu seras à l'heure. »

Même rasé et douché, il refusa d'ouvrir la bouche. Il garda le menton sur sa poitrine. l'œil plus ou moins volontairement vitreux, plongé dans un semi-coma. Il avait toujours eu des réveils difficiles, et elle le savait véritablement épuisé.

Comme presque toujours quand ils faisaient route

ensemble, ce fut elle qui prit le volant de la Porsche. Ils passèrent la frontière avant dix heures du matin, le samedi 9 février 80. Et à Bellegarde-sur-Valserine seulement, dix kilomètres à l'intérieur du territoire français, elle consentit un court arrêt, le temps d'avaler trois ou quatre grands cafés noirs et un croissant.

Elle avait choisi de passer par Nantua et Pont-d'Ain. Puis, à partir de cette dernière localité, de descendre droit au sud sur Pérouges. La route à cet endroit est comme une frontière : à l'est les monts du Bugey couronnés dans le lointain par les Alpes et, sur l'autre rive, l'étrange et brumeux paysage de la Dombes et son millier d'étangs.

— On reprend vie ?

Depuis quelques instants, peut-être parce que le demi-litre de café bu à Bellegarde commençait d'agir, Paul avait manifesté plusieurs signes d'intelligence ou à tout le moins d'un retour à la vie.

— Je te hais, dit-il.

— Très bien, répondit-elle fort placide.

— Et en plus, tu m'as cogné la tête contre le bidet, en me hissant dans la baignoire. Si tu espérais me voir faire de toi une honnête femme en t'épousant, c'est fichu. Ce bidet a fait déborder le vase. Il restera entre nous jusqu'à la mort.

— Il y a du café dans le thermos.

Il se décida enfin à redresser son siège. Il rechaussa ses lunettes et regarda sur la droite :

— Les Dombes ?

— *La.*

— Quoi, là ?

— *La* Dombes. Pour : la principauté « des Dombes ». Paul ?

Il buvait du café et tourna un peu la tête sans pour autant extraire son nez du gobelet de carton :

— Mmmmmm ?

— Paul, je crois qu'on nous suit, dit-elle.

Elle avait repéré la Renault 30 blanche lors du passage de la frontière au fort de l'Ecluse. « Trois hommes à bord, le visage de l'un m'est familier : un grand blond, très clair de peau, avec des yeux pâles. » (Elle ne dit pas à Paul où et comment elle avait déjà vu ce visage : sur les clichés que contenait la deuxième enveloppe jaune — c'était l'interlocuteur de Paul Quant place du Vieux-Marché à Dresde, celui qui à en croire le message anonyme était un agent du

K.G.B. opérant sous divers pseudonymes, dont ceux de Walther Raab et Arkadi Tsypine.)

— A Nantua, ils ont comme nous tourné à gauche sur la nationale 84. A Pont-d'Ain aussi. Au dernier village derrière nous, Mollon, ils nous suivaient toujours, à sept ou huit cents mètres, roulant à la même allure que moi.

— Nous sommes sur quelle route ?

— La R.N. 84. La même depuis la frontière.

— Ce sont peut-être des amoureux fous de la R.N. 84 ? Ou bien ils y ont perdu un enjoliveur, il y a dix ans, et font un pèlerinage ?

— Je hurle de rire.

Il fit tant et si bien en voulant reboucher la bouteille thermos que celle-ci se renversa. Tout ce qui restait de café se répandit sur la moquette couleur miel. Il se retourna, scruta la route, qui, à ce point de son parcours, le long de l'Ain, était quasiment rectiligne. On y voyait sur plus de deux kilomètres.

— Pas de Renault 30. Aucune voiture blanche à signaler, chef.

Il se replaça face au pare-brise. « Arrête. » Elle stoppa sur le bas-côté. Ils attendirent, deux, trois minutes.

Rien. Sauf une camionnette, un autocar et environ quinze voitures particulières qui n'avaient rien de particulier.

Elle remit rageusement en route.

— Je n'ai rien fait, fit Paul.

C'était une très froide matinée de février et à mesure que les étangs se multipliaient à gauche et à droite de la route, les écharpes de brume givrée se faisaient plus nombreuses et aussi plus épaisses, se formant par endroits en nappes. Julie les traversait presque au pas, avec sa prudence coutumière. Ne cessant pourtant de consulter les deux rétroviseurs, où rien n'apparaissait, en tout cas aucune voiture claire.

A Saint-André de Corcy, ils retrouvèrent la nationale et trois minutes plus tard furent à Mionnay. Paul s'était mis à farfouiller dans la boîte à gants, avec des allures de fox-terrier traquant fébrilement un renard. Elle dit, impatientée :

— Dans mon sac.

Il plongea sans vergogne le nez et les mains dans celui-ci et en retira les deux lettres anonymes.

Les relut à voix haute. Commenta :

— On a bien écrit : « Je vous convie. » J'espère que je n'aurai pas à payer l'addition et la note.

Antoine, le premier maître d'hôtel, reconnut Paul, qu'il avait vu à deux ou trois reprises en compagnie d'Henri de Chastel. Non, il n'avait aucun message, pas plus au nom de Quant qu'à celui de Saban. Mais en revanche, comme il était peut-être un peu tôt pour déjeuner, accepterait-on l'apéritif maison ?

On acceptait. Avec le champagne au jus d'orange pressée, additionné d'une gouttelette de Cointreau, furent servis quelques amuse-gueule : petite friture du lac d'Annecy et mini-salade de truffes fraîches arrosées d'une pointe d'huile d'olive vierge. Comme chez *Emanueliera* à Recco en Italie, pensa Paul.

Des voitures arrivèrent mais aucun des nouveaux venus ne prêta la moindre attention à Julie et Paul.

— Et toujours pas de Renault 30 blanche, pas plus que de tueurs masqués enveloppés dans des manteaux couleur de muraille. D'ailleurs, qui tuerait chez Chapel ? C'est quand nous sortirons d'ici, la panse pleine, qu'on nous abattra. Nous mourrons béats.

Il chuchotait en picorant les truffes, le visage inexpressif derrière ses lunettes fumées ; Julie au contraire paraissait très tendue. Il posa sa main sur celle de la jeune femme : « Du calme. »

— On nous suivait vraiment, Paul. Je ne suis pas folle.

— D'accord. Je ne t'ai jamais vue aussi nerveuse. Que veux-tu manger ?

Elle haussa les épaules et ne voulut même pas consulter la carte. Ce fut donc au terme d'un débat technique entre Paul et Antoine que le menu fut composé : on débuterait par de petits navets noirs confits servis avec une escalope chaude au foie gras de canard, puis des asperges vertes de Villelaure en feuilleté assorties d'écrevisses décortiquées et de truffes noires du Tricastin, qui seraient suivies d'un méli-mélo de loups et de rougets de Méditerranée accompagné d'une sauce au vin rouge, en l'espèce du gamay...

— Comme vin pour ces trois premières étapes, je verrais assez bien un bienvenue bâtard-montrachet 78 de chez Ramonet-Prudhon. Qu'en pensez-vous, Antoine ?

— Vous m'avez ôté les mots de la bouche, si j'ose dire, répliqua Antoine.

On prendrait ensuite d'assaut un col-vert rôti en cocotte avec lardons et pommes paillasson.

— Avec un petit côte-rôtie 59 de chez Chapoutier, suggéra Antoine.

— J'en caressais justement l'idée, dit Paul. Quelle heureuse coïncidence...

Pour les desserts, on aviserait en temps utile, quoique fussent tenues en réserve les toutes premières fraises des bois, qui pourraient peut-être compléter les pâtisseries et sorbets hors saison...

— Et une crainte horrible me vient, Antoine : j'espère qu'il vous reste de ce merveilleux armagnac ?

— Laberdolive 1904. Il nous en reste, Dieu soit loué. Nous avons encore quelques raisons de vivre, dans ce monde si sombre.

La conférence s'acheva sur ces mots. Antoine repartit exercer ailleurs son apostolat. Un peu plus tard, on se rendit à table. D'autres clients survinrent, la salle s'emplit, deux heures s'écoulèrent et le repas se déroula sans qu'il se passe rien : aucun message, aucun tueur, même après le Laberdolive 1904.

Qui acheva de hausser le moral de Julie à un niveau très acceptable.

— Béate, dit-elle. Tu avais raison : ça m'est tout à fait égal qu'on me mitraille, à présent.

Ils sortirent, après qu'on les eut informés que tout était réglé d'avance, « par Mlle Lelong, votre secrétaire, monsieur Quant, qui est passée et a effectué le règlement en liquide ».

La pendulette du tableau de bord indiquait trois heures moins quelques minutes. Ce fut seulement quand elle voulut remettre les essuie-glaces en marche qu'ils découvrirent l'enveloppe, qu'on avait pris soin de glisser dans un petit sac de plastique transparent, pour la protéger de l'humidité due au brouillard.

Vous voudrez bien suivre la nationale 33 en direction du nord, sur dix kilomètres et alors tournerez à droite, sur la départementale 2d...

D'autres indications suivaient, non moins précises.

Anonymes.

La Dombes s'ouvrit devant eux. Ils l'avaient déjà en partie traversée, en venant de Pérouges, mais alors il faisait plein jour, la brume s'effilochait en écharpes clairsemées, la route était assez fréquentée.

Tout était changé, à présent. Les routes qu'ils eurent à

suivre pour se conformer aux instructions du message se révélèrent étroites et désertes. La nuit commença à descendre. Le brouillard se fit plus épais, se formant en nappes compactes de plusieurs centaines de mètres où de rares trouées ne découvraient que des étangs immobiles et sombres, verdis par une sorte de trèfle, envahis par les roseaux. Peu d'habitations, en apparence, ou de rares maisons de pierres juchées sur des *poypes* — des buttes — pas beaucoup plus grandes que des rendez-vous de chasse et dans tous les cas sans vie.

— La 90 au sortir de Chalamont, la 93 sur la droite, 93a ensuite. On nous promène, mon amour, et à l'allure où tu roules, nous serons sur les lieux quels qu'ils soient, vers minuit, heure du crime, à temps pour que le comte Dracula s'étire en bâillant dans son cercueil, à moins que nous ne soyons les hôtes du comte Zaroff, qui nous attendra pour se mettre en chasse...

— Silence !

La D 90 à droite, avant la Commanderie. A gauche après Les Mottets. Le bois de Priay sera dès lors sur votre droite...

Deux minutes plus tard, dans une déchirure du brouillard, une silhouette parut, dressée en attente sur le bord de la route. Il s'agissait d'un homme botté, sanglé et engoncé dans une grosse veste de cuir fauve, coiffé d'une casquette de garde-chasse et portant un fusil à l'épaule, double canon pointé vers le sol. Il leva un bras. Julie stoppa et lorsque Paul abaissa la vitre, une senteur de vase pétrifiée par le gel pénétra dans la voiture.

L'homme se pencha :

— Mademoiselle Saban, monsieur Quant ? Je vous attendais. A trois cents mètres d'ici sur votre droite, vous trouverez un chemin de terre, juste derrière un billon. Veuillez suivre ce chemin sur environ deux cents mètres. Entrez sous le couvert. Mes frères vous attendront au volant de la voiture.

— Excellent, dit Paul. Et c'est quoi, un billon ?

— Une tranchée de drainage, monsieur, répondit le garde-chasse avec un accent roulant de Bourgogne qui était presque russe.

— Et messieurs vos frères nous conduiront où ?

— Là où M. de Chastel a souhaité que vous alliez.

— Tout s'éclaire, dit Paul. J'adore les explications simples.

Le garde-chasse recula de deux pas, fusil maintenu à l'épaule gauche par la bretelle mais index et majeur de la main droite effleurant la double détente. Déjà, il reportait son regard sur la route par où la Porsche était arrivée, à l'affût de tout véhicule qui aurait pu surgir du brouillard. Julie repartit, prit à droite comme convenu, sur une diguette étroite dont la barrière d'accès était levée. Elle entra sous le couvert glacé des arbres, déboucha dans une mince clairière. Une vieille jeep y attendait, et aussi deux hommes en armes, presque identiques au premier, sauf les moustaches qui, pour ceux-ci, étaient plus longues. L'un d'eux s'avança. Il entra dans le pinceau des phares et sans un mot examina d'abord la Porsche, son empattement et surtout sa garde au sol.

Il hocha la tête :

— Vous devriez passer, je pense. Mais vous risquez d'abîmer votre voiture.

— C'est la voiture de mon papa, dit Paul. Et mon papa s'en contrefiche. Nous vous suivrons, quitte à monter aux arbres.

La jeep ouvrit la route sur plus d'un kilomètre, suivant un entrelacs de sentiers sinuant sous les arbres, et franchissant de petits canaux où la Porsche talonna par deux fois, mais passa. La maison se dévoila d'un coup, au détour d'une grosse haie. Toutes les fenêtres du rez-de-chaussée étaient allumées, à la différence des deux autres étages. C'était suffisant pour voir qu'on abordait le bâtiment par l'arrière.

— Il vaudrait mieux que vous éteigniez vos phares, dit l'un des gardes-chasse. On pourrait les voir de la route.

Une porte s'ouvrit au même instant et une femme apparut. Descendant les trois marches, elle vint à la rencontre de Julie et de Paul, drapée dans un manteau de vison jeté sur ses épaules.

— Entrez, je vous prie. Il fait un froid à tuer un loup.

Elle s'adressa aux gardes : « Tout va bien ? » Ils acquiescèrent, leurs moustaches givrées par le gel. Ils dirent qu'ils allaient maintenir la surveillance. Paul et Julie entrèrent dans la maison, qui était chaude comme la paume d'une main, surtout la grande pièce du bas, où un feu d'enfer illuminait la vaste cheminée de pierre. Il y avait des tapis et des fourrures sur les dalles de granit du sol, et quantité de tableaux aux murs.

... Mais leurs regards s'arrêtèrent surtout aux photos étalées sur une longue table, et les représentant, elle Julie et lui Paul.

— Il me fallait être certaine que c'était bien vous, dit la femme, entrée derrière eux.

14

Elle dit qu'elle s'appelait Jacqueline Motte, qu'elle avait été la maîtresse d'Henri de Chastel pendant six ans, jusqu'en 1974...

— Où nous avons rompu, d'un commun accord. Mais nous sommes restés amis. Et c'est moi qu'il est venu voir, il y a un an et demi, en juillet...

Elle n'habitait pas cette maison au milieu des étangs et des marais de la Dombes, elle vivait à Paris, avenue Raphaël. Paris où le 11 juillet 1978, six mois avant sa mort, Henri de Chastel était venu chez elle, un soir très tard; pour lui dire qu'il avait besoin de son aide, dans le secret le plus absolu.

— Il faut que vous sachiez que notre liaison a toujours été très discrète, nous étions amis avant d'être amants. Henri était marié, il était même grand-père et il n'a jamais eu l'intention de divorcer pour m'épouser ou simplement vivre avec moi. Et je le savais, je l'ai toujours su.

Elle sourit. C'était une femme qui avait passé la quarantaine, pas très grande, assez rondelette, le regard bleu cobalt pénétrant et très assuré, ne manifestant aucune nervosité ou excitation particulière, en dépit des circonstances peu banales de cette rencontre à la nuit tombée, au terme d'un bizarre jeu de piste, dans ce site d'exception. Elle avait fait asseoir le couple, avait offert du thé qu'une femme de charge était venue apporter. Elle-même s'était enfoncée dans un fauteuil à oreillettes, sur le côté gauche de la cheminée, face au canapé de tapisserie fanée où Julie et Paul avaient pris place. A l'annulaire de sa main gauche, elle portait un saphir.

— Venons-en aux faits. Je vais résumer le peu que je sais. Vous me poserez ensuite vos questions et je tâcherai d'y répondre, autant que faire se peut. En juillet 78, je n'ai pas vu Henri depuis huit à dix mois. Il ne m'a jamais beaucoup parlé de son travail, mais bien sûr je sais qu'il est banquier : il est intervenu dans l'obtention d'un crédit pour mes affaires et c'est ainsi que nous nous sommes connus. Je sais qu'il dirige en Suisse la filiale d'une très grande banque française. Je ne m'y connais guère en banque ; soit dit en passant, je suis propriétaire de deux magasins de mode, à Paris, qui m'assurent une certaine aisance. Henri me téléphone le 9 juillet, de Genève. Il me demande une rencontre — il insiste — : « très discrète ». Nous convenons qu'il viendra le surlendemain à dix heures trente du soir, à mon appartement de l'avenue Raphaël. Il vient. Vous connaissiez Henri, monsieur Quant : un homme calme, courtois, secret, presque maniaque même sur ce dernier point, non ?

— Oui, dit Paul.

— Ce 11 juillet, il m'annonce tout à trac, calmement, qu'il s'est placé dans une situation qui pourrait se révéler dangereuse. Ce sont les mots mêmes qu'il emploie. Il précise qu'il ne me donnera aucun détail, parce que — je répète mot pour mot — parce que ce serait me mettre en danger, moi aussi. Sa phrase exacte : « Moins tu en sauras, et plus réduits seront les risques que je te ferai prendre. » Il dit qu'il a besoin de moi, de quelqu'un en qui il ait une confiance totale. Il ne me confie aucun document d'aucune sorte mais en revanche il attend de moi, « au cas où il lui arriverait quelque chose », que je suive très exactement la procédure qu'il va m'indiquer. Dans l'hypothèse où il disparaîtrait de n'importe quelle façon, je dois envoyer sous trois jours après la nouvelle de sa disparition, deux lettres anonymes, dont il m'écrit le texte mais en précisant que les textes que j'aurai à expédier devront être dactylographiés et ne contenir aucun indice permettant l'identification de l'expéditeur.

Ses yeux perçants coururent de Paul à Julie :

« Je fais de mon mieux pour être aussi claire que possible. Est-ce que j'y arrive ?

— Remarquablement, dit Julie, tandis que Paul se contentait d'acquiescer.

— Il m'indique les adresses auxquelles je devrai expédier les messages : Julie Saban, rue de la Corraterie à Genève, et Paul Quant, quai Wilson.

Le regard de Julie alla chercher celui de Paul : en juillet 78, Paul habitait également rue de la Corraterie ; il ne s'était installé dans l'appartement du quai Wilson qu'après la mort de Chastel et, surtout, après qu'il eut succédé au défunt à la tête du C.F.I.-Suisse. En d'autres termes, à en croire Jacqueline Motte, Henri de Chastel savait, dès juillet 78, que Paul Quant allait le remplacer...

— Veuillez continuer, madame, je vous prie, dit Paul.

— J'apprends le 2 janvier la mort d'Henri, j'envoie les messages. Les avez-vous reçus ?

Ils inclinèrent la tête.

— Le texte, s'il vous plaît, dit Jacqueline Motte. La teneur des deux messages identiques ?

— CROSS 237.

— Vous avez une idée de ce que cela signifie ?

— Aucune, dit Julie.

Silence.

— Et vous, monsieur Quant ?

— Je ne sais pas au juste, dit Paul.

Les deux femmes le considérèrent. Mais il demeura impassible, les yeux invisibles.

Et dans ses étranges consignes, Henri de Chastel était allé plus loin encore :

— Pour la deuxième volée de messages, il me précise que je dois les envoyer un an jour pour jour après les premiers.

— La deuxième volée ?

— Ceux dans lesquels je vous convie chez Chapel.

— Vous a-t-il dit pourquoi il vous fallait attendre un an ?

— Oui. En réponse à ma question sur ce point, il dit que s'il meurt, vous, monsieur Quant, serez nommé à sa place, et que douze mois ne seront pas de trop pour que vous acquériez l'expérience nécessaire, et les connaissances indispensables.

— Il a cité des noms, des faits, que je devais apprendre ?

— Aucun.

Paul demanda :

— Madame, savez-vous ce que signifie CROSS 237 ?

— Absolument pas, répondit Jacqueline Motte.

Silence. Que Julie rompit la première, secouant la tête :

— Ça n'a pas de sens ! Vous voulez dire que vous nous avez fait venir jusqu'ici, M. Quant et moi, avec toutes ces précautions extravagantes, dans le seul but de nous répéter les termes d'une énigme que personne n'est capable de percer et que pourtant nous connaissons depuis un an ?

Jacqueline Motte fixait Paul :

— Je crois que M. Quant sait ou a compris quelque chose.

— Paul ? Tu sais quelque chose que j'ignore ?

— Tout à l'heure, dit Paul avec calme.

Il posa ses grandes mains à plat sur la tapisserie du canapé, de part et d'autre de lui :

— C'est Henri qui a voulu ce rendez-vous à Mionnay ?

— Oui. Il m'avait même remis cinq mille francs pour tout régler chez Chapel, et les autres frais, s'il y en avait.

— L'itinéraire jusqu'ici ?

— Lui encore, dans les moindres détails. Il connaissait parfaitement la Dombes.

— Il ne pouvait pas prévoir que ma secrétaire s'appellerait Margot Lelong.

— Il ne l'avait pas prévu. Mais il avait prévu que vous ne garderiez pas près de vous Mme Bauer. Avant d'écrire la deuxième volée de lettres, je devais vérifier ce point. J'ai appelé la banque à Genève et je me suis renseignée : c'est très facilement que j'ai obtenu le nom de Margot Lelong.

— Le papier à en-tête « Direction générale » du C.F.I.-Suisse dont vous vous êtes servie pour confirmer les réservations chez Chapel ?

— Henri m'en avait laissé trois feuilles à cette fin. C'était un homme qui avait le goût de la précision, et la passion de la stratégie.

Paul se leva. Il se mit à marcher dans la salle. Après un moment, il vint examiner les toiles une à une sur les murs.

— Des copies.

— C'est vrai, monsieur Quant. Henri avait fait exécuter des copies de chacune des toiles de sa collection personnelle. Sinon ces tableaux ne seraient pas ici, dans cette maison déserte.

— Je sais, dit Paul. Les originaux se trouvaient en principe dans l'appartement du quai Wilson ; une première série de copies décorait sa maison de famille en Ardèche ; une deuxième était sur les murs de la villa de Grimaud. En principe, on ne savait jamais où étaient les vraies toiles, ça l'amusait beaucoup. J'ignorais qu'il en avait fait faire trois copies.

— Je ne le savais pas davantage avant de venir ici.

— Cette maison où nous sommes est à lui ?

— Elle appartient à une société du Liechtenstein. Le représentant, je ne sais pas ses fonctions exactes, est un avocat nommé Karl-Heinz Schranz. Je n'ai vu Schranz qu'une fois, en janvier de l'année dernière, dix jours après la mort d'Henri. Il est venu me voir à Paris. Il m'a appris qu'en exécution des volontés exprimées par son client — il n'a pas voulu me dire le nom de son client — j'héritais de tout l'actif de la société. Soit environ cent cinquante mille dollars et cette propriété, à condition que je laisse la propriété comme elle est en ce moment. J'ai répondu que je ne voulais ni de l'argent ni, moins encore, de la maison.

— Et il vous a répondu que les choses resteraient en l'état aussi longtemps que vous n'auriez pas pris de décision. Vous l'avez prise, cette décision ?

— Non.

— Vous avez revu ce Schranz ?

— Non.

— Quelqu'un d'autre que vous connaît-il l'existence de ce Schranz, disons en tant qu'exécuteur testamentaire d'Henri de Chastel ?

— Je ne sais pas si Schranz a quelque chose à voir avec Henri.

— Vous le savez maintenant. Henri est venu ici.

— D'accord. Mais sur le moment, ça m'a paru louche. Je n'aime pas les choses qui ne sont pas nettes. Et je n'ai pas besoin d'argent.

— Vous n'avez pas répondu à ma question.

— Qui connaît Schranz ? Personne. Je n'en ai parlé à personne.

— Qui sont ces gardes-chasse armés qui surveillent la maison ?

— Les Métras. Ils sont cinq. Le père et les quatre fils.

— Qui les paie ?

— D'après eux, une banque de Lyon.

— La société du Liechtenstein ?

— Je n'en sais rien. Je les connais très peu. En avril de l'année dernière, quand je suis venue voir la maison, par curiosité si vous voulez, ils étaient là et m'ont dit avoir l'ordre de me considérer comme la propriétaire. La personne qui nous a servi le thé est la mère. Elle nous fera à dîner, si vous acceptez de rester. Ils m'ont appris qu'ils gardaient pour eux tous les revenus de l'exploitation, et c'est une bonne affaire : la propriété fait cent quarante hectares dont une trentaine d'étangs où on élève des carpes et des brochets. Ça rapporte.

— Ils connaissaient Henri ?

— Ils m'ont dit que oui, très bien, et depuis très longtemps. Un grand-oncle d'Henri avait un territoire de chasse près de Dompierre. Ce n'est pas loin d'ici.

Paul revint vers la cheminée où brûlaient des bûches d'un mètre de long. Il s'empara d'un tisonnier et voulut fourrager dans le brasier. Le résultat fut exactement celui qu'attendait Julie : tout s'écroula. Mais Paul, visiblement, avait la tête ailleurs. Il demanda, le reflet du feu écartelé sur ses lunettes quasi noires :

— « Une situation qui pourrait se révéler dangereuse ? »

— Ce sont les mots exacts d'Henri.

Il se pencha à nouveau et tenta de reconstituer l'échafaudage des bûches enflammées. Ce fut pire : de la fumée s'échappa de l'âtre à grosses bouffées. Julie soupira, se leva :

— Laisse-moi faire.

— Danger imaginaire ou réel, madame Motte ? reprit Paul.

— On a fouillé mon appartement de l'avenue Raphaël pendant un week-end où j'étais absente. Ils ont même arraché les tapisseries et les lames du parquet. Mes deux magasins de même, et aussi un petit entrepôt que j'ai à Boulogne. Et l'appartement de la rue de Boulainvilliers où j'ai logé ma mère. Et mon chalet de Villard-de-Lans. Jusqu'à mes deux voitures. Et le garage. Un soir où je rentrais chez moi, on m'a attaquée et on m'a volé mon sac. On ne pouvait rien trouver : Henri avait insisté pour que je ne prenne aucune note. Ce n'est pas un danger imaginaire, monsieur Quant.

— Mais pas ici. Je veux dire : ils ne sont pas venus ici.

— Pas que je sache.

— On a pu vous suivre jusqu'ici ?

— Je n'ai rien vu. J'ai fait très attention.

La nervosité de Jacqueline Motte se révéla d'un coup, dans le regard qu'elle lança en direction de Julie. Celle-ci s'éloigna de la cheminée, elle alla jusqu'à la porte qui donnait sur l'arrière de la maison. Elle l'ouvrit, d'un geste un peu trop sec, sur la nuit complètement tombée et sur le brouillard. Presque aussitôt, dans le rectangle de lumière diffuse, se dessina la silhouette de l'un des Métras, fusil dans la saignée du bras gauche, doigt sur la détente.

Derrière elle, Paul demanda :

— Avez-vous une idée sur l'identité de ces gens si curieux ?

— Non.

Julie était sur le point de refermer la porte. Le garde-chasse immobile la fixait..

— Un instant, s'il te plaît, lui dit Paul.

Lui-même s'avança jusqu'au seuil, fit signe à l'homme, qui s'approcha. Il avait à peu près la soixantaine, et la même corpulence massive que ses fils. Il dit qu'il se nommait Louis Métras, qu'en effet il avait connu Henri de Chastel, quelque quarante-cinq années plus tôt, « nous avons souvent pêché ensemble quand on était jeunes », que voici six ans, le même Chastel était arrivé un soir, « un soir comme celui-ci, avec du brouillard sur les étangs », pour leur demander, à eux les Métras, s'ils accepteraient de devenir les métayers du grand domaine de Bois-Priay. Une société venait de le racheter, à laquelle Chastel s'intéressait. Et les Métras seraient plus que de simples métayers : ils pourraient conserver la totalité des revenus, sans rendre de comptes à qui que ce fût.

— Le lendemain, on est allés à Bourg-en-Bresse et on a signé devant notaire, avec un autre homme, allemand ou suisse, qui s'appelait Schranz. Et M. de Chastel m'a dit qu'en échange, il me demandait un grand service : ne jamais parler de lui à personne, sauf à trois personnes qui pourraient se présenter un jour...

— Mme Jacqueline Motte, Mlle Julie Saban, M. Paul Quant, dit Paul.

C'était cela même:

Ces trois personnes-là et nulle autre. Et deux ans plus tôt, en 78, le 20 juillet, les Métras avaient reçu des photos qui leur permettraient, le moment venu, d'identifier à coup sûr, Mme Motte, Mlle Saban et M. Quant.

— Elles sont sur la table.

— M. de Chastel vous avait chargé d'un message, pour l'un d'entre nous ?

Pas de message.

Paul scrutait son interlocuteur.

— Ça vaudrait mieux que je retourne dehors, dit Louis Métras de sa grosse voix. C'est une nuit bizarre. L'un de mes fils a cru voir quelqu'un vers le Poype rouge, et un autre a entendu plusieurs voitures passer très lentement sur la route, dans les deux cent cinquante mètres côté facade. Mais on ne voit pas grand-chose, avec ce brouillard.

Déjà, il esquissait un mouvement pour s'en aller.

— Est-ce qu'il existe un coffre-fort dans cette maison ? demanda Paul.

Dans la seconde, il y eut ce silence particulier, cette immobilité qui suivent les questions essentielles, posées à l'instant exact. Louis Métras se figea dans sa marche vers la nuit. Il se retourna lentement :

— Je ne devais pas en parler le premier, dit-il. Je devais en parler seulement si vous, ou la jeune dame, me le demandiez. Il y a un coffre. Nous y avons travaillé tout un hiver, mes fils et moi, en 74.

— Et où se trouve-t-il ?

— Vous avez presque les pieds dessus, monsieur. Sous les dalles. Il a fallu qu'on les déchausse toutes, à l'époque, pour ne pas laisser de traces. Vous voulez qu'on attaque maintenant ?

— S'il vous plaît, dit Paul.

Métras hocha la tête :

— Je vais revenir. Avec des barres à mine, des pelles et des pioches. Ça devrait nous prendre dans les trois heures.

15

Chaque dalle devait peser plus de cent kilos. Ils en enlevèrent huit. Le délardement, quand il fallut transpercer le lit de gravier et d'argile, prit un peu moins de temps. Vers huit heures, le métal apparut.

Dégagé dans sa totalité, il prit la forme d'une bouche ronde, en acier, encastrée dans le béton.

— Béton armé, précisa Métras. On y a mis tout ce qu'on a pu trouver comme ferraille. Une tonne, ou pas loin.

Un petit panneau rond en bois masquait le centre de la bouche d'acier. Métras l'ôta et mit à découvert la serrure à combinaison, une batterie de dix minuscules roues dentées, chacun portant des chiffres.

— A vous, messieurs-dames.

Métras se redressa. Il dut lire la question dans les yeux des deux femmes, car il précisa :

« Je ne connais pas la combinaison. Je ne l'ai jamais sue.

Il secoua la tête, rameuta ses deux fils qui l'avaient aidé dans les travaux de terrassement et s'en alla avec eux.

La porte se referma sur les trois hommes.

— CROSS 237, pensa Julie à voix haute. Mais il n'y a même pas de lettres sur le cadran...

Paul ne s'était pas approché de l'excavation. Il se tenait accroupi sur les talons, les avant-bras posés sur les cuisses, les mains pendant dans le vide.

— Essaie, dit-il.

Elle essaya. Forma le 237 sur les trois première roues. Rien. Répéta l'opération sur les trois suivantes. Rien. Sur d'autres encore. Rien. Essaya une molette sur deux. Rien. Une sur trois. Rien.

Elle essaya le 3 pour la lettre C de CROSS, le 18 (1 et 8) pour le R, le 15 (1 et 5) pour le O, et deux fois le 19 pour les deux S, en prenant en compte la place des lettres dans l'alphabet.

— Rien. Merci de ton aide, Paul.

Elle essaya la même série de chiffres, complété par 237.

Toujours rien. Et de toute façon, cela faisait douze chiffres, alors qu'il n'y avait que dix molettes.

— Trente-trois, dit Paul.

Il fixait Julie de son regard d'aveugle. Il précisa :

« Les mêmes chiffres précédés ou suivis du 33.

Elle lui jeta un regard noir mais s'exécuta, tout en demandant :

— Et pourquoi le 33 ?

— Le trente-troisième tableau sur le mur à compter de l'entrée principale.

Il désigna les murs de la salle : il s'y trouvait quarante et une copies d'œuvres d'impressionnistes parmi lesquelles Julie avait reconnu un Renoir, deux Signac, un Sisley et peut-être un Jongkind. Elle n'était pas trop sûre, pour le Jongkind, et puis les reproductions avaient été encadrées avec plus ou moins de précision, presque à la diable, en sorte que certains encadrements étaient trop larges, d'autres au contraire recouvraient les bords des toiles, au point d'en dissimuler les signatures.

— Compte, Julie. De droite à gauche, à partir de la porte par laquelle Henri avait voulu que nous entrions.

Elle compta et vit que le trente-troisième tableau représentait une femme nue, bras droit levé comme pour cueillir les fruits de l'arbre derrière elle.

Elle marcha jusqu'au mur et constata que la signature du peintre était invisible, cachée par le cadre mal ajusté.

— « Nu au Jardin », dit Paul derrière elle. Il en a fait dix ou douze, le plus beau se trouvant au musée des Beaux-Arts d'Alger.

— Qui ?

— Delacroix.

— Si le type qui a fait ça est Delacroix, alors moi je suis Michel-Ange, remarqua Julie.

Paul lui sourit :

— Pas Eugène Delacroix, Julie ; pas celui qui a peint le « Radeau de la Méduse ». Ce Delacroix-ci se prénommait Henri-Edmond et c'est justement pour éviter d'être confondu avec son plus illustre homonyme qu'il traduisit partiellement son nom en anglais et signait ses œuvres Cross.

Sur l'avant-dernier mot, il y eut, provenant très distinctement du dehors, le claquement d'un coup de feu...

Puis, peut-être une dizaine de secondes plus tard, coup sur coup, deux autres détonations.

— Oh ! mon Dieu ! s'exclama Jacqueline Motte et Julie elle-même sursauta. Paul se déplia. Il alla jusqu'à l'une des fenêtres, écarta les lourds rideaux de reps, ouvrit la croisée, se pencha pour glisser un regard entre les fentes des persiennes closes. Il dit après un instant : « On ne voit rien », referma la fenêtre, se retourna :

— Madame Motte ? Nous allons ouvrir ce coffre. J'ignore ce qu'il contient, même si je peux m'en faire une idée. Une chose me semble sûre, toutefois : ce qu'il contient est dangereux pour qui le détient ou en connaît simplement l'existence. Nous allons ouvrir ce coffre et vous avez le choix : assister à l'ouverture ou éviter de le faire. (Il sourit, yeux invisibles :) A vous de décider, madame.

Elle braqua sur lui des yeux irrités :

— Vous prétendez me faire partir maintenant ?

— Il ne veut rien, dit Julie, qui elle-même regardait Paul. Sinon vous mettre en garde. A votre place, je suivrais son conseil et partirais.

— Je reste, dit Jacqueline Motte. Cette maison est à moi, après tout, j'en suis la propriétaire. Il me suffira de signer les papiers et tout m'appartiendra.

Un temps.

Paul revint vers le centre de la salle, sur le bord du trou creusé au pied du grand escalier de chêne desservant le premier étage. Il se glissa entre les dalles descellées par les Métras, descendit dans la petites excavation. Julie l'y rejoignit.

— Allons-y, Julie. Deux fois 3 pour 33, puis un chiffre pour chacune des lettres du mot CROSS, en n'utilisant pas le chiffre des dizaines, puis le 2, le 3 et le 7.

— Dix chiffres, pour dix molettes.

— *Yes, my love.*

Ce fut elle qui fit une nouvelle fois cliqueter les molettes...

— Des clous. *Nothing*. Génial Paul s'est encore foutu dedans.

Il secoua la tête en riant :

— C'est tout Henri, ça! Reprends les mêmes chiffres, mais à l'envers : un 7, un 3, un 2, deux fois 9, puis 5, 8 et trois fois 3.

Ils perçurent un quatrième coup de feu au-dehors, mais plus lointain que les précédents, ou mieux étouffé par le brouillard.

— ... et trois fois 3, dit Julie.

Elle forma le dernier des dix chiffres, marqua un très bref temps d'arrêt, saisit la petite poignée entre pouce et index, tira vers elle : la porte ronde du coffre s'ouvrit sans la moindre difficulté.

— Génial Paul plus génial que jamais, dit Paul.

Il leva une main et de son index interminable caressa doucement la bouche de Julie :

— Mais je préférerais mettre le premier la main dans le trou. C'est plein de serpents, dans les Dombes. Pardon : *la* Dombes.

Il déposa un léger baiser sur les lèvres de Julie.

L'ouverture d'acier avait une épaisseur de quinze centimètres, et son diamètre n'excédait pas douze centimètres. Paul y plongea la main.

— Des papiers.

Il en retira quelques-uns, des feuillets roulés très serré et maintenus par de petits morceaux de ruban adhésif transparent. Julie comprit aussitôt ce que cela voulait dire :

— Il doit y avoir quelque part un conduit par lequel on peut expédier des documents dans le coffre sans avoir à rouvrir celui-ci à chaque fois. Une tirelire. Elle estima le diamètre des rouleaux : un conduit d'environ deux centimètres de diamètre. Au plus.

— Et qui doit partir nécessairement des étages, dit Paul. Voilà pourquoi le coffre est si profondément enterré. Madame Motte? sans vous commander le moins du monde, vous devriez tirer les verrous de toutes les portes donnant sur l'extérieur. J'ai l'impression qu'il y a quelqu'un dehors, qui n'est pas nécessairement l'un des Métras.

Tout en parlant, très vite, il continuait de retirer des feuillets toujours pareillement roulés...

— Ouvre un maximum d'entre eux, Julie. (Il lui sourit :) Sans trop perdre de temps.

Lui-même avait accéléré le rythme de ses fouilles. Sa

main s'immobilisa soudain, l'avant-bras enfoui à moitié dans la bouche d'acier :

— Le conduit, je le sens sous mes doigts.

Jacqueline Motte était allée d'une porte à l'autre — elle monta même au premier étage. Allant et venant, elle avait à chaque fois tiré un verrou, fait jouer les espagnolettes de chaque fenêtre, donné des tours de clé supplémentaires. Elle revint, le visage à présent crispé par une peur qu'elle ne cherchait plus à dissimuler, ou qui lui était venue très subitement :

— Vous aviez raison, monsieur Quant : je n'aurais jamais dû me mêler de tout ceci.

— C'est trop tard, madame, je le crains. Julie ? Il y a un dossier au fond. Qui n'a certainement pas été expédié par le conduit.

Il éprouva même quelques difficultés à le faire sortir par la bouche d'acier, tant il était épais, mais y réussit enfin.

Ce qui apparut alors était une chemise assez ordinaire, de format 10,5 × 13,5, sur laquelle, de la petite écriture caractéristique d'Henri de Chastel, était porté en lettres capitales : *MAISONS ROUGES.*

Derrière celle des portes qui donnait sur un couloir desservant la cuisine et l'office, on se mit à frapper. Une voix appela, une voix de femme.

Paul finit par déposer le dossier qu'il feuilletait, alla ouvrir. Il se trouva en face de la Bourguignonne qui leur avait déjà servi le thé.

— Il y a quelque chose de pas normal dehors, dit-elle. Mon mari et mes fils ne sont plus là.

Pour preuve, elle mena Paul dans la cuisine. Les deux fenêtre étaient obturées par des barreaux solides, à défaut de persiennes. Depuis l'intérieur de la maison, on pouvait allumer une lampe au-dehors, et cette lampe se trouvait en effet allumée, dessinant un halo jaunâtre, irréel, à la lisière duquel, sur la droite, pointaient les capots de la Porsche et de la jeep.

— On a tiré quatre fois, dit Paul.

Elle secoua la tête :

— Ce n'était pas Louis, ni aucun de mes fils. Ils n'ont pas l'habitude de tirer n'importe comment, et je connais le bruit de leurs fusils de chasse. Ce n'étaient pas eux.

Leurs regards se croisèrent.

— Inquiète ?

— Il m'en faudrait plus que ça. Ils sont cinq, dehors, tous armés, et celui qui voudrait s'amuser avec eux, avec tous les étangs et le brouillard, celui-là aurait des ennuis. Sérieux.

Disant cela, elle exprimait une assurance totale, presque féroce même, et dédaigneuse. Il était clair qu'il n'y avait aucun doute dans son esprit : quiconque aurait choisi d'affronter cinq Métras, ses hommes, sur un terrain qu'ils connaissaient mieux que personne au monde, serait complètement fou.

— Non, je ne suis pas inquiète. Je voulais vous en parler, c'est tout.

Mais elle continuait de le fixer de manière bizarre.

— Et seulement de cela ? demanda Paul.

Elle secoua la tête :

— Vif comme un furet, hein ?

— Je fais de mon mieux, dit Paul.

Elle jeta un coup d'œil en direction de la salle où se trouvaient les deux autres femmes, baissa la voix :

— C'est à propos de M. Henri, du coffre, et de la dernière fois où M. Henri est venu. Moi, je l'ai vu, moi seule. Je suis venue ici à la nuit tombée. On habite à six cents mètres. Il était dans la maison. Il m'a fait jurer de ne dire à personne que je l'avais vu, même pas à mon mari.

— Mais à moi, oui.

— A vous, oui. Quand vous viendriez. Il a même dit : « Si M. Quant vient un jour et s'il ouvre le coffre, ce qu'il ne fera pas, j'espère, parce que ça voudrait dire que je serais mort... »

— Quand était-ce ?

— A la Saint-Nicolas, le 6 décembre.

— Soixante-dix-huit ?

— Oui.

Soit vingt-six jours seulement avant la mort d'Henri de Chastel, et trois jours avant son départ avec Paul Quant pour Mexico, où ils allaient prendre part à une conférence internationale. (Et de Mexico, Paul Quant se serait rendu discrètement à Panama.)

— Où était-il, à votre entrée dans la maison ?

— Dans la chambre au lit de cuivre, au deuxième. Je le sais parce que c'est la seule fenêtre qu'on voit lorsqu'on vient de chez nous, la nuit quand c'est éclairé. D'en haut, il m'a crié de ne pas m'inquiéter, que c'était lui et pas un voleur. Ensuite il est descendu et c'est à ce moment-là qu'il m'a fait jurer de me taire, sauf devant vous et seulement si vous aviez ouvert le coffre. Quand il a dit ça, il était à peu près là où vous êtes, l'air bizarre. Il a dit brusquement : « A M. Quant, vous direz dans quelle chambre j'étais et vous lui recommanderez de se méfier d'Arcadie. » J'ai demandé comment ça s'écrivait et il m'a répondu que ça n'avait pas d'importance, et que vous comprendriez.

— Rien d'autre ?

— Rien d'autre. Vous allez dîner ici, vous et les deux dames ? J'ai fait du coq au vin. Et du bon.

Par l'une des fenêtre à barreaux Paul fixait la zone d'ombre, juste à la lisière du halo jaunâtre et irréel dessiné par l'ampoule électrique :

— On dirait qu'il y a quelqu'un...

— Je sais, dit-elle calmement. Il est là depuis au moins dix minutes, à côté du noyer, à faire l'espion. Depuis que Louis est parti au Poype rouge. Si j'étais de lui, j'irais ailleurs, avant de prendre une volée de chevrotines dans le trou du cul. Vous dînez ?

— Je ne crois pas, dit Paul avec gentillesse. Quoique j'en aie très envie. Je suis certain que votre coq au vin doit être extraordinaire.

Il repartit vers la salle.

Julie avait étalé des dizaines et des dizaines de feuillets un peu partout, sur la table et à même le sol, faute de place. Elle dit :

— C'est assez simple : il y a le dossier « Maisons Rouges » et les rouleaux. Les rouleaux sont des ajouts au dossier, qui est lui-même une liste incroyable de sociétés.

— Les rouleaux sont datés. Cherche celui qui porte la date du 6 décembre 78.

Il soutint son regard et dit : « Pas maintenant », prévenant ainsi la question qu'elle allait poser. Lui-même se saisit du dossier qui consistait en trois à quatre cents feuillets de papier pelure, de couleur rose ou bleu pâle, tel qu'en utilisent des dactylographes pour faire des doubles de leurs lettres. Tous coupés en deux, et donc au format 10,5 × 13,5. Les annotations y étaient uniquement manuscrites. Il s'agissait d'une liste, par ordre aphabétique : nom de la ville, raison sociale abrégée de la société, que suivaient parfois un patronyme et l'initiale ou les initiales du ou des prénoms.

L'écriture était microscopique, la moindre place libre avait été utilisée.

Les villes citées étaient toutes dans le monde occidental, sur les cinq continents, avec prédominance de l'Europe de l'Ouest et des Etats-Unis, bien que le Japon et l'Amérique latine ou centrale fussent également bien représentés.

— Tu as trouvé ?

— Pas encore, dit Julie, qui défaisait les rouleaux un à un. Paul, il a dû mettre vingt-cinq ou trente ans, au moins, pour établir cette liste.

La première ville citée était Aachen — Aix-la-Chapelle — en Allemagne fédérale. Suivaient cinq raisons sociales, dont celle d'une banque d'affaires. Pour Paris, New York, Londres, Zurich, Amsterdam, Francfort-sur-le-Main, Hambourg, Bruxelles, Rome, Madrid, Milan, Los Angeles, Chicago, les sociétés mentionnées se comptaient par centaines. Mais la sélection concernant Rio, Buenos Aires, Tokyo, Melbourne ou Sidney, Hong Kong, Singapour ou Manille était large aussi : en aucun cas moins de vingt citations.

A raison de soixante à quatre-vingts sociétés par feuillet et — les feuillets n'étaient pas numérotés — de peut-être trois cent cinquante de ces feuillets, certains portant la mention « Haute technologie »...

— Paul !

Julie lui tendait un rouleau en date du 16 juillet 78. Recto et verso avaient été utilisés.

— Uniquement des noms. Ton ami Pissarugues a les honneurs du communiqué.

Et il n'était pas précisément seul : sept ou huit cents noms étaient inscrits, sans ordre alphabétique cette fois. Tous français, et de personnalités que rien n'aurait dû réunir : hommes politiques et syndicalistes, certes, mais aussi industriels en tous domaines, directeurs de société, gens de la presse et du spectacle, de l'audiovisuel, journalistes, producteurs, acteurs et metteurs en scène, écrivains, chanteurs ou musiciens, inventeurs...

— Paul, soit il était fou soit....

— Cherche les autres listes. Il y en a d'autres. Vite, s'il te plaît.

La précipitation qu'il manifestait la frappa :

— Qu'est-ce qui te prend ?

— Nous n'avons pas beaucoup de temps. Vite. Défais tous les rouleaux. Il y a d'autres listes du même genre, avec d'autres noms.

De l'index, il désigna l'intitulé : « France-3 ».

La tension qui s'était accumulée en elle, depuis le matin

s'exprima d'un coup. Exaspérée, elle demanda, avec une fureur mal maîtrisée :

— Et quels noms dois-je chercher ? Le tien ?

— Ou le tien, répondit Paul toujours très calme.

Il reposa le dossier « Maisons Rouges » et se mit lui-même à ouvrir les rouleaux qui n'avaient pas encore été décachetés — une bonne centaine pour le moins. Ses gestes se faisaient de plus en plus vifs.

— Vite, Julie, je t'en prie.

Une demi-minute plus tard, il s'immobilisa soudain et pendant quelques secondes elle crut que c'était à cause de quelque chose qu'il venait de trouver. Mais elle éprouva elle aussi la brusque sensation de courant d'air glacé comme si quelque part dans la maison une porte ou une fenêtre venait de s'ouvrir à l'air de la nuit.

Et la peur entra en elle, brutalement.

Paul s'était redressé :

— Attention, dit-il. Julie, tu restes près de moi, s'il te plaît.

Il marcha vers la porte qui donnait dans le couloir de la cuisine et de l'office. Il l'ouvrit, ayant Julie à sa doite, à le toucher, en sorte qu'ils virent tous les deux l'autre porte d'entrée, au fond du corridor, maintenant grande ouverte et laissant pénétrer dans la maison le froid et le brouillard de la Dombes.

Ils avancèrent ensemble jusqu'à la cuisine et la trouvèrent vide, de même que les pièces adjacentes.

— Avec qui parlais-tu, tout à l'heure ?

— Une spécialiste du coq au vin.

— Mme Métras ?

— La femme de Louis Métras. Elle avait l'air de croire que même une division blindée de l'Armée rouge ne pourrait pas avoir raison de son mari et de ses fils.

Ils sortirent sur le seuil de la porte ouverte, face à la nuit si faiblement entamée par le halo de la lampe. C'était à peine si l'on distinguait le capot de la Porsche, à présent. La jeep quant à elle avait entièrement disparu, digérée par le mur de brume qui avançait, bien que semblant tout à fait immobile.

— Peut-être ta Mme Métras est-elle simplement allée chercher quelque chose ?

— Et elle aurait laissé la porte grande ouverte ? Julie, elle a ôté son tablier et a pris son manteau. Elle est partie.

Il se mit à descendre les trois marches.

— Paul ! Où vas-tu ?

Pour toute réponse, il leva une main nonchalante, l'air de dire : « Attends. » Elle le vit se diriger lentement vers ce qui semblait être un très grand arbre et au fil des mètres sa silhouette devint moins distincte...

... Jusqu'au moment où il disparut tout à fait. Elle hurla :

— *PAUL !*

Trente, quarante mortelles secondes. Puis il réapparut, resurgissant sans hâte mais marchant étrangement à reculons. Ce ne fut qu'à trois mètres de la petite volée de marches qu'il pivota. Il fit face à la jeune femme, ressemblant plus que jamais à un aveugle, avec ces verres qui lui cachaient les yeux. Il rejoignit Julie sur le seuil. Il dit, baissant la tête et d'une voix un peu trop forte :

— Prends ton manteau et ton sac. Nous partons.

— Maintenant ?

— Dans la seconde, Julie.

Déjà, il s'était engagé dans le corridor. Elle dut presser le pas pour revenir à sa hauteur.

— Comment ça : dans la seconde ? Et les papiers ?

— Nous allons les laisser ici. Sans y toucher davantage. Et, *je t'en supplie,* n'en prends aucun.

Il alla vers Jacqueline Motte, qui n'avait toujours pas bougé du fauteuil à oreillettes dans lequel elle était assise et comme recroquevillée. Il s'inclina vers elle, lui toucha la main ainsi qu'on fait à un dormeur que l'on veut doucement éveiller :

— Nous partons, madame, et vous devriez venir avec nous, c'est la seule chose à faire.

— Il est devenu fou, dit Julie, en réalité se parlant à elle-même plus qu'elle ne s'adressait à l'autre femme.

— Madame Motte ? Voulez-vous nous accompagner ?

La femme au saphir sembla sortir d'un rêve. Ses yeux se dirigèrent vers Julie, revinrent sur Paul, qu'elle fixa comme si elle découvrait subitement son existence :

— Il y a un homme tout en haut de l'escalier, dit-elle.

Paul ne se retourna même pas. Au contraire de Julie qui porta immédiatement son regard sur le large escalier de bois et le palier du premier étage, mais les trouva déserts.

— Je sais, dit Paul. Et c'est l'une des raisons pour lesquelles nous devons nous en aller sans rien prendre.

Il se saisit de la main de Jacqueline Motte pour l'amener à se mettre debout, mais elle se dégagea aussitôt. Elle dit, butée :

— Un homme grand et très blond. Ce n'est pas l'un des

Métras. Je l'ai bien vu. Et je ne vais pas m'en aller. C'est ma maison. Dès que j'aurai signé les papiers.

Paul s'écarta brusquement d'elle. Il alla ramasser sur le canapé de tapisserie le sac et le manteau de Julie, revint vers celle-ci :

— Viens.

— Certainement pas ! Tu es fou !

Mais il la prit durement par le bras, la serrant avec une force surprenante. Il l'entraîna en direction du couloir :

— Julie, viens. Tu ne comprends donc rien ?

Il la tira littéralement sur quelques mètres, quelque effort qu'elle fît pour se libérer. Ils pénétrèrent dans le couloir. Posé sur une petite console, se trouvait un appareil téléphonique. Paul stoppa soudain, désignant l'appareil :

— Vas-y, Julie. Sers-t'en. C'est le 17, pour la gendarmerie. *Forme le numéro !*

Elle s'exécuta. A son oreille le récepteur révéla dans la seconde que la ligne était morte.

Paul sourit :

— Tu as compris ? Julie, tu vas m'accompagner, même si je dois t'assommer pour cela. Viens.

De nouveau il l'entraîna et la porta presque dehors. Le brouillard avait encore avancé, à sa façon insidieuse : la Porsche n'était plus visible que par la pointe extrême de son capot. Paul ouvrit la portière côté conducteur :

— Monte.

Il la propulsa à l'intérieur. Il se mit au volant, lança le moteur, démarra.

— Regarde à droite.

A droite se trouvait un très gros arbre. Peut-être un noyer. Julie ne distingua rien d'autre...

... Sinon une silhouette qui pouvait être humaine, totalement immobile, et comme suspendue en l'air...

La Porsche contourna la maison par la gauche. Elle se retrouva dans une allée bordée d'arbres qui partait de la façade. Le brouillard commença d'être moins dense, des zones de quelques mètres carrés étaient entièrement dégagées. Après quelques centaines de mètres, ils aboutirent à une petite route asphaltée. Ils franchirent un pont. Plus loin encore, ils dépassèrent les quelques bâtisses noires d'un lieu-dit.

Julie s'était comme refermée sur elle-même. Elle tremblait d'une rage comme jamais elle n'en avait éprouvée.

Le brouillard s'affaiblit un peu plus. Elle demanda :

— Et nous risquions quoi ? D'être assassinés ?

Il secoua la tête :

— Justement non. C'est peut-être ça le pire, Julie : on aurait probablement assassiné tout le monde, sauf nous, si nous étions restés.

16

— Qu'y avait-il près de l'arbre ?

— Tu en as vu autant que moi.

— Un pendu ?

Le brouillard revint soudain, avec une hallucinante instantanéité. Ce fut comme de franchir un mur : la seconde d'avant, une petite route éclairée par la lune, avec des étangs en succession de part et d'autre... et puis soudain, cette ouate, où l'on ne voyait pas à cinq mètres.

— Ralentis, dit-elle, dominant sa fureur.

Il fit plus, il arrêta aussitôt la Porsche.

— Prends le volant.

Sans attendre la réponse de Julie, il ouvrit sa portière, mit pied à terre, contourna la voiture par l'avant. Il s'installa à la place du passager qu'elle venait d'abandonner. Sitôt assis, il ôta ses lunettes. Une fois encore, le geste eut l'effet d'un masque qu'on arrache : toute l'impassibilité de son visage s'effaça d'un coup. Julie le vit tel qu'elle aurait dû comprendre qu'il était : désemparé, désespéré

Mais elle s'entêta :

— Tu n'as pas répondu à ma question, Paul.

— Non.

— Ce n'était pas un pendu ?

— Je n'ai pas répondu à ta question. Démarre, s'il te plaît, sortons de ce foutu brouillard. *Nom de Dieu, Julie, fais ce que je te demande !*

Elle se décida enfin à remettre la Porsche en route, mais à une allure qui ne dépassait pas celle d'un homme au pas.

Les grandes mains de Paul s'allongèrent, doigts écartés au maximum :

— Je n'ai pas répondu à ta question parce que je n'en

connais pas la réponse. Moi aussi, j'ai cru voir quelqu'un, qui pourrait être Mme Métras, pendu à l'une des branches du noyer. J'ai *cru* voir. C'est-à-dire que je n'en ai pas vu plus que toi.

Il n'avait toujours pas rechaussé ses lunettes, ce qui pouvait tout aussi bien exprimer son désarroi que son désir de prouver sa sincérité. Elle dit :

— En somme, nous avons tous les deux détalé comme des lapins affolés parce que nous avons cru voir l'un et l'autre un pendu, ou une pendue, qui n'existait peut-être que dans notre imagination.

— Pas seulement pour cela.

Elle stoppa à nouveau la Porsche, mais conserva ses mains sur le volant gainé de cuir. Le moteur tournait au ralenti, première vitesse enclenchée et embrayant à fond.

— D'accord. Nous avons filé parce que tu as imaginé tout autour de nous, nous encerclant, vingt ou trente hommes de main du K.G.B. prêts au carnage si nous ne leur laissions pas, dans la seconde, la place et les documents cachés par Henri de Chastel. Correct ?

— Correct.

— Nous avons retrouvé ces documents si extraordinaires qu'Henri de Chastel avait mis vingt-cinq ou trente ans à établir, qui doivent avoir pour pas mal de gens une importance inestimable, et à peine les avons-nous retrouvés que nous fichons le camp, sans en emporter un seul. Tu as vu UN agent du K.G.B., Paul ?

Pas de réponse.

Elle aspira profondément, martela doucement le volant :

— Je fais vraiment tout mon possible pour rester calme, et essayer de comprendre. Mais je ne suis pas géniale, moi. Je ne suis qu'une Suissesse ordinaire, faisant l'amour de temps en temps avec le directeur de la banque où elle travaille. Pourrais-tu condescendre à m'expliquer comment tu en es venu à conclure que nous étions assiégés par des tueurs soviétiques ?

— C'est toi la première qui m'as fait remarquer que nous étions suivis, ce matin.

— La Renault 30 blanche. Mais j'ai peut-être eu une hallucination.

— C'est possible.

Pour la première fois, il la fixa vraiment :

— Ou bien nous étions réellement suivis, et c'est la deuxième explication. Il y en a une troisième...

— J'aurais inventé cette filature juste pour t'impressionner, pour, comment dirais-je ? pour te mettre en condition et t'amener à croire qu'une meute d'espions nous traquait. C'est ça, ta troisième explication ?

Il acquiesça.

— Et dans ce cas, dit-elle, je serais moi-même un agent du K.G.B. ?

— Voilà.

Elle se gratta le bout du nez de la pointe de l'index :

— On nage en plein délire, tu ne crois pas ?

— N'oublie pas que tu as de ton côté pensé que je travaillais secrètement pour Moscou. Tu le penses peut-être encore, d'ailleurs.

Julie ne releva pas et laissa passer un temps de silence.

— Bon, dit-elle enfin, on reprend tout... (Elle dressa le pouce :) Un, la Renault blanche. Quel est le deux ?

— La brusque disparition de tous les hommes Métras autour de la maison.

— Trois ?

— Les coups de feu. D'après Mme Métras, il ne s'agissait pas des fusils de chasse que portaient son mari et ses fils.

— Quatre ?

— Le téléphone coupé.

— Il ne marchait peut-être plus depuis des années.

— Il marchait à notre arrivée. J'ai vérifié.

— Je me rappelle en effet t'avoir vu faire ce geste. Tu touches toujours tout, quand tu es quelque part. Et en général, ça déchaîne des catastrophes. Admettons. Il y a un cinq ?

— La brusque disparition de Mme Métras.

— Qui pourrait s'expliquer de cinquante-six façons différentes.

— Sûrement.

— En six ?

— Ce que j'ai vu quand je suis sorti dans le brouillard, sous tes yeux. Je suis entré dans le brouillard, si tu t'en souviens. J'ai voulu aller jusqu'au noyer, pour voir ce qu'il en était vraiment, si c'était ou non un pendu. J'ai buté sur quelque chose : un fusil de chasse se trouvait par terre, ouvert, les deux canons vides. Et juste en face de moi, à deux mètres, il y avait trois hommes, immobiles, me regardant.

— Avec des masques sur le visage et des tronçonneuses. Ou des yatagans.

— Ils n'avaient pas de masque. Ils me regardaient. Ils

n'ont pas dit un mot. Ne me demande pas s'il s'agissait des Métras. Ce n'étaient pas eux.

Julie le fixait.

— Et ils n'ont pas bougé ? Ils n'ont rien fait pour... pour te menacer ou te sauter dessus ?

— Rien.

— Tu ne me mentirais pas, n'est-ce pas ?

Pas de réponse. Elle demanda :

— Autre chose encore ?

— Jacqueline Motte disant qu'elle avait vu un homme blond, qui ne pouvait pas être l'un des Métras, en haut de l'escalier. A l'intérieur de la maison.

— Tu ne t'es même pas retourné quand elle a parlé de lui.

— Parce que je savais... je pensais qu'il devait être là, à l'intérieur de la maison. En toute logique.

— Tu ne t'es pas retourné.

— Je n'ai pas voulu prendre le risque de le voir et peut-être de le reconnaître. Ça n'aurait rien arrangé. Tu l'as vu, toi ?

— Il n'y avait personne.

— Tu n'as vu personne, corrigea-t-il. Et c'est tant mieux.

Il rechaussa ses lunettes :

— Julie, on nous suivait vraiment, ou bien on suivait Jacqueline Motte. Les deux, à mon avis. Je n'aurais pris aucun risque, à leur place. On voulait absolument récupérer les dossiers d'Henri, dont on connaissait l'existence. On nous laisse entrer dans la maison... On y est peut-être déjà avant notre arrivée mais je ne crois pas...

— Et la surveillance des Métras ? A moins qu'ils ne travaillent pour Moscou, comme tout le monde ?

— Je ne sais pas ce qui s'est passé avec les Métras. On a déjoué leur surveillance, d'une façon ou d'une autre. On a assisté à notre ouverture du coffre. On aurait pu intervenir à ce moment-là, bien sûr...

— Ils auraient pu faire irruption dans la salle, crier « Haut les mains ! » — en russe, bien sûr —, nous enfermer quelque part et partir avec les documents. Ou encore ils auraient pu nous abattre sur place. Mais ils n'ont rien fait de tout cela, Paul. Pourquoi ?

— Parce qu'ils n'ont pas voulu se montrer, parce qu'ils ont préféré éviter une tuerie qui aurait entraîné une enquête officielle, leur faisant perdre le bénéfice... Julie, ils ont fait confiance à notre intelligence.

— Comprends pas.

— Je crois qu'il y avait effectivement un ou plusieurs hommes à l'intérieur de la maison, à nous surveiller. Je crois que si nous n'étions pas partis comme nous l'avons fait, ils auraient exécuté tout le monde, Jacqueline Motte et les Métras, sans laisser aucun témoin. En partant comme nous l'avons fait, nous avons sauvé la vie de Jacqueline Motte et celle des Métras.

— Et pourquoi ne nous auraient-ils pas tués, toi et moi ?

— Ils n'ont pas besoin de nous tuer, Julie. Ce serait même profondément stupide de leur part, après tout ce qu'ils ont fait. Julie, depuis plus d'un an, ils nous ont enfermés dans un piège, toi et moi.

— La Panama Raab ?

— La Raab. Et ses millions de dollars. Je n'aurai jamais la moindre chance de prouver, même à toi, que je n'ai pas... que ces millions ne sont pas à moi. Que je, ou que nous ne les avons pas reçus en paiement de quelque chose que j'ai fait. Ou que je dois faire.

Elle en resta interdite pendant quelques secondes. Durant lesquelles tout défila dans sa mémoire, à commencer par le contenu des enveloppes jaunes.

— J'ignorais que tu étais au courant, dit-elle.

— De ce que tu les avais reçues ? Julie, voyons...

Il lui prit la main ou plus justement posa sa grande main sur la sienne :

— Quelqu'un a beaucoup fait pour susciter tes soupçons. Je me trompe ?

Elle inclina la tête, des larmes dans les yeux.

« Je ne me trompe pas. Je suis allé à Panama les 3 et 4 mars de l'année dernière. Comme tu l'as fait toi-même l'été dernier, pendant que tu te trouvais prétendument chez Collen Cannon.

— Mais ce n'était pas toi, les 12 et 13 décembre 78...

— Non. Calderon t'a parlé de la statuette tarasque ? Ne réponds pas. La statuette que je t'ai offerte venait de Mexico. Ils en ont fait faire un double. Et Calderon est mort, soit dit en passant.

Il se pencha et l'embrassa, à l'endroit de ses joues où coulaient les larmes.

... Dans le mouvement qu'il fit, il actionna le système condamnant automatiquement les portières, pour empêcher qu'on pût ouvrir de l'extérieur.

— Julie, le compte à la Oxford International Bank and Trust, sur lequel on a viré aux Turks les millions de la Raab, ce compte a été ouvert sous le nom de code de Titan, accès : Mignonette 117. Quand j'étais gosse, avant la mort de ma mère, mes parents habitaient au 117, avenue de Vallauris à Cannes, dans une villa appelée *Les Résédas*. En anglais, réséda se dit « mignonette ». Et notre chien de l'époque répondait, quand ça lui chantait, au nom de Titan.

— Comment connais-tu les codes de la Oxford ?

— Quelqu'un me les a téléphonés. Je ne sais pas qui.

— Où est l'argent de la Raab, aujourd'hui ?

— En Hongrie, sur un compte à pseudonyme.

— Que tu connais ?

— Lica C. Lerner.

— A Zurich, j'ai eu une amie qui se nommait Lica C. Lerner.

— Tu me l'apprends.

Silence. Paul se redressa, s'installa mains à plat sur les cuisses :

— Qui t'a alertée, à propos de Walther Raab et du reste ? Dis-moi tout. (Un temps :) *Julie*...

Elle se mit soudain à parler, des enveloppes jaunes et de toutes les autres choses, y compris l'affaire des flûtes en cristal de Saint-Tropez :

— Comment les as-tu payées ?

— J'ai emprunté l'argent à papa. Il te le confirmera.

— Mais tu as téléphoné de Las Vegas pour les retenir.

— Je voulais t'en faire la surprise. J'étais dans ce foutu hôtel américain, j'avais un cafard noir et j'ai essayé de penser à autre choe. J'ai appelé Castelanne et il m'a appris qu'il était décidé à vendre. Il n'y a rien d'autre, Julie.

Ce fut elle qui se pencha, cette fois, et l'embrassa :

— Je n'ai jamais pu y croire vraiment, Paul. Jamais.

— A un Paul Quant travaillant pour l'Est ?

— A un Paul Quant faisant n'importe quoi, même pour des millions de dollars.

— N'importe quoi, y compris aider à tuer Henri de Chastel ?

— Ça compris.

— Je peux te raconter comment ça s'est passé, avec Peabody.

— Je m'en fous. On a vraiment tué Chastel ? On l'a tué à cause des documents qu'il avait cachés ?

Il tourna simplement son visage vers elle, pour toute réponse.

— Question stupide, admit-elle. Et tu ne penses pas que ce soir ils aient pu tuer l'un des Métras ?

— Je crois qu'ils vont s'arranger pour que les Métras se taisent.
— Et Jacqueline Motte ?
— Idem.
— Et si tu te trompais, Paul ?
— Tu veux dire : si j'avais tout imaginé, si en réalité rien n'était véritablement arrivé ce soir, s'il n'y avait eu aucun tueur autour de la maison, aucun homme blond et de haute taille à l'intérieur de celle-ci, si l'absence de tous les Métras pouvait s'expliquer naturellement, autrement dit si, à aucun moment, il n'y avait eu le moindre danger ? Et je me serais trompé en pensant que toi et moi nous devions foutre le camp dans la seconde ?
— Avec cette conséquence que nous avons abandonné des documents essentiels, que Chastel avait mis trente ans à constituer, et qu'il voulait à toute force nous léguer.
Il baissa son menton sur sa poitrine, ramenant son visage d'aveugle face au pare-brise :
— Il y a une autre sorte d'erreur que j'ai pu faire, Julie. Infiniment plus grave et plus périlleuse. Je me suis peut-être trompé en pensant que notre départ, notre fuite, suffiraient à éviter un massacre général.
Ses grandes mains bougeaient très doucement.
« Et ils ont pu aussi changer d'avis, après tout. Auquel cas, ils sont là, quelque part...
Dans le silence, les nappes de brouillard montaient inlassablement à l'assaut de la voiture, arrêtée tous phares allumés. Plus épaisses et plus hautes qu'elles ne l'avaient jamais encore été jusqu'à cet instant de la nuit. Mais justement, à cette densité nouvelle, et à ce mouvement qui les animait, on pressentait qu'elles constituaient, en quelque sorte, le gros de la troupe et que derrière elles, quand elles auraient fini de défiler, la nuit allait immanquablement redevenir claire.

17

— C'est simple. Si tu crois que j'ai tout imaginé, il nous suffit de revenir sur nos pas, de retrouver la maison. Si au contraire tu penses que notre fuite n'a peut-être pas suffi à empêcher un carnage, nous devons nous ruer vers le téléphone le plus proche et appeler les gendarmes, voire l'infanterie de marine. A toi de décider, Julie.

— Nous pourrions alerter les gendarmes de toute façon.

— Pour leur dire que nous avons entendu des coups de feu.

— Et rien de plus.

Il consulta sa montre :

— Il y a déjà plus de vingt minutes que nous avons quitté la maison. C'est à peu près cinq fois le temps nécessaire pour ramasser tous les papiers qui se trouvaient dans le coffre. En tout état de cause, les gendarmes arriveraient trop tard. Je crois que je ne me suis pas trompé, et que j'ai fait la chose à faire, même si intérieurement je bous de colère.

Il sourit :

« Tu ne crois pas que je bous intérieurement de colère ?

— C'est possible.

A nouveau, il ôta ses lunettes, offrit son regard, extraordinairement lourd et en vérité très impressionnant :

— J'ai besoin que, toi au moins, tu me croies, Julie.

Elle soutint un instant ce regard, baissa la tête, la releva :

— D'accord. Tu es littéralement fou de rage, à l'intérieur de toi-même.

Le plus étonnant était qu'elle était sincère. Avec Pierre Quant surtout, et dans une moindre mesure le président du C.F.I. baptisé Gros-Minet, elle partageait cette conviction que sous la nonchalance souvent farfelue de Paul Quant se tapissaient une intelligence hors du commun en même temps qu'une violence parfois effarante.

Julie Saban connaissait Paul Quant depuis cinq ans. Elle faisait l'amour avec lui depuis quatre ans. Elle l'aimait au-delà de toute raison ou presque. Elle se souvenait d'un incident, un seul, mais terriblement révélateur. En 1977, ils se rendaient à Venise, par Innsbruck où ils avaient déjeuné, et par la route ordinaire, de préférence à l'autoroute. Pour une fois, Paul tenait le volant (ce qu'il ne faisait jamais à la tombée du jour, ni la nuit ni par temps de brouillard et de pluie, en raison des verres fumés de ses lunettes, qui le handicapaient). Ce jour-là, il pilotait la Jaguar empruntée une fois de plus à son père. A la sortie de Steinach, une Ferrari avait surgi derrière eux et très rageusement exigé le passage à grands coups d'avertisseur, bien que ce passage fût en réalité impossible du fait de la présence de trois gros camions devant eux ; du fait aussi de la circulation sur la voie descendante, venue du col du Brenner. Cela avait duré des kilomètres. A cinq ou six reprises, la Ferrari avait néanmoins tenté de forcer le passage, manquant de très peu à chaque fois de projeter la Jaguar contre la paroi rocheuse sur la droite, ou dans le fossé quand il y en avait un. Dans son exaltation, le suiveur s'était alors mis à percuter systématiquement l'arrière de la voiture anglaise, dix, quinze, vingt fois de suite. Il avait finalement réussi son dépassement, au risque de tuer les passagers d'autres véhicules venant en face et, très délibérément, à la seconde où il débordait Paul et Julie, avait braqué violemment pour les projeter hors de la route. Il s'en était fallu d'un cheveu. Le tout accompagné du geste ordinaire : majeur dressé, seul de tous les doigts de la main. Paul s'était mis à sourire. Il avait dit très tranquillement : « Je crois que je vais tuer ce monsieur, Julie. » Ç'avaient été plus de cent kilomètres d'une terrifiante poursuite. Le compteur de la Jaguar ne marquait jamais moins de cent soixante, dépassant le plus souvent les deux cents. On s'était engagé sur d'autres routes de montagne, rôles inversés : l'homme à la Ferrari ne cherchait plus qu'à fuir, par de brusques crochets. On avait débouché sur les hauteurs du Stelvio et dans la descente de ce dernier, Paul était parvenu à ses fins : coupant un virage, il avait enfoncé comme un bélier le flanc de l'autre. Il ne s'était pas contenté de ce choc : enclenchant la première vitesse, il avait poussé, continuant à sourire très gentiment, sans avoir à aucun moment esquissé le moindre geste de colère ou la moindre exclamation, répondant à Julie qui hurlait, affolée, d'une voix parfaitement normale. Il avait poussé et, indifférent à l'incendie qui pouvait éclater d'une seconde à l'autre, avait entrepris d'expédier la Ferrari dans un vide de plusieurs centaines de mètres. Il avait fallu que Julie coupe le contact, arrache et jette au-dehors les clés pour stopper cette folie.

— Je suis vraiment très en colère, dit Paul d'une voix rêveuse. (Il sourit :) Mais bien sûr, je comprends que je n'ai aucune chance de réussir là où cinq Métras armés de leurs fusils de chasse ont échoué. Nous n'allons pas prévenir les gendarmes, Julie : cela nous obligerait à expliquer pourquoi nous avons creusé ce grand trou dans le sol de la salle, ce que nous cherchions et pourquoi. Nous ne le ferons pas, sauf si tu l'exiges. Je suis d'avis de rentrer à Mionnay, où après tout nous avons deux chambres retenues. Une de trop d'ailleurs. Antoine nous composera un autre de ces menus dont il a le secret, nous boirons un tout petit peu trop de vin et nous ferons l'amour. Moi en tout cas, j'en ai envie. De toi, je veux dire...

Silence.

— Julie ?

— Je ne sais pas.

Un temps, puis elle dit :

— J'ai envie de hurler.

— Hurle. Le brouillard étouffe les bruits, en plus. Mais dépêche-toi : il est en train de se lever.

De fait, on recommençait à voir les branches nues des arbres proches, puis la route elle-même réapparut, et un étang. En l'espace de quelques secondes, le gros des nappes étant passé, la nuit redevint claire sous la lune. Julie demanda :

— Et nous ne retournerons jamais là-bas ?

— Mais si. Dès demain. Et en toute logique, Jacqueline Motte devrait nous y offrir le café.

— Prendrez-vous un peu de café ? demandait Jacqueline Motte, le lendemain dimanche 10 février 1980, vers dix heures trente du matin.

Depuis Mionnay, ils avaient sans difficulté retrouvé la maison. Ils s'en étaient approchés, cette fois par l'entrée principale. Ils avaient aperçu sur leur droite le groupe des fermes Métras. Où tout paraissait fort calme, ainsi qu'il se devait un dimanche matin. Quelques jeunes enfants s'étaient même montrés, l'air curieux mais sans plus, au passage de la Porsche. Stoppant la voiture devant le perron, ils avaient vu paraître Louis Métras, le visage impénétrable derrière la moustache épaisse. Oui, Mme Motte était là. Oui, tout allait bien. Métras les avait fait entrer dans la maison. Ils se trouvaient maintenant dans la grande salle de séjour au rez-de-chaussée, dont les proportions étaient encore agrandies, dans la lumière du jour dispensée par toutes les fenêtres dévoilées.

— Non merci, dit Julie, pas de café pour moi.

— Monsieur... Quant, je crois ?

Jacqueline Motte était descendue du premier étage à l'instant même de leur entrée. Depuis, son regard bleu cobalt avait constamment évité celui de Paul, aussi bien que celui de Julie. Sur son pantalon de velours côtelé, elle portait un gros chandail à col roulé très lâche plus un cardigan lui venant à mi-cuisse, en laine vierge façon irlandaise. Ses doigts n'allaient pas un seul instant cesser de jouer avec les gros boutons de bois clair.

— Paul Quant, madame. J'accepterais volontiers une tasse de café.

Julie fixait surtout le sol, saisie. Toutes les traces de l'excavation de la veille en avaient disparu, à croire qu'elles avaient été rêvées. On avait replacé les dalles, regarni les interstices, redisposé les meubles, les tapis, les fourrures. Il n'y avait plus le moindre soupçon de poussière.

— Deux tasses seulement, madame Métras, dit Jacqueline Motte, d'une voix bizarrement assourdie.

Le visage baissé, la femme alla jusqu'à la longue table, disposer le plateau. Au même instant, Julie sentit sur elle les yeux de Paul. Elle croisa son regard, vit le geste qu'il esquissait, très furtif, montant la main à sa propre gorge, puis conduisant en quelque sorte le regard de Julie vers la femme de charge qui déjà repartait vers la cuisine, remportant la tasse et la soucoupe inutiles. Julie bougea, marchant elle aussi vers la cuisine. Elle rejoignit Mme Métras dans le couloir :

— Je ne veux pas de café mais j'aimerais un verre d'eau. Non, non, ne vous dérangez pas, je vous accompagne.

Elle pénétra dans la cuisine au moment où Paul disait, derrière elle :

— J'ai cru comprendre que vous alliez accepter le legs d'Henri de Chastel, madame...

La réponse de Jacqueline Motte fut indistincte.

— Rien que de l'eau ?

La femme fixait Julie, impassible. Autour du cou, elle

portait une grosse écharpe de laine rouge, enroulée deux fois.

— Je voudrais surtout voir votre cou, dit Julie.

Pas de réponse.

— Hier soir, reprit Julie, j'ai vu quelqu'un qu'on avait pendu... A cet arbre-là.

Pas de réponse.

« Quelqu'un qui aurait très bien pu être une femme. Qu'on aurait pendue seulement pour lui faire peur. A elle ou à d'autres. Sans la tuer vraiment. »

Un temps.

— Allez-vous-en, dit Mme Métras.

La durée de leur visite n'excéda pas vingt minutes. Jacqueline Motte les raccompagna jusqu'à la porte. Elle fit même quelques pas au-dehors, resserrant autour d'elle le long cardigan irlandais. Avec au fond des yeux cette même lueur dure et fiévreuse, elle dit qu'elle aussi allait reprendre la route, pour Paris, sans doute au début de l'après-midi. A une dernière question que lui fit Paul, elle répondit que oui, elle mettrait Bois-Priay en vente, sitôt qu'elle en aurait acquis elle-même la propriété pleine et entière.

Ils remontèrent dans la Porsche, Julie au volant. Ils suivirent l'allée et le chemin de terre. Se retrouvèrent à l'orée de la route.

Louis Métras les attendait, à quelques centaines de mètres de la maison, hors de vue de celle-ci, immobile sur le bas-côté herbu blanchi par le givre. Julie stoppa à sa hauteur. Il se pencha sur la vitre qui s'abaissait.

— Je voulais vous dire merci, pour hier soir. Vous avez fait ce qu'il fallait faire, au moment où il le fallait.

— Et les coups de feu ? demanda Paul.

Métras planta très droit son regard bleu :

— Un de mes fils qui s'amusait avec une carabine qu'il vient d'acheter. Il a blessé l'un de ses frères mais rien de sérieux. Ça n'a pas de tête, à cet âge. Ce n'est pas grave.

— Tant mieux, dit Julie.

Métras hocha la tête. Déjà, il se redressait. Paul s'allongea, se pencha par-dessus Julie de façon à poser sa main sur le rebord de la portière :

— Y avait-il quelqu'un dans la maison ? Un homme blond très pâle, aux yeux très clairs, presque aussi grand que moi ?

Les secondes coururent. Métras dit enfin, de sa grosse voix rugueuse :

— C'est Mme Motte la propriétaire de la maison et du reste. Ça dépend d'elle, qu'on reste ici, ma famille et moi. Et nous voulons rester, on le veut vraiment. On tient à rester plus qu'à n'importe quoi d'autre.

Il recula de deux pas, massif, ses pieds bottés lourdement établis sur la terre craquante de gel. Il détourna les yeux, muré.

Julie fit repartir la voiture.

Ils parcoururent dans un silence total la route du retour. Ils entrèrent dans Genève avant deux heures de l'après-midi. D'un commun accord, ils rejetèrent l'idée d'aller déjeuner quelque part et gagnèrent directement l'appartement du quai Wilson.

Déjà, moteur coupé dans le garage souterrain de l'immeuble, elle hésita une première fois. Elle dit qu'elle avait l'intention de se rendre chez ses parents à Cologny, d'y passer la nuit, voire trois ou quatre jours.

De toute façon, il lui restait une bonne semaine de vacances à prendre.

Mais elle monta tout de même. Non sans avoir, au préalable, pour montrer qu'elle n'allait pas céder, transféré le sac de voyage emporté pour le week-end à Mionnay du coffre de la Porsche à celui de sa propre voiture, une Volkswagen GTI bleu nuit, qu'elle maintenait à longueur d'année d'une propreté miraculeuse (au contraire de Paul, dont les voitures avaient toujours l'air d'épaves abandonnées des mois durant).

— J'ai quand même un peu faim, réflexion faite, dit Paul, une fois qu'ils furent entrés dans l'appartement.

Elle ne broncha pas, les pupilles de ses yeux gris comme rétrécies sous l'effet de la fureur froide qui l'habitait. Et que le silence des deux précédentes heures avait nourrie, au lieu de l'apaiser. Il partit vers la cuisine et, bien entendu, cela ne tarda pas : un vacarme infernal, à croire qu'il était en train de jouer au football sur le carrelage avec un lot complet de casseroles plus quelques bouteilles. Ce fut sans doute cela qui acheva d'exaspérer Julie, convaincue que la maladresse de Paul était volontaire, ou du moins qu'il la mettait à profit pour l'attendrir.

Elle le trouva assis par terre, au milieu d'un spectaculaire capharnaüm.

— J'ambitionnais de faire des œufs au plat, expliqua-t-il avec nonchalance et, pour un peu, l'air content de lui. J'ai essayé de trouver une poêle et, vlan, tout est venu. Comprendrai jamais comment Mme Spatagouzi range son matériel.

La cuisinière se nommait en réalité Mme Nicoletti. Avec la mémoire qu'il avait, il s'en souvenait certainement. Julie le savait. Elle ferma les yeux, vraiment tentée de l'assommer à coups de poêle. Il demanda :

— Tu sais faire les œufs au plat ?

— Non !

Il la dévisagea, mais comme toujours sans qu'elle pût véritablement voir ses yeux.

— Je vais devoir me contenter d'un sandwich, j'en ai peur, dit-il.

Sans se lever, se retournant au minimum et continuant de fixer Julie, il allongea le bras, ouvrit le réfrigérateur derrière lui, y plongea la main, la ressortit avec un beurrier, un paquet enveloppé dans du papier d'aluminium, un pot de caviar. Tout cela sans tâtonner, sans regarder, sans la plus infime hésitation. Il posa le tout entre ses jambes, non sans flanquer un coup de pied dans la huche à pain, qui se décrocha du mur et tomba. Il y prit des tranches de pain bis.

— Tu peux peut-être me passer un couteau, non ? En principe, ils sont — les couteaux — dans le tiroir contre ta hanche gauche. On ne sait jamais, remarque bien : cette Mme Founicoula est réellement diabolique, pour ce qui est du rangement.

Il attrapa au vol le couteau qu'elle lui lança, par le manche. Le fit sauter deux fois en l'air et le rattrapa de même. Se mit à tartiner le pain bis avec le beurre. Il dit comme s'il se parlait à lui-même :

— Evidemment, j'ai mon idée, sur le sujet. Je veux dire sur les raisons qui te donnent en ce moment envie de m'assommer à coups de poêle.

Il avait déposé un bon centimètre de beurre sur le pain. Il ouvrit le pot de caviar. Dans les secondes suivantes, le sandwich se suréleva d'un bon centimètre supplémentaire.

« Deux raisons au moins. La première... Tu es sûre que tu ne veux pas un sandwich ?

Elle ne répondit pas, adossée maintenant à la porte de la cuisine.

« La première étant ce qui s'est passé à Mas-Priay. Ou Bois-Priay, je ne sais plus. Il y a deux façons de voir les choses. Soit j'ai été réellement génial, en comprenant dans la seconde que nous n'avions strictement aucune espèce de chance de repartir avec les documents et que, pour éviter une tuerie générale, nous n'avions pas d'autre solution que de filer au plus vite, en abandonnant ces mêmes documents aux hommes qui nous encerclaient... Tu ne vois pas où Mme Gorgonzola aurait pu cacher le citron vert ?

Il avait fini d'étaler le caviar. Il ouvrit le paquet : du saumon fumé.

« ... soit Arkadi et moi étions d'accord, dès le début, pour jouer cette comédie. La jouer pour te tromper, toi, et dans une bien moindre mesure tant ils sont de peu d'importance, pour tromper aussi Jacqueline Motte et les Métras. Et pour vous flanquer une belle trouille à tous.

Deux tranches de saumon surmontaient maintenant la double couche de caviar et de beurre.

« Tu ne veux pas mordre, tu es sûre ?

Bien qu'elle fût déterminée, à sa manière calme et lucide, à ne pas ouvrir la bouche et à partir, elle ne put s'empêcher de demander :

— Qui est Arkadi ?

— Arkadi Tsypine. Qui peut tout aussi bien s'appeler Pomponoff ou Kratoshzirkatchvilipoumcheff. La face noire et cachée de Popov. Celui qui marche dans l'ombre et qui tue, tandis que Camarade Popov fait des affaires. A moins qu'il n'existe que pour surveiller Popov. C'est précisément ce que Popov a essayé et va encore essayer de me faire croire, sur l'air de « Moi je suis le Gentil et lui c'est le Méchant, pourquoi ne pas plutôt parler ensemble, vous et moi, qui ne sommes pas des brutes sanguinaires ? »

Il procéda à un examen sous tous les angles de son extravagant sandwich, finit par y planter les dents, accomplissant le prodige de n'en pas faire tomber un seul grain de caviar. Il reprit, la bouche pleine :

— Foutument dangereux, cet Arkadi, Julie. Il sait tout de moi, à l'entendre. Quand j'ai eu ma première dent et quand j'ai pour la première fois fait l'amour avec toi, et quelle culotte tu portais ce jour-là. Et voilà qui nous amène à la deuxième raison pour laquelle tu es présentement folle de rage : tu as l'impression, je dirai même la certitude, d'être manipulée. Tu ne sais pas par qui. Par moi, peut-être. On serait agacé à moins. Et même si je te jure que nous sommes manipulés tous les deux, que nous sommes tous les deux des victimes, même si je me roule par terre en pleurant pour te le jurer, tu ne pourras pas me croire tout à fait. Les petites questions continueront de tournoyer dans ta tête.

Un temps.

« Malgré l'amour que tu as pour moi. Et malgré celui que je te porte. Dont tu ne doutes d'ailleurs pas.

Il leva sa main libre, celle qui ne tenait pas le sandwich et prévint ainsi la question qu'elle s'apprêtait peut-être à poser :

« Je ne sais pas de quel piège il s'agit, Julie. J'ignore où ils veulent en venir.

Il dut certainement lire dans les yeux ou les pensées de Julie, une fois encore (et cette prescience même était exaspérante en diable) car il ajouta :

— Non, il ne peut pas s'agir des documents d'Henri. Pas seulement de ce dossier qu'il avait constitué contre eux. Ils y tenaient farouchement, bien sûr ; ils ont tout fait pour le récupérer et y sont parvenus. Mais je crois que leur manœuvre est infiniment plus vaste, qu'elle vise bien plus loin, qu'elle a été préparée de très longue date, depuis trois ans, sinon davantage. A mon avis davantage. Et c'est ce qui explique ma conviction de ce que, à Mas-Priay, nous ne courions aucun risque d'être tués, toi et moi. Ils ont besoin de nous, de moi, pour toute autre chose.

Il appuya sa nuque à la porte d'un placard et referma ses paupières derrière l'écran de ses lunettes.

« Et pour répondre à la question que tu te poses certainement en ce moment même : oui, j'en ai parlé à Gros-Minet. J'ai fait appel à lui, je lui ai fait part de quelques-unes, disons, de mes préoccupations. Pas toutes. Il ne m'a pas répondu, pas vraiment. Il ne m'a pas répondu du tout, à vrai dire. Lui et le banquier new-yorkais MacManus, et sans doute d'autres très vieux et très rusés renards du même poil, savent quelque chose. Mais ils ouvrent de grands yeux pleins d'innocence lorsque le petit garçon que je suis se hasarde à demander à quel sacré foutu jeu de con on joue. Julie, j'aimerais autant que tu ailles embrasser ton papa et ta maman un autre jour qu'aujourd'hui. Ça ne sert à rien de me faire la gueule. Ça nous fait du mal à l'un et à l'autre. On perd une partie de ce temps dont nous disposons, et dont nous ignorons la durée, puisque tout peut arriver. Et qui plus est, tu sais bien que tu me reviendras, ou que j'irai te rechercher, à n'importe quel prix. Nous ne pouvons pas vivre l'un sans l'autre.

Il ne bougea pas quand elle partit et demeura de longues minutes assis par terre dans la cuisine, nuque appuyée contre la porte du placard.

Espérant peut-être qu'elle changerait d'humeur et d'avis.

Or elle ne revint pas. Elle aussi pouvait avoir un fichu caractère, sous ses airs de grand calme serein, et parfois du mal à le maîtriser, si grand que fût son amour pour Paul Quant.

Après un bon bout de temps, il ôta ses lunettes et ses yeux apparurent, emplis de tristesse, sinon de larmes.

Il finit par se lever, tenant toujours dans sa main le sandwich à peine entamé.

Qu'il sembla soudain découvrir.

Il en frissonna de dégoût et flanqua le tout dans la poubelle.

Il passa dans celui des salons où il avait installé sa monumentale chaîne stéréo. Sur la table de lecture Linn Sondek LP 12, il plaça le disque où la Callas chantait Puccini. Seuls Pierre Quant et évidemment Julie auraient su dire à coup sûr que c'était là la musique qu'il aimait écouter, quand la vie n'allait pas trop selon ses désirs.

Il attendit le retour du silence en contemplant, par une fenêtre, Genève endimanchée et tristounette, et le lac.

Ensuite il alla prendre le dossier dans le coffre de sa chambre et pour la cinquantième fois au moins entreprit la lecture des sept ou huit cents feuillets.

Le dossier était celui du Prêt polonais.

3

Un chat tout neuf avec une clochette

L'économie c'est la science moderne du pouvoir, non de la justice. Un moyen plus efficace pour atteindre la domination suprême que toute une armée...

La seule arme du futur sans nuisance apparente capable d'effectuer plus de dégâts qu'une bombe nucléaire.

P.-L. S.

18

Jacques Bellus fut nommé en mars 80 directeur général adjoint du C.F.I.-Suisse. Il devint ainsi l'adjoint direct de Paul Quant. Il accompagna le même Paul Quant dans le voyage que fit celui-ci en Pologne, à compter du 5 mai 80.

Par ce qui, aux yeux de Bellus et à l'en croire, fut une simple coïncidence, René Pissarugues voyagea dans le même avion que les deux banquiers, jusqu'à Varsovie. Le Pyrénéen annonça qu'il n'allait séjourner en fait que vingt-quatre heures dans la capitale polonaise, avant de poursuivre son vol jusqu'à Moscou :

— Toujours cet hôtel dont je m'occupe, mon cher Paul. Et vous ?

— Nous allons skier à Zakopane. Peut-être aussi faire de la luge marxiste, celle qui glisse quel que soit le terrain.

— Si je vous connaissais pas, je dirais que vous êtes d'humeur maussade.

— Mais vous me connaissez : le banquier le plus guilleret qui soit au monde.

On se mit à parler de la mort de Tito, survenue quatre jours plus tôt, du boycottage possible des Jeux Olympiques de Moscou et surtout, comme il était normal pour deux banquiers travaillant en Suisse et un financier qui s'y rendait souvent, de l'affaire Rui-Schultz. Il s'agissait de deux agents des Douanes françaises qui avaient été arrêtés trois semaines plus tôt par la police de la Confédération alors qu'ils enquêtaient à Bâle sur des comptes bancaires détenus par des citoyens français. Ils avaient été inculpés d'espionnage économique et d'infraction à la législation sur les banques et les caisses d'épargne. Ce qui était en jeu était naturellement le secret bancaire helvétique et, juste avant de s'embarquer à Cointrin, Bellus avait appris que le ministre français du Budget, Maurice Papon, venait de se déclarer solidaire de ses subordonnés (lesquels seraient plus tard libérés sous caution, puis condamnés par contumace à des peines de prison avec sursis).

L'incident amusait énormément Pissarugues, lui que nul ne se fût hasardé à contrôler :

— Un autre signe du proche écroulement du système capitaliste, Paul...

— Un système auquel pourtant vos amis se sont ralliés, en faisant de leur mieux pour que les banques soviétiques offrent des avantages en principe comparables à ceux de leurs homologues suisses. A propos, vous avez combien de comptes numérotés, chez les Popoffs ?

Rire tonitruant de Pissarugues :

— Des centaines, mon cher Paul. Et vous oubliez la Hongrie. Je peux avoir des sous de côté, là-bas aussi. Je ne serais pas le premier à bénéficier des avantages de la nouvelle Suisse soviétique...

— Une Suisse occupée par quelques divisions de l'Armée rouge. Un vrai paradis.

— Quelle meilleure protection imaginer ? Vous préféreriez les U.S. Marines, c'est ça ?

L'échange entre Pissarugues et Paul Quant était, ou semblait être, amical. Il était presque traditionnel et se reproduisait à chaque rencontre des deux hommes. Un jeu verbal immanquablement conclu par le rire roulant du Pyrénéen.

Sur l'U.R.S.S. et la Hongrie en tant que paradis bancaires, voire fiscaux, Bellus savait l'essentiel. Que l'Union Soviétique pût peu ou prou être considérée comme un paradis, quasiment au même titre que la Suisse, les Bahamas ou les Caïmans, avait depuis pas mal de temps cessé de l'étonner. Les énormes et constants besoins russes en devises étrangères expliquaient tout et notamment les curieux accommodements avec le ciel lénino-marxiste. Si le Gosbank jouait en U.R.S.S. le rôle de banque centrale et d'émission, c'était à la Vnechtorgbank que revenait d'assurer les liaisons internationales et toutes les opérations financières inhérentes. La Vnechtorg avait à ce titre implanté des filiales dans les pays capitalistes : Moscow Narodny à Londres et Banque commerciale pour l'Europe du Nord à Paris — depuis fort longtemps. A partir des années soixante, elle avait multiplié ses antennes : Wozchod Handelsbank à Zurich (en 1966), et d'autres succursales à Beyrouth, Singapour, Francfort-sur-Main, Vienne ou Luxembourg. Bellus avait souvent eu entre les mains l'un des prospectus distribués par ces filiales. Le client éventuel était invité à noter que tel ou tel de ces établissements « *accepte d'épargner les fonds des non-résidents en devises étrangères aux comptes à terme et de dépôt. Les fonds en devises étrangères inscrits sur ces comptes, ainsi que les intérêts accrus, sont libres de toute charge fiscale. Les dits fonds peuvent être transférés à l'étranger à la première demande du possesseur du compte. En ce qui concerne les comptes à numéro et les dépôts, la Banque garantit la conservation du secret bancaire de l'état du compte et des opérations s'effectuant sur ce compte, mais aussi de la personne même du possesseur de tel compte...* »

... Et pour le cas où le client éventuel eût été un peu lent à comprendre, un petit dessin accompagnait en général le texte, de façon à supprimer toute équivoque : il représentait trois personnages dont le premier se bouchait les oreilles, le deuxième se masquait les yeux, le troisième appliquant avec une énergie toute socialiste la main sur ses lèvres.

Le secret bancaire soviétique était si secret que la quasi-totalité des citoyens soviétiques en ignoraient l'existence. Mais Bellus avait cependant quelques doutes quant à la crédibilité et la sûreté d'un tel système, dans un pays s'arrogeant le droit de publier à tout moment des textes fiscaux rétroactifs « applicables sur la base de situations personnelles ». Les mots « rétroactifs » et « situation personnelle » glaçaient le sang du juriste qu'il était d'origine.

La « Suisse socialiste » selon l'expression de Pissarugues, autrement dit la Hongrie, ne l'enchantait pas davantage. Il trouvait assez réfrigérant un soi-disant paradis bancaire qui faisait imprimer par son service des postes des timbres représentant un soldat en armes pointant un index agressif vers le destinataire, avec pour légende : « *Toi qui te caches dans l'ombre, propagateur de fausses nouvelles contre-révolutionnaires, tremble !* » On avait beau lui expliquer en riant, à Budapest, que ces timbres à trois forints servaient à affranchir le courrier destiné aux dissidents, l'humour prétendu de l'opération lui avait échappé.

Mais il n'en était pas moins vrai qu'un non-résident jouissait en théorie, depuis 1977, de la liberté la plus large pour entreposer des devises dans les coffres magyars, pour percevoir des intérêts sur ces dépôts ; qu'il pouvait ouvrir son compte au porteur ou sous pseudonyme (mais pas de compte à numéro) ; et qu'enfin le secret était gardé, la banque nationale ne se préoccupant pas, à l'en croire, de connaître le *beneficial owner*, le véritable propriétaire des capitaux à elle confiés. Par ailleurs les conventions signées par la Hongrie au plan international, même avec les autres pays de l'Est, ne prévoyaient aucun échange d'information, s'agissant de fiscalité ou de contrôle des changes.

— Jacques ? On arrive.

Le *Tupolev 144* de la compagnie polonaise LOT, entamait sa descente sur Varsovie. Bellus s'était endormi pendant la fin du vol, lassé d'entendre Paul et Pissarugues disserter sur les résultats du dernier tournoi des Cinq Nations et il ne savait trop quelle tournée de l'équipe de France de rugby. Une hôtesse dut intervenir pour pousser le Pyrénéen vers son siège, en prévision de l'atterrissage.

Bellus redressa son fauteuil et boucla sa ceinture. Sans le moindre soupçon de ce que cette rencontre avec Pissarugues, et le fait qu'on eût évoqué les comptes à pseudonymes de Hongrie, pussent avoir d'autres raisons d'être que le seul hasard.

(Bellus ne semble pas avoir jamais connu l'affaire des millions de dollars de la Panama Raab, virés dans un premier temps au Turks et Caïcos, puis à Budapest. Il l'affirme, en tout cas.)

Tel ne fut évidemment pas le cas de Paul Quant, pour qui il ne dut faire aucun doute qu'un autre des mécanismes du piège où on l'enfermait venait de se mettre en place.

Quant vécut certainement cette période avec la constante hantise que tout, le moindre mot de quiconque, l'incident le plus insignifiant, la rencontre la plus anodine étaient ou pouvaient être de nouveaux déclics.

A la sortie de l'avion, Pissarugues s'en alla de son côté. Des officiels de la banque polonaise du Commerce extérieur étaient venus attendre Paul Quant et Jacques Bellus. Deux d'entre eux parlaient très couramment le français, les autres le baragouinaient mais savaient l'anglais. Ce furent ces hommes qui annoncèrent aux représentants du C.F.I.-Suisse que Ted MacManus en personne venait d'arriver à Varsovie.

... Il s'y trouvait même depuis la veille, descendu lui aussi à l'hôtel *Inter-Continental Victoria,* sur Krolewska.

— Le croiriez-vous ? dit MacManus, je n'étais jamais venu en Pologne jusqu'à ce jour. La ville est belle, sous le soleil. Je l'imaginais plus neuve, davantage détruite par la Seconde Guerre mondiale. Et ils ont même une piscine dans leur hôtel.

— Ils ont restauré tout autant qu'ils ont reconstruit. Où êtes-vous déjà allé ?

Les chambres qui leur avaient été allouées par le ministère donnaient sur Krolewska et surtout, par-delà l'avenue, sur le jardin de Saxe. Il suffisait à Paul de se pencher pour distinguer à droite le Grand Théâtre et le palais Potocki.

— J'ai marché un peu au hasard, répondit MacManus derrière lui.

— Jusqu'à Stare Miasto ? La vieille ville, la cathédrale Saint-Jean, la place du Vieux-Marché, le Rynek Nowomiejski et j'en passe ?

— J'oubliais que vous parlez polonais, entre autres langues.

— Je ne le parle toujours pas, pas plus que je ne le parlais l'année dernière à notre rencontre de Long Island. Seulement quelques mots.

Paul se retourna et sourit à l'Américain :

« Une promenade vous tente ? »

Dans le hall du rez-de-chaussée, le guide qui leur avait été affecté bondit en les voyant sortir de l'ascenseur mais Paul lui dit que sa présence n'était pas nécessaire, qu'ils allaient juste faire un tour et d'ailleurs, ce n'était pas son premier séjour à Varsovie.

Ils traversèrent l'avenue, marchèrent droit sur le bassin rond du jardin de Saxe, le guide les suivant néanmoins, mais à cent mètres en arrière, avec toutes les allures d'un milicien en rupture d'uniforme.

— J'ignorais, dit Paul, que vous deviez venir en personne.

Comme toujours à Varsovie, sitôt que la température se fait printanière (et un bon Varsovien croit au printemps dès qu'elle est au-dessus de moins trente degrés centigrades), les allées étaient pleines de monde. Tacitement, les deux hommes mirent le cap à droite, en direction de l'église des Carmes.

— Jimmy Ogilvie devait normalement faire le voyage, je

l'ai remplacé à la dernière minute. Une fantaisie. Mais que les choses soient claires, Paul : votre banque et vous êtes les chefs de file, dans cette affaire. Je vous laisserai le soin de mener toutes les conversations, demain. Et n'interviendrai que si vous le jugez bon. Nous n'aurons qu'à convenir d'un signal discret...

— Quelque chose dans le genre : « Mes bermudas sont moins sexy que les culottes de Marylin, mais ils ont des fleurs... » Je prononce ce type de phrase et vous prenez immédiatement ma suite, tandis qu'on m'emporte vers l'hôpital psychiatrique le plus proche.

— De mauvaise humeur, hein ? remarqua MacManus avec le plus grand flegme.

— Encore assez, dit Paul en souriant.

Le guide suivait toujours. Ils débouchèrent dans Krakowskie et prirent à gauche, vers le Palais Royal et la place du même nom. Ils furent un instant noyés par une marée de trente ou quarante bonnes sœurs en cornette. La vague passa, les deux hommes se retrouvèrent, sinon seuls, du moins relativement isolés.

— On en parle quand vous voulez, dit MacManus.

— Je sais.

Nouveau changement d'itinéraire : ils tournèrent encore à droite, à ras de l'église Saint-Anne. Ils allèrent droit sur la Vistule, le pont Slasko-Dabrovski. Ils gagnèrent le quai Kosciuszko, où la densité des promeneurs était nettement plus réduite.

— Cinq milliards de dollars, dit Paul. Les remboursements auraient dû commencer en 78.

— Ils ont commencé en 78.

— Si l'on peut dire. Cette année-là, ils auraient dû payer neuf cent dix-sept millions de dollars. J'arrondis, évidemment.

— Ça va de soi.

— Neuf cent dix-sept millions, dont quatre cent dix-sept millions en remboursement de capital et cinq cents au titre des intérêts. Dans la réalité, ils nous ont versé deux cent cinquante millions de dollars.

— Toujours en arrondissant.

MacManus, comme son interlocuteur français, s'était accoudé au rebord du mur, tout en haut de l'escarpement dominant le fleuve d'une trentaine de mètres. Paul Quant parlait bas, chuchotant presque, s'interrompant, voire changeant de sujet, quand un couple ou n'importe qui s'approchait à portée de voix. A l'instar de l'Américain, il tournait le dos aux immeubles. Même de la rive droite, face à eux, on n'aurait pu lire sur leurs lèvres, et à plus forte raison les entendre. Peut-être étaient-ce des précautions inutiles, voire ridicules, mais elles leur paraissaient tout à fait naturelles, à eux qui étaient banquiers.

— Pour le reste des sommes dues, reprit Paul, soit six cent soixante-sept millions de dollars, ils nous ont demandé un premier report sur l'année suivante.

— En acceptant de payer les indemnités ordinaires de retard.

— En acceptant. C'est-à-dire que l'année suivante, en 79, ils auraient dû nous payer un milliard cinq cent quatre-vingt-dix millions de dollars.

— Et ils n'ont pas pu. Le prix de leur charbon baisse quasiment d'heure en heure et c'est à peu de choses près tout ce qu'ils peuvent vendre pour ramasser ces dollars dont ils ont besoin pour nous régler. Car en dehors du charbon...

Le ton de MacManus était un peu lointain. On eût dit d'un professeur récitant son cours ou répondant machinalement à un élève tout en pensant à bien autre chose. Il suivait des yeux les évolutions d'une barge sur la Vistule.

— Et nous voici en 80, dit Paul. Les chiffres de leur commerce extérieur pour le premier trimestre montrent une nouvelle baisse de leurs exportations et donc de leurs rentrées en devises. Baisse de six, et peut-être huit pour cent si l'on considère les six premiers mois. Il y a certains mouvements, à Gdansk, selon les informations qui me sont parvenues. Si quelque chose devait se produire aux chantiers navals, avec une possible extension dans d'autres régions et secteurs économiques, par exemple dans les mines de Silésie, l'effet s'en ferait terriblement sentir dans toute la Pologne. Avec, entre autres conséquences, un ralentissement supplémentaire de l'activité économique générale, et donc des capacités exportatrices.

— Et donc des possibilités de remboursement.

— Est-ce que mes informations concordent avec les vôtres ?

— Tout à fait, répondit MacManus, sur un ton léger et comme amusé.

— Je ne voudrais surtout pas vous ennuyer avec mes bavardages, dit Paul. Nous pouvons parler cinéma, si vous préférez, ou de la position de votre président sur le boycottage des Jeux Olympiques par l'équipe américaine. Exemple qui pourrait être suivi par les Allemands de l'Ouest, et n'arrangerait sûrement pas nos affaires. Nous pourrions même parler de golf.

L'Américain enfonça encore un peu plus son menton, arrondit encore un peu plus ses épaules. Il sourit :

— Du calme, Paul. Je ne suis pas venu à Varsovie pour me faire engueuler par vous — Jimmy Ogilvie aurait suffi, il a l'habitude. Je suis ici parce que je prends toute cette affaire on ne plus au sérieux. Et...

— Ça saute aux yeux, dit Paul.

— ... et j'ai de l'amitié pour vous. Infiniment. Et de l'estime. Le jour, inéluctable, où vous vous déciderez à quitter votre banque nationalisée, j'aurai un job pour vous. Des plus importants et nettement mieux rémunéré. Cela va sans dire.

Il sourit à nouveau, mais son regard était tout simplement amical, cette fois :

— Continuez, je vous prie...

— En février dernier, dit Paul, à l'occasion du huitième congrès de leur Parti, ils ont limogé leur président du Conseil, Jaronewic. Gierek et son équipe en ont vu leur pouvoir encore renforcé... Vous voulez vraiment entendre un cours sur la Pologne ?

— Je l'appelle de tous mes vœux. Pourquoi croyez-vous que j'aie fait le voyage ?

— Nous sommes des créanciers et il se trouve que notre débiteur est dans une situation de plus en plus inquiétante. Très inquiétante même. Le mot dramatique conviendrait mieux. L'endettement extérieur approche les vingt milliards de dollars, les dépasse peut-être même déjà. Soit à peu près deux fois le montant des exportations. D'ici à quelques mois, les rentrées polonaises en devises ne suffiront même plus à assurer le service de la dette, à acquitter les intérêts dus, sans parler du remboursement du capital. Il s'agirait de n'importe qui d'autre qu'un Etat, la mise en faillite aurait sans doute déjà été déclarée. Mais j'enfonce des portes ouvertes...

Paul jeta un coup d'œil par-dessus son épaule : le guide se trouvait à environ quatre-vingts mètres. Paul lui sourit et même lui adressa un signe de la main. Il reprit :

— Il est donc assez facile de prévoir ce que les Polonais nous diront demain : qu'ils ne sont pas en situation d'apurer les comptes, de nous verser les sommes qu'ils nous doivent. Ils feront un geste, évidemment. Ils paieront partie de leur dette — dix ou quinze pour cent. Ils nous demanderont un nouveau report, quitte à l'assortir d'intérêts supplémentaires. Ce qui augmentera d'autant leur dette. Pour obtenir satisfaction, ils nous feront une fois de plus toutes les promesses du monde, s'engageront à réformer leur système des prix et le mode de gestion de leurs entreprises. De notre côté, nous ferons semblant de tenir pour vraisemblables et réels les chiffres qu'ils vont nous communiquer, concernant leur production tant industrielle qu'agricole, dont nous savons pourtant qu'ils participent de l'imaginaire le plus pur. Oui, je sais que j'enfonce des portes de plus en plus ouvertes... Ma banque est le chef de file de ce prêt syndiqué. Les ordres que j'ai reçus sont de « faire au mieux ». Parce que, bien sûr, il y a dans tout cela un aspect politique dont il paraît qu'il faut tenir le plus grand compte. Je peux comprendre. Après tout, je ne suis jamais qu'un employé de l'Etat français, quoique banquier en Suisse. Et il en est de même, sous une forme ou sous une autre, des autres membres du syndicat : allemands, belges, italiens, et même suisses...

— Mais pas de moi, dit MacManus nonchalant. Ce n'est pas mon cas.

— Vous, vous êtes le représentant de la Libre Entreprise — avec des majuscules partout. L'un de ses plus beaux fleurons, théoriquement à l'abri de toute intervention étatique, sans autre objectif, surtout pas politique, que de faire de l'argent. *Make money.*

— Et pourtant je vous dis aussi : « Faites pour le mieux, Paul. A vous de tenir les cartes et ce que vous ferez sera bien fait. » Paul, quand vous êtes venu me voir à New York, en mars de l'année dernière, vous aviez clairement en tête deux questions : celle-ci — comprendre les raisons de mon flegme devant la carence d'un débiteur presque insolvable et qui pourtant me doit plus d'un milliard et demi de dollars — et une autre, sur les motifs qui ont conduit votre Pussy Cat...

— Gros-Minet. Restons français.

— ... votre Gros-Minet à vous nommer à ce poste. Vous vous posez toujours la seconde question ?

— Plus ou moins.

— Vous avez découvert quelques éléments de réponse, depuis l'an dernier ?

— Plus ou moins.

MacManus à son tour regarda en direction du guide toujours à la même place. Puis autour d'eux. Son regard revint enfin sur Paul Quant :

— L'un de ces éléments de réponse touche-t-il, de près ou de loin, à la mort si originale d'Henri de Chastel ?

— Plus ou moins.

— Du nouveau sur cette mort ?

Regard d'aveugle de Paul Quant. MacManus sourit :

— Plus ou moins, dit-il.

Mais il demanda néanmoins :

— Il s'est donc passé quelque chose, depuis mars dernier, qui a — comment dire ? — qui a éclairci partie des mystères, ou de ce que vous estimez être un mystère, de votre nomination ?

— Absolument, dit Paul. Entre autres choses, j'ai découvert que j'étais un génie et qu'il n'y a décidément rien audessus du Laberdolive 1904, dans le meilleur des mondes possibles.

— Je me trouvais encore hier à Paris, poursuivit MacManus après une interruption de quelques secondes. J'y ai bien sûr rencontré votre Gros-Minet, qui est l'un de mes très très vieux amis. Il ne m'a parlé de rien, sauf de cette affaire de lettres anonymes que Mlle Saban aurait reçues, et de cette affaire Walther Raab. Mais il m'avait tenu au courant voici des mois et ce n'était pas une nouveauté. Il y a donc autre chose dont vous n'auriez pas parlé à votre président ?

— J'ai une imagination extraordinairement fertile.

— Au point d'aller fantasmer sur une espèce de conjuration, dans laquelle votre Gros-Minet, plus moi et quelques autres, nous vous manipulerions à des fins parfaitement inavouables ?

— Si fertile qu'elle est proprement sans limite, dit Paul. (Il sourit :) Et en plus, j'ai l'esprit mal tourné, c'est à n'y pas croire.

— Et jusqu'où êtes-vous allé, dans vos divagations ?

— Dieu seul le sait.

— Jusqu'à supposer que votre Gros-Minet et moi avons été pour quelque chose dans la mort d'Henri de Chastel ?

Le muret courant au long du quai Kosciuszko dominant la Vistule n'avait à cet endroit guère plus d'un mètre de haut et Paul Quant y était comme affalé sur ses avant-bras, le menton dans les mains, le derrière plus haut que la tête, dans une position résolument comique, dont il avait sans aucun doute conscience.

— Et pourquoi pas, continua MacManus, tant que vous y étiez, aller jusqu'à supposer que nous sommes, votre président et moi, des agents de Moscou, en compagnie de quelques autres personnages à peine moins insignifiants que nous, comme notre secrétaire au Trésor, le président du New York Stock Exchange, votre Président de la République, le Chancelier ouest-allemand ?

— On persifle, hein ? dit Paul. Mais tant que j'y étais, pourquoi pas ?

Il se redressa enfin, renversa la tête en arrière, considéra le ciel où des nuages s'avançaient :

— Notre beau soleil s'en va. Nous ferions mieux de rentrer avant l'orage.

— Et j'oubliais les Belges, et les Italiens. Et les Suisses qui sont aussi, si peu, de ce prêt syndiqué. J'espère n'avoir oublié personne. (Il se mit à rire :) Paul, la seule chose qui m'échappe, c'est pourquoi vous vous en prenez à moi, et aujourd'hui.

— Vous vous trouvez à Varsovie, contre toute attente.

— Et la foudre me tomberait dessus pour cette seule raison ?

— Badaboum ! dit Paul. Vous passiez là, le hasard en est seul responsable.

Ils se remirent en marche. Ils s'éloignèrent de la Vistule par Bednarska puis en longeant les jardins du palais Radziwill. Tout droit devant eux se dressait une accablante tour-pyramide dans l'atroce goût stalinien, baptisée Palais de la Culture et de la Science, offerte à Varsovie par l'Union soviétique.

— La conséquence est claire, dit un peu plus tard MacManus, alors qu'ils longeaient cette fois les Visitandines, approchant de Krolewska où était leur hôtel.

« Très claire, même : dès l'instant où vous nous avez percés à jour, nous et nos machinations infâmes, il ne nous reste plus qu'à vous faire disparaître, avant que vous ne révéliez au monde l'épouvantable vérité. Comme nous l'avons fait pour Chastel.

— Que je sois présentement en Pologne ne vous facilite pas les choses. Un banquier français victime d'un accident dans un pays de l'Est, ça paraît toujours suspect, Dieu sait pourquoi.

— Au contraire : nous égarerions ainsi les soupçons.

— Très juste.

Ils entrèrent dans Krolewska, l'hôtel à trois cents pas d'eux. Sur leurs talons le guide s'était rapproché à trente mètres.

— Encore deux choses, Paul. D'abord à propos de la réunion de demain. Je vous ai apporté un dossier, qui résume la position de ma banque. Que d'ailleurs vous connaissez...

— Eviter par tous les moyens d'avoir à déclarer un défaut de paiement, autrement dit une faillite, qui n'arrangerait personne. Accorder tous les reports qu'ils demanderont, voire un rééchelonnement général — c'est-à-dire accepter un paiement aux calendes grecques, en fin d'après-midi. Et tertio, au besoin, leur prêter plus encore afin qu'ils puissent au moins nous payer les intérêts de plus en plus énormes de ce qu'ils nous doivent déjà. D'accord ?

— D'accord. Je n'aurais pas dit mieux.

— Et pour sauver les apparences et — passez-moi le mot — pour la frime, exiger avec la plus extrême rigueur, par des négociations acharnées qui pourraient prendre des mois, pour peu que nous nous en donnions la peine, exiger d'eux en échange des informations très précises — dont nous savons qu'elles seront farfelues, en tout état de cause — et un calendrier très strict — lequel ne sera évidemment pas respecté — sur la nature des nouvelles échéances, sur leurs dates, sur les mesures de redressement qu'ils comptent prendre, ainsi que des garanties sérieuses sur l'aide que ne manquera pas de leur apporter, en monnaie de singe, l'Union Soviétique. J'ai oublié quelque chose ?

— Je ne crois pas, non.

— Vous avez parlé de deux choses ?

— Il s'agit de cette feuille de papier que l'une des religieuses a glissée dans votre poche, il y a une heure, au moment où leur groupe a déferlé sur nous. Le guide qui marche sur nos pas n'a sûrement rien remarqué, c'est normal, il a l'air parfaitement abruti et le contraire eût été étonnant. A moins qu'il ne cache son jeu, en se camouflant en imbécile. Vous avez repéré les deux autres hommes qui s'intéressaient également à nous et qui étaient, eux, censés passer inaperçus ?

— J'en ai vu trois.

— Votre œil est meilleur que le mien, sous vos airs d'aveugle. La manœuvre a néanmoins été parfaite. Moi-même, c'est pur hasard si j'ai vu une main ressortir de votre poche. Bien entendu, je ne veux en aucun cas me mêler de votre vie amoureuse : que vous ayez une liaison avec une bonne sœur polonaise ne regarde que vous.

— Quand j'avais six ans, dit Paul, je rêvais d'être pape.

Il attendit d'être seul pour retirer le papier de la poche de son veston.

Il prit même la précaution, qui peut-être l'amusa, de s'enfermer pour ce faire dans les toilettes du rez-de-chaussée de l'hôtel. Le texte était rédigé en français, dactylographié et non signé :

J'informais M. de Chastel. S'il vous plaît, quand vous serez à Cracovie, visitez la ville, dans l'après-midi du samedi.

Il se servit de la pochette d'allumettes au nom de l'*Inter-Continental Victoria* et, après avoir déchiré le papier en bandes, le brûla. Il jeta les cendres dans les toilettes, tira deux fois la chasse.

En ressortant, il rejoignit MacManus au bar.

— Il était temps, dit l'Américain. Voyez vous-même : la pluie commence à tomber. A deux minutes près, nous étions au cœur de l'orage.

19

Les discussions avec les officiels polonais durèrent trois jours, les mardi 6, mercredi 7 et jeudi 8. Combat de pure forme ou à peu près. Tenus de payer l'annuité normale pour 1980, plus les sommes restant dues au titre des années 78 et 79, plus les intérêts normaux pour ces trois années, plus les indemnités de retard et report...

... Tout cela diminué, assez faiblement, des remboursements déjà effectués...

... Les Polonais convinrent finalement de payer — sans trop entrer ici dans les détails — un peu plus qu'ils n'avaient prévu.

Davantage dans tous les cas que ce qu'avaient espéré les partenaires du prêt syndiqué, lors d'une réunion qui s'était tenue à Bruxelles le 25 avril précédent. Réunion à l'issue de laquelle Paul Quant avait été mandaté pour négocier.

— Nous nous en sommes, vous vous en êtes sacrément bien tiré, commenta Jacques Bellus. C'était amusant de voir leur tête quand ils ont découvert que vous compreniez leur langue. Curieux que des astuces aussi enfantines fassent encore leur effet, même à ce niveau. Au fait, je savais que vous connaissiez le russe mais le polonais...

— Je ne comprenais qu'un mot sur trois.

— Ce n'est pas l'impression que vous avez donnée. Ceci dit, au train où vont les choses, discuter avec ces gens l'année prochaine ne sera pas une partie de plaisir. Ils ne pourront pas payer. Le problème va nous dépasser, Paul, et d'une certaine façon, je préfère, j'en suis même soulagé : ce sont nos gouvernements qui nous ont foutu dans cette merde, qu'ils prennent à présent le relais, et surtout leurs responsabilités...

Ted MacManus, durant les trois journées de négociation, s'en était tenu à la ligne de conduite qu'il avait définie à Paul. Il avait assisté aux discussions sans y prendre véritablement part, sinon, en deux ou trois occasions, par des notes brèves qu'il faisait passer à son chef de file.

Il n'attendit d'ailleurs pas la fin de la conférence pour quitter Varsovie. Il prit un avion pour Paris au début de l'après-midi du jeudi 8 :

— Paul, je suis en fait resté en Pologne plus longtemps que je ne l'avais prévu. Mais je ne le regrette pas : il était tout à fait intéressant de vous voir à l'œuvre. Vous avez réussi à conduire ces types bien plus loin qu'ils ne souhaitaient aller. Vous êtes foutument bon, mon vieux. Je vous l'ai dit et je vous le répète : le jour où vous éprouverez le besoin de changer d'air, et d'avoir un autre patron qu'un gouvernement, pour travailler à votre compte, pensez à moi. *Any time,* Paul.

Pour le reste, sur la négociation elle-même, il rejoignait Bellus : la situation non seulement économique mais aussi politique de la Pologne s'était très considérablement détériorée depuis 1975; et elle allait encore empirer, tout l'indiquait. Il n'était pas un clignotant qui ne fût au rouge, aussi verts que voulussent les voir les négociateurs de Varsovie, adeptes frénétiques de la méthode Coué.

— Leur Gierek est visiblement incapable de définir une stratégie cohérente de redressement. On ne fait pas de l'économie en ayant appris la mécanique ou je ne sais quoi. Et même s'il avait une miraculeuse et soudaine illumination, il n'aurait pas les moyens de sa politique. Ces hommes qui vous font face, de l'autre côté de la table, n'arrivent même pas à s'entendre entre eux : certains sont des tenants acharnés de l'orthodoxie moscovite, d'autres font montre d'un peu plus d'intelligence ou d'un peu moins de soumission imbécile à leurs dogmes ou à leur suzerain. Pour peu que cette agitation sociale qu'on nous annonce vienne compliquer la sauce, nous allons nous retrouver dans l'irrémédiable. Et pour quelques siècles.

Il sourit :

« L'un de mes ancêtres était dans la Royal Navy, avant que la famille n'émigre en Amérique. En ces temps heureux, quand quelqu'un refusait avec ou sans bonne raison de rembourser Sa Gracieuse Majesté, on lui expédiait une canonnière. Je doute fort de pouvoir obtenir de Washington un bombardement en règle de Dantzig ou Stettin.

— Qui d'ailleurs s'appellent désormais Gdansk et Szczecin.

— A vos souhaits ! Le monde a un peu changé, c'est vrai. Paul, votre Jacques Bellus vous l'a dit et je le pense aussi : les négociations que vous menez sont peut-être bien les dernières du genre. Au printemps prochain, nous autres, banquiers, laisserons nos gouvernements parler à notre place. Les Polonais commencent déjà à évoquer un rééchelonnement. Qu'il nous faudra bien accepter tôt ou tard, en essayant de le monnayer, notamment contre l'adhésion de la Pologne au Fonds monétaire international et à la Banque mondiale. A ce niveau-là, nous ne serons plus des interlocuteurs valables. Vous avez un message particulier pour Pussy Cat ?

— Gros-Minet. Pas de message particulier. Je dois lui rendre compte la semaine prochaine.

— Bon séjour polonais. *Have a nice time here.*

Pour le vendredi 9, le programme du séjour de Paul Quant et Jacques Bellus prévoyait un voyage en Silésie. Le complexe dont la construction avait justifié le prêt de cinq milliards de dollars de 75 s'y trouvait. Les deux Français devaient en principe passer une nuit à Katowice et partir le lendemain pour Cracovie, afin d'y tenir réunion. C'était Paul Quant lui-même qui avait insisté sur ce passage à Cracovie : au temps de ses vagabondes études, il avait passé plus de deux mois, et suivi des cours d'été, à la célèbre université Jagellon, jadis fréquentée par Copernic. Le retour du tandem à Varsovie devait se faire le dimanche 11, en fin d'après-midi. La signature définitive des accords était prévue pour le lundi 12.

En réalité, Paul Quant partit seul. Trois jours de discussions fort âpres avaient laissé des traces. Les textes de l'accord nécessitaient quelques retouches. Jacques Bellus accepta d'y veiller :

— D'autant que je suis déjà allé six fois à Katowice et en Silésie. Je ne suis pas maso au point de rêver d'y retourner encore.

Telle que décrite par Jacques Bellus (Henri de Chastel l'avait personnellement désigné, dès septembre 75, pour assurer le suivi du projet, en sorte qu'il avait pu en observer les phases successives, devenant le spécialiste attitré du C.F.I.-Suisse), l'usine silésienne était loin de se résumer à une installation unique. Avant même le début des travaux, alors qu'on en était encore à négocier le prêt lui-même, les Polonais avaient déclaré leur intention de constituer un complexe qui serait réparti sur plusieurs points de la haute Silésie, dont Katowice est la capitale.

Le bassin industriel silésien couvre quelque deux mille kilomètres carrés. Le projet qui avait été la raison d'être du prêt touchait plus d'une demi-douzaine des villes de l'énorme agglomération. De Katowice même à Bielsko-Biala (où avaient été implantés les ateliers de construction pour les camions et les voitures), en passant par Nowy Bytom, Chorzow et autres Sosnowiec.

Selon Bellus, il était hors de question que Paul Quant pût effectuer une visite complète. Le programme, déjà réduit, prévoyait un survol en hélicoptère de Sosnowiec et Chorzow — déjeuner à Chorzow — et surtout une présentation des chaînes de Bielsko-Biala d'où, à compter justement de la fin 79, avaient commencé de sortir les cent cinquante mille véhicules annuels prévus.

Un Paul Quant, surtout privé de Bellus, ne détenait certainement pas les connaissances nécessaires et suffisantes à une appréciation autorisée de l'état d'avancement du projet.

Voire de l'exacte finalité de celui-ci.

Quant à la modification de programme qui fit qu'au lieu de passer la nuit à Katowice, Paul Quant gagna directement Cracovie dans la soirée du vendredi 9, elle fut sans nul doute apportée à la demande de Paul Quant en personne. Il n'y a pas cent kilomètres entre la ville principale de la haute Silésie et Cracovie, l'ancienne capitale de Pologne, ville-musée, autrement plus alléchante que l'assez triste cité minière.

Enfin, pour ce qui se passa à Cracovie même, à compter du début de l'après-midi du samedi 10 (un déjeuner suivit la réunion du banquier français et de ses interlocuteurs polonais), on ne possède que la version de Paul Quant, en l'espèce le récit qu'il fit à son père.

L'un des hauts fonctionnaires présents était justement de Cracovie, et y habitait. Il invita Paul à dîner, sans protocole, le soir même, et dans sa famille.

— Merci, mais je préfère courir ma chance, répondit courtoisement Paul. Il y a treize ou quatorze ans, j'ai passé ici tout un été et je me souviens de quelques blondes étudiantes...

— ... Qui sont très probablement mariées aujourd'hui, et mères de neuf enfants.

— Probablement.

Mais au moins les souvenirs revivraient-ils...

Le déjeuner clôturant la réunion de travail du samedi matin avait eu lieu au *Cracovia*, avenue Pouchkine. Paul Quant en sortit un peu après deux heures, non sans avoir décliné une autre invitation, pour le week-end celle-là, dans un chalet de Zakopane. La pluie qui avait commencé à tomber cinq jours plus tôt à Varsovie, et qui depuis n'avait pas cessé, rendant plus accablante encore la déambulation silésienne, la pluie s'était enfin arrêtée, bien que le plafond de nuages restât fort bas. Le guide interprète qui emboîta le pas à Paul était le même qu'à Varsovie. Il s'appelait Maryan Pluta. Il avait à peu près vingt-six ans et parlait un français très acceptable. Contrairement aux affirmations de MacManus, il n'était pas parfaitement abruti. Dans l'avion volant vers la haute Silésie, il avait raconté à Paul qu'il était étudiant en sciences humaines, ou l'avait été (la chose n'était pas des plus claires) ; il travaillait momentanément pour Orbis, l'agence de tourisme d'Etat, équivalent polonais de l'Intourist. Lui et Paul étaient même parvenus à trouver un terrain d'entente, double : le football et le cinéma. Pluta rêvait de Coupe du monde en Espagne pour l'un, et adorait Bergman pour l'autre.

Détail d'importance : ses chaussures étaient rien moins que misérables ; un peu trop grandes et d'un cuir qui eût avantageusement remplacé du béton armé.

Ils commencèrent par faire le tour, près de deux heures durant, des quatre hectares de Rynek Glowny, la grand-place du Marché, avec les superbes Halles aux Draps, le beffroi, la Panna Maria dont Paul...

— Maryan, pendant que j'y pense, je souhaiterais rentrer à Varsovie en voiture, demain...

... la Panna Maria, autrement dit l'église Notre-Dame, dont Paul voulut à toute force aller contempler le retable.

— Mais un avion a été spécialement prévu pour vous ! s'exclama Pluta.

— Une voiture coûtera bien moins cher. Je m'en voudrais d'alourdir un éventuel déficit du budget polonais. Je voudrais la voiture demain matin dix heures, devant l'*Holiday Inn*. D'accord ?

Ils repartirent, presque à marche forcée. Allèrent à l'université, en parcoururent le moindre bâtiment, et notamment la cour à arcades du xve où Copernic cinq siècles plus tôt avait commencé de penser que la terre, et d'autres planètes, pourraient peut-être bien tourner autour du soleil, réflexion faite...

— Fatigué, Maryan ? Evidemment, nous aurions eu une voiture dès aujourd'hui, vous n'auriez pas toutes ces ampoules. Suis-je bête ! J'aurais dû y penser plus tôt.

Le Wawel dominait Cracovie. C'était l'assez hétéroclite assemblage d'un château, d'une cathédrale, d'une chapelle, d'autres chapelles, de monuments divers et de tours portées par une enceinte, et même d'une grotte, le tout juché sur une colline au bord de la Vistule.

Paul et son accompagnateur y pénétrèrent par celle des portes qui est entre la tour Sigismond et la tour Pied-de-Poule.

... Là même où, deux minutes plus tôt, s'était engouffré d'un pas rapide un homme en chandail bleu et blanc.

— Je suis tout à fait désolé, monsieur, dit Pluta. Mais mes ampoules me font vraiment très mal.

Il s'assit sur une borne de pierre, ôta sa chaussure droite et révéla un talon à vif, sur plusieurs centimètres.

— Et l'autre pied ne vaut pas mieux, je suppose, dit Paul. Je suis navré. Pas d'héroïsme, mon garçon. Vous m'attendez ici, j'en ai pour une heure au plus. Ou disons deux.

— Vous ne pourrez pas rester si longtemps, on va bientôt fermer les portes.

— Je vous retrouverai donc d'autant plus vite. Passé les trois premiers jours d'absence, alertez mon ambassade.

Il s'éloigna, abandonnant le jeune Polonais nu-pieds.

L'homme au chandail bleu et blanc se trouvait à présent dans une cour intérieure, à contempler la colonnade.

La première fois que Paul avait croisé son regard, ç'avait été à la sortie même du restaurant du *Cracovia*. Rien d'autre n'était survenu que cet échange, mais il y avait une telle intensité dans les prunelles bleues...

Ensuite, même homme, et même regard au passage, à la hauteur de l'église des Franciscains.

... Et lui encore marchant deux cents mètres devant Paul et Pluta, sans jamais se retourner, parfois accompagné d'un enfant, parfois tenant la main d'une jeune femme blonde, mais toujours avec dans l'attitude quelque chose exprimant sa conviction ou son espoir d'être suivi ; prenant soin, à chacun de ses changements de direction, de marquer un temps, pour permettre à Paul de l'enregistrer.

Il avait ainsi, à distance, dirigé la visite de Cracovie par Paul Quant.

Paul entra dans la cour intérieure, en commença le tour, sur les pas d'un groupe de vingt ou trente jeunes gens, garçons et filles, qui bavardaient gaiement, en polonais, et suivi d'autres visiteurs qui parlaient allemand. Et il y avait encore, à admirer les colonnes à l'italienne, d'autres promeneurs, isolés ou par petits groupes.

Il négligea de pénétrer dans le château proprement dit, puisque l'homme au chandail et la femme s'en étaient eux-mêmes abstenus. (Il les avait vus, du coin de l'œil, se diriger vers les vestiges de la cathédrale de Boleslas le Grand.) Ayant attendu le temps nécessaire, il marcha vers la tour Sobieski et, de là, jusqu'au Trésor... Ce dernier exposait des reliquaires et d'autres joyaux, dont un verre en cristal d'Egypte créé pour la duchesse de Silésie. Paul s'attarda à le contempler. Il avait l'homme au chandail à cinq mètres de lui. Un gardien s'approcha, fit une annonce en polonais.

— Je ne comprends pas, dit Paul en français.

Et pour plus de sûreté, il répéta la même chose en anglais et en allemand.

— Il dit que le Trésor va fermer dans cinq minutes, et le Château lui-même dans à peu près un quart d'heure.

— Merci, dit Paul.

— Je vous en prie, répondit en français l'homme au chandail.

Il pouvait avoir quarante-cinq ans, ses cheveux grisonnaient. Il avait un visage d'intellectuel, son français était à peu près dénué d'accent. La femme qui l'accompagnait se détacha soudain de lui. Elle alla vers la porte, avec l'air de la contrôler, et attira le gardien vers elle par une question qu'elle lui fit en polonais. Pour le reste, la salle du Trésor était vide. On entendait chahuter dehors le groupe de jeunes gens.

— Nous n'avons pas beaucoup de temps, dit l'homme au chandail à voix basse. Deux hommes vous surveillent mais ne sont pas entrés ici. Vous les aviez remarqués ?

Paul acquiesça.

— Quelqu'un veut vous parler, monsieur Quant. Secrètement. Acceptez-vous la rencontre ? Je dois vous prévenir que vous prenez des risques en acceptant.

— D'accord, dit Paul.

— Impossible de parler ici. Vous connaissez le Wawel, je crois. Mes étudiants vont faire en sorte de ralentir vos deux suiveurs. Allez à la tour des Cloches d'Argent. Sous l'escalier, une porte. Vous la passez et la refermez à clé derrière vous. Marchez droit jusqu'à la tour des Voleurs et, de là, à la Grotte du Dragon. C'est très important. Bonne chance et que Dieu vous garde.

Les noms pittoresques et chantants, la façon dont ils étaient chuchotés, l'ambiance de crypte et de secret, tout cela avait presque des allures de comédie dramatique, à croire qu'on jouait une scène du « Prisonnier de Zenda » ou du « Troisième Homme ».

Paul ressortit du Trésor, vit en effet qu'à l'extérieur le joyeux groupe de jeunes gens se déployait, menant grand tapage, avec pour résultat de bloquer tous les passages. Sauf un, qui le conduisit à l'intérieur de la cathédrale gothique, avec sa nef bizarrement oblique. Il la traversa, sans personne derrière ni devant lui. Il atteignit le parvis, contourna la chapelle de la Sainte-Croix, entra dans la cour des Cloches d'Argent, au moment même où la pluie recommençait à tomber. Il se trouvait bien là une petite porte, sous un escalier, et la clé était sur la serrure, de l'autre côté. Il tourna cette clé, une fois le battant refermé sur lui.

... La tour des Voleurs, au bord même des remparts du début du XVIIIe qui dominaient la Vistule...

Dans la grotte du Dragon, plus de deux siècles auparavant, des conjurés s'étaient secrètement réunis, afin de renverser un roi Poniatowski décidément trop inféodé aux Russes.

La pluie redoublait quand Paul y pénétra.

Il s'immobilisa en constatant que la grotte était tout à fait sombre. Et la voix dit :

— Retournez-vous, s'il vous plaît. Regardez au-dehors. Cette pluie est une bénédiction. Vous pourrez toujours dire que vous êtes entré dans le seul but de vous abriter. Henri de Chastel vous a-t-il jamais parlé du Premier Homme ?

— Fichtre non, dit Paul. Et vous seriez ce Premier Homme ?

— Le premier en tout cas à pouvoir vous dire la vérité sur le prêt polonais, dit la voix. Et peut-être aussi sur les raisons de la mort d'Henri de Chastel. Continuez à regarder dehors, s'il vous plaît, ne vous retournez pas. Votre attitude doit être celle de quelqu'un qui attend simplement la fin de l'averse pour reprendre sa route, et qui est parfaitement seul. Ne parlez plus, ne réagissez d'aucune manière, quoi que je dise. On m'a assuré que vous aviez une mémoire hors du commun...

La pluie tombait à grosses gouttes. Le rideau qu'elle dressait réussissait presque à dissimuler l'autre berge de la Vistule. Et sur ce bruit mou, cette odeur fade, la voix étouffée se mit à dévider l'histoire, très méthodiquement...

Le gros de la pluie était passé. Il ne tombait plus qu'une bruine légère. Suivant la route en partie sur berge qui faisait le tour des remparts du Wawel, Paul Quant dépassa la tour de Sandomierz puis, un peu plus loin, celle des Sénateurs. Il retrouva Maryan Pluta où il l'avait laissé. A ceci près que le jeune homme était maintenant rechaussé, qu'il avait fait venir une voiture avec chauffeur, et qu'il avait une expression tendue et presque de reproche.

— Je sais, dit Paul avec beaucoup de gentillesse. Je suis tout à fait désolé. J'ai voulu faire le grand tour et la pluie m'a surpris. Et quand je m'apprêtais à revenir vers vous, certaines portes avaient déjà été fermées.

Oui, dit-il encore, il avait assez visité Cracovie. Il en avait, à être franc, plein les jambes. Sa seule ambition dans la vie, pour ce soir du moins, était de regagner sa chambre à l'*Holiday Inn,* de s'y changer, d'y travailler un peu à ses dossiers et, surtout, de se reposer après une semaine si chargée.

Et quand il s'installa dans la voiture avec Maryan Pluta, les deux suiveurs qui durant presque une heure avaient été dépistés — s'ils l'avaient été vraiment — montèrent eux aussi dans une Skoda de couleur noire.

Il fit ce qu'il avait annoncé : il rentra à l'hôtel et n'en bougea plus, ne descendant même pas pour dîner et demandant à être servi dans sa chambre.

Ce fut pourtant ce soir-là qu'il appela Genève. Julie Saban était à Cologny, chez ses parents, déjà endormie. Elle l'écouta d'abord avec ahurissement :

— Prétendrais-tu me faire croire que tu m'appelles à onze heures et demie du soir, du fin fond de la Pologne, juste pour me demander de t'épouser ?

Il répondit que c'était précisément parce qu'il se trouvait au fin fond de la Pologne, à onze heures trente du soir et ne parvenant pas à trouver le sommeil, sous une pluie qui n'arrêtait pas, par un mois de mai qui ressemblait à s'y méprendre à un novembre d'Ecosse, et seul dans une chambre d'hôtel, s'ennuyant à périr noyé dans la Vistule, qu'il avait soudainement pensé que ce serait peut-être une bonne idée que de prendre femme.

Et il avait un tout petit peu le cafard, en plus.

— Tu me manques, dit-il.

Silence. Auquel elle mit fin en demandant :

— A ton avis, est-ce que trois ou quatre cents Russo-Polonais travaillant tous pour le K.G.B. sont à l'écoute de notre conversation ?

Il n'en savait rien. Le chiffre était peut-être un peu exagéré. Mais en soi le phénonème n'avait rien pour surprendre quiconque aurait déjà contemplé le nombril de Julie, les pointes roses des seins de Julie, sa façon de rire quand Paul Quant faisait le pitre, et sa façon de clore les paupières, de pincer ses narines, d'entrouvrir sa bouche, de ployer la nuque, d'ouvrir son ventre...

— Tais-toi. (Elle ajouta :) Ça va vraiment si mal que ça ?

— Oui.

— Espèce de sombre salaud, je t'aime.

— Tu vas m'épouser ?

— Evidemment, dit-elle. Qu'est-ce que tu espérais ?

20

Ils se marièrent le 27 mai 1980, à Saint-Moritz, le lendemain du lundi de Pentecôte, en la seule présence du père et de la mère de Julie, du barman du *Waldhaus* de Sils-Maria et d'une femme de chambre du même hôtel. Le barman et la femme de chambre servirent de témoins. Un avion de location les transporta à Genève. Ils y furent juste à temps pour attraper le vol d'Air France pour Ajaccio. Le marin-qui-ne-s'appelait-justement-pas-Dominique vint les accueillir à l'aéroport de Campo dell'Oro. Il les conduisit directement au bateau, une sorte de sloop Marconi avec un moteur de vingt chevaux, ancré à l'Isolella. Le marin dit que tout était prêt. Il avait effectué le plein de carburant conformément aux instructions, fait réviser le moteur, entreposé à bord toutes les provisions dont on lui avait fait tenir la liste. Ils pouvaient naviguer sans souci jusqu'en Nouvelle-Zélande. Au moins.

Il regarda Paul monter à bord avec une certaine inquiétude. Il l'avait déjà vu à l'œuvre. Il demanda :

— Vous savez au moins mettre le moteur en marche ?

— Pas de problème, dit Paul avec la plus grande assurance. Je suis un vrai sorcier de la mécanique.

— Moi, je sais, dit Julie.

— Vous comptez vraiment vous servir des voiles ?

— Appelez-moi Tabarly, dit Paul. Où est le spinnaker ?

— Il n'y a pas de spinnaker à bord, expliqua le marin avec patience. Ici, c'est pour la grand-voile et devant, en principe, vous devriez hisser le foc. Si vous y arrivez. Je vous rappelle que l'arrière, c'est là où il y a le drapeau.

Il les regarda s'éloigner, son inquiétude virant à l'appréhension pure et simple. Il n'aurait pas été socialiste, il aurait prié.

Mais ils réussirent à doubler, le soir même, avant la tombée du jour, le cap de Muru qui boucle au sud le golfe d'Ajaccio... Le vent était nul, la mer belle. Ils purent mouiller dans la baie du Cupabia, s'y baigner, nus l'un et l'autre, y dîner de charcuterie corse arrosée de vin de

Sartène, s'y baigner encore à la lueur d'une lampe-torche sous-marine après avoir une première fois fait l'amour. s'y endormir enfin dans les bras l'un de l'autre, Julie remarquant d'une voix acidulée qu'elle eût préféré un mari d'un mètre cinquante avec une couchette aussi étroite.

Et ils avaient très explicitement convenu de ne parler de rien qui, de près ou de loin, rappelât la Banque, pendant les cinq jours à venir.

Le lendemain matin, après le petit déjeuner qu'elle préféra préparer elle-même — elle avait faim — et surtout au terme de soixante-dix minutes de manœuvre digne des Marx Brothers, Paul parvint tout de même à hisser les voiles, sous l'œil de Julie bien trop effondrée de fou rire pour l'aider. A leur commune surprise, le bateau avança. Et vers le sud, en plus, où justement ils comptaient aller. Le golfe de Valinco s'ouvrit à eux un peu avant midi. Ils déjeunèrent de langoustes grillées à Propriano, mais en repartirent aussitôt après le café, Julie à la barre, le vent de nord-ouest filant trois nœuds. Ils durent passer la nuit suivante en vue de Tzzanu, après avoir doublé le cap de Senetosa. Ils firent ensuite une escale de deux jours pleins dans la calanque de Figari, où se trouvait également un gros ketch mené par deux couples d'Allemands de Bavière. Julie fit ce qu'elle n'avait jamais fait à ce jour : se mettre nue en public, sous les regards d'autres hommes que Paul, s'abandonnant à la surpuissante sensation d'être hors du temps et loin de tout, sans souvenirs ou du moins étant parvenue à refouler ceux-ci, à force de soleil, d'eau tiède et limpide, et de silence.

Cette si courte escapade corse, officiellement baptisée voyage de noces, allait par la suite apparaître comme la deuxième et dernière parenthèse (la première étant constituée par le séjour en Engadine, au moment des fêtes de la fin 79) dans une histoire par ailleurs tendue à l'extrême.

Et si dure.

Ils eurent encore une journée de répit, ou presque, le dimanche 1er juin. Jusqu'à ce moment où, à l'issue d'une navigation lente et extrêmement circonspecte (en vue des côtes mais ne s'en approchant qu'avec des précautions de contrebandier, relisant cinq fois chaque ligne des Instructions nautiques et même alors, se méfiant du moindre rocher corse qui eût pu être indépendantiste), ils se présentèrent à l'entrée du goulet de Bonifacio.

Une boule noire était hissée à la pointe Madonetta.

— D'après le livre, ça veut dire qu'on peut entrer. Mais pourquoi noire ?

Ils discutèrent un long moment pour savoir s'il s'agissait d'une boule ou d'un cône (un cône signifiait : entrée interdite). Mais des pêcheurs rigolards leur confirmèrent que ce genre de signal ne concernait que les navires de fort tonnage. Ils se glissèrent dans l'avant-port puis au long des parois encaissées. Il était un peu plus de deux heures de l'après-midi. Leur rendez-vous avec le marin chargé de récupérer le bateau était pour cinq heures, dans la calanque de l'Aranella.

— On l'a ratée. On est passé devant sans la voir. Elle est juste à l'entrée, annonça Paul le nez dans ses cartes, plus fox-terrier que jamais.

Pour la première fois depuis les langoustes de Propriano, Julie avait enfilé un maillot. Le slip du moins car ses seins étaient nus. Elle vira de bord, soudain oppressée par les soixante mètres de falaise à pic, de part et d'autre d'eux. Elle eut le sentiment qu'une parenthèse, en effet, se fermait à cet instant-là.

— Prends la barre, s'il te plaît, Paul.

Elle-même descendit dans la cabine, enfila un jean et un tee-shirt. Elle entendit le moteur stopper. Le bateau courut silencieusement sur son erre. Elle pensa : « Adroit comme il est, il va nous projeter telle une torpille sur un quai, à moins qu'il n'éperonne et n'expédie par le fond un paquebot de cent cinquante millions de dollars. » Mais en réalité, elle n'avait plus le cœur à rire. En outre elle savait fort bien, au fond d'elle-même, la part de comédie qu'il y avait dans les prétendues maladresses de Paul.

De fait, le sloop ne heurta que très légèrement, presque imperceptiblement, ce qui se révéla être une bouée de corps mort, celle-là même à laquelle le marin leur avait dit de s'amarrer, cinq jours plus tôt, à leur départ de l'Isolella.

— Tu es déjà habillée ?

Lui portait encore son bermuda, qu'elle détestait, lui préférant un maillot plus réduit et plus près du corps — « tant que tu n'auras pas de ventre ». Il n'entra pas dans la cabine dont la hauteur sous barrot était de toute façon problématique pour son mètre quatre-vingt-dix. Ainsi, à contre-jour, il semblait gigantesque. Il la fixa :

— Maintenant ?
— J'attends depuis déjà trois semaines.

Il ne lui avait strictement rien dit, à son retour de Pologne, au soir du 12 mai.

Simplement que quelque chose était arrivé, à Cracovie. Elle avait demandé : « Grave ? — Oui. Mais je ne vais pas t'en parler maintenant, Julie. — Par manque de confiance ? » Il l'avait considérée. Il avait ôté ses lunettes, le regard plus lourd que jamais : « Julie, les choses sont extraordinairement, miraculeusement simples : si, même à toi, je ne peux pas faire confiance, ça ne vaut plus la peine. Rien ne vaudra plus la peine. » Il l'avait prise dans ses bras, embrassée avec une tendresse inconcevable : « Je t'en parlerai, le moment venu, et à toi seulement. Mais plus tard. J'ai besoin de réfléchir. Nous allons nous marier, sauf si tu as changé d'avis depuis avant-hier. J'essaierai de me dégager une semaine. Si tu le veux bien, nous irons en Corse. Papounet a un bateau à Ajaccio, il nous le prête. Il ne sait pas qu'il nous le prête mais la différence est mince, le marin me connaît et fera tout ce que je lui dirai. Nous allons faire le tour de Corse à la voile, je tiendrai la barre d'un orteil nonchalant, de l'autre je hisserai ou carguerai les voiles, à la demande, et avec tout le reste de mon corps, je m'occuperai exclusivement de ma femme, qui devra pour la circonstance être nue comme un ver. Occupe-toi des bans, s'il te plaît, des choses pratiques. Si on se mariait à Saint-Moritz ? Avec un peu de chance, il n'y aura pas un chat vers la fin mai. »

— J'ai faim, dit-il.

Assise sur la couchette du sloop, elle ne bronchait pas. Il se redressa, sortit la tête à l'extérieur, tout en ramenant de la main gauche ce qui restait du jambon de Tolla et un couteau de boucher.

— Tu en veux ?

Pour toute réponse, elle s'acagnarda tout à fait au fond de la couchette, ramenant ses jambes sous elle et croisant les bras comme frileusement. Elle ne voyait plus du tout son visage, seulement ses mains qui découpaient des lamelles de jambon. Elle devinait qu'il ne se tenait pas ainsi, à demi hors de la cabine, à demi à l'intérieur, par hasard ou distraction : « Soit il n'a pas envie de trop me regarder en face, soit il surveille les alentours, à l'affût de quelque espion rouge forcément déguisé en rouget de la Méditerranée. Nom d'un chien, quelle est cette aventure insensée ? Il est directeur de banque et je suis genevoise, avec des parents adorables dans les deux cas, sauf sa belle-mère qui m'agace un peu ; nous sommes assez riches l'un et l'autre pour vivre sans trop travailler, voire sans travailler du tout, presque jusqu'à la fin de nos jours. Et nous voilà à chuchoter grotesquement, dans un fjord corse qui plus est, au sixième jour de notre voyage de noces ! »

Il dit, la bouche pleine de jambon :

— C'est arrivée à Cracovie, donc. Je ne connais pas son nom et à aucun moment, je n'ai vu son visage...

Il commença par raconter l'histoire déjà assez extravagante du message anonyme glissé dans la poche de son veston par une religieuse en cornette, dans une rue de Varsovie...

— Et MacManus a vu ce message, demandé ce qu'il contenait ?

— Oui à la première question, non à la seconde. Julie, je ne sais foutrement pas ce que Gros-Minet et lui ont en tête, s'ils ont seulement quelque chose en tête. A Cracovie, l'homme au chandail blanc rayé de bleu...

Il raconta la balade dans l'ancienne capitale des rois de Pologne, l'énorme et sanglante ampoule au talon de Maryan Pluta, la scène dans la salle du Trésor de Wawel, sa propre marche vers la grotte du Dragon, par delà la tour des Voleurs...

— Tu inventes ces noms à mesure ou bien ils existent vraiment ?

Il se plia et son visage souriant réapparut sous le rouf :

— Je les invente bien entendu. Comme j'invente tout le reste. Je suis un banquier terriblement important et foutument sérieux qui s'emmerde dans sa banque, qui a un peu trop d'imagination et s'amuse à créer des histoires à dormir debout.

Il enfourna dans sa bouche une longue lamelle rouge sang de jambon cru de la montagne corse :

« Julie, *grosso modo* il m'a dit que dans les usines de haute Silésie pour la construction desquelles nous autres infâmes capitalistes français, américains, allemands, italiens, belges ou suisses avons payé *in extenso* jusqu'au dernier rivet, avec un argent qu'on ne nous rendra jamais — et qu'on ne nous rende jamais cet argent fait justement partie de la manœuvre —, dans ces usines-là on fabrique pour l'essentiel des camions et des machines-trucs, en bref du matériel de guerre qui est utilisé d'ores et déjà par les Popoffs en Afghanistan, Syrie, Liban, Libye, Ethiopie, Angola, Mozambique, Cuba, Algérie, j'en passe et des meilleurs, pour écrabouiller quiconque n'aspire pas nécessairement à devenir membre passif d'une république populaire à la moscovite, parce qu'à peu près tout ce que les Polonais fabriquent avec l'argent que nous leur avons prêté est par avance revendu aux Popoffs susdits, pour ainsi dire à perte, dans le meilleur des cas à prix coûtant, en sorte que, avec ces cinq milliards de dollars, nous contribuons super-activement à l'effort de guerre soviétique contre nous autres capitalistes, mais dans des conditions telles que, bien que ce soient les Popoffs qui profitent de nos cinq milliards et plus, ce sont tout de même les Polonais qui nous les doivent, officiellement, et pas les Popoffs — qui rigolent bien, surtout parce que les Polonais ne pourront jamais nous rembourser, à cause de leur situation économique qui tourne à la catastrophe pure et simple et va encore se détériorer, les Popoffs n'arrêtant pas d'y ponctionner tout ce qu'ils peuvent grâce aux divers traités, secrets ou pas, qui lient les deux pays, puisque le Comecon n'est pas autre chose qu'une procédure coloniale, la Pologne pas autre chose qu'une colonie et, s'agissant de notre prêt, qu'un prête-nom insolvable, délibérément mis en situation d'insolvabilité par les Popoffs.

Il s'emplit à nouveau la bouche de jambon et ajouta en souriant : « Message terminé. A vous », au terme de cette phrase interminable débitée à toute vitesse.

L'ombre envahissait la cabine. A présent que le vent frais de la haute mer ne pénétrait plus dans l'air presque immobile de la calanque, montait la caractéristique et moite odeur de sel, de mazout et de pourriture des bateaux à l'ancre.

Julie écarquilla un peu ses yeux pâles.

— Et il t'a dit ça, *grosso modo ?*

— *Grosso modo*. Mais je résume peut-être un peu.

Julie avait l'intelligence posée, calme, précise. Elle fonctionnait somme toute comme un ordinateur, qui décompose avant d'assimiler. Aux fulgurantes intuitions de Paul, qui parfois donnaient le vertige, elle opposait la méthode — ne fût-ce que dans un réflexe d'autodéfense. Elle demanda :

— Comment s'est présenté cet homme dont tu n'as pas vu le visage ?

— Il a dit qu'il était le Premier Homme. Si...

— Continue.

— Si c'est un code, j'en ignore tout. Toutefois...

— Oui ?

— Pas mal de Polonais ont pour prénom Adam.

— Et il informait Henri de Chastel ? Il aurait aidé Chastel à constituer ces dossiers que nous avons trouvés dans la Dombes et qu'on nous a repris ?

— C'est très possible. Tout est possible.

— Il prétend que les usines financées par nous servent en réalité aux Russes ?

— Oui. T'as de beaux yeux, tu sais.

— Il affirme que ces usines auraient en quelque sorte deux fonctions ? L'une, apparente et officielle, par exemple la production des tracteurs ou des voitures...

— Que notre bon ami Pissarugues revend sur les marchés occidentaux, à bas prix et pour cause, en foutant en l'air du même coup les productions locales. Ou bien en les échangeant, par exemple, contre du beurre que nous fourgons pour pas cher. Pas cher parce qu'il est subventionné par la Communauté européenne.

— Ce qui revient à dire que nous financerions, à perte puisque personne ne nous rembourse, la fabrication d'un matériel qui concurrence nos propres fabrications, quand un Pissarugues les revend chez nous. En bref, nous payons deux fois ce matériel et ce faisant nous massacrons notre propre industrie.

— Oui, madame.

— Voilà pour la fonction officielle. L'autre, secrète, c'est la fabrication de matériel militaire pour l'Armée rouge.

— C'est ça. Pourquoi diable t'es-tu rhabillée si vite ?

— Et comment ton Premier Homme explique-t-il que personne n'ait rien remarqué jusqu'ici ?

— Il n'explique rien. D'abord, il n'a pas dit que personne n'avait rien remarqué jusqu'ici. Et d'une. Ensuite, moi Paul Quant, l'élu de ton corps, je t'explique que les visiteurs étrangers des usines peuvent très bien être des crétins dans mon genre, qui ne distingueraient pas une auto-mitrailleuse d'un presse-purée. Et à l'Est, mon gros canard en sucre, on ne visite que ce que l'on veut bien vous montrer. Et de deux.

— Une idée sur la personnalité d'Adam le Premier Homme ?

— Son français était mieux qu'excellent. A un détail près, Julie : quand moi je parle russe, outre le vocabulaire de base, je connais à peu près tous les mots techniques en matière de finance, de gastronomie et d'art, parce que je suis banquier, amateur de bonne chère et d'art. Mais si je dois parler de physique nucléaire ou plus simplement de serrurerie...

— Il était quoi, à ton avis ?

— Ingénieur.

Un temps. Paul venait de disparaître à nouveau, du moins au-dessus de la taille. Ses mains cependant — en aveugles, mais avec une sûreté déconcertante — raccrochèrent le jambon et déposèrent le couteau. De l'une, paume ouverte, il lui fit un signe signifiant : « Attends. »

— Vous êtes en avance, disait Paul à un interlocuteur invisible, mais qui était forcément le marin. Accordez-nous une autre demi-heure, je vous prie. Nous envisageons la traversée de l'Atlantique, en solitaire à deux, ma femme et moi. Nous sommes presque prêts.

Réponse indistincte, néanmoins teintée du doux accent ajaccien. La main de Paul s'abaissa, après quelques secondes.

Julie demanda :

— Je peux parler ?

— Oui.

— Et cet homme, cet ingénieur, risquerait sa vie, à tout le moins sa liberté, pour te donner de telles informations ?

Mais bien sûr elle connaissait la réponse à sa propre question, bien qu'elle ne fût à peu près jamais allée à l'Est, sauf une fois à Berlin et une autre, précisément, à Prague et Cracovie. Il ne manquait sans doute pas, en Pologne, de Polonais n'aimant pas trop les Russes. Elle dit, la voix amère :

— Et pourquoi t'a-t-il choisi, toi ? Si ça se trouve, c'est tout simplement un autre piège que l'on te tend !

Paul réapparut en entier. Il s'assit à même le pont, ses longues jambes engagées dans l'écoutille.

— Il avait des preuves, Julie.

— Quelles preuves ?

— Des photos et des photocopies.

— Il te les as données ?

— Pas ce jour-là, à Cracovie. Mais il m'a annoncé que je les recevrais.

— Et tu les as reçues.

— Mardi de la semaine dernière. Dans une boîte à

chaussures elle-même enfermée dans un grand emballage de carton, qu'on a déposé dans ma voiture. C'était le soir où nous avons dîné chez tes parents. Aucune indication d'expéditeur, bien entendu.

Elle ferma les yeux, presque au bord des larmes, atterrée : pourquoi est-ce que ce genre de choses nous arrive ? pourquoi ne pouvons-nous pas être des gens très ordinaires ?

— J'ai composé une chanson, dit Paul très doucement ; il avait sans le moindre effort deviné ce qu'elle pensait, dans ces secondes-là.

« Une chanson qui explique pourquoi Henri est mort, pourquoi j'ai été nommé à sa place et pourquoi il me faut maintenant me débattre dans d'aussi dangereuses extravagances. Je me suis inspiré d'une vieille comptine anglaise, je crois. Je n'ai pas encore trouvé la musique, mais j'ai déjà les paroles. Tu veux les entendre, Julie ?

Il était exactement face à elle, ses grandes mains pendant dans le vide, les yeux invisibles derrière le verre presque noir de ses lunettes.

Il récita en souriant :

Il était une fois un Chat,
Attila,
Qui était le Fléau des Rats.
Et que pensez-vous qu'il arriva ?
Ce furent les Rats qui tuèrent le Chat.
Or comme on ne conçoit pas,
La nuit sans jour, des rats sans chat,
Les Rats se choisirent un nouveau Matou...
... Lui accrochant une clochette au cou.

Et bien évidemment Henri de Chastel avait été Attila le Fléau des Rats, tué parce qu'il devenait trop dangereux — peut-être à cause du dossier qu'il avait établi et aussi parce qu'il savait et refusait de se taire...

— Et tu es le nouveau Matou.

— Qui porte une clochette au cou. Julie, avant même que j'apprenne, avant que j'imagine ma nomination, ils étaient Dieu sait combien à la connaître. Ils ont eu tout le temps de préparer la clochette.

— La Panama Raab et ces millions de dollars qui sont actuellement en Hongrie.

— Grâce à quoi ils peuvent prouver quand ils le veulent

que je travaille, que nous travaillons, toi et moi, pour l'Est. Je parierais qu'il y a même autre chose de pire, Julie, dont nous ne savons rien mais qui le moment venu, achèvera de nous enfoncer. Quoi que nous puissions dire. Bien pire que l'affaire des photos de Dresde. Cent fois pire. Nous sommes foutument coincés, Julie.

— Qu'y avait-il sur les photos et les photocopies du Premier Homme ?

— Des camions, des chaînes de montage qu'aucun visiteur, surtout de l'Ouest, n'a jamais dû voir. Et les mêmes camions passant la frontière soviétique, sur des trains à destination de Kiev. Et toujours les mêmes camions, mais repeints avec les insignes de l'Armée rouge. Plus une cassette vidéo de plusieurs films d'actualité soviétiques montrant les camions dans les rues de Kaboul. Les photocopies, ce sont celles de bordereaux d'expédition, avec plusieurs indications de destination : l'U.R.S.S. bien sûr mais aussi les ports polonais et est-allemands et quelqu'un a annoté, à la main, chaque bordereau : Angola, Libye, Cuba, etc. Avec les dates d'appareillage et les noms des navires transporteurs. Il n'y aurait même pas besoin d'un service secret pour compléter le dossier. On pourrait faire ça, toi et moi, un dimanche, pour nous occuper.

Un temps.

« Je plaisante. Enfin, je crois...

Silence.

Un bateau dut passer très près du leur, car Paul se tut un long moment. Elle l'entendit répondre en anglais à des interlocuteurs invisibles. Le bruit de moteur décrut. Il n'y eut plus que le clapotis de l'eau contre la coque.

— En somme, dit Julie, malgré ta clochette au cou, tu reconstitues un dossier. Comme Henri de Chastel.

— Malgré moi.

— Mais toi, la différence... Où sont ces photos et photocopies, Paul ?

— Cachées.

— Brûle-les.

— Non.

Il sourit, très gentiment.

— Parles-en à Gros-Minet.

— Non.

— Tu n'as pas confiance en lui ?

— Sais pas.

Nouveau sourire :

« En personne au monde sauf en toi. Et mon papounet.

— Parce que si tu ne peux même pas avoir confiance en moi, rien ne vaudra plus la peine, c'est ça ?

— *Jawohl, mein Liebe.*

— Je suis peut-être un agent du K.G.B. Qui aurait maintenant toutes les raisons du monde de te tuer. Ou de faire sonner ta clochette.

— Après avoir récupéré le dossier du Premier Homme.

— Tu ne veux pas me dire où il est ?

— *Nein.*

— Manque de confiance.

— Oui et non : tu le détruirais. Par amour. Pour m'éviter des ennuis sérieux.

— Ou parce que je serais un agent de Moscou. Où est la différence ?

— Pas vue, dit-il. Ça fait un moment, d'ailleurs.

Il sourit, haussant les sourcils :

« Et si tu me torturais pour me faire parler ? Tu n'aurais pas à te donner grand-mal : il te suffirait de m'ôter mon bermuda joli, et de me faire ce genre de câlins que tu m'as fait l'autre soir, dans la calanque de Figari, parce que ça t'avait excitée d'être nue devant ces hommes. Et je craquerai. *CRAC !* Une branche morte.

Elle rougit violemment : « Sale type ! »

Silence.

— J'ai très envie que tu me tortures, maintenant que j'y pense, dit Paul.

Mais dans l'état de tension, voire de désespoir où elle était, elle eut assez de sang-froid pour comprendre qu'il tentait de se jouer d'elle, de mettre un terme à la conversation, d'en changer le cours.

Alors qu'elle n'avait pas encore posé la question essentielle, la seule qui comptât vraiment.

Et elle posa cette question :

— Que vas-tu faire du dossier, Paul ?

Le grand sourire qu'il affichait sur son visage d'aveugle s'effaça avec une lenteur impressionnante. Il baissa la tête, demeurant un long moment ainsi immobile.

Il releva enfin la tête :

— Quand je suis rentré de Pologne, je t'ai dit que je ne voulais rien te raconter, que je voulais réfléchir. J'ai réfléchi.

Les grandes mains maigres se rapprochèrent l'une de l'autre, se nouèrent...

... s'écartèrent soudain, leurs très longs doigts comme écartelés :

— Je vais faire un gros boum, Julie. Tout faire sauter. Parce qu'ils commencent à m'énerver, tous autant qu'ils sont.

21

Il prit très grand soin d'avoir une raison officielle et crédible pour se rendre à Londres le 23 juin. Ce ne fut pas difficile : il choisit d'aller à l'une de ces réunions comme aiment à en tenir les banquiers. Il y prit part. Le soir du même 23 juin, il dîna non moins normalement au grill du *Connaught,* en compagnie d'autres participants à la conférence. Il regagna le *Dorchester* vers onze heures, avec deux de ses commensaux, descendus au même hôtel que lui, l'un des directeurs de l'U.B.S. à Genève et un représentant de très haut rang de la Dresdner ouest-allemande.

Les trois hommes se séparèrent à la sortie de l'ascenseur.

Une fois dans sa chambre, Paul Quant s'assura que les rideaux étaient tirés. Il fit fonctionner la douche à vide pendant trois ou quatre minutes. Il téléphona ensuite à la réception pour demander qu'on le réveille à six heures quarante et qu'on prévoie un taxi pour l'aéroport d'Heathrow à sept heures trente.

Il éteignit toutes les lampes sauf celle de chevet, s'assit sur le lit, toujours habillé, et attendit en feuilletant des magazines. Conservant à portée de la main la mallette dont il n'avait pratiquement pas lâché la poignée de toute la journée, depuis son départ de Genève, le matin.

A onze heures trente-trois, il éteignit aussi la lampe de chevet. Et attendit encore, en surveillant les cristaux liquides de sa montre-bracelet.

Il bougea enfin à onze heures quarante. Dans le plus grand silence, il alla ouvrir la porte palière, s'assura que le couloir était bien désert et sortit.

Il frappa à la porte de la chambre voisine.

L'homme s'appelait François Sylvère. C'était un journaliste-écrivain ayant acquis une notoriété certaine, et méritée, grâce à la télévision française, où il apparaissait pour émettre des avis autorisés et surtout limpides sur un certain nombre de sujets, dont les relations économiques internationales. Deux ans plus tôt, il avait obtenu un considérable succès de librairie, qui n'était pas le premier, avec un document qu'on pouvait qualifier de sociologique, atteignant trois cent mille exemplaires vendus (son éditeur en annonçait évidemment le double).

Il secoua la tête et sourit à Paul :

— Est-ce que vous vous rendez compte que j'attends dans cette foutue chambre depuis maintenant deux heures, à résister au sommeil ? Je me fais l'effet d'un tueur à gages guettant sa victime. Sans la grande amitié que j'ai pour votre père...

— Merci d'être là, dit simplement Paul. A présent, regardez.

Il ouvrit la mallette, en ôta des papiers ordinaires, fit jouer le mécanisme du compartiment secret. Il commença d'étaler les photos sur la table...

... plus les photocopies et leur traduction française...

... puis un texte d'environ deux cents lignes.

— Lisez, vous poserez ensuite vos questions.

Sylvère lut. Et relut. Son habituel sourire avait depuis longtemps disparu quand il examina les photographies pour la troisième fois, une à une :

— De la dynamite. Je dirais même : une bombe atomique.

— Toute la question étant de savoir si vous avez envie de la faire exploser.

Sylvère se leva. Il se mit à marcher dans la chambre. A un moment, il eut un geste significatif, révélateur de ce qu'il éprouvait : face à une fenêtre, il leva une main pour écarter le double rideau et regarder dehors, mais se reprit, avec une sorte de précipitation. Il dit :

— Je connais votre père depuis vingt ans. Je débutais, en ce temps-là et suis allé le voir pour...

— Je sais tout cela, dit Paul calmement. Voudriez-vous répondre à ma question, s'il vous plaît ?

— Et si je dis non ?

— Je ramasse tout et je m'en vais. Nous ne nous serons jamais vus. Si vous dites oui, au contraire, vous prenez un très gros risque.

Silence.

— Si gros que cela ?

– Oui.

Sylvère sourit :

— D'accord. Vous m'aurez prévenu. Je compte insérer ces éléments que vous m'apportez dans un contexte plus large : celui des multiples — pour ne pas dire innombrables prêts consentis par l'Ouest à l'Est.

— Mieux vaudrait que nous ne nous revoyions pas, dit Paul. En fait, je n'ai jamais eu le plaisir de vous rencontrer.

— Je ferai exécuter le travail de documentation par mon équipe habituelle, mais de la façon la plus discrète. Pas seulement en France.

— Votre problème. Quand pensez-vous être prêt ?

— Disons dans une semaine. Mais avec les délais de fabrication d'un hebdomadaire, cela devrait paraître dans le numéro du 5 juillet.

— Puis-je tenir cette date pour certaine ?

— Absolument.

— Parfait.

Ils se sourirent, se serrèrent la main. Paul sortit, après que son hôte se fût assuré que le couloir était toujours désert. Il regagnait sa chambre à onze heures quarante-sept. Il attendit treize minutes, ressortit et cette fois alla gratter trois portes plus loin. La femme qui lui ouvrit très discrètement se nommait Hester di Martino. Quoique de nationalité canadienne, elle travaillait pour un cabinet d'avocats d'affaires de Chicago, dont le *major partner* était un ami d'enfance de Pierre Quant.

Cette seconde entrevue de Paul fut encore plus brève que la première : la femme n'était qu'un courrier, ayant pour mission d'acheminer jusqu'à son patron le dossier qui lui fut remis cette nuit-là — dossier en tous points identique à celui reçu par François Sylvère.

— Pour parution le samedi 5 juillet, dit Paul. Au plus tôt. Et au plus tard le lendemain, dans les éditions du dimanche. Quels journaux ont été contactés et ont accepté ?

Elle cita onze quotidiens nord-américains ; neuf aux Etats-Unis, un à Montréal, un à Mexico.

— Ils sont tous très intrigués, dit la femme.

— Je vous en supplie, dit Paul, soyez extrêmement prudente.

Il regagna sa chambre.

Le lendemain matin depuis une cabine de l'aéroport d'Heathrow, avant de reprendre l'avion pour Genève, il appela son père, Pierre Quant, qui à son habitude avait passé une partie du printemps et le début de l'été dans les monts du Wicklow en Irlande, près de Laragh, dans le château multi-styles sur lequel, douze mois l'an, régnait tante Amélia (celle à la Rolls).

— Papounet, comment allez-vous et comment vont mère et tante Amélia ? Je n'ai pas pu faire le saut à Dublin que j'espérais, j'ai dû rester à Londres, ce sera pour une autre fois. Peut-être bien dans deux semaines, le samedi 5 juillet. Auquel cas, nous resterions jusqu'au lundi. Non, vous n'êtes pas encore grand-père, nous ne sommes mariés que depuis trois semaines, après tout, mais nous avons, Julie et moi, tenu quelques conférences-débats sur le sujet et les dossiers sont prêts, tout est en route. Quantitativement les Quant devraient être réévalués à la hausse. Je vous salue fort respectueusement, en fils attentionné que je suis.

« *Il était une fois un Chat, Attila, qui était le Fléau des Rats...* »

Dans l'opération dont il esquissa les premières manœuvres à Londres (et à laquelle il donna, pour rire, dit-il, le nom de code *Attila*), Julie avait ardemment insisté pour tenir sa partie. Paul avait refusé, obstinément, par cet entêtement courtois et impénétrable qui lui était propre. Au vrai, ils s'étaient disputés avec une âpreté singulière. D'abord parce qu'elle réfutait le principe même d'Attila : « Paul, tu es ni plus ni moins en train de suivre la démarche d'Henri de Chastel. Comme lui, tu disposes d'un dossier, très sûrement moins complet que le sien, d'ailleurs... — Ce n'est pas si sûr, Julie : mon dossier est différent. Des listes comme celles d'Henri, par leur fabuleuse ampleur même, énumérant des centaines de milliers de Maisons Rouges, de sociétés occidentales en réalité contrôlées par les Soviétiques, de telles listes n'auraient guère d'effet sur le grand public. Trop gros pour qu'on y croie. Mon dossier à moi est ponctuel, il est d'actualité et il est spectaculaire. Il va faire un boum, Julie. »

Impossible de l'en faire démordre. Aucun des arguments avancés par la jeune femme n'avait, si peu que ce fût, semblé ébranler sa conviction. Oui, il croyait aussi que Chastel avait été assassiné, à Las Vegas. On n'en pouvait guère douter. Sinon, pourquoi aurait-on suivi et photographié Peabody en compagnie de Paul Quant — Peabody qui n'avait jamais été que l'un quelconque des trois mille figurants employés à la reconstitution de la bataille d'Austerlitz ? « Mais qui l'a tué, Julie ? »

— Ne sois pas idiot : le K.G.B., qui d'autre ?

— Le K.G.B. l'aurait tué parce qu'il avait constitué ce fameux dossier que nous avons eu entre les mains, si peu de temps, à Mas-Priay ?

— Ça saute aux yeux.

— Et pourquoi l'avoir tué à Las Vegas précisément ?

— Parce que l'homme en face de lui était ou avait été de la C.I.A. Celui qui faisait Napoléon.

— Et Henri, qui était un très vieux et très rusé matou, n'aurait pas trouvé mieux que cette reconstitution d'Austerlitz pour rencontrer un homme de la C.I.A. ? Tu y crois vraiment, Julie ?

Elle l'avait fixé, soudain déconcertée :

— Où diable veux-tu en venir ? Tout me paraît couler de source : Henri de Chastel a constitué le dossier des Maisons Rouges, il l'a caché de telle façon qu'on ne pouvait guère le trouver. Il a peut-être menacé de le sortir au grand jour... exactement ce que tu t'apprêtes à faire avec les documents du Premier Homme, soit dit en passant. Et on l'a tué pour l'en empêcher. D'une façon ou d'une autre, on aura appris que nous étions, toi et moi, ses exécuteurs testamentaires. On nous a épiés, suivis jusqu'à la maison de la Dombes. On a récupéré les documents...

— Mais *ON* ne nous a pas tués.

— Ils ont dû bien voir que nous n'avions pas eu le temps de les recopier. Toi-même...

Elle s'interrompit. Puis demanda :

— Combien en as-tu mis en mémoire, Paul ?

— Allez savoir...

— Combien ?

— Cinq. Ou cinq cents. Ou mille. Ou davantage.

— C'est impossible. Même pour toi. Tu as à peine feuilleté ces listes.

Il sourit : « D'accord. C'est impossible. » Le silence tomba.

Il dit alors très doucement, avec son si exaspérant regard d'aveugle :

— Julie, toi-même viens de t'en rendre compte : quelque chose ne va pas, dans ta version. Notamment quand tu dis : « D'une façon ou d'une autre, on a appris que nous étions, toi et moi, les exécuteurs testamentaires d'Henri, quant au dossier Maisons Rouges. » Ça ne va pas. J'ai travaillé avec

Henri, quotidiennement, pendant les années qui ont précédé sa mort. A aucun moment, aucun, avant cette date, je ne me suis douté que je serais un jour ce que tu appelles son exécuteur testamentaire. Jamais rien dans ce qu'il m'a dit ne m'a laissé prévoir que je lui succéderais. Or les gens qui ont tué Henri, qui ont préparé le piège de la Panama Raab, qui ont fait faire des photos de moi (à Las Vegas ou à Dresde), qui ont monté l'opération de Bois-Priay... ces gens, si ce sont à chaque fois les mêmes, savaient par avance deux choses essentielles : qu'Henri allait mourir, et que j'allais prendre sa place.

— Gros-Minet.

— Gros-Minet, Julie, est le président de notre banque, c'est lui qui m'a nommé. Il avait qualité pour cela, il en avait le pouvoir, lui et lui seul.

— Et il aurait fait assassiner Chastel, alias Attila le Fléau des Rats, puis choisi un nouveau matou...

— *Ding ! Ding ! Ding !* fit Paul en secouant la tête.

— C'est de la folie.

— Mais tu ne trouves rien à redire. Julie, je vais aller jusqu'au bout.

— Si on ne te tue pas avant.

— On ne nous tuera pas avant.

Paul dut alors révéler tout ou partie de sa manœuvre à la jeune femme.

Ce qu'il comptait faire, comment et pourquoi.

Julie approuva son plan, vraisemblablement à contrecœur — et glacée de peur.

Au lendemain de son retour d'Angleterre, soit le mercredi 25 juin, Paul Quant remit en mains propres, à qui de droit, une troisième copie du dossier du Premier Homme (complété d'un texte de deux cents lignes, à l'évidence rédigé par lui-même).

Ce troisième destinataire fut un très important homme de presse ouest-allemand venu très officiellement de Berlin-Ouest à Genève, pour régler quelque affaire qu'il avait en Suisse, et dont il souhaitait confier la gestion au C.F.I.-Suisse.

Affaire bien réelle, qui fit effectivement l'objet d'études et de discussions. Le client étant de qualité, on y passa une matinée entière. Paul fut assisté par Jean-Louis Schaer, qui dirigeait le département intéressé. Le Berlinois était quant à lui accompagné par deux de ses avocats d'affaires. On alla déjeuner ensemble, parlant de choses et d'autres. En particulier de Saint-Moritz, où le patron de presse envisageait d'acheter un chalet. Un concours de circonstances voulut que les Saban, beaux-parents de Paul Quant, aient projeté de vendre un chalet qu'ils possédaient en Engadine. (Il ne s'agissait pas de Val-Fex, où Julie et Paul avaient passé Noël 79, mais d'un autre bâtiment, situé près de l'hôtel *Suvretta.*) Paul le décrivit. Le Berlinois manifesta de l'intérêt. Les trois Allemands repartant par l'avion de dix-sept heures, on convint que le milliardaire pousserait une pointe jusqu'à Cologny, afin d'y rencontrer ses vendeurs éventuels. Seul avec Paul.

La remise du dossier eut lieu dans la voiture pilotée par Quant et après seulement qu'on eût franchi le portail de la propriété des Saban, à l'abri des regards.

Le Berlinois rit :

— Que de précautions ! Et vos beaux-parents ont vraiment un chalet à vendre ?

— Absolument.

Car ce fut peut-être le plus étonnant dans toute l'affaire : les Saban vendirent bel et bien au Berlinois le chalet du Suvretta situé à quelques dizaines de mètres de celui de l'ex-Shah d'Iran.

Pierre Quant pense qu'il y eut au total cinq copies du dossier du Premier Homme. Le travail de reproduction fut exécuté par un photographe d'art parisien qui intervint au nom de la très vieille amitié le liant au banquier à la retraite. Il ne tira que les seuls clichés des camions, à six exemplaires. « Mais je suis presque certain que Paul n'utilisa pas le sixième... »

Paul Quant, d'une façon ou d'une autre, peut-être tout simplement en se servant des photocopieuses de la banque hors des heures de service (il restait souvent tard à son bureau), dut se débrouiller par lui-même pour démultiplier les bordereaux d'expédition en russe et en polonais, et également le texte d'accompagnement que lut Sylvère, lors de la rencontre du *Dorchester.*

Pierre Quant ne vit jamais ce texte, pas plus d'ailleurs que les bordereaux. Dans toute l'opération, il n'intervint que comme intermédiaire : d'une part pour obtenir du photographe parisien six tirages des clichés, avec une discrétion hermétique ; d'autre part pour mettre son fils en contact avec le cabinet d'affaires de Chicago, ainsi qu'avec

François Sylvère. (Paul Quant connaissait personnellement, depuis des années, le magnat berlinois de la presse et ne fit donc pas appel à son père dans ce dernier cas.)

Cinq dossiers.

Pierre Quant n'eut à l'époque pas la moindre idée de ce que Paul allait faire des dossiers Quatre et Cinq.

... Il aurait sans doute été pétrifié en apprenant le nom des quatrième et cinquième destinataires...

Gros-Minet pour l'un. Popov pour l'autre.

Paul Quant utilisa la poste pour cette double expédition, par paquet recommandé-accusé de réception-très urgent-porteur spécial. A destination de l'hôtel particulier de Neuilly et de l'appartement d'Aurorastrasse à Zurich.

Il opéra le lundi 30 juin, soit six jours avant la parution en France, en Allemagne, et en Amérique du Nord, des dossiers Un, Deux et Trois.

22

Le mardi 1er juillet, Gros-Minet demanda à Paul :

— Et à qui d'autre avez-vous envoyé ce dossier ?

— Popov, dit Paul.

Silence.

Attitude classique de Gros-Minet dans l'exercice de ses fonctions : ses doigts potelés, roses, se joignant par leurs extrémités. Et le regard jaune de chat, aussi peu expressif que celui d'un félin pas spécialement domestique.

— A Moscou ?

— Zurich, monsieur. Mais la différence est mince. Il y avait quelqu'un Aurorastrasse, je m'en suis assuré hier matin, par un coup de téléphone. Je suis donc certain que mon envoi est parvenu à destination, en ce moment même. Souhaitez-vous ma démission, monsieur ?

La main de Gros-Minet actionna l'interphone : « Deux cafés, je vous prie, Marie. » Ses prunelles n'avaient toutefois pas quitté Paul :

— Et votre Popov a reçu le même courrier que moi ?

— Oui, monsieur.

— Avec les mêmes indications relatives à ces agences, groupes de presse, journaux et journalistes à qui vous avez fait parvenir ces documents, pour parution le 5 juillet, dans quatre jours ?

— Oui, monsieur.

— Que les choses soient claires, Paul : il sait exactement qui détient aujourd'hui, non plus seulement trois reproductions de votre dossier mais, vos destinataires s'étant probablement fait une joie de les multiplier, peut-être vingt, trente ou cinquante ? Il sait donc que le mouvement que vous avez déclenché est irrésistible, irrattrapable et... (Il chercha le mot.)

— Irrémédiable ? suggéra Paul très tranquille. Oui, monsieur, il sait tout cela.

— Il sait aussi qu'outre ces dossiers que vous avez éparpillés...

Sonnerie à la porte d'entrée — double porte capitonnée — dont Gros-Minet actionna le système d'ouverture. Une secrétaire entra, portant sur un plateau une ravissante cafetière et deux tasses en porcelaine de Charles Adam et de 1747. « Merci infiniment, Marie », dit Gros-Minet, « nous nous servirons ».

La secrétaire repartit.

— ... éparpillés, reprit Gros-Minet, outre ceux-là, il y a encore l'original, que vous auriez...

— Que j'*ai*, rectifia nonchalamment Paul. Veuillez m'excuser, monsieur.

— ... que vous *avez* reçu d'un certain Premier Homme à qui vous auriez parlé, en Pologne. Dossier original que vous *avez* caché quelque part, en l'assortissant d'une longue lettre, voire d'un enregistrement vidéo de vous-même, racontant tout de vos aventures à la tête du C.F.I.-Suisse, depuis la mort d'Henri de Chastel jusqu'à ces derniers jours, et qui surgira automatiquement...

— Irrémédiablement, corrigea Paul, suave.

— ... Irrémédiablement si quelque chose de fâcheux vous arrive, à vous-même, ou à votre femme, ou à l'une des personnes à qui vous avez remis des dossiers. Il sait désormais tout cela ?

— Oui, monsieur.

Silence.

— Soyez assez aimable pour faire le service, Paul, je vous prie. Et épargnez-moi toute démonstration de votre prétendue maladresse. Je ne prends pas de sucre. Nous allons boire ce café en silence, yeux dans les yeux. Ce n'est pas n'importe quel café, les grains étaient encore hier matin en Colombie, on m'en expédie tous les trois jours par la valise diplomatique et quant à la cafetière qu'utilise ma secrétaire, elle a cent ans et plus d'âge, me vient de mon arrière-grand-mère et filtre le café comme aucune de ces machines modernes ne le fera jamais. On se tait maintenant, Paul. Silence religieux.

Ils burent, assis face à face et en effet yeux dans les yeux, au cœur de l'atmosphère si extraordinairement feutrée du bureau immense, auquel le monde extérieur ne parvenait que comme une rumeur diffuse et vaine. Reposèrent enfin les tasses.

— Votre verdict, Paul ?

— Il n'y a rien au-dessus d'un arabica lavé de Colombie. A ma mort, je ne manquerai pas de féliciter madame votre arrière-grand-mère pour sa cafetière.

Gros-Minet sourit, acquiesça.

— Reprenons, Paul. Répondez-moi par oui ou par non, autant que faire se pourra. Je suppose que vous avez très exactement mesuré les effets de cette véritable bombe que vous avez placée en différents endroits du monde, par la simple remise de ces dossiers ?

— Oui, monsieur.

— Vous savez que quoi que je fasse, quelques relations que j'aie, quoi que fasse Popov, quelque puissance qu'il détienne, nous ne pourrons ni lui ni moi stopper à coup sûr votre manœuvre, pour la raison qu'à partir du moment où l'on alerte autant de journalistes et de journaux, il est impossible à qui que ce soit, serait-il chef d'Etat, de faire taire autant d'hommes de presse ?

— Oui, monsieur.

— Je remarque que vous n'avez pas adressé de dossier à Ted MacManus, ou à nos associés allemands, belges, italiens ou suisses dans le prêt polonais. Puis-je en conclure que c'est parce que vous étiez convaincu que dès réception je les alerterais moi-même ?

— Oui, monsieur.

— Etes-vous allé jusqu'à penser que tous ces banquiers et moi, et les gouvernements qui sont derrière, ferions tout néanmoins pour atténuer les effets de votre bombe ?

— Oui, monsieur.

— Et que de la sorte nous serions, sinon les complices stipendiés, du moins les étranges associés de votre Popov ?

— Oui, monsieur.
— Avez-vous une idée de ce que nous pourrions, de ce que nous allons devoir faire, pour empêcher votre bombe d'exploser à grand fracas ?
— Oui, monsieur.
— Vous avez naturellement prévu que, parmi tous les gens de presse à qui vous avez adressé vos dossiers, il s'en trouverait fatalement un pour alerter les responsables politiques de son propre pays ? Par exemple ce milliardaire berlinois. Vous l'avez prévu ?
— Oui, monsieur.
— Il l'a déjà fait, à votre avis ?
— Oui, monsieur.
— Selon vous, il aurait alerté le Chancelier de Bonn, qui a lui-même immédiatement alerté notre président de la République, lequel a passé le message à Londres et Washington, qui étaient peut-être déjà au courant, par ce François Sylvère ou par l'un quelconque des groupes de presse américains contactés par les avocats de Chicago ?
— Oui, monsieur.
— En sorte que vous étiez sûr, quand vous m'avez posté ce dossier hier matin, que je savais déjà tout de votre bombe ?
— Oui, monsieur.
— L'envoi d'un dossier très explicite, à votre Popov et à moi, n'aurait donc pas eu d'autre but que de nous contraindre à être officiellement au courant et, surtout, de vous permettre de savoir si je vais, si nous allons, votre Popov et moi, réagir ensemble, et de la même manière, voire en concertation ?
— Oui, monsieur.
Silence.

Gros-Minet sourit avec énormément de bienveillance :
— Paul, vous savez aussi qu'en cet instant même, et depuis que j'ai eu connaissance de votre initiative, je suis absolument fou de rage ?
Paul lui rendit son sourire :
— C'est précisément le seul point dont je ne sois pas très sûr, monsieur.
— Et pourquoi ce doute, Paul ?
— Parce qu'il est très possible que vous m'ayez nommé à la tête du C.F.I.-Suisse avec, précisément, l'espoir que je ferais un jour quelque chose de ce genre.

Les yeux dorés de Gros-Minet cillèrent à peine. Ce fut en vérité quasi imperceptible. Peu d'interlocuteurs l'auraient remarqué.

Le sourire demeura sur ses lèvres. Gros-Minet se pencha et très délicatement, comme il eût fait de la queue d'un crotale, il prit entre ses petits doigts roses l'un des feuillets contenus dans le dossier. Il lut à voix haute :

— *Il était une fois un Chat... Qui était le Fléau des Rats...* et cetera, et cetera... *Les Rats se choisirent un nouveau Matou... Lui accrochant une clochette au cou...* Je ne savais pas que vous écriviez des poèmes, Paul...

— C'est mon côté Apollinaire. Il s'agit d'une vieille comptine dont j'ai un peu arrangé le texte.

— Vous seriez le Chat à la Clochette, Henri l'aurait été avant vous, je l'aurais su, cela m'aurait agacé, sa mort m'aurait désobligé, je vous aurais nommé à sa succession parce que vous n'êtes vraiment pas ordinaire — l'expression est faible —, parce que je vous jugeais homme à ne pas vous soucier de votre carrière et donc à réagir sitôt que vous découvririez qu'on vous avait mis une clochette au cou, au contraire de la quasi-totalité des successeurs possibles d'Henri, lesquels auraient, eux, courbé la tête, pour ne pas contrarier leur avancement ou, pire encore, parce qu'ils y auraient trouvé leur bénéfice. C'est cela, votre idée, Paul ?

Paul Quant sourit pour toute réponse.

Gros-Minet ferma les yeux, les rouvrit très vite, ne fixant plus Paul cette fois mais contemplant le plafond à caissons.

— Voyons, dit-il. Essayons de pousser votre raisonnement plus loin. Vous avez peut-être imaginé que ce pauvre Henri et moi étions... très liés, d'une vieille et très solide amitié, nous mettant à l'abri de tout soupçon réciproque, nous conduisant à une confiance mutuelle totale...

Un temps.

« ... presque totale. Car Henri ne m'aurait tout de même pas tout dit. Il ne m'aurait pas dit, par exemple, où il avait caché ces dossiers qu'il constituait depuis plus de trente ans... Pour la constitution desquels je l'aurais peut-être aidé, sait-on jamais...

— Sait-on jamais, dit Paul.

— Il ne m'aurait pas non plus révélé par quel mécanisme il comptait un jour s'en servir... Ou bien — j'essaie toujours d'imaginer ce que vous avez vous-même pu avoir en tête, n'est-ce pas, Paul ?

— J'entends bien, dit Paul.

— ... Ou bien il m'aurait seulement dit : « Si un jour je ne devais plus être en poste à Genève, pour n'importe quelle raison, le jeune Quant serait le meilleur choix, pour me succéder... » Et ainsi, il m'aurait laissé entendre qu'au cas où il mourrait, le mécanisme si secret qu'il avait mis au point passait nécessairement par vous... Ce qui m'aurait donné une deuxième raison de vous nommer. La première raison étant la concordance parfaite de nos opinions, celle d'Henri et la mienne, sur vos qualités. La troisième serait, à vous en croire, je ne sais trop quel sombre calcul de ma part...

Un temps.

« Paul ?

— Il est possible que j'aie tenu ce genre de raisonnement fort complexe, monsieur, dit Paul. Je suis moi-même fort complexe, par moments...

Les yeux de Gros-Minet redescendirent du plafond et derrière l'écran des prunelles dilatées, on aurait pu imaginer quelque chose comme de l'émotion :

— Dans une telle hypothèse, Paul — un tel faisceau d'hypothèses —, j'aurais été horriblement affecté par la mort d'Henri. J'en aurais conçu du chagrin et surtout de la colère et de la haine. Mais, par manque de courage, ou parce que je suis trop vieux pour croire à l'utilité d'une vengeance — y croire au point de l'entreprendre moi-même, avec toutes les conséquences possibles sur les années qui me restent à vivre — pour toutes ces raisons j'aurais laissé quelqu'un d'autre, plus jeune, plus ardent, plus passionné, opérer à ma place... En le sacrifiant, d'une certaine façon. Et en sachant que cela ne pouvait servir à rien, les choses étant ce qu'elles sont, mais néanmoins incapable de résister tout à fait à ma colère et à ma haine.

Silence.

« Une autre tasse de café, Paul ? Il est encore suffisamment chaud. Le froid ne vient pas si vite, même avec le temps... Non, non, ne bougez pas : je ferai le service moi-même. Pour une fois...

Et un peu plus tard, après qu'ils aient bu leur deuxième tasse, Gros-Minet dit :

— Je refuse votre démission, Paul. Je ne l'accepterai jamais. Officiellement nul ne dira, ne chuchotera jamais que vous êtes le Chat dont la clochette a tinté. Toujours officiellement, ces dossiers ne viennent pas de vous, vous n'avez rien à faire avec eux, vous en ignorez jusqu'à l'existence... Rentrez à Genève, reprenez votre poste. Et pour l'amour du ciel, taisez-vous. Maîtrisez cette rage dont je sais très bien qu'elle brûle en vous, follement. Et qui m'inquiète.

23

François Sylvère, le journaliste-écrivain, vint en personne à Genève, le lundi 7 juillet.

Tout au long de la semaine précédente, à raison de huit ou dix appels par jour, il avait tenté de joindre Paul au téléphone. Il était allé jusqu'à se procurer le numéro des Saban à Cologny.

— Mais sans le moindre succès. Vous êtes cent fois plus difficile à toucher qu'un chef d'Etat.

Paul lui sourit avec affabilité :

— Vraiment désolé. C'est vrai que j'ai été terriblement pris ces derniers jours...

Le lundi seulement, vers sept heures du matin, Paul Quant avait enfin répondu à ce qui était peut-être le cinquantième appel de Sylvère, celui-ci à l'appartement du quai Wilson. « Il faut absolument que je vous parle, c'est capital », avait aussitôt dit Sylvère sans se nommer, respectant en cela les engagements de secret qu'il avait pris, à l'occasion de leur furtive rencontre au *Dorchester* de Londres.

Et, à la profonde stupéfaction du journaliste, Paul Quant avait répondu :

— Mais je suis à votre entière disposition, monsieur Sylvère...

Ce dernier avait pris dans l'heure une place à bord du premier avion pour Genève. Il s'était rendu à la banque. Il y avait été presque immédiatement reçu. Il dit d'entrée :

— Nom de Dieu, je crois que c'est votre silence même tous ces derniers jours qui a le plus fait pour me convaincre. Puis-je parler librement ?

Les deux hommes se trouvaient dans le bureau de Paul Quant, les fenêtres ouvertes sur le lac Léman.

— Très librement, dit Paul. Ce bureau est une tombe, à laquelle ne manquent même pas les cadavres. Nous pouvons parler de tout sujet qu'il vous plaira d'aborder.

— Y compris notre rencontre de Londres ?

— Y compris.

— Je ne comprends pas : vous aviez alors énormément insisté sur la confidentialité de cet entretien et à présent...

Le regard de Paul se posa sur l'exemplaire, en date du samedi 5 juillet, du très grand hebdomadaire auquel Sylvère faisait la faveur exceptionnelle de ses articles. Les clichés des camions polonais et les reproductions des bordereaux auraient dû y figurer, dans le cadre d'un vaste reportage d'une douzaine de pages au moins. Or, il n'y avait rien, hors un articulet d'à peine une demi-colonne, titré : *DESINFORMATION ?*

— Vous convaincre de quoi ? demanda Paul.

Ils s'affrontèrent du regard. Sylvère lâcha prise le premier :

— Je devrais peut-être vous raconter toute l'histoire...

Il la raconta. L'entretien si secret avec Paul Quant était du 23 juin au soir. Sitôt rentré à Paris, dès le lendemain, Sylvère avait déployé ses batteries ; il avait mis tous ses enquêteurs en piste — il travaillait couramment avec une dizaine de collaborateurs et utilisait même un ordinateur.

— Mon équipe est expérimentée, et efficace. Nous avons réuni en quelques jours bien assez de documentation pour vingt ou trente pages sensationnelles. Le coup de téléphone m'est arrivé le vendredi 27...

... Emanant du conseiller très privé d'un très très haut personnage :

« Je le connais de longue date. Il voulait me rencontrer « dans l'heure », à propos d'un « certain dossier concernant des camions » — je cite. Il m'a demandé de venir à son bureau, de façon — je cite encore — « de façon que je ne puisse douter du caractère très officiel » de la démarche. J'y suis allé. Il m'a parlé. Il m'a annoncé qu'il savait tout du dossier que j'avais entre les mains et dont je comptais faire le cœur de mon prochain article.

— A-t-il prononcé mon nom ?

— A aucun moment. Mais il avait sur son bureau une réplique exacte de chacun des documents que vous m'avez remis. Et pas seulement cela.

Paul ôta ses lunettes, en essuya très méticuleusement les verres, les rechaussa :

— Quoi d'autre ?

— Un rapport des services secrets français, un autre de la C.I.A. américaine, une note très confidentielle du département d'Etat des Etats-Unis, une autre note de Bonn, une troisième de Londres. Tous documents disant la même chose : le dossier que vous m'avez remis est un faux, fabriqué à Dresde, dans une officine spécialisée d'Allemagne de l'Est.

— Une preuve ?

— Plusieurs. A commencer par les aveux d'un certain G. Kaltz, agent retourné du K.G.B., qui se trouve actuellement sous la protection des services secrets britanniques. On m'a offert de le rencontrer. J'ai accepté, bien sûr.

— Votre impression ?

— Monsieur Quant, en général je ne crois même pas le contraire de ce que me disent les gens. A plus forte raison s'ils sont agents spéciaux ou politiciens.

— Mais l'histoire racontée par Kaltz tient debout.

— Elle tient debout.

— D'autres preuves ?

— Des photos de la façade de l'officine de Dresde.

— Quelqu'un sur ces photos ?

— Un homme blond, de haute taille, en manteau de cuir noir. Il semble parler à quelqu'un hors du champ. Mais il est de dos et l'on ne voit pas son visage.

Paul demanda :

— Et pourquoi les Russes ou Marx sait qui auraient-ils fabriqués ces faux ?

— Ce ne seraient pas les premiers du genre et ça, je le sais. Selon le conseiller privé, les faux ont été fabriqués pour deux raisons. D'abord parce que c'est le type même d'information sur lequel, en France ou ailleurs, la presse de droite se jette avec volupté. Laquelle aurait donc fait ses choux gras de vos documents.

— Et un démenti cinglant, assorti de toutes les preuves du monde, serait aussitôt venu de l'Est. Ridiculisant la presse de droite susdite, et augmentant le crédit de la presse de gauche qui, elle, dès le départ, aurait émis des doutes sur l'authenticité de l'information.

— Exactement. Cela s'appelle de la désinformation et cela existe, je peux vous en citer des dizaines d'exemples.

— La deuxième raison ?

— La publication d'une telle information, que celle-ci

soit ou non fondée, mettrait davantage encore la Pologne en difficulté et, passez-moi l'expression, foutrait carrément dans la merde toutes les banques et gouvernements occidentaux qui ont prêté et prêtent à la Pologne. En sorte que, dans l'espoir de revoir leur argent, ces gouvernements en arriveraient finalement à souhaiter une remise en ordre — une harmonisation par l'Union Soviétique — du bordel polonais. Quitte à hurler hypocritement au viol des libertés polonaises — ce qu'il en reste —, à pleurer sur le sort de tel dirigeant syndicaliste... mais surtout sans rien faire qui puisse entraver vraiment l'action de l'U.R.S.S., seul créancier solvable à l'Est.

— Je vois, dit Paul.

— Monsieur Quant, je vous l'ai dit : j'ai la plus grande confiance dans la parfaite mauvaise foi de quiconque touche, de près ou de loin, à la politique. J'ai tenté de vous joindre à partir du soir du vendredi 27. J'ai essayé de le faire de toutes les façons possibles, en respectant toutefois les extraordinaires consignes de secret que vous m'aviez vous-même, et votre père, données. Je suis même venu ici à Genève le lundi 30...

— J'étais à Zurich.

— J'y ai couru pour apprendre que vous aviez filé à Paris. Monsieur Quant, il est clair que vous m'avez évité, systématiquement. Je suis peut-être un foutu idiot qui s'est fait manipuler, mais je ne suis pas idiot au point de ne pas m'en rendre compte. J'aurais peut-être passé outre — je dis bien : peut-être — à tous les conseils de prudence qui m'ont été prodigués par quantité de gens ces derniers jours. J'aurais peut-être foncé, quitte à en être ridicule, si seulement j'avais pu vous parler, vous entendre dire que vous étiez prêt à vous battre à mes côtés, rompant vous-même la clause de confidentialité que vous m'aviez imposée. Mais dès l'instant que vous me fuyiez... Quant, je viens de parler de manipulation. Mon impression est que vous...

Paul leva une main.

— Je ne vous ai jamais remis aucun dossier, dit-il. En fait, je comprends mal les raisons de votre visite. Je ne suis qu'un banquier, travaillant pour une banque nationalisée. Un fonctionnaire. Pas un espion. Ceci dit, je suis très heureux de vous connaître. J'ai beaucoup aimé vos livres et j'attends le prochain avec impatience.

Le petit articulet titré *DESINFORMATION*, avec un point d'interrogation, publié par le grand hebdomadaire français, ne fut pas unique en son genre. Ceux qui parurent sur le même sujet, aux mêmes dates, dans une vingtaine de journaux et périodiques d'autres pays occidentaux, furent très sensiblement orientés dans le même sens. Ils occupaient à peu près la même surface. On y donnait certes l'information relative aux camions fabriqués en Pologne (on ne mentionnait que très rarement leur utilisation en Afghanistan) mais l'effet en était considérablement affaibli par la révélation d'une possible manipulation par les services secrets soviétiques, en l'occurrence le K.G.B.

Très peu de ces articles furent illustrés. Trois ou quatre rédacteurs en chef seulement choisirent de montrer à leur public des reproductions des bordereaux et des clichés de camions. Mais même dans ce cas, le portrait de Kaltz, l'espion retourné si bavard, accompagna toujours les autres illustrations, et leur vola la vedette.

L'agence Tass ne fit guère qu'une allusion ricanante à l'affaire, et seulement en tant qu'exemple typique du pitoyable machiavélisme de la C.I.A. et de ses séides qui, non contents d'avoir créé de toutes pièces cette grotesque histoire de camions, avaient en plus inventé Kaltz.

Julie en pleura.

Elle avait conservé, sans s'en expliquer les raisons, le contenu des enveloppes jaunes, tout bonnement déposé dans un coffre-client de la chambre forte souterraine.

Au soir du 7 juillet (le jour de la visite de François Sylvère), elle retira tout et l'emporta quai Wilson.

Elle étala les photos sur le tapis.

— Et que comptes-tu en faire ? demanda Paul.

— Les brûler, répondit-elle, ne parvenant décidément pas à retenir ses larmes.

Elle entreprit de tout déchirer. Parmi les photos, elle tomba en arrêt devant celle qui représentait Paul place du Vieux-Marché à Dresde, en compagnie d'un grand homme blond en manteau de cuir noir, devant l'entrée de cette officine expressément désignée par les services secrets occidentaux unanimes comme l'endroit où était installé un laboratoire parmi les mieux outillés du monde pour la fabrication des faux documents en tous genres[1].

— Et tu crois qu'ils seraient allés jusqu'à utiliser cette photo, en la reproduisant à des dizaines ou des centaines

1. Les « Carnets secrets » d'Hitler, par exemple...

d'exemplaires, si tu avais dit la vérité à François Sylvère ?
— Oui.
— Tu n'aurais plus eu aucune valeur, comme chat à clochette.
Et « ils » se seraient donné, inutilement, beaucoup de mal, depuis 1978, pour lui passer sa clochette au cou, avec l'affaire Peabody à Las Vegas, l'affaire de la Panama Raab, l'affaire de Dresde... et d'autres encore, peut-être, qu'elle et Paul ignoraient...
« Beaucoup de mal pour rien, puisqu'en produisant cette photo, ils te...
— Aussi ne l'ont-ils pas produite.
— Comment dit-on d'un espion identifié par l'ennemi ?
— Qu'il est brûlé ?
— Ils t'auraient brûlé. Au sens propre aussi, peut-être. Et il leur aurait fallu trouver un autre chat à clochette. Tu crois qu'ils en ont préparé un, d'ores et déjà ?
— Je n'en sais rien.
Silence.
— Un chat tout neuf. Mais qu'auraient-ils fait de l'ancien chat, Paul ? Ce qu'ils ont fait d'Henri ?
Il la prit dans ses bras : « Allons nous coucher. »

Le lendemain mardi 8 arriva la lettre. Glissée sous la porte pendant la nuit et non acheminée par la poste. La lettre et la photo. Enfermées dans une enveloppe jaune semblable à celles que Julie avait détruites la veille.
Monsieur et Madame Paul Patrick Quant. Cela ressemblait presque à une invitation à un mariage. Mais il s'agissait de bien autre chose.
Julie brandit la photo, le visage horrifié :
— Qu'est-ce que c'est que *ÇA ?*
— Une hermine sibérienne, dit Paul, la voix lointaine. Tuée d'une balle dans l'œil à des dizaines de mètres de distance. Elle est en si gros plan sur fond de neige qu'on ne voit guère que l'œil crevé. Mais c'est bien une hermine. Je crois même savoir qui l'a tuée : un homme appelé Kostia Iamskoï.
Le texte d'accompagnement n'était évidemment pas signé : *Contrairement à la légende, un chat, même à clochette, n'a pas neuf vies.*

24

Gros-Minet, Paul Quant et trois autres représentants du Crédit français Industriel débarquèrent à Washington le 14 octobre. Deux voitures avec chauffeur les attendaient. Pas seules. C'était en fait tout un cortège qui était venu accueillir les cinq ou six douzaines de banquiers français, allemands, belges, néerlandais, italiens ou suisses qui étaient montés, eux aussi, trois heures trente plus tôt, à bord du *Concorde* d'Air France.

— Cent quarante pays représentés, avait dit Gros-Minet au cours du voyage. La plus grande concentration de banquiers au mètre carré que vous puissiez imaginer. Les chambres du *Sheraton* — près de quinze cents — nous sont toutes réservées. D'autres hôtels vont recevoir le reste de l'invasion. Cela vous a vraiment des airs de colonie de vacances. Haut les cœurs, Paul. Et youpie ! Si vous devez absolument chanter quelque chose au feu de camp, faites en sorte que ce ne soit pas votre idiote chanson du Chat.

L'hôtel *Sheraton-Washington* se trouve tout en haut de Connecticut Avenue qui mène au square Lafayette, sur les arrières de la Maison Blanche. Il est donc dans le nord-ouest de la capitale fédérale, au-dessus de Georgetown, la « ville dans la ville » de Washington. La petite délégation du C.F.I. y arriva un peu après dix heures ; en même temps que l'énorme représentation brésilienne, avec ses quelque cent vingt-cinq membres. On reçut des badges, comme à toute convention : bleus pour les ministres des Finances ou leurs adjoints ; verts pour les représentants officiels mais de moindre rang de chaque pays ; rouges pour les banquiers ordinaires ; oranges pour les journalistes.

Les trois cadres très supérieurs du C.F.I. se virent parés de rouge. Mais Gros-Minet avait obtenu pour lui-même et — par faveur on ne pouvait plus exceptionnelle — pour Paul, le *nec plus ultra* d'un badge bleu.

— Vous noterez, Paul, commenta Gros-Minet, ce choix du bleu pour marquer le haut de l'échelle. La couleur la plus froide : ce n'est pas un hasard. A en croire le vieux Freud, il y a le rapport le plus étroit entre le goût pour l'argent, l'obsession maniaque de la propreté et l'érotisme anal. Ne riez pas. Sur le point de l'érotisme, je me garderai bien de tout commentaire. Mais pour le reste, regardez-les, regardez-nous... Il existe quelque chose d'indubitablement monacal chez un banquier. Tout se passe comme si, dès lors qu'il vit presque exclusivement du crédit, des crédits qu'il accorde, un banquier se jugeait tenu de pratiquer une chasteté qui n'est pas seulement sexuelle. Nous dépensons des sommes extravagantes à seule fin de porter des costumes qui nous rendent pourtant tous identiques. A la limite, même notre penchant général pour la bonne chère nous rapproche des religieux, fines gueules à défaut de pouvoir ouvrir une braguette que d'ailleurs ils n'ont pas.

Pour lui-même et pour Paul (et c'était là encore une faveur insigne qu'il faisait à Quant), Gros-Minet ne s'était pas contenté d'une chambre au *Sheraton*. Il avait fait de longue date réserver deux des soixante et une suites du *Shoreham*, sur Calvert Street, juste à côté de celles où Al Costanzo et Walter Wriston, de la Citibank, avaient établi leur quartier général.

— Car que sommes-nous d'autre, Paul, sinon des gens à qui l'on confie de l'argent, et qui le prêtent, souvent en prenant des risques tout à fait extraordinaires ? Comment ne serions-nous pas tendus en permanence ? Nous ne sommes pas des financiers qui ne risquent jamais que leur propre argent et peuvent donc se permettre de voler — dans tous les sens de ce mot — haut dans le ciel. Nous ne sommes même pas des banques d'investissement qui font des affaires ; ces *merchant banks* sont comme des taxis. Et nous, banques de dépôt, comme des autobus, nous avons des itinéraires fixes, des points de passage obligés, des arrêts obligatoires. Nous devons demeurer au ras du sol, dissimuler notre âpreté au gain, inspirer confiance. Notre réussite dépend de la fiabilité qu'on veut bien nous reconnaître, de nos silences, de notre aptitude à ne rien trahir ni personne ; je dirais même de notre neutralité, car il nous faut être gris, neutres, atones, inodores, impersonnels. On n'attend pas du conducteur d'un autobus qu'il vous commente l'actualité. Il est d'ailleurs interdit de lui adresser la parole. Mais nous sommes puissants, Paul, nous détenons la vraie puissance, nous, banques de dépôt. Parce que c'est dans nos coffres que se déversent jour après jour les milliers de milliards d'économies et de revenus de centaines de millions d'hommes et de femmes. Parce que tous, gouvernements, financiers, banques d'affaires, tous sont contraints de passer par nous, qui avons tout l'argent du monde.

Paul Quant passa en tout quatre jours à Washington. Il suivit son président dans un nombre inconcevable de réceptions. Ainsi celle donnée par la Banco di Roma pour son centième anniversaire : six cents couverts d'un repas en plein air, quoique sous une tente monumentale dressée au beau milieu du Mall, cette vaste esplanade qui s'étend entre le Capitole et le Lincoln Memorial...

— Mais c'est précisément à cause de tout cet argent que nous détenons, Paul, que nous sommes ici présents, à cette Foire au Crédit. Que croyez-vous ? Tous ces banquiers qui nous entourent, par centaines, fébriles et angoissés, courant en essaim bourdonnant d'une réception à la suivante, d'une suite d'hôtel à l'autre, sont venus dans un seul but : chasser le Débiteur Potentiel. Et vos trois collègues, qui vous jalousent tant pour les faveurs dont je vous fais bénéficier, n'ont pas d'autre objectif que de trouver de nouveaux emprunteurs, autant que possibles fiables. Paul, c'est notre vocation, la façon essentielle de gagner notre vie, que de prêter notre argent. Nous l'avons toujours fait. Aucun banquier au monde ne saurait concevoir de conserver dans ses coffres un argent improductif. Nous avons prêté... Bien entendu, je parle ici des prêts consentis à des Etats et non de ceux accordés à des particuliers. On peut toujours contraindre un particulier, s'agirait-il d'une énorme entreprise multinationale, à rembourser plus ou moins. Mais un Etat...

Ils allèrent au souper offert par Lehman, Kuhn & Loeb, l'une des grandes *merchant banks* du monde...

— Un Etat, c'est tout autre chose, Paul. Il offre en théorie des garanties infiniment plus sérieuses. C'est le client rêvé pour un banquier. Malgré quelques désagréables surprises du type des emprunts russes si chers à nos aïeux. Le client rêvé et aussi celui que nous recommandent nos gouvernants, surtout quand on est une banque nationalisée. Parce qu'alors prêter de l'argent n'est plus seulement une opération financière, c'est également une manœuvre politique, pour laquelle on réclame notre soutien. On nous dit, en fait on nous intime l'ordre : Prêtez à tel pays d'Afrique, à tel autre d'Amérique centrale ou du Sud, ne serait-ce que pour payer les armes que nous leur vendons, à tel autre d'Asie...

— Ou de l'Est, dit Paul.
— Ou de l'Est. Paul ?
— Oui, monsieur ?
— Ne me mettez pas votre Pologne sur le tapis tout de suite. Pas maintenant. Nous y reviendrons. Ne m'agacez pas.
— Bien, monsieur.
— ... Et parce que c'est notre fonction naturelle de prêter, nous le faisons. Vous pouvez croire qu'en certaines occasions nous n'avons ouvert nos coffres que contraints et forcés. C'est vrai, on nous a fait faire des choses que, disposant de notre libre-arbitre, nous n'aurions certainement pas faites. Nous sommes nationalisés. Mais regardez nos collègues américains ou britanniques, de Manhattan et de la City. Le premier choc pétrolier a fait se déverser chez eux — bien moins chez nous, qui n'inspirions pas trop confiance — une manne fantastique de pétrodollars. Il leur a fallu rétribuer ces dépôts, payer du cinq, six ou huit voire dix pour cent aux émirs. Et pour cela, trouver des placements à douze ou quatorze. Or le même choc pétrolier avait provoqué une crise chez leurs clients ordinaires, les entreprises occidentales, poussées à la récession, au repli ou à l'assainissement. Nos collègues ont dû se chercher d'autres clients : en Afrique, en Amérique latine, en Asie...
— Et à l'Est, dit Paul.
— Et à l'Est.
Ils allèrent à la réception donnée à la Corcoran Gallery par la First Boston Corporation...
— Paul, nous sommes à l'automne de 1980. Le deuxième choc pétrolier a dramatiquement accentué les tendances : prêts plus importants et débiteurs moins solvables. Voulez-vous des chiffres ? D'ici à la fin de l'année, compte tenu des prêts qui seront consentis ici même, on atteindra quatre cent cinquante voire cinq cents milliards de dette à long terme pour le Tiers-Monde. Et écoutez donc ce bon Bob MacNamara [1], pourtant si exceptionnellement intelligent, nous parler de « l'impérieuse nécessité » de sortir davantage encore, et reprocher aux Anglo-Américains la diminution de leur aide à ce même Tiers-Monde...
Ils étaient allés à un déjeuner offert par Merrill Lynch, à un autre de Brown Brothers Harriman...
— Paul, la chose est claire : par deux fois, la hausse du

1. Robert MacNamara : président de la Banque Mondiale *(World Bank).*

pétrole a positivement ruiné pour une ou plusieurs générations ceux des pays non producteurs qui n'étaient pas assez développés. On a cru le pétrole éternel, il a baissé de prix, contre toute attente. Les pays producteurs à leur tour ont été ou vont être saignés. Certains d'entre eux, à faible population, ont eu pour réflexe naturel de cesser d'alimenter nos banques occidentales avec leurs pétrodollars — dont on pensait pourtant que le flot serait intarrissable. Quand ils n'ont pas, pire encore, entrepris de récupérer les capitaux énormes qu'ils avaient si longtemps confiés à la Citibank ou à ses sœurs. Les pays plus peuplés, tel le Mexique, qui avaient énormément emprunté pour se lancer dans des programmes gigantesques, sur la foi de leurs ressources pétrolières, ont dû ralentir, voire stopper, ces programmes. Mais nos banques leur avaient prêté des sommes vertigineuses, tout comme aux entreprises occidentales tout heureuses d'avoir été chargées d'exécuter les programmes susdits...

Ils avaient assisté à l'ouverture de la convention, dans l'immense salle de conférence au sous-sol du *Sheraton*. Ils avaient écouté le discours inaugural du président pour l'année 80, un ministre des Finances de Tanzanie...

— Cinq cents milliards de dollars, Paul. Dans deux ou trois ans, ce chiffre aura à peu près doublé. Rien ne pourra freiner son ascension. D'ores et déjà, il faut savoir — et ce n'est pas une affirmation à la légère — que toutes nos banques ont prêté au-delà de leurs capacités. Elles ont déjà accordé plus d'argent qu'elles n'en avaient dans leurs coffres. Très officiellement, ces cinq cents milliards sont à l'actif. Aussi longtemps que nous pourrons conserver ces sommes dans cette colonne à l'heure des bilans, tout ira presque bien. Mais si, de la colonne Actif, il fallait un jour transférer ces chiffres astronomiques à la colonne Passif...

Après le Tanzanien, ils avaient écouté Jacques de La Rosière, directeur du Fonds monétaire international...

— Ce n'est pas simple jeu d'écriture, Paul. Et vous le savez. Un banquier fait entrer dans son actif les crédits qu'il a consentis, aussi longtemps que les intérêts lui en sont servis. Que ces intérêts cessent d'être versés et l'actif devient passif. En simplifiant : lorsque le montant des prêts qui ne sont plus servis dépasse le montant des fonds en caisse, c'est l'inévitable faillite. Qui a prêté le plus ? Les plus grosses banques, des deux côtés de l'Atlantique. Si elles déposent leur bilan, les banques plus petites suivront, toutes les banques, entraînées sans recours dans une fantastique réaction en chaîne, qui ira forcément au-delà du monde bancaire. Car les capitaux que les banques auront prêtés et perdus ne sont pas abstraits : c'est l'argent des déposants, jusqu'au moindre d'entre eux ; c'est l'argent des entreprises, avec lequel elles assurent le paiement des salaires. Ce sera le krach, Paul. Un krach comme ni vous ni moi ne pouvons même l'imaginer. Auprès duquel celui de 1929 apparaîtra comme un remous infime et dérisoire, une bagatelle. On peut essayer d'imaginer, Paul : quarante millions de chômeurs aux Etats-Unis, douze en France, quinze en Allemagne — je suis certainement très en dessous des chiffres — et ceci pour ne parler que des pays les plus puissamment industrialisés. Mais les autres ? La situation y sera encore plus catastrophique : ils dépendent de nous même pour manger, qu'ils l'aient voulu ou non. On peut prévoir le dénouement : la mort d'un système, le nôtre, capitaliste ou libéral, quel que soit le nom qu'on lui donne, dans une terrifiante apocalypse...

A Jacques de La Rosière, avait succédé Robert MacNamara.

— Paul, quand un débiteur ne paie plus, on le déclare en faillite, on le saisit, on se rembourse sur la bête. Mais qu'arrive-t-il quand ce débiteur récalcitrant ou insolvable est un pays souverain ? Doit-on lui déclarer la guerre ? Pouvez-vous un seul instant imaginer les Etats-Unis envahissant le Mexique, le Venezuela, le Pérou, l'Argentine, le Brésil ? Pouvez-vous imaginer nos soldats français marchant sur Gdansk, Katowice et Nowa Huta pour saisir en Pologne l'équivalent de nos créances ? Et que faire si demain — tout le laisse prévoir — se constitue un cartel des pays débiteurs, une sorte d'O.P.E.P. ?

— Organisation des Pays En Panne, dit Paul.

— Amusant. Que se passerait-il si ce cartel, avec la toute-puissance que lui donnerait son unanimité, venait nous dire : « Nous ne voulons même plus entendre parler d'une rééchelonnement de nos dettes ; nous exigeons un moratoire, une suspension pour dix, vingt ou cent ans ; nous exigeons même, carrément, l'annulation de toutes ces dettes... » Vous croyez que je cauchemarde, Paul ? Ecoutez ceci : il y a peu de temps — mais c'est une péripétie qui va se répéter encore et encore — le ministre des Finances d'un des plus grands pays d'Amérique latine a répondu à cette très grande banque new-yorkaise qui lui réclamait le paiement des intérêts d'un prêt : « Nous ne pouvons pas payer les deux milliards de dollars d'intérêts que nous vous devons, et moins encore pouvons-nous vous rembourser le capital du prêt. Alors, d'accord, mettez-nous en faillite et allez au diable. » Et nos amis new-yorkais, qui pourtant ne sont pas nationalisés, eux, ont dû appeler au secours la banque centrale américaine, alerter Washington, alerter la Banque mondiale et le Fonds monétaire international. Les New-Yorkais ont tendu un chèque de deux milliards de dollars à notre Sud-Américain, pour qu'il puisse officiellement le leur remettre aussitôt et ainsi se mettre en règle. Une solution extravagante qui avait au moins le mérite de conserver le prêt en question dans l'actif. Et qu'arriva-t-il ? Le Sud-Américain déclara : « Je veux bien accepter votre chèque, mais à une condition : que vous m'en donniez dans le même temps un autre, d'un montant d'un milliard de dollars et qui constituera un nouveau prêt en capital. »

A la tribune auréolée de lumière, le président Carter succéda à Robert MacNamara.

— Et que diable peut-on faire pour enrayer cette mécanique infernale ? Croire au Fonds monétaire international et à ses recettes ? Paul, à cinq cents milliards de dollars et plus, le F.M.I. — dont beaucoup de pays débiteurs rejettent d'ailleurs les contrôles — le F.M.I. est dramatiquement incapable d'intervenir. Il n'a pas et n'aura jamais suffisamment d'argent pour le faire. Où est la solution, alors ?

Le président Carter avait cessé de parler. Les discours inauguraux s'achevaient. Presque tout le monde quitta la salle de conférence.

— Il n'y a pas de solution, Paul. Nous sommes quelques centaines, pas beaucoup plus, à le savoir vraiment. Nous sommes comme des médecins au chevet d'un malade atteint d'un cancer généralisé, qui n'osent plus dire la vérité et n'ont pas d'autre recours que de tenter de freiner l'évolution de la maladie, sans le moindre espoir de la guérir. Nous prêterons toujours plus d'argent à nos débiteurs, pour qu'ils nous règlent au moins les intérêts de ce qu'ils nous doivent. Pour pouvoir continuer à faire semblant de croire que les prêts initiaux figurent à notre actif. Nous savons que nous devrons leur prêter chaque année davantage. Nous savons qu'un jour viendra où nous leur prêterons de quoi acquitter les intérêts des intérêts des intérêts de l'argent qu'ils nous doivent.

Ils croisèrent quelques-uns des grands mandarins de la Très Haute banque mondiale : Tom Calusen de la Bank of America, Anthony Tuke de la Barclays, Guth de la Deutsche Bank, Rockefeller de la Chase Manhattan, sir Jeremy Moses, président de la Lloyds...

— Bien entendu, Paul, nous ne pourrons pas faire tout cela sans l'accord ni surtout l'appui de nos gouvernements, que nous soyons nationalisés ou non. Nos gouvernants devront intervenir. Ils ont d'ailleurs commencé à le faire. Ils débuteront par des mesures proprement bancaires — un dossier est déjà secrètement à l'étude, et fort avancé — dans la majorité des pays occidentaux, surtout européens, surtout dans ces pays d'Europe de l'Ouest dont les chefs politiques en sont à rechercher désespérément de nouvelles ressources. Au rang de ces premières mesures : les chéquiers payants, la diminution des intérêts payés aux comptes à livret et aux comptes à terme, une nouvelle ponction fiscale sur les prélèvements libératoires. J'en passe. Dans cette première phase, celui que j'appelerai le « contribuable de base » se sentira peut-être égratigné mais, pour peu qu'il ignore tout d'un compte à livret par exemple, il s'en foutra royalement. Mais la deuxième phase, inéluctable, va le toucher de plein fouet, Paul. Vous allez voir qu'ils vont vous inventer je ne sais quel Impôt Mondial. Tous les ministres des Finances y pensent déjà. Ils lui donneront Dieu sait quel nom. Ils se cacheront derrière je ne sais quel prétexte : impôt de solidarité ou d'aide au Tiers-Monde, voire campagne contre la Faim dans le monde. Et là, tous seront atteints, jusqu'aux revenus les plus modestes. Cent impôts sur les grandes fortunes n'y suffiraient pas.

Ils allèrent à d'autres réceptions, telle celle du Club des Trente à la Phillips Gallery. Ils burent un peu, par politesse, du champagne offert chaque jour par le magazine financier *Euromoney*.

— Le pire, Paul, c'est que ces mesures, si douloureuses qu'elles pourront être, ne feront jamais que freiner notre glissade sur la planche savonnée, elles ne pourront en aucun cas la stopper. Sommes-nous, nous autres en Occident, les seuls responsables du cataclysme vers lequel nous allons ? Ou bien faut-il y voir le machiavélisme de votre Popov ? Ou bien les deux explications ensemble ? Je n'ai pas la réponse à cette question, Paul. Il y a eu cette affaire de votre petit dossier polonais. Celui du Premier Homme. Il ne révélait guère qu'une microscopique partie du cancer généralisé, à présent vous vous en rendez compte. Mais nous autres médecins, banquiers et gouvernants, qui ne croyons pas en la guérison, pensons qu'annoncer son véritable état au malade le tuerait à coup sûr. Alors, dans une alliance dont nous, avec ceux de Moscou, voyons bien qu'elle est étrange et contre nature, au mépris de nos amitiés ou affections personnelles, nous avons étouffé votre dossier, Paul. Et nous le referions encore, si besoin était. A n'importe quel prix, si je me fais bien comprendre. Les plus follement optimistes d'entre nous espèrent un miracle, d'une espèce inconnue. Et d'ailleurs, quel choix avons-nous, grands dieux ?

Ils parlèrent à des ministres des Finances, tel le Saoudien Mohammed Abal-Khalil, et quantité d'autres, parfois fort exotiques, à l'image d'un Samoan...

— Prenons mon cas personnel, Paul. Je suis à l'âge de la retraite. Si au printemps prochain, chez nous en France, intervenait un changement de majorité, on me prierait plus ou moins poliment de quitter mon poste. J'irais cultiver mes choux et mes roses. Au sens propre : je m'en suis de longue date assuré les moyens. Et j'ai fait en sorte d'être à l'abri de toute tourmente, quelle qu'elle puisse être. Mais vous, vous êtes jeune. Votre cas est différent. Ted MacManus souhaitait et souhaite vous parler. Allez le voir. J'insiste.

La convention s'acheva, au quatrième jour...

— Paul, on parle jusqu'à l'écœurement d'une Troisième Guerre mondiale. On avance des chiffres, s'agissant de chars, d'avions, de missiles et d'hommes en armes. Mais la Troisième Guerre mondiale a déjà depuis longtemps commencé, Paul. Et nous la perdons, nous sommes en train de la perdre. Ce pauvre Henri est mort en jouant Austerlitz. Nous y jouons aussi, pourrait-on dire. A ceci près qu'il est tard dans l'après-midi du 2 décembre 1805 et que, les rôles étant inversés par rapport à l'épopée napoléonienne, nous sommes à notre tour Koutouzov chassé du plateau du Pratzen, déjà au bord de la déroute. Du fait de notre façon d'être, de notre bêtise ou de la supériorité tactique de l'adversaire, nous n'avons désormais plus d'autre espérance que de ralentir notre écrasement... Je vous en supplie, Paul, essayez donc, non pas de comprendre — vous avez mille fois compris —, mais d'accepter l'inévitable. J'ai commis une erreur tragique, dans mon analyse de votre caractère : j'ai sous-estimé votre capacité à la fureur froide, à la haine, à la férocité d'une vengeance qui ne servirait à rien. Je sais que sous vos dehors de grande nonchalance, vous êtes hors de vous-même. Vous vous êtes comparé, et l'image était heureuse, à un Chat à clochette.

Mais que diable pensez-vous que nous soyons tous ? Et pas seulement moi, ou MacManus : je parle des Etats-Unis, de l'Allemagne fédérale, bien évidemment de la France, et de tous les autres, qui sont de plus considérables matous que vous. Qui ne peuvent plus bouger, désormais, par peur de faire tinter le monstrueux bourdon qu'ils ont au cou. Alors, par pitié et pour l'affection que je vous porte, du calme. Maîtrisez-vous. Allez voir Ted. A la limite, c'est un ordre que je vous donne.

Et il se trouva en effet que le quatrième et dernier jour de la convention de Washington, D.C., Gros-Minet reprit seul le *Concorde* pour la France.

Seul, ou du moins sans Paul Quant.

25

Ted MacManus ouvrit un atlas sur la table et y déploya des cartes.

— Déjà été dans les îles Hawaï, Paul ?

— Pas à ce jour.

On était au soir du vendredi 17, à Long Island, dans la superbe propriété du banquier américain. Le bureau lambrissé, fastueusement garni de livres et de toiles de maîtres, était une vaste pièce du premier étage ; il avançait en semi-rotonde vitrée sur le parc, où se détachaient sur les pelouses des arbres habités d'écureuils noirs, un petit lac. La nuit tombait, en même temps qu'un crachin tiède. En contrebas, deux jardiniers rentraient lentement, leur travail du jour terminé, l'un d'eux poussant une brouette. MacManus hésitait encore. Il se décida :

— Paul, cela va sans dire mais mieux encore en le disant : si cela n'avait tenu qu'à moi, vous ne seriez pas ici, ce soir. Et je ne serais pas sur le point de vous dire les choses que je vais vous dire. Votre président Pussy Cat...

Paul sourit, des lèvres seulement :

— Gros-Minet.

— Votre président a insisté. A la fois parce qu'il voit en vous un homme et un banquier d'une qualité exceptionnelle — je le rejoindrai sur ce point — et parce qu'il estime vous devoir quelque chose. Pour vous avoir placé dans certaine situation qui n'est pas agréable.

Paul ne broncha pas, hermétique. Debout à contre-jour, les verres fumés de ses lunettes tout à fait opaques, il tenait entre ses mains un livre que, deux minutes plus tôt, il avait pris sur l'un des rayons : le *Moby Dick* de Melville dans sa version originale. Il avait feuilleté l'ouvrage. Dans le même temps, il avait répondu, très calmement et très courtoisement, à toutes les questions posées par l'Américain sur la convention de Washington. Son long index était encore glissé entre les pages et, par ce seul geste, toute une attitude s'exprimait. « Il va écouter tout ce que je vais lui révéler, quoi que ce soit ; il m'écoutera par politesse mais d'ores et déjà manifeste que mes révélations le laisseront indifférent. Drôle de type, insaisissable. Ou bien, c'est un fabuleux comédien. »

MacManus pointa un doigt sur la carte :

— Cette île-ci... Paul, cela aussi va sans dire : je vous livre en ce moment même l'un des secrets les mieux gardés du monde.

— Très bien, dit Paul.

Un temps. Une nouvelle fois, MacManus réprima son envie de tout arrêter là :

— C'est une propriété privée mais, par sa situation même, elle bénéficie de la totale protection des bases voisines des Etats-Unis. A l'origine de son aménagement actuel, une étude commandée par six hommes. Disposant tous de moyens financiers hors du commun. Le moins riche d'entre eux est un milliardaire italien, dont je crois que vous le connaissez personnellement.

Il cita le nom de l'industriel.

— Je le connais en effet, dit Paul de sa voix nonchalante et comme lointaine. J'ai passé un week-end sur son yacht, à jouer au backgammon. Je lui ai gagné quatorze millions de lires.

— Ces hommes ont fait un jour procéder à une étude. Le thème : déterminer les endroits les plus sûrs du monde dans le cas d'une guerre nucléaire ou, plus vraisemblablement, d'un krach phénoménal qui mettrait le monde entier à feu et à sang, par l'effet de quelque révolution planétaire, la première des hypothèses n'excluant pas l'autre, d'ailleurs. Votre président vous a parlé de telles éventualités, je crois.

— Oui.

— Cette île a été choisie. Elle est en territoire américain. Plus que cela, je viens de vous le dire, elle se trouve sous l'un des plus imperméables parapluies implantés par les forces armées des Etats-Unis. Sa population indigène est très faible. Négligeable.

— Aucun risque d'émeute, quoi qu'il advienne dans le reste du monde.

— Aucun. La milice privée qui se trouve sur place, depuis déjà pas mal de temps, est numériquement de force à réprimer sans problème seraient-ce les premières pensées d'une émeute. Sans parler de sa puissance de feu. Des réserves en vivres et en matériel de tous ordres y ont été constituées. Son sol permet la plupart des cultures de subsistance. Nous y avons récemment créé, entre autres, une ferme sous-marine. Toutes les habitations qui y ont été construites sont doublées par des installations anti-atomiques, fort confortables. Il existe même une sorte de banque, ou de coffre-fort géant, également à l'épreuve de n'importe quel bombardement thermonucléaire. Cette banque renferme assez d'or pour tenir cinq cents ans au cas où ce serait la seule valeur d'échange monétaire en pareille circonstance. L'aérodrome y a été aménagé de façon à pouvoir recevoir des avions à réaction long courrier. Ces avions existent, ils sont prêts à décoller avec un préavis de six heures au plus. A votre avis, Paul, suis-je en train de vous raconter le scénario d'un film ou un livre de science-fiction ?

— Je ne pense pas, dit Paul.

— Vous croyez que chaque mot que je viens de prononcer correspond à la réalité ?

— Absolument.

MacManus acquiesça :

— Vous avez raison de le croire.

Pour la seconde fois, il ouvrit le coffre mural. Il en sortit des plans, des photos :

« Regardez-les, Paul. Prenez votre temps. »

Silence. Paul Quant, *Moby Dick* dans son autre main, index toujours glissé entre les pages, éparpilla les documents. Trente secondes. Il finit par s'écarter, insondable.

— D'accord.

— Ce n'est pas tout, dit MacManus. Nous avons en outre acquis d'immenses territoires agricoles dans plusieurs régions du monde, au Paraguay notamment. Par centaines de milliers d'hectares. Depuis plus de quatre ans, j'ai personnellement investi l'essentiel de ma fortune, disons une soixantaine de millions de dollars, dans ces opérations. J'ai également investi en or, matières précieuses, métaux rares et, parce que nous pensons que mon pays sera parmi les derniers à s'effondrer tout à fait, en bons du Trésor américains. En conseillant bien sûr à mes clients de faire exactement le contraire. Moins nous serons nombreux à jouer le même jeu, plus l'échéance surviendra tardivement et plus grandes seront nos chances de survivre. Clair, Paul ?

— Très clair. Vous pensez que le bateau va couler...

— Nous *savons* qu'il va couler. Le mot détente, Paul, n'a pas la même signification pour tous. Pour nous autres, économistes occidentaux corrompus, c'est un signe d'ouverture de paix, d'espoir. Pour les experts soviétiques, cela veut dire... (Il prit en main un Larousse et l'ouvrit ; il lut d'une voix monocorde :)... Ecoutez bien, Paul : *Détente,* pièce du mécanisme d'une arme à feu qui, en agissant sur la gâchette, permet de faire partir le coup. Ah ! le Larousse, Paul, une référence absolue pour les maîtres du Kremlin. Voilà pourquoi nous savons qu'il va couler.

— Le bateau va couler et vous avez préparé une embarcation de sauvetage très spéciale, dans laquelle les rations de survie consisteront en caviar et champagne millésimé. Une arche de Noë carrossée par Rolls-Royce, avec les frères Troisgros comme maîtres coqs.

MacManus sourit :

— Excellente comparaison. Qui plus est, nous avons la quasi-certitude que notre chaloupe sera insubmersible. A condition que le nombre des passagers y soit raisonnable.

— Et vous offrez une place à bord.

— Une place pour vous, pour votre femme, pour vos enfants. Eventuellement, pour votre père et votre mère.

— Devrai-je payer quelque chose ?

— Ce n'est pas une question d'argent, Paul. Nous en avons bien au-delà du nécessaire. C'est en vérité un club, où l'on n'entre que sur invitation. Votre président a insisté pour que nous vous offrions une carte de membre.

On frappa à la porte du bureau. Trois brèves et une longue. Le banquier américain sourit à nouveau :

— En code, et transmis par l'aînée de mes filles : « Le dîner est servi. » Voulez-vous m'aider, Paul, je vous prie ?

Ils remirent cartes, plans et photos dans le coffre. Ils descendirent à la salle à manger, parlant d'Herman Melville. Ted MacManus préférait *Israël Potter* à *Moby Dick,* trouvant ce dernier trop lyrique.

— Mais peut-être ai-je le cœur trop sec ?
— C'est bien possible, répondit Paul Quant.

Le soir du lendemain — cinq heures de l'après-midi à Long Island, onze heures de la nuit à Paris — Ted MacManus appela comme convenu son interlocuteur.
Il ne cita aucun nom, ne mentionna aucun fait précis. Il dit simplement :
— Si j'avais un pari à faire, et des plus gros, je dirais qu'il m'a cru. En toutes choses.
— Sa réaction ?
— Vous le connaissez mieux que moi. Il est vraiment impossible de lire sur son visage. Il contrôle même ses mains et sa voix. A la perfection. Toutefois...
Hésitation.
— Oui ?
— Toutefois je donnerais ma tête à couper qu'il est anormalement surexcité.
— Au point de faire une bêtise ?
— Peut-être.
Silence sur la ligne transatlantique. MacManus :
« Mais bien entendu, c'est son affaire. Et la vôtre. C'était convenu ainsi. Nous ne voudrions pas que se reproduise...
— Ça va !
Silence. Et même s'il resta formulé, le nom d'Austerlitz dut peut-être défiler en même temps dans la tête des deux hommes. Peut-être.
— Sans vous, reprit MacManus, il ne serait pas où il est, à la place de l'autre. Et je ne l'aurais pas, disons, reçu...
— Il va se calmer.
— Il vaudrait mieux, dit MacManus. Cela vaudrait mieux pour tout le monde. Après tout je lui ai, à lui aussi, raconté mes histoires de famille...
— Il va se calmer, répéta Gros-Minet, juste avant de raccrocher.

4

Rue Kropotkine

Les capitalistes nous vendront jusqu'à la corde pour les pendre.

Lénine

26

Dans les deux années qui suivirent il y eut deux autres conventions de Washington. Paul Quant prit part à celle de 1982. Qui fut à tous égards semblable à celle de 80. Avec toutefois cette différence notable que Gros-Minet ne fut pas de la fête. A l'inverse de ses pronostics, pourtant, on ne l'avait pas prié de céder la place à la tête du C.F.I., encore que tout indiquait que son départ fût très proche. Le changement français, si peu marqué politiquement qu'il pût être, allait immanquablement l'atteindre.

Paul Quant rentra des Etats-Unis le samedi 16 au matin. Quarante-huit heures plus tard survinrent les deux événements qui allaient agir comme des révélateurs, après ces deux ans de temps mort, et ré-accélérer le cours de l'histoire.

Ils se produisirent simultanément, en tout cas à quelques heures près. Par un extraordinaire concours de circonstances dont on peut évidemment penser qu'il ne dut rien au hasard.

Jacques Bellus entra dans le bureau de Paul Quant moins de dix minutes après l'arrivée de celui-ci à la banque, le lundi 18 octobre. Il portait sous son bras l'un de ces dossiers rouge brique, en plastique mat, fermés par une petite serrure, réservés aux documents hautement confidentiels ne pouvant en aucun cas rester exposés aux regards — au point que quatre personnes seulement, dans tout l'état-major du C.F.I.-Suisse, avaient le droit de les consulter et a fortiori de les transporter d'un coffre à l'autre

Il posa le dossier devant Paul.

— Ça nous est arrivé de Paris jeudi dernier et nous devons prendre le relais. J'ai failli vous appeler à Washington au *Shoreham* mais je ne me suis guère vu, ou entendu, vous en parler au téléphone. Et Morrisset m'a affirmé que cela pouvait attendre votre retour. Alors, cette convention ? De jolies femmes ?

— Extraordinairement peu, dit Paul.

Il fixait le dossier, mais sans le toucher. Bellus continuait à parler, rendant compte de ce qui s'était passé en l'absence de son directeur...

Il finit par demander :

— Paul ? Ça va ?

— Très bien.

La main de Paul bougea, dégrafa l'attache métallique du dossier, attira celui-ci, l'ouvrit. Il lut.

Le texte en français, allemand, néerlandais, italien et roumain consistait pour l'essentiel en un protocole d'accord relatif à un prêt de huit cent cinquante millions de dollars à la République populaire de Roumanie, représentée par sa banque centrale. La part du Crédit français Industriel-Suisse dans ce nouveau prêt était de quarante pour cent — part majoritaire. Soit trois cent soixante-dix millions. Le prêt était sur dix ans, à quinze pour cent par an. Les documents en annexe accompagnant le protocole le démontraient : toute l'opération avait été conduite par Paris, qui avait attendu le dernier moment pour en confier l'exécution à sa filiale suisse. Procédure très peu habituelle, sinon rarissime.

— Tout est en règle, dit Bellus, ses yeux dans les lunettes de Paul. J'ai tout vérifié trente-trois fois.

— J'en suis sûr, dit Paul.

— Il ne me manque plus que votre feu vert. La délégation roumaine sera ici mercredi. J'ai pris la liberté de consulter votre emploi du temps. Vous n'avez rien, à en croire votre secrétariat, pour le déjeuner de mercredi midi. Au *Richemond ?* Sauf bien sûr si vous avez un autre rendez-vous. Mais il serait bon que vous soyez là. Et nous irions en Roumanie la semaine prochaine. Un problème ?

— Aucun, dit Paul en souriant.

Il referma le dossier :

« Mais je voudrais quand même lire tout ça à tête reposée. On en reparle demain matin ? Dix heures quinze.

Bellus hésita. Il se décida enfin, partit vers la porte.

— Jacques ?

Il se retourna :

— Miaou, dit Paul.

Et vingt minutes après que Bellus eut quitté le bureau, l'une des secrétaires fit clignoter le voyant rouge d'un téléphone :

— Un monsieur James H. Septimus de Washington.

— Je prends, dit Paul.

En octobre 82, Jimmy Septimus venait tout juste d'avoir trente-sept ans. Lui et Paul Quant s'étaient connus à Harvard, à l'époque où Septimus envisageait de faire dans la diplomatie une carrière que lui permettrait aisément la fortune familiale. Mais dès la fin de ses études à l'université, l'Américain avait accepté un poste au bureau de Paris du *New York Times*. Trois ans plus tard, il avait rejoint la rédaction du *Washington Post*. Depuis, il était obstinément resté dans le journalisme.

Au téléphone, il dit qu'il était marié, qu'il avait trois enfants, bientôt un quatrième — « c'est prévu pour Noël et j'espère que Patty le pondra avant les fêtes » —, dit qu'il n'était pas à Washington la semaine précédente quand Paul s'y trouvait lui-même, sans quoi il aurait hurlé de joie « ... et je t'aurais kidnappé, arraché à tes banquiers sinistres, je t'aurais trouvé une Washingtonienne superbe, j'en aurais choisi une pour moi et nous aurions festoyé mieux qu'à Boston il y a quinze ans et à propos es-tu marié toi-même ? Oui ? Nom de Dieu, je suis sûr qu'elle est ravissante ! Et vous avez un fils d'un an et demi ? Fa-buleux !... Paul, j'ai à te parler. Mais pas comme ça, pas dans un bureau, même le tien. D'ailleurs, tu as sûrement d'énormes affaires de banque à régler. Ce soir ? Je passe te prendre à cinq heures trente. Mais oui, bien sûr, je suis à Genève... »

Pour Pierre Quant, il n'existe pas le moindre doute : son fils devina, pressentit de quelque manière, en une intuition fulgurante, la véritable raison de la venue à Genève de James Septimus. Même si, à cette date, les deux anciens condisciples d'Havard ne s'étaient pas rencontrés depuis une dizaine d'années. Paul savait suffisamment de choses sur la carrière et la personnalité de Septimus pour peser à son juste poids le fait que ce dernier se fût rendu en Suisse et voulût lui parler « pas comme ça, pas dans tes bureaux, même dans le tien » (sous-entendu : ton bureau qui est pourtant si discret).

Septimus n'était pas n'importe quel journaliste. Il avait rang de rédacteur en chef pour tout ce qui concernait l'économie, dans la presse écrite, et paraissait souvent dans le journal du soir de C.B.S. pour des chroniques quasiment éditoriales. Entre autres faits d'armes, il avait conduit une enquête au scalpel sur Imelda Marcos, épouse du président philippin, et sur ses agissements surprenants en matière de finance.

En vérité, si doute il put y avoir dans l'esprit de Paul Quant, il ne dut pas durer plus de quelques secondes : Septimus avait à coup sûr levé le lièvre du dossier du Premier Homme, de Kaltz le prétendu et soi-disant transfuge du K.G.B., de l'étrange inertie de toute la presse occidentale.

En d'autres termes, avec ce féroce acharnement dans la recherche de la vérité qui avait fait une partie de sa réputation, il s'apprêtait à rallumer une bombe que tant de gens, et des plus considérables, s'étaient depuis deux ans employés à éteindre.

— Je monte avec toi.

Septimus allait abandonner au long du trottoir, devant la banque, la B.M.W. qu'il avait louée...

— Non, dit Paul. De toute façon, tu n'as pas le droit de stationner et tu risques de la retrouver à la fourrière. C'est moi au contraire qui vais laisser ma voiture. Tu conduiras.

Ils passèrent une première fois sur le quai Wilson, devant l'appartement...

— Mais Julie n'y est pas. En principe, elle rentrera vers sept heures. Nous avons tout le temps.

Ils se garèrent à l'entrée du parc Mon-Repos. Depuis leur départ de la banque, ils n'avaient abordé que des sujets mineurs : souvenirs de jeunesse, amis communs... Septimus coupa le moteur. Se lança :

— Paul, j'ai entre les mains un dossier consistant en des photos, des photocopies de bordereaux d'expédition, et un texte d'environ trois mille cinq cents mots. Tu sais de quoi je veux parler ?

— Il me semble.

— J'ai lu quinze ou vingt fois ce texte. C'est une merveille de concision. Il n'y a pas un mot en trop et aucun ne manque. L'auteur a le cerveau sacrément clair. J'ai une théorie sur l'écriture : à partir d'un certain degré de technique, elle est caractéristique, au même titre qu'une voix. Même si elle n'est pas manuscrite.

Un temps.

« Et qui plus est, je suis sur cette affaire depuis plusieurs semaines. J'ai appris quantité de choses. Sur les bordereaux par exemple. Qui correspondent en tout point à des bateaux réels, ayant effectué des parcours réels et qui transportaient des marchandises réelles, bien que ce ne soit absolument pas celles qui sont inscrites sur les manifestes. En outre, j'ai rencontré à Chicago quelqu'un qui m'a juré qu'à l'origine de toute l'histoire, je veux dire le dossier, il y a avait un banquier suisse.

Paul se mit à rire :

— Je ne suis pas suisse.

— Ne m'emmerde pas, s'il te plaît.

— Remets ton moteur en route, dit Paul avec douceur. Nous allons prendre un verre quelque part et je te présenterai huit cents banquiers suisses qui ont le cerveau tout ce qu'il y a de plus clair.

— Paul, je suis certain de ne pas me tromper. Je suis sûr que ce Kaltz est un foutu menteur. Il vient sans nul doute d'Allemagne de l'Est mais je doute fort qu'il ait jamais travaillé pour le K.G.B. Il a le niveau intellectuel d'une palourde. Avant d'aller plus loin, avertissement : je ne suis pas complètement fou et ne suis pas venu te voir, officiellement, à propos de Kaltz et du dossier sur les camions polonais. Officiellement, je me trouve en Suisse dans le cadre d'une enquête qu'avec trois de mes collaborateurs j'ai entreprise sur les mouvements de fonds entre les banques helvétiques, bahamiennes, celles des Caïmans, de Caïcos et des Turks d'une part, et d'autre part les casinos et les cinq ou six cents sociétés nord-américaines dont nous avons pu prouver qu'ils étaient contrôlés par la Mafia. Paul, il s'agit d'une enquête réelle, que j'ai lancée il y a huit mois. Bien avant que je ne tombe par le plus grand des hasards sur cet informateur de Chicago. Et je travaille vraiment sur cette saloperie : j'étais à San Juan de Porto Rico la semaine dernière, alors que tu te trouvais toi-même à Washington, et c'est la raison pour laquelle nous n'avons pu nous rencontrer. Nous avons déjà obtenu quelques résultats, bien assez pour être totalement crédibles et justifier les notes de frais que me règlent mon journal et l'agence qui nous couvrent. Et il est tout à fait naturel que, venant en Suisse pour farfouiller dans les milieux bancaires, je rende visite au passage à mon vieux copain Paul Quant que j'ai connu à Harvard. C'est si je m'étais abstenu de te contacter que ça aurait paru bizarre. D'accord ?

— D'accord.

— Les journalistes qui travaillent avec moi ne connaissent qu'un seul sujet d'enquête : la Mafia. C'est te dire si c'est vraisemblable.

— Ça l'est.

— C'est le type même du sujet serpent de mer sur lequel il y a toujours quelque chose à gratter. Autre exemple de mon camouflage : toute la journée d'aujourd'hui, je me suis farci des banquiers, à en vomir. Je me demande comment tu peux supporter ces types à longueur d'année. En tout cas, je les ai tous interviewés, et sur le même sujet : la Mafia et l'argent plus ou moins blanchi mais provenant de la drogue, par le circuit qu'on connaît.

— Si tu en venais au fait ?

— Ce Kaltz est bidon, toute l'affaire du dossier polonais est un coup monté, aucun doute. Sauf que c'est un coup monté à l'envers et tous mes confrères du monde entier s'y sont laissés prendre.

— Comprends pas.

— Le jour où Paul Quant ne comprendra pas quelque chose, il fera bien plus chaud qu'aujourd'hui. Tu me comprends très bien : en clair, ça veut dire que je suis convaincu, jusqu'à la racine, que le dossier prétendument fabriqué est vrai, de la première à la dernière ligne. Je suis persuadé, tête sur le billot, que les Polaks ont fabriqué ou fabriquent encore, avec l'argent prêté par les banques occidentales, du matériel de guerre à l'usage des Soviétiques. Je suis certain que Moscou fait ça, à la fois pour s'équiper à nos frais et aussi pour nous enfoncer puisque les Polonais ne nous rembourseront pas. Enfin, je tiens pour acquis, avéré, évident, constant, formel et définitif que tu sais tout ça mille fois mieux que moi et que tu es le type qui a pondu ces trois mille cinq cents mots que je connais par cœur. Vas-y, Paul, c'est à toi de tirer maintenant.

Dix secondes. Et puis très soudainement Paul Quant ouvrit sa portière. Il descendit et se mit à marcher, avec toutes les apparences de quelqu'un venant de se disputer avec son compagnon de route. Il n'y avait certes pas foule dans le parc, mais les passants et promeneurs y étaient néanmoins assez nombreux. Paul alla jusqu'à la villa Mon-Repos, parut s'absorber dans la contemplation de la statue en bronze, représentant un joueur de flûte, qui se dressait devant l'escalier double.

— Nom de Dieu, qu'est-ce qui te prend ?

Septimus l'avait rejoint. Ils firent quelques pas ensemble. Ils s'immobilisèrent à nouveau — ou plus justement Paul s'immobilisa et l'Américain fit de même. Ils se trouvaient devant la station limnographique indiquant la hauteur et le débit du Léman.

— Jimmy, quelque théorie que tu aies pu échafauder sur les liens existant entre ce dossier et moi, elle est fausse. Je n'ai strictement rien à y voir. J'en sais un tout petit peu plus que ce que les journaux en ont dit — je parle du dossier — parce qu'effectivement tu n'es pas le premier à me parler du sujet en me fixant d'un air bizarre. Au point que j'ai voulu me renseigner, moi aussi. J'ai vu ce dossier. Un patron de presse allemand de mes amis me l'a montré. Je n'ai aucune opinion sur son authencité. Voilà pour le premier point. Passons au deuxième : je te parais dans mon état normal ?

— Je ne sais pas ce que tu appelles ton état normal. Le Paul Quant que j'ai connu était sacrément plus drôle.

— J'ai en ce moment des ennuis. Dont je voudrais que tu croies, en toute certitude, qu'ils ne tiennent nullement à cette affaire qui te préoccupe. Affaire dont je me fous à l'extrême.

— Quelle sorte d'ennuis ?

— Conjugaux, professionnels — je songe très sérieusement à quitter la banque, pas seulement cette banque-ci en particulier, mais la banque en général — et ennuis de santé. Comme toujours, tout arrive en même temps.

Il lança alors cette fable dont on allait plus tard parler, selon laquelle des examens auraient révélé chez lui les premiers signes d'un cancer en voie de généralisation.

Dit aussi : « Tu es la première personne au monde, hormis mes médecins, à être au courant. Parles-en à quiconque et surtout à Julie, et je te tue. Parce que justement, entre elle et moi, ça ne va pas fort. Nous n'aurions jamais dû nous marier, moins encore avoir un enfant. Pendant à peu près quatre ans, nous avons eu une liaison, avec des périodes de séparation. C'était une situation qui nous permettait au moins d'éviter les affrontements, dès lors qu'on n'était pas tout le temps ensemble. Et nous travaillons côte à côte, en plus. Même après avoir eu son gosse, elle a refusé de lâcher son emploi. On ne s'entend plus. Si tu ajoutes à ça que je suis en train de découvrir, à trente-sept ans, que je ne suis jamais entré dans la banque que par tradition familiale, et qu'en d'autres termes je m'y emmerde profondément, tu auras un tableau complet. Navré de te déverser sur la tête un tombereau de problèmes personnels mais c'est de ta faute : tu débarques à l'improviste, tu es un ami de longue date, que pourtant je ne vois que de façon épisodique. Le confident idéal, en somme. Et tu surviens en pleine crise, avec une histoire à la con. Je suis un peu sur les nerfs, c'est vrai, et je te demande de m'en excuser. Je te demande aussi une chose : ta parole de fermer ta gueule.

Un temps.

« Jimmy ?

— *Oh, shit!* s'exclama l'Américain. D'accord.

— J'ai ta parole ?

— Oui.

— Nous allons maintenant retrouver ma femme. Si elle veut bien ce soir quitter le domicile de son papa et de sa maman. Nous irons dîner quelque part tous les trois. Nous parlerons d'Harvard, du bon vieux temps ou de sculpture aztèque, je m'en fous. Et si un seul mot t'échappe, un seul, Jimmy, je raconterai n'importe quoi. Par exemple que j'ai inventé tout ça à seule fin de détourner ton attention de cette affaire de dossier. Rentrons à présent, s'il te plaît.

Toujours à en croire Pierre Quant, plusieurs choses sont sûres.

A commencer par le fait que Paul joua bel et bien la comédie à Septimus. Et de façon délibérée, très soigneusement préparée. (Le journaliste américain prit contact le matin vers neuf heures et les deux hommes ne se rencontrèrent qu'en fin d'après-midi, de sorte que Paul Quant eut tout le temps nécessaire pour concevoir sa parade.)

Mensonge pur et simple, pour autant qu'on le sache il est vrai, que ce mal incurable dont Paul Quant aurait souffert.

En revanche, sur les deux autres arguments dont il se servit (et d'ailleurs il le dit lui-même, non sans un machiavélisme certain !) pour « détourner l'attention de cette affaire de dossier », c'est-à-dire ses problèmes conjugaux et professionnels, il improvisa avec virtuosité à partir de deux situations réelles, préexistantes, quoique sans doute dénuées du caractère de gravité qu'il leur accorda.

Il est certain que Paul Quant n'éprouva jamais pour son métier de banquier une passion dévorante. Pierre Quant le sut toujours. Gros-Minet exprima à sa façon la même idée quand il reconnut plus ou moins ouvertement qu'il avait, entre autres raisons, nommé Paul à la tête du C.F.I.-Suisse parce qu'il le jugeait homme à « ne pas trop se soucier de sa carrière » et donc à réagir violemment à la découverte de ce qu'il était un Chat à clochette. Et s'il y eut une période de la vie de Paul Quant où ce dernier songea à renoncer à la Banque, ce fut bien celle-là — entre octobre 80 et octobre 82. D'une convention de Washington à l'autre.

Demi-vérité, donc. Ce qui est bien la meilleure façon de mentir.

Demi-vérité également les affirmations de Paul concernant ses rapports de l'époque avec Julie. Tous les témoignages de cette époque concordent : il leur arrivait souvent de se heurter. Ils n'étaient pas du genre à s'expédier les couverts à la tête. Leurs dissensions étaient feutrées. Elles n'en étaient pas moins décelables, aux yeux de quelques proches. Et ces proches les décelèrent. Plusieurs allant jusqu'à prédire une fin rapide de leur mariage. (C'était faire peu de cas de l'amour, de la tendresse, de l'amitié qui les unissaient, mais il aurait fallu être à leur place pour peser ceux-ci justement, entrer dans une intimité qu'ils protégèrent toujours avec presque de la férocité.)

Dissensions apparentes. A propos desquelles tous les mensonges étaient possibles. Surtout si Julie et Paul s'accordaient, complices, pour soutenir ces mensonges...

Ce fut le cas avec James H. Septimus. Lors du dîner qu'ils eurent tous les trois le lundi 18 octobre, Julie tint sa part dans la comédie, incontestablement. C'est-à-dire qu'au-delà des sourires et d'une conversation fort gaie au demeurant, elle en fit juste assez pour persuader l'Américain que Paul et elle ne pouvaient plus se supporter et se trouvaient au bord de la rupture.

Deux demi-vérités étayées par un gros mensonge difficile à vérifier, tels furent les éléments de la parade imaginée par Paul Quant, pour contrer la très dangereuse intervention de Cohn.

En virtuose, Paul Quant en utilisa même un quatrième : sa propre fureur froide, très réelle, constante, notée deux ans plus tôt par MacManus et Gros-Minet et que le temps ne semblait avoir nullement affaiblie. Au contraire. La venue de Septimus la réactiva peut-être, d'ailleurs. A l'Américain il avait dit : « Je suis sur les nerfs. » Il ne mentit certes pas, sinon sur les raisons de son état : il se trouvait sans doute déjà dans cette espèce de montée vers l'explosion qui allait suivre. Simplement il eut l'habileté de se servir de son exaltation même, en mentant sur ses motifs.

Reste à comprendre pourquoi — Julie étant de connivence avec lui — il prit tant de peine pour décourager Jimmy Septimus.

La réponse est simple.

Paul Quant se savait surveillé. Il ne manquait pas de raisons de le croire, même après vingt-quatre mois de temps mort. Sa tentative de rendre publics les documents du Premier Homme avait certes échoué. Mais il n'en conservait pas moins, quelque part, l'original. Il représentait donc toujours un danger.

Et il était dangereux à un autre titre : les révélations que lui avait faites MacManus (auxquelles il ne semble pas qu'il ait jamais songé à donner une suite, en acceptant d'entrer dans le « club »).

Il fit tout pour décourager Jimmy Septimus de poursuivre son enquête; il usa de tous les moyens qu'il put imaginer pour convaincre l'Américain de renoncer à lui poser des questions...

... Parce qu'il comprit que l'intervention de Septimus à Genève mettait ce dernier en danger de mort.

Il agit au mieux pour lui sauver la vie.

Et échoua.

27

James Harding Septimus mourut le 23 octobre 1982.

On retrouva son cadavre dans le département des Alpes-Maritimes, sur un terre-plein légèrement en retrait de la petite route qui, de Menton, rejoint Sospel, à quelques kilomètres de la frontière italienne. Une première balle l'avait atteint à la hanche, une deuxième lui avait perforé la poitrine, deux autres lui avaient été tirées, à bout portant, dans la nuque.

On avait utilisé du 9 mm, calibre par excellence des tueurs professionnels. Septimus gisait à quelques mètres de la B.M.W. qu'il avait louée dès son arrivée en Europe, le dimanche 17 octobre, à Munich.

Il n'était pas seul : un autre homme était étendu tout près de lui, abattu d'une première balle dans le dos et achevé de même par deux balles dans la nuque.

On identifia rapidement le deuxième homme : un petit truand génois du nom de Luciano Mori.

Le vol n'avait pas été le mobile du double crime. Septimus avait encore sur lui huit mille francs français, toutes ses cartes de crédit et, surtout, une enveloppe renfermant quinze cents dollars en billets neufs. En fait, la position des deux victimes indiquait qu'elles avaient été exécutées alors qu'elles s'entretenaient, à la suite d'un rendez-vous.

On reconstitua l'emploi du temps de Septimus. Il était donc arrivé à Munich le 17. Il avait aussitôt pris la route à bord d'une voiture retenue depuis Washington. Il s'était rendu en Suisse, à Genève, où il avait passé la journée à interviewer des banquiers — son carnet de rendez-vous était fort précis, ainsi que ses notes de reportage manuscrites ou enregistrées sur cassettes. Il était reparti de Genève au matin du mardi 19, en compagnie de l'un de ses collaborateurs qui avait effectué à Zurich un travail identique au sien. Trois de ses assistants se trouvaient en Europe. Septimus avait pris la direction de Roquebrune-Cap Martin, hôtel *Vistaëro*, sur la Grande Corniche. Les deux journalistes y étaient parvenus dans l'après-midi. Ils y avaient retrouvé un autre de leurs collègues, arrivant quant à lui d'Italie...

« Nous travaillions avec M. Septimus, depuis des mois, sur un reportage très important et très confidentiel ayant pour sujet le grand banditisme et ses opérations financières. Nous devions faire et nous avons fait un premier point sur nos recherches en Europe, grâce à ce rendez-vous au *Vistaëro*. Quant à ce Luciano Mori... »

Mori avait été contacté à Gênes par Larry Grammatico, l'un des adjoints de Septimus, au terme d'une longue filière dont les premiers éléments avaient été relevés en territoire américain. Comptable de profession, il avait été durant plusieurs années employé dans un casino de Nassau, avant d'être expulsé et de devoir regagner son Italie natale. Mori avait accepté de fournir des renseignements mais à condition de parler au seul Septimus : « Et encore sous certaines conditions : un rendez-vous sans témoins, contre deux mille dollars supplémentaires. C'est Mori lui-même qui a choisi le point de rencontre, sur cette route déserte... »

Autre preuve, s'il en était besoin, de ce que la double exécution avait été motivée par l'enquête des journalistes américains : les tueurs (on avait utilisé trois armes différentes) avaient jeté sur le cadavre du Génois trois pièces de cent lires. Dans la plus pure tradition des châtiments réservés aux traîtres trop bavards.

Le mardi 19, Paul Quant annonça à Jacques Bellus que certains points du protocole d'accord pour le prêt roumain ne le satisfaisaient pas tout à fait.

— Mais nos Roumains débarquent demain matin à Genève ! s'exclama Bellus.

Paul sourit :

— Dans ce cas, il vous reste très peu de temps pour les prévenir de ce que nos réunions sont reportées. Je ne saurais trop vous conseiller de vous hâter, Jacques.

Bellus avait à peu près cinquante ans. Il avait été de ceux, assez rares, qui avaient paru accueillir de bonne grâce la nomination de Paul Quant à la tête du C.F.I.-Suisse, en janvier 1979. Cela bien qu'il eût pu lui-même prétendre succéder à Henri de Chastel. Il pouvait faire valoir en effet son ancienneté, sa connaissance de plusieurs des langues de l'Est (il parlait le russe, l'allemand et le tchèque, outre naturellement le français et l'anglais), son expérience des mécanismes bancaires et des contacts avec Moscou, Prague, Budapest, Bucarest et autres. Il demanda, visiblement hors de lui et avec quelque peine à se maîtriser :

— Et reportées jusqu'à quand ?

Paul lui sourit à nouveau, d'un sourire mince et froid :

— Je ne sais pas au juste. Peut-être deux semaines. Désolé, Jacques.

La nouvelle de la mort de Jimmy Septimus ne parvint aux Quant que dans la matinée du 23. Deux policiers suisses la leur portèrent, quai Wilson :

— Nous sommes venus vous voir, monsieur Quant, pour cette seule raison que votre nom se trouvait, avec celui d'autres banquiers genevois, sur le carnet de rendez-vous de M. Septimus. Dix-sept heures trente, le lundi 18. Avez-vous effectivement rencontré M. Septimus ?

Julie demanda :

— Et que leur as-tu répondu ?

— Que Jimmy et moi nous connaissions depuis quinze ans et qu'il nous avait rendu visite au passage, bien que ma banque, et moi-même, n'ayons pas été particulièrement concernés par son enquête. Que nous avions dîné ensemble. Et que sa mort me touchait infiniment.

— Ce qui est le cas, remarqua Julie en le fixant intensément.

— Ce qui est le cas, répondit Paul impassible ou plus exactement l'air perdu dans quelque rêve.

Ils avaient un dîner, ce soir-là. Leurs premiers invités commençaient à arriver.

— Aide-moi, s'il te plaît, dit-elle.

Il lui fixa les agrafes de sa robe. Mais ses mains tremblaient.

— Tu ne te changes pas ?

Il secoua la tête en signe de dénégation. Et toujours cet étrange visage de dormeur éveillé. Julie vint contre lui, posa son front contre ses lèvres :

— Pourquoi toujours imaginer le pire ? dit-elle. Il a peut-être été réellement tué par ces gens sur lesquels il enquêtait. Je veux dire la Mafia.

Il l'écarta doucement de lui, se pencha un peu et l'embrassa sur les paupières. Il glissa une main dans la poche de son veston et la retira tenant une enveloppe, où rien n'était écrit.

... Mais il y eut un tintement très léger quand il l'ouvrit et en déversa le contenu dans sa paume : trois pièces de cent lires, très neuves et très brillantes :

— C'était accroché au pare-brise de ma voiture, Julie.

28

— J'ai horreur de passer octobre et novembre sous les frimas européens, Paul, et pour ce qui concerne ta belle-mère, c'est pur miracle, dont je m'émerveille, qu'elle ne se soit pas déjà envolée vers les tropiques, telle une oie frisée du Danube ou un canard érismature abandonnant nos rivages glacés pour rallier le Tanganyika. Comment se portent Julie et l'Enfant-Roi ?

— Ils vont à merveille, papounet.

D'un mouvement identique et synchrone, père et fils se retournèrent. On était au matin du 30 octobre, veille de la fête de la Toussaint. A l'aéroport de Cointrin-Genève. L'avion de Nice venait de se poser sur le sol helvétique. Les parents de Paul arrivaient de Cannes. Derrière Pierre et Paul aux silhouettes semblables, marchaient en papotant la belle-mère de Paul et Julie, souriantes et encadrant le dernier des Quant.

— Pourquoi « en papotant », d'ailleurs ? remarqua Pierre. Dirions-nous que des hommes papotent ? Non, nous autres hommes discutons, parlons, à la rigueur bavardons. Bel exemple de machisme.

— Papounet ?

— Oui, Paul ?

— Que vous a dit Gros-Minet ?

Pierre Quant faillit s'en immobiliser, pensant : « J'ai vraiment été naïf de croire un seul instant que cet étrange personnage qui est mon fils n'allait pas dans la seconde deviner la vraie raison de ma venue... »

— Quelques petites choses, répondit-il.

Ils arrivèrent devant le tapis roulant circulaire où étaient délivrés les bagages de soute. Les femmes les rejoignirent. On se mit à échanger des sourires et ces mots insignifiants qui sont de règle dans les gares ou aérogares, à l'instant des départs et des arrivées. Le fils de Julie et de Paul opéra la diversion nécessaire. Il s'agita avec enthousiasme, grimpant un peu partout. Les bagages finirent par être livrés. On s'embarqua dans la grosse Mercedes grise que Paul avait pour ses déplacements officiels de directeur de banque. On se rendit quai Wilson pour y déjeuner. Le couple de domestiques italiens, qui ne s'appelait ni Spatagouzi, ni Founicoula ni Gorgonzola mais Nicoletti, fit le service. A table, on parla surtout de Madère, où les Quant aînés allaient se rendre, en repartant de Suisse. Un ami anglais de Pierre y avait une propriété près de Funchal, enfouie sous les bougainvillées, dans un admirable décor de végétation subtropicale : « Nous l'avons cet été accueilli en Irlande, il tient à nous rendre la pareille, nous propose son avion privé qui viendra nous prendre à Genève, quelle vie ingrate et dure nous menons, c'est véritablement le bagne... »

Le déjeuner terminé, Julie et sa belle-mère, emmenant leur fils et petit-fils, partirent pour Cologny, en détachement précurseur ; les Saban ayant pour le soir même invité les Quant à dîner.

Les deux hommes restèrent seuls.

— Que vous a dit Gros-Minet ?

— Que tu n'allais pas trop bien, qu'il s'inquiétait fort pour toi.

— C'est lui qui a pris contact avec vous ?

— Oui.

— Pour vous dire son inquiétude à mon propos ?

— Oui.

Un temps.

— Paul, avec ou sans ton président — qui soit dit entre nous n'est plus assis dans son fauteuil que d'une demi-fesse —, avec ou sans lui, je serais venu te parler. C'est tout à fait vrai que moi aussi je m'inquiète. Tu as quelque chose d'un cratère, à trois minutes de l'éruption. Bonté divine, pourquoi ne prends-tu pas quelques vacances ? Tu n'as consenti à quitter cette saleté de banque que quelques jours, et encore était-ce il y a deux ans et demi, pour votre voyage de noces.

— Il vous a parlé du prêt roumain, n'est-ce pas ?

— Il m'a en effet parlé d'un prêt à quelque pays de l'Est, de ces pays qui pour moi se ressemblent tous. Il est probablement utile de faire de la banque avec ces gens-là — encore que —, mais je ne vois pas pourquoi nous autres Quant devrions y mettre notre nez. Ce n'est pas notre affaire. Tu es le premier des Quant, et le dernier j'espère, à travailler pour un gouvernement. Un banquier qui n'est pas libre n'est guère plus qu'un poinçonneur de métro. Quoique cette fonction ait paraît-il disparu — on m'a rapporté la chose : je n'ai pas pris moi-même le métro depuis cinquante-quatre ans et m'y étais alors risqué sous l'escorte du chauffeur de ton grand-père, mon papounet à moi, à la façon dont on s'aventure chez les coupeurs de tête amazoniens. Paul...

— Que vous a-t-il dit à propos de ce prêt ?

— Qu'il s'agissait d'une opération plus politique que financière, d'Etat à Etat. Que tu devrais le comprendre. Que néanmoins tu t'employais, avec une efficacité certaine, à y faire obstruction. Que cela le mettait dans un embarras extrême, lui qui a maintenant sur le dos un ministre plus ou moins féru de Marx et d'Engels. Que bien au-delà des ennuis personnels que tu lui occasionnais, c'était surtout de toi qu'il se souciait. Il m'a dit mot pour mot : « Il ne s'agit pas de sa seule carrière au C.F.I., il y a autre chose et pire. »

— Papounet, dit Paul très doucement, je vous aime beaucoup.

Pierre en eut la gorge soudain nouée. Trente années de carence prirent fin en cette seconde.

— Mais il est clair, reprit Paul de sa même voix rêveuse et douce, que Gros-Minet vous a dépêché vers moi comme un ultime recours...

— Paul, démissionne. Si tu t'es découvert une frénétique vocation pour la banque, tu trouveras ou nous trouverons ailleurs. Car c'est bien là le plus extraordinaire : tu es un banquier bien meilleur que je ne l'ai jamais été, bien meilleur que des générations de Quant qui, en ce domaine, remontent pour le moins aux Templiers carbonisés par Philippe le Bel. Fais ce qu'ils te demandent, ou démissionne.

— Ce n'est pas si simple. Ce n'est même pas simple du tout.

— Que diable pourrais-je dire pour te convaincre ?

Paul secoua la tête en souriant.

« Ce n'est pas ton argent, Paul. Que t'importe ce qu'ils en font ? Je sais plus de choses que je ne t'en ai dites. Je suis au courant, en gros, de l'affaire polonaise. Je comprends que ce prêt roumain est, en quelque sorte, la fameuse goutte d'eau faisant déborder le vase. Mais pour qui te prends-tu ? Le Christ ? Tu as toujours été formidablement entêté, à rendre fou. Signe-leur leur contrat et viens avec nous à Madère, avec ta femme et ton fils. Tu vas le signer ?

— Non, dit Paul.

Pierre fit véritablement tout au monde. Il essaya de passer par Julie. Sans trop d'illusions : certainement mieux que quiconque au monde, il était convaincu de la très exceptionnelle intimité existant entre son fils et sa belle-fille, par-delà leurs discordes passagères et publiques. Julie et Paul ne faissaient qu'un, à peu près en toutes choses, c'était pour lui une évidence.

— Je suis désolée, lui dit Julie aux premiers mots. Tout ce que fait Paul est bien fait, à mes yeux du moins.

— Selon votre président à tous deux, il y a en jeu pire que la carrière de Paul.

— Je sais, répondit simplement Julie.

Et de considérer son beau-père de son regard gris très calme. Elle aussi, à sa façon, murée.

Tant et si bien que la décision qui fut prise aux premiers jours de novembre le fut dans une bien étrange atmosphère, où chacun fit de son mieux pour que tout parût normal.

On s'accorda pour que l'Enfant-Roi, surnom qui ne se voulait que plaisant, partît avec ses grands-parents pour Madère.

— Nous ne voyons pour ainsi dire jamais notre petit-fils. Au moins l'aurons-nous à nous pendant deux ou trois semaines. Et vous serez ainsi obligés de prendre vous-mêmes quelques jours de vacances, ne serait-ce que pour venir récupérer votre enfant.

Le ton de Pierre Quant était léger et gai. Il manifesta d'autant plus de légèreté et de gaieté qu'il était, au fond de lui-même, glacé. S'il se faisait effectivement une joie profonde d'avoir près de lui ce petit-fils dont il avait rêvé depuis plus de quinze ans, les conditions mêmes dans lesquelles l'enfant lui était confié le troublaient jusqu'au malaise. En 1982, il avait soixante-sept ans. Ç'avaient été soixante-sept années d'une vie quiète, de dilettante. Il ne s'était jamais trop préoccupé d'accroître une fortune reçue en héritage, et qu'il comptait de même laisser à Paul. Au vrai, il ne s'était jamais soucié de grand-chose, sinon de son fils, « cet étrange personnage », dont il reconnaissait la supériorité intellectuelle avec un mélange d'orgueil, de perplexité, et parfois d'inquiétude. Dans le cas présent, son imagination quelque peu irlandaise lui peignait la situation en des couleurs quasi mélodramatiques : « Nous emmenons l'enfant avec nous et abandonnons ses parents dans le fort solitaire, à quelques heures d'une attaque imminente et mortelle... »

Les Pierre Quant, et leur petit-fils, s'envolèrent de Genève le dimanche 6 novembre. L'appareil privé qui les emporta était un *Falcon 50*. Ils en étaient les seuls passagers.

L'appareil venait de Lympne, aérodrome anglais près de Folkestone. Son équipage était composé d'un pilote et d'un copilote mécanicien, plus un steward. Son plan de vol prévoyait une escale d'une nuit à Lisbonne, un départ le lendemain matin à dix heures, lundi 7, à destination de Funchal, capitale de l'île de Madère, dans l'archipel du même nom.

La dernière étape représentant un vol d'à peu près mille kilomètres au-dessus de l'Atlantique.

Un trajet de soixante-quinze minutes environ.

Le lundi 7 vers onze heures quinze, Paul Quant raccompagna jusqu'à la porte de son bureau deux de ses visiteurs de la matinée, des hommes d'affaires néerlandais. Au-delà de la double porte capitonnée était la pièce réservée à ses deux secrétaires particulières. Il s'y trouvait un petit canapé où d'ordinaire prenaient place les gens de peu d'importance (il y avait un salon spécial pour les V.I.P.), en général des employés de la banque désireux d'échanger quelques mots avec leur directeur entre deux rendez-vous.

... Mais les deux hommes impassibles et blonds qui y étaient assis n'appartenaient pas au personnel de la banque.

L'une des secrétaires expliqua, gênée :

— Aucun de ces deux messieurs ne parle le français, l'allemand, ou l'italien. Juste quelques mots d'anglais. Il nous a semblé difficile de les empêcher d'entrer. Ils n'ont pas voulu que nous vous dérangions et ont insisté pour attendre. Ils ont toutefois une lettre d'introduction.

Paul fixait le plus grand des deux hommes. Il dit en russe :

— Je ne savais pas qu'on pouvait oublier le français, l'allemand et l'anglais en si peu de temps, monsieur Tsypine. Voulez-vous entrer ?

Il referma sur eux la double porte.

Tsypine dit en souriant :

— Vous devez me confondre avec quelqu'un d'autre. Mon nom n'a jamais été Tsypine. Jamais. Je me nomme Pimek, Ladislas Pimek. Je suis tchèque. Et permettez-moi de vous présenter le camarade Anton Melnik, de notre ministère du Commerce extérieur. Parlez-vous le tchèque, monsieur Quant ?

— Non, dit Paul. Et vous ?

Le sourire d'Arkadi Tsypine s'élargit, si ses yeux pâles demeurèrent glacés :

— Puisque c'est ma langue maternelle...

Il désigna la lettre remise à Paul par la secrétaire :

« Vous n'avez pas encore lu notre lettre d'introduction.

Elle était cachetée, elle était banale. Elle priait M. Paul Patrick Quant de vouloir bien recevoir MM. Pimek et Melnik, à propos d'une opération d'importation du ministère tchécoslovaque du commerce extérieur dans laquelle étaient intervenues la Compagnie française d'Assurance pour le Commerce extérieur — plus connue sous le sigle C.O.F.A.C.E. — et l'agence de Zurich du C.F.I.-Suisse.

Elle était signée W. Z. Popov.

— Le camarade Melnik ici présent, dit Tsypine-Pimek, ne parle malheureusement que notre langue natale. Je me ferai donc son interprète pour vous demander s'il vous serait possible d'intervenir auprès de votre agence de Zurich. Le camarade Melnik pense que votre agence de Zurich met une certaine mauvaise volonté à traiter cette affaire.

Paul allait répondre...

— Et autre chose, dit Arkadi Tsypine s'exprimant toujours en russe. Je voudrais également vous faire part de... comment dirais-je ?... de l'impatience de nos camarades roumains au sujet d'un prêt qui aurait dû être débloqué depuis déjà deux semaines et dont certaines lenteurs administratives semblent retarder la conclusion. Monsieur Quant ? Je ne toucherais pas ce téléphone si j'étais vous. L'avion a quitté Lisbonne depuis maintenant quatre-vingt-dix minutes et depuis une demi-heure tout contact radio a été perdu.

Silence.

Paul Quant reposa le récepteur avec le plus grand calme.

— J'ai très envie de vous tuer.

Tsypine hocha la tête :

— Il serait toutefois déraisonnable de perdre tout espoir. Un avion peut toujours avoir une panne radio générale. Je ne suis pas un expert en ces sortes de choses mais je sais que cela arrive. Le plus ennuyeux, outre ce silence, est le fait que le *Falcon 50* aurait déjà dû se poser à Funchal. Cela est bien plus inquiétant. Pour autant que je le sache, à Lisbonne et au Maroc, on ne devrait pas tarder à déclencher des recherches.

Paul décrocha le téléphone. Il demanda en appel prioritaire l'aéroport de Lisbonne, la direction française de l'Aviation civile, le numéro à Paris d'un commissaire de la Police de l'air. Dans cet ordre.

— Je reste en ligne.

Tsypine le dévisageait. Il remarqua :

— Vous avez un contrôle de vous-même tout à fait remarquable.

— Pour l'instant, dit Paul en souriant.

Il prit les trois appels à mesure qu'on les lui passait. Lisbonne confirma la nouvelle de la perte de contact radio, précisa que l'autonomie de l'appareil lui permettait de voler presque trois heures encore et que, non, les recherches n'avaient pas encore été déclenchées mais qu'une décision allait être prise incessamment.

Les deux interlocuteurs français de Paul ignoraient l'information. Leur réponse fut identique : ils allaient immédiatement aux nouvelles et, le cas échéant, feraient pression pour le déclenchement des recherches.

Quatre minutes plus tard, l'Aviation civile revint en ligne. Confirmation.

— Et il y a un point qu'il nous faut vous signaler, Paul : l'équipage du *Falcon* n'était pas l'équipage habituel. Les deux pilotes sont des Norvégiens, pleinement licenciés (*fully licensed*), rassurez-vous. Nous sommes en train de décider nos collègues de Lisbonne à intervenir. Pour les Marocains, c'est fait. D'ici à vingt minutes, nous mettrons peut-être en vol un de nos Breguet *Atlantic*.

— Merci infiniment, dit Paul.

Il raccrocha. Demanda :

— Et que pourrait-il se passer en plein Atlantique, qui permette à mon fils et à mes parents de survivre ?

— Un pilote expérimenté, ayant des problèmes graves au-dessus de kilomètres carrés d'océan, choisirait certainement de se poser tout à côté d'un navire. Il suffit qu'il y ait précisément un navire sous lui. Par chance.

— Un chalutier soviétique, par exemple ?

— La flotte de nos grands frères soviétiques sillonne glorieusement toutes les mers du monde, répondit Tsypine.

La police française de l'air était en ligne : pour une

nouvelle confirmation du silence de l'appareil... Les recherches débutaient à l'instant même à Casablanca. Et l'on s'employait à alerter tous les navires pouvant se trouver dans la zone des recherches. Qui était regrettablement vaste. Madère se trouve à près de sept cents kilomètres du continent le plus proche, le périmètre à fouiller représente des milliers de kilomètres carrés.

— Merci, dit Paul. Non, je ne bouge pas d'ici... Oui, au même numéro et s'il est occupé...

Il indiqua les numéros des quatre autres lignes directes dont il disposait. Raccrocha.

— Il me semble avoir entendu dire, dit Tsypine, que Mme Quant, votre épouse, travaille également dans cette banque où nous sommes.

— Elle est en déplacement à Lausanne.

— Je comprends que vous hésitiez à la prévenir. C'est une nouvelle bien pénible à annoncer à une mère.

— Je pense que je vais attendre un peu pour le faire, dit Paul.

Tsypine sourit. Il commença à dire :

— Le camarade Melnik...

Téléphone. Une secrétaire annonça que Paris, en l'occurrence le siège central du C.F.I. et plus particulièrement le président en personne, demandait à parler à M. Quant.

— Je viens de sortir à l'instant, dit Paul.

Il raccrocha.

Tsypine dit :

— Le camarade Melnik et moi sommes profondément navrés d'être les témoins de circonstances aussi dramatiques, mais nous...

Téléphone : Charles Weber, directeur de l'agence du C.F.I. à Zurich voulait...

— Je le rappellerai. Libérez la ligne, dit Paul.

— ... Mais nous pensons, comme vous-même, que l'on s'inquiète toujours trop tôt et trop vite, acheva Tsypine-Pimek. Il suffit souvent de si peu pour que les choses s'arrangent...

Très ostensiblement, faisant en sorte que Paul aperçût son manège, il ne cessait de consulter sa montre. Il était midi moins douze minutes.

Paul décrocha celui de ses appareils téléphoniques qui lui permettait de joindre d'autres postes à l'intérieur de la banque. Il forma le numéro de Bellus :

— Jacques ? J'ai enfin pris une décision, à propos du

prêt roumain... Oui, positive. Je ne vois plus aucune raison de ne pas mettre l'opération en route et très rapidement...

Les yeux pâles de Tsypine n'exprimèrent rien, mais le battement de paupières fut anormalement long.

Paul termina sa phrase :

— Jacques, si vous acceptiez de retarder un peu votre déjeuner, vous pourriez me porter le dossier... Disons à midi trente...

Nouveau battement de paupières.

« A midi trente précises, je vous prie, Jacques. Je signerai. Pas de problème. A tout à l'heure.

Il raccrocha.

— Nos camarades roumains vont apprendre votre décision avec joie, dit Tsypine.

Onze heures cinquante. Téléphone sur l'une des lignes directes. Avant même que Paul eût pu identifier son interlocuteur, Arkadi Tsypine allongea le bras et avança la main, paume apparente.

— Monsieur Quant ? dit une voix s'exprimant dans un français légèrement teinté d'accent. Je suis désolé de vous déranger mais je crois savoir que vous avez en ce moment même avec vous un M. Ladislas Pimek. Puis-je lui parler ?

Le récepteur vint dans la paume de Tsypine.

— Oui, dit Tsypine en russe. Oui, c'est tout à fait ça. J'ai reçu ce matin les assurances nécessaires au bon déroulement de l'affaire. Il n'y a plus aucune raison de s'inquiéter.

Il raccrocha. Sourit à Paul : « Désolé de cette interruption. » Pour saisir le récepteur et répondre à son interlocuteur anonyme, il lui avait fallu se dresser. Il se trouvait à côté du Français. Il se pencha sur le bureau, vérifia un à un les téléphones, s'assurant qu'aucun magnétophone n'était branché. Ses gestes étaient lents, méthodiques, très assurés. Il resta près de Paul, et debout, pour dire :

— Quand on possède des chiens, quand on les a dressés et quand on a sur eux droit de vie ou de mort, il n'est rien de plus irritant que de les voir désobéir à un ordre. Ou même simplement hésiter à l'exécuter. Parce qu'on attend du chien dressé une obéissance aveugle, en toutes choses, à tout moment. Et pour peu que l'on soit d'un caractère impatient, sinon emporté, on se met alors très en colère. Dans certains cas, cette colère est si vive que non seulement on abat la bête, mais aussi sa femelle, et ses petits. Un bon dresseur doit savoir toutefois moduler le châtiment, à proportion de la faute commise. Sans rien laisser passer pour autant. Car l'obéissance doit être immédiate, et totale.

Midi et une minute. Sonnerie sur l'une des lignes directes. La main gauche de Tsypine se posa sur le récepteur, interdisant ainsi à Paul de le soulever. Et son autre main bougea, majeur détaché et dressé. Ce majeur vint se placer sous le menton de Paul, obligeant la tête à légèrement se renverser en arrière. La sonnerie continuait à retentir.

— Je ne sais vraiment pas pourquoi je vous parle de ces choses, dit Tsypine. Peut-être fais-je de mon mieux pour vous distraire, en ces moments d'angoisse que vous traversez.

Il écarta la main, libérant l'appareil. Paul décrocha :

— Dieu soit loué ! s'exclama dans le récepteur la voix de cet ami que Paul Quant avait à la direction de l'Aviation civile. On les a retrouvés, Paul. Vivants et en pleine forme. Leur foutu zinc a eu des tas de problèmes et a dû se poser en catastrophe tout près de la côte marocaine, au large de l'Ifni, dans un coin perdu. Un navire se trouvait à proximité...

Un gros chalutier soviétique. Qui avait eu lui-même quelques problèmes avec sa radio mais avait néanmoins, deux minutes plus tôt, annoncé la nouvelle du sauvetage ; ayant bien sûr capté l'avis général de recherches mais se trouvant dans l'impossibilité d'y répondre.

— ... Mais encore une fois, ne vous inquiétez plus : votre fils et vos parents ne se sont même pas mouillé les pieds. Le *Falcon* a réussi à atterrir sur un haut-fond de sable, presque une plage. Le pilote s'en est vraiment bien tiré, vous pourrez le complimenter.

Jacques Bellus regardait Paul Quant en train de parapher et signer les onze exemplaires du protocole d'accord sur le prêt. Il soupira :

— A être franc, je vais pouvoir dormir un peu mieux... Je ne savais vraiment plus quoi dire à ces Roumains, ni même à nos partenaires du prêt syndiqué. Vous ne décrochez pas ?

La sonnerie de la ligne spéciale reliant — Bellus le savait — le bureau de Paul à celui de la présidence à Paris, cette sonnerie s'était une nouvelle fois (ce n'était pas la première) mise à retentir.

— Non, dit Paul sans relever la tête.

— Et si c'était le président ?

Paul sourit, tout en continuant son exercice d'écriture :

— Ce n'est pas le président, Jacques. Juste un emmerdeur qui veut à tout prix me parler de chats. Une histoire idiote et sans la moindre importance.

— De chats ?

Bellus partit, emportant la chemise rouge brique pour aller la ranger dans quelque coffre.

Celle des deux secrétaires qui était restée pour assurer la permanence pendant l'heure du déjeuner, apparut sur le seuil de la double porte. Elle dit qu'elle ne voulait en aucun cas être indiscrète mais que cette affaire d'avion dont elle avait cru comprendre...

— Rien de grave, dit Paul. Un incident qui s'est heureusement bien terminé. Mes parents vont pouvoir poursuivre leur voyage. Il n'y a plus à s'inquiéter.

Grand sourire chaleureux sur les derniers mots. Margot Lelong s'en alla, le laissant seul. Il était presque une heure de l'après-midi et ce jour-là Julie, à Lausanne, devait se trouver — et se trouvait en effet — en compagnie de clients du Koweït qu'elle traitait au restaurant de la *Grappe d'Or*, rue De Cheneau-de-Bourg.

Téléphone : 23.07.60.

Il commença à former le numéro mais dut lâcher aussitôt l'appareil et gagner rapidement le petit cabinet de toilette adjacent à son bureau. Un tremblement l'avait pris, par spasmes successifs qui le secouaient tout entier. Il ôta ses lunettes qui tombèrent sur le sol, il s'accrocha des deux mains au rebord de la cuvette du lavabo, yeux exorbités, bouche démesurément ouverte, vomissant par saccades rauques, qui lui déchiraient la gorge et la poitrine.

Mais ne parvenant décidément pas à pleurer.

29

Il débarqua à Moscou le 25 novembre, un jeudi. L'examen de ses faits et gestes officiels, au cours de la période entre cette date et le 8 précédent, du même mois, jour de la visite d'Arkadi Tsypine et de « l'incident » du *Falcon 50*, montre qu'il prépara très soigneusement ce voyage en U.R.S.S. Les raisons (ou les prétextes) de se rendre en personne dans la capitale soviétique ne lui manquaient pas. Entre plusieurs autres il choisit le dossier de l'hôtel dont une entreprise française avait assuré la construction, à l'occasion des Jeux Olympiques de 80. Dossier quelque peu embrouillé, dont les aspects financiers étaient fort loin d'avoir été réglés. Comme toujours dans leurs échanges commerciaux, s'ils étaient bons payeurs (en ce sens qu'ils finissaient toujours par payer), les Soviétiques faisaient traîner les choses, par lenteur administrative naturelle ou délibérée, par l'intervention de multiples intermédiaires, par leur volonté de traiter plutôt par compensation. Il y avait donc largement matière à une nouvelle intervention du C.F.I.-Suisse, par quoi les entrepreneurs français étaient passés.

La date elle-même, le 25 novembre, ne fut pas choisie par Paul Quant. Moscou en quelque sorte l'imposa. De par ses fonctions, Paul disposait certes d'une espèce de visa d'entrée quasi automatique et permanent. Mais, outre les contrôles ordinaires, un événement considérable s'était produit le 10 novembre — annoncé le 11 par la radio officielle : la mort de Leonid Brejnev. Au consulat de Genève, on avait souligné que si rien n'empêchait en théorie le directeur du C.F.I.-Suisse de se rendre en Union soviétique, mieux valait, « dans l'intérêt des deux parties », que ce voyage fût repoussé de quelques jours.

Il est donc impossible de conclure à une quelconque préméditation dans le voyage de Paul Quant, du moins quant à sa date.

Le 11 novembre, Iouri Andropov, chef du K.G.B. depuis 1967, avait été désigné pour présider la commission des funérailles. Le 12, le plénum du comité central avait élu le même Andropov secrétaire général du P.C.U.S. Le 15, avaient eu lieu les obsèques de Brejnev, sur une place Rouge absolument déserte de toute assistance non officielle, « *pour des raisons de sécurité* ». Le 22, le plénum s'était réuni, il avait confirmé Andropov dans ses fonctions, de façon plus ou moins officielle et ceci bien que, les 23 et 24, le Soviet Suprême ne fût pas parvenu à désigner le président de son présidium...

... « Mais vos interlocuteurs dans les différents ministères sont désormais à votre entière disposition, monsieur Quant. Bon séjour en Union soviétique... »

Kostia Iamskoï, le tireur d'élite, tueur d'hermines sibériennes, l'attendait à son débarquement sur le sol russe :

— J'ai été choisi pour vous servir de chauffeur, monsieur Quant. Vous pouvez compter sur moi en toutes choses.

Après-midi du 25, matinée et après-midi du 26 : litanie des discussions avec les hommes des ministères, face à leur affabilité souvent timide ou au contraire, plus rarement, leur froideur, mais toujours leur obsession paperassière, et leur lenteur. On appelle *compensation* un mécanisme par lequel telle importation est payée aux exportateurs non en bon et bel argent mais en d'autres produits — dans le cas de l'U.R.S.S., souvent, du pétrole voire des icônes ou des fourrures — que le vendeur devra, dans l'hypothèse la plus simple, négocier sur d'autres marchés.

On l'avait logé à l'hôtel *Metropole,* vieil établissement sur l'avenue Marx, où il était déjà descendu à trois ou quatre reprises. Le soir de son arrivée, et donc le 25, il dîna avec deux couples d'Allemands de l'Est rencontrés par hasard. Ils allèrent au *Bakou,* rue Gorki, où l'on servait de la cuisine d'Azerbaïdjan. Iamskoï l'avait attendu dehors et le raccompagna au *Metropole.* A la réception, comme d'ordinaire, Paul remplit la fiche de police et remit tous les documents en sa possession, y compris son passeport, qu'on ne lui rendrait qu'au matin. Pas de clé en échange mais un morceau de carton indiquant le numéro de sa chambre. Le carton était destiné à la *dejournaya,* la gardienne de l'étage, qui lui ouvrit sa porte, puis reprit sa faction dans le couloir, où elle allait demeurer toute la nuit.

Déjeuner le lendemain midi avec des gens du Commerce. On se rendit au *Mir* de la rue Bolchoï-Deviatinski. Il fut invité pour la soirée (son départ était prévu pour le samedi matin, par l'avion pour Zurich de neuf heures cinquante) mais il déclina l'invitation, disant qu'il préférait rentrer à son hôtel et y dîner seul.

— Rentrez dormir, Kostia. Je ne ressortirai pas. Demain matin à sept heures quinze, je vous prie.

Iamskoï portait une moustache noire, très épaisse ; ses yeux aigus étaient légèrement bridés, suite à quelque ascendance mongole. Il acquiesça sans un mot, attendit comme la veille que Paul eût déposé son passeport à la réception et reçu le carton pour la *dejournaya.* Attendit encore que Paul eût disparu dans les étages.

Paul y disparut.

Pendant environ un quart d'heure.

Redescendit au bar. Iamskoï n'était plus en vue à cet instant. Il but une vodka sans hâte, entamant une causette avec tout un groupe de Roumains rigolards qui lui apprirent qu'ils étaient venus à Moscou pour disputer une rencontre de volley-ball, qu'ils avaient d'ailleurs joyeusement perdue. Deux ou trois d'entre eux savaient un peu de français, d'autres parlaient le russe ou l'allemand. Eux aussi avaient dîné au *Metropole* pour quelque sordide raison de paiement forfaitaire de leur séjour, mais leur intention était maintenant de sortir et d'aller prendre un verre au *Labyrinth,* une boîte à balalaïkas qui se trouvait dans l'hôtel *Intourist,* pas très loin de là. On pouvait aisément y aller à pied.

— Je veux bien vous accompagner, dit Paul, mais à une seule condition : c'est moi qui paierai les verres.

Les volleyeurs étaient tous de très grande taille. Trois ou quatre d'entre eux dépassaient les deux mètres; le plus petit culminait tout de même à un mètre quatre-vingts et quelque. Ils étaient une bonne douzaine. Paul sortit avec eux.

Peut-être eut-il tout simplement l'intention d'aller prendre ce verre (il n'avait pas sur lui son passeport, ni aucun papier d'identité, laissés pour la nuit à la réception).

Ou plus vraisemblablement, il se servit des Roumains, au milieu desquels il passait tout à fait inaperçu malgré sa propre taille, pour quitter le *Metropole* sans être autrement remarqué.

Avec déjà l'intention de se rendre, à pied, à la rue Kropotkine.

C'est la thèse de Pierre Quant : Paul improvisa, à partir d'un plan d'action plus ou moins souple. La preuve pouvant en être trouvée dans ce fait que, ressortant avec les Roumains, il portait toujours ce sac de toile contenant ses achats de la fin de l'après-midi du 26, dans divers magasins, dont le *Malakhite,* avenue Kalinine, et *Detski Mir,* « l'Univers des Enfants », avenue Marx. Le sac pesait trois ou quatre kilos, surtout en raison de la présence des pierres de collection. (A son retour au *Metropole,* vers sept heures, il avait dans un premier temps déposé ce sac à la réception, mais l'avait récupéré, au moment de prétendument monter dans sa chambre, après le dîner.)

Du *Metropole* à l'*Intourist,* la distance est réduite, le deuxième des hôtels se trouvant dans la rue Gorki.

— Je vous rejoins dans quelques minutes, dit Paul aux Roumains, sitôt qu'ils furent dehors. Vous commandez et j'arrive pour payer.

Des autocars s'alignaient au long du trottoir, devant le théâtre Maly. On en déchargeait des bagages. Paul se servit des véhicules comme d'un écran. Il parvint ainsi à s'approcher à moins de trente mètres de Kostia Iamskoï. Le Sibérien avait garé sa Volga à l'entrée d'une petite rue. Il en était descendu, bavardait en souriant avec un milicien qui paraissait à peine seize ans. Paul attendit. Le milicien finit par s'éloigner en direction du jardin au jet d'eau qui se trouve devant le Bolchoï. Plusieurs minutes s'écoulèrent encore. Les autocars derrière lesquels Paul s'abritait commencèrent à bouger, très lentement, à la russe, n'ayant plus à leur bord qu'un chauffeur et un aide. Paul marcha avec eux, les gardant toujours entre Iamskoï et lui. Il put ainsi se glisser sur les arrières du théâtre Maly...

Revint en vue directe du Sibérien qui était maintenant tout à fait seul, battant la semelle autour de sa voiture, tantôt s'aventurant sur l'avenue Marx, un œil sur l'entrée du *Metropole* sur le trottoir d'en face, tantôt au contraire effectuant un paisible aller et retour dans la rue longeant le théâtre.

Paul frappa à l'occasion de l'un de ces va-et-vient. Il frappa à la volée, avec le sac de toile contenant les pierres de collection et notamment des malachites. Il toucha à la nuque, ne laissant à l'homme aucune chance d'esquiver, ni même de voir qui le frappait (encore que ce détail-là n'eût pas beaucoup d'importance, étant donné ce qui allait suivre). De son bras gauche, il retint le corps qui s'effondrait. Le porta littéralement jusqu'à la Volga.

Les deux soldats surgirent à la seconde même où il allait ouvrir la portière.

Ils sourirent.

— Il n'a pas un peu trop bu ?

L'un et l'autre étaient très jeunes, certainement pas moscovites, ni même russes, avec en fait des têtes et un accent à provenir plutôt d'Asie soviétique. Paul leur rendit leur sourire :

— Juste assez de vodka pour faire flotter le *Potemkine.*

La plaisanterie n'était pas des meilleures mais elle

enchanta les soldats. Ils aidèrent Paul à installer Iamskoï sur le siège du passager.

Poussèrent même la gentillesse jusqu'à aller s'assurer, quand Paul eût pris place au volant et mis la voiture en route, qu'il pouvait sans danger déboucher sur l'avenue Marx.

Ils lui coururent après :

— Votre sac !

— Le sien, dit Paul. Mais merci quand même.

Il les salua d'un grand sourire, se mit à rouler avec une sage lenteur. Il laissa sur sa gauche le Conseil des ministres et sur sa droite l'hôtel *Moskva*. Il avança vers l'ouest, en direction de la rue Volkhonka.

Comprenant que, puisque les soldats l'avaient vu, il venait de se jeter dans une aventure sans retour.

Mais sans doute le savait-il déjà.

Il se heurta au premier barrage à l'entrée même de la rue Kropotkine : deux voitures de la milice et deux camions visiblement pleins de soldats en armes.

Mais il le découvrit assez tôt pour réagir : sans hésiter, à hauteur de la station de métro et devant la statue d'Engels, il tourna à gauche, vers la Moscova. A côté de lui, le Sibérien commençait à s'agiter faiblement, reprenant peu à peu conscience. Dans la seconde, Paul engagea son véhicule dans une des allées du grand jardin qui encercle la piscine municipale. Il stoppa à l'abri des regards. A quatre cents mètres, d'autres camions militaires arrivaient et des soldats par dizaines, armés, commençaient à se déployer. Avec rapidité et précision, Paul mit pied à terre, contourna la voiture, transféra Iamskoï du siège avant à la banquette arrière. Il entreprit d'abord de le ligoter avec sa propre ceinture puis, réflexion faite, alla fouiller le coffre. Il y trouva une corde de remorquage, des couvertures, des chiffons, un tuyau de caoutchouc pour effectuer des vidanges de réservoir d'essence et surtout, un petit rouleau de fil électrique.

Il revint à Iamskoï allongé sur le tapis, le nez dans celui-ci. Il lui lia plus solidement les poignets, cette fois se servant de la corde, encerclant plusieurs fois la poitrine et les bras, achevant par un nœud autour des chevilles conclu par une boucle autour du cou. Il vérifia la tension de la corde : suffisante. Mais tout mouvement violent aurait à la longue entraîné la strangulation.

Il avait enfoncé l'un des chiffons dans la bouche du Sibérien, en noua un autre sur les lèvres, et un troisième sur les yeux.

A aucun moment Iamskoï, qui n'esquissa de mouvements de résistance que vers la fin de l'opération, ne put voir le visage de Paul.

Lequel se remit au volant, après avoir recouvert son prisonnier de deux couvertures.

Et repartit en direction de la rue Kropotkine.

Nouveau barrage.

Qui se mettait en place, celui-ci. Il était fort d'une douzaine de camions, de plusieurs voitures. A moins de cent cinquante mètres de Paul, d'autres soldats sautaient à terre et prenaient position, comme pour une battue.

Il stoppa encore, s'étant de nouveau engagé sous les arbres. Il se retourna : au carrefour qu'il avait franchi cinq ou six minutes plus tôt, c'est-à-dire là où se rejoignent les rues Kropotkine, Metrostroyevskaïa et Volkhonka, ainsi que l'avenue Gogol, de nouveaux camions survenaient encore, complétant formidablement le premier dispositif, auquel il avait échappé de justesse, et surtout lui coupant toute retraite. La nuit de novembre était claire, évidemment glacée et sous les arbres des bosquets environnant la piscine gigantesque (vingt mille personnes), des silhouettes commençaient à se dessiner, armées et casquées, progressant en une ligne continue et inexorable...

Droit sur lui.

Il sortit de la Volga, en ferma les portières à clé. Il se mit à marcher. Il remonta un peu au nord. Réussit à se faufiler dans la rue Metrostroyevskaïa vingt à trente secondes avant qu'une voiture de police n'en vienne barrer l'accès, à la hauteur du palais Golovine. Luttant contre une féroce envie de se mettre à courir, s'attendant chaque seconde à être interpellé, il n'en continua pas moins d'avancer d'un pas tranquille, dans la direction du couvent de la Conception. Il tourna sur sa droite aussitôt qu'il le put, se repérant d'après le grand bâtiment jaune où se trouve l'Institut Maurice-Thorez de Langues étrangères.

Il entra dans cette même rue plantée d'arbres, avec ses alignements d'hôtels particuliers et d'immeubles des XVIIIe et XIXe siècle...

... Se retrouva (sans doute aux alentours de neuf heures

trente) à cinquante pas de son objectif, sur le trottoir opposé à celui sur lequel il marchait.

Il eut juste le temps de se jeter dans un jardinet, puis aussitôt après dans l'obscurité d'un porche : camions de l'armée et voitures venaient d'apparaître, aux deux extrémités de la rue. Un étrange silence se fit quand tous les moteurs se turent, lorsque les hommes mirent pied à terre, entreprirent leur manœuvre de déploiement, s'établirent sur une double file, de part et d'autre de la chaussée.

Formant de la sorte un double cordon absolument infranchissable.

Dont lui, Paul Quant, et l'hôtel particulier que René Pissarugues lui avait désigné comme étant celui de Popov, formaient exactement le centre.

Il y eut peut-être un moment où il projeta le pire : une course éperdue, une ruée subite droit devant lui vers cette porte qui lui faisait si parfaitement face, sur le trottoir opposé. C'eût été folie pure : outre les soldats il y avait, à l'entrée même du bâtiment à colonnes, dont toutes les fenêtres étaient à présent illuminées, une dizaine de miliciens en faction.

Et puis, de toute manière il dut réaliser que cet incroyable déploiement de forces, par son ampleur extravagante, ne pouvait le viser personnellement, en dépit des apparences. Ça n'aurait pas eu de sens ; même dans un pays à la méfiance paranoïaque, on n'aurait pu mobiliser avec une telle promptitude des centaines et sans doute des milliers de soldats à seule fin de capturer un banquier occidental pour l'heure coupable d'avoir quitté son hôtel sans passeport et d'avoir assommé son chauffeur-guide.

Le porche où il avait trouvé refuge se prolongeait à gauche par un petit escalier, dissimulé aux regards de la rue par une haie de troènes. Paul en descendit les marches. Il parvint à une entrée de garage, dont le double battant de bois latté n'était même pas fermé à clé. Il l'entrebâilla. Se glissa par cet entrebâillement. Pénétra dans un garage qui contenait trois voitures, deux d'entre elles de fabrication occidentale et arborant la plaque et le petit fanion du corps diplomatique, aux couleurs de l'Australie pour l'une, du Danemark pour l'autre. Pas d'autre issue que la double porte par laquelle il était entré. Il revint à celle-ci. Elle comportait des sortes de petits hublots vitrés. Par lesquels il redécouvrit la rue, les soldats alignés (à huit mètres de lui) et une partie de la façade de l'hôtel particulier, plus illuminée que jamais.

Il commença à attendre. Dans un premier temps conservant dans la poche droite de son pardessus le rouleau de fil électrique, qu'il ne cessait de faire tourner entre ses doigts gantés. Puis, tout de même, dans un réflexe de prudence, il alla le déposer sur une étagère, pour le cas où les soldats seraient entrés et l'auraient fouillé.

Il attendit à peu près deux heures, dans un froid humide qui s'insinuait, la température descendant nettement en dessous de zéro.

Plus de deux heures : il ne devait pas être loin de minuit quand un frémissement courut et anima l'alignement des soldats. Paul les vit qui soudain se redressaient, prenaient le garde-à-vous, en alerte, un homme sur deux tournant le dos à la chaussée entièrement dégagée et surveillant les façades.

Et les voitures entrèrent dans le champ de vision. Quatre ou cinq en tout. Les premières chargées d'hommes de la sécurité, la troisième stoppant en vue directe de l'un des hublots derrière quoi Paul Quant observait. Ballet de portières. L'homme apparut, avec son caractéristique chapeau de feutre. Paul le reconnut à la seconde : Iouri Andropov, le très récent successeur de Leonid Brejnev à la tête de l'empire.

Le chef d'Etat entra chez Popov.

Il n'y resta guère qu'un quart d'heure. Il en ressortit, remonta en voiture, repartit au sein de son cortège. Au cours des minutes suivantes, soldats et policiers s'en allèrent de même, et il y eut quelque chose de miraculeux, d'irréel, de rêvé dans la façon dont la rue, les rues avoisinantes, tout le quartier se vidèrent soudain de ces effectifs d'hommes en armes, et furent si rapidement rendus à leur tranquillité nocturne.

Paul avait attendu pour bouger. Il se glissa enfin hors de sa cachette. D'abord, il demeura dans le jardinet. Puis, se rassurant au fil des minutes, il marcha jusqu'à la grille basse après laquelle commençait le trottoir. Ayant dès lors l'hôtel particulier face à lui dans son intégralité, il vit que beaucoup des fenêtres étaient maintenant sombres, aux étages notamment. Quelques silhouettes passaient encore pourtant dans les encadrements éclairés du rez-de-chaussée. L'on eût dit des domestiques s'activant à remettre de l'ordre, au terme d'une réception. Les lustres en cristal s'éteignirent à leur tour. Presque aussitôt après une porte latérale s'ouvrit. Paul l'entendit, s'il ne put la voir. Un groupe d'hommes et de femmes emmitoufflés sortit, bavardant gaiement. L'un des hommes exprima en riant son regret de n'avoir pu emporter toute cette vodka et tout ce champagne de Crimée.

Le groupe alla jusqu'à un minibus qui attendait à une cinquantaine de mètres. Il y monta. Le véhicule se mit en route, en direction de la rue Metrostroyevskaïa.

Le silence retomba.

Même les miliciens en faction avaient disparu.

Il se trouvait pourtant encore quelqu'un dans l'hôtel particulier. A preuve ces dernières lumières qui une à une s'éteignirent, suggérant le déplacement d'un homme ou d'une femme — au rez-de-chaussée — actionnant les interrupteurs l'un après l'autre, parcourant des pièces à part lui désertes.

... Et l'homme allait vers le côté droit de Paul, alors que le groupe précédent était parti sur sa gauche. Il allait très clairement en direction de cette annexe repérée par Paul à son premier passage en compagnie de Pissarugues. Qui semblait être un garage souterrain auquel l'on accédait, depuis la rue, par une rampe de béton.

Paul n'hésita plus. Il traversa la rue, s'engagea sur cette rampe. A l'instant même où il parvenait au bas de celle-ci, la porte du garage coulissa, mue de l'intérieur par quelque mécanisme électrique. Paul se figea. Mais l'assez vaste souterrain, mal éclairé, était vide de toute présence humaine. Il y pénétra. Tenant à deux mains le fil électrique, dont il avait plusieurs fois enroulé les extrémités autour de ses paumes, à la façon des étrangleurs.

Plusieurs voitures étaient garées dans la demi-pénombre, entre les piliers de béton. Une Mercedes 450 y avoisinait plusieurs grosses limousines noires, telles qu'en utilisent les très hauts fonctionnaires soviétiques. Plus incongrue dans ce parc était une petite Moskvitch ancienne, dont la garde au sol était rouillée, partait en lambeaux, rongée par les neiges hivernales et la boue.

Sur la droite de Paul à dix mètres, un bruit de pas rythmé par la descente d'un escalier de ciment.

Il se jeta aussitôt vers une porte en fer. S'y embusqua. Moins de quatre secondes plus tard, une clé fut tournée, le battant pivota, l'homme franchit le seuil...

... Eut le temps de faire un ou deux pas mais s'immobilisa figé sitôt que le fil électrique lui enserra durement la gorge :

— Je n'ai pas l'intention de vous tuer tout de suite, dit Paul. En fait, je ne suis pas très sûr de vous tuer vraiment.

— Votre incertitude me ravit, répondit Popov.

30

Il demanda :

— Vous êtes Paul Quant ?

— Oui.

Il bougea très précautionneusement la tête :

— Je me souviens maintenant : mon secrétariat m'a signalé un homme s'exprimant parfaitement en russe mais néanmoins étranger, qui m'a appelé... combien de fois ?

— Trois. De Genève d'abord. Et de Moscou, hier et ce matin. On m'a assuré que vous seriez ici ce soir.

— Il vous aurait donc suffi d'obtenir de moi un rendez-vous ?

— Peut-être.

— Vous n'avez pas l'intention de me tuer. Avec quoi êtes-vous en train de m'étrangler ?

— Du fil électrique, trouvé dans la voiture de Iasmkoï. J'ai assommé le même Iamskoï, quoiqu'il ne m'ait pas vu le faire. Toutefois, deux soldats se souviendront sans doute de moi, traînant ma victime.

— Tout peut encore s'arranger, dit Popov. Surtout si ce Iamskoï ne peut vous identifier. J'ai tout de même assez de poids pour contrer son témoignage éventuel. Vous me faites mal, vous savez. Et il fait très froid. Vous voulez me parler et, dans la situation où je suis, je peux difficilement vous contrarier. Mais je préférerais aller ailleurs. Dès lors, de deux choses l'une : ou bien nous revenons dans ces pièces que je viens de quitter ou bien nous montons dans ma voiture et allons chez moi.

— Vous habitez ici.

— En aucune façon. Cet hôtel particulier m'est alloué pour, comment dire ? ma représentation. J'y reçois mes visiteurs importants, étrangers. Mais je n'y habite pas. Et si vous et moi y revenions à présent que j'ai tout éteint, je vous donne ma parole que les miliciens ne tarderaient pas à accourir, pour demander ce qui se passe. Il faut me croire, Paul.

Il se laissa fouiller, commenta la chose :

— Je n'ai pas d'arme. Pour qui me prenez-vous ? En revanche, il devrait y en avoir une sous le tableau de bord de la Tchaïka qui est là à droite...

Il se laissa entraîner avec la même docilité. L'arme, un pistolet, se trouvait bien à l'endroit indiqué. Paul la prit, l'enveloppa dans un couvre-siège en fourrure, enfonça le canon dans un dossier, actionna la détente. La détonation n'en fut pas moins assez forte.

— Vous allez finir par attirer les miliciens, remarqua Popov. A présent, puisque vous voilà armé, voudriez-vous retirer ce fil, je vous prie ?

Il se massa le cou.

« Je peux me retourner ?

Ils se firent face.

— Paul, je veux aussi vous parler, vous devez me croire. Et je voudrais rentrer chez moi, où les risques seront bien plus faibles de voir quelqu'un survenir et ainsi vous pousser à me tuer. Acceptez-vous de monter en voiture avec moi ? Je conduirai et vous pourrez me tirer dessus à tout moment.

Il prit place au volant de la vieille Moskvitch. La mit en route.

— Vous ne me tuerez pas, Paul. Vous n'êtes pas de ceux qui tuent. Moi non plus, d'ailleurs. Et je n'ai absolument aucune responsabilité dans ce que l'on a fait à votre fils, et à vos parents. Si vous tenez absolument à abattre l'auteur de ce chantage, cherchez Arkadi Tsypine. Mais vous aurez un peu de mal à le joindre : il a été affecté depuis quelques jours à je ne sais trop quel commandement du côté de la mer d'Okhotsk, d'où il lui faudra dans les dix ou quinze ans pour revenir. Sur mon insistance, Paul. Lui et moi ne nous entendions guère. Vous avez cru à quelque comédie convenue, entre lui et moi ? Vous vous êtes trompé.

La vieille voiture passa difficilement la rampe de béton. Elle déboucha dans la rue Kropotkine. Se dirigeant vers le nord-ouest, elle s'engagea sur la Ceinture des Jardins, les boulevards de ceinture.

— Vous vous êtes trompé, Paul. Non pas sur Arkadi mais sur ses rapports avec moi. Il me surveillait, vous l'avez sans doute imaginé, comme une hypothèse possible. Moi, je me satisfaisais tout à fait de vous, en tant que Chat à clochette. Je n'aurais pas commis l'erreur de vous pousser à bout. Vous me croyez ?

— Ça n'a pas beaucoup d'importance, dit Paul. Mais je voulais justement vous parler de cette clochette, entre autres choses.

— Nous parlerons de tout ce que vous voudrez.

Popov prit à gauche sur la M 10, route de Léningrad. Du temps où il était étudiant à Moscou, Paul était souvent venu dans ce quartier qu'ils traversaient.

— Je ne veux plus de cette clochette.

— Vous allez démissionner de votre banque ?

— Oui.

— Mais vous ne l'avez pas encore fait. Pas plus, et c'est très étrange, que vous n'avez fait appel à votre président quand votre fils et vos parents ont été si dangereusement menacés. Mais passons. C'est ce que vous êtes venu me demander, en m'étranglant plus qu'à moitié : que je vous ôte cette clochette qu'on vous a mise au cou ?

— Notamment.

Place Maïakovski puis, un peu plus loin, la gare de Biélorussie.

— Et pourquoi le ferais-je ?

— A cause de l'original du dossier polonais que j'ai encore, quelque part.

On passa le canal qui relie la Moscova aux réservoirs de Khimkinskoïe et Pirogovskoïe. Popov s'était mis à rire :

— Si ce bon Arkadi était assis derrière vous, il vous fournirait la réponse : il lui suffirait de menacer de mort votre fils, ou votre femme, pour que vous restituiez le dossier. Et il y aura toujours un Arkadi Tsypine à mon côté, Paul. Avec ou sans mon consentement. Mais pour moi, qui ne suis pas si sanguinaire, je vous répondrai : votre dossier a déjà été rendu public ; sans répercussions vraiment fâcheuses ; il ne vaut pratiquement plus rien.

— Et à cause des Maisons Rouges, dit Paul. Le dossier d'Henri de Chastel, qu'il avait caché dans cette maison de l'Ain.

Silence. Le regard bleu de Popov quitta la route quelques secondes.

— C'est impossible, finit-il par dire. On m'a assuré que vous n'aviez détenu ces listes que pendant quelques minutes. Au plus. Et que vous n'en aviez fait aucune copie.

— Aahren Felix, 224 Hoogstrasse, Oudenaarde, Belgique, directeur de la société Ooost Bevere Technics. Abamis José-Enrique...

Paul se mit à réciter de sa voix nonchalante, en maintenant le canon du pistolet enfoncé au-dessus de la hanche droite de Popov. Il énuméra soixante-dix à quatre-vingts noms, adresses et raisons sociales à la suite. A croire qu'il lisait quelque texte invisible.

On entra dans Krasnogorsk.

— Et à la lettre V ? demanda Popov.

— Vaartanian William Hov, 2356 West 28e, téléphone...

— Je vous remercie, dit Popov.

— Je peux continuer pas mal de temps encore.

— Je n'en serais pas surpris. Tout comme il ne m'étonnerait pas d'apprendre que vous avez mis sur papier cette espèce d'annuaire.

— Mais il y a pour vous bien plus grave, dit Paul. Grâce à quoi je vous forcerai la main...

La Moskvitch roulait maintenant en pleine campagne, sous une lune blanche. Elle avait contourné par le nord les boucles que fait la Moscova après avoir traversé le centre de Moscou. Le paysage était presque uniformément plat, animé d'étangs gelés, de bosquets de frênes et de sorbiers, de saules et de pommiers sauvages, et parsemé de datchas essentiellement estivales. Il ne devait pas être très loin d'une heure du matin. Pour s'y être rendu en excursion, Paul Quant put reconnaître les lieux : on allait vers Arkhangelskoïe, où se trouve en particulier le palais aujourd'hui transformé en musée des princes Galitzine, puis Youssoupoff.

— Pour vous personnellement, dit Paul, il y a beaucoup plus grave. Je crois que vous avez eu très peur, voici à peu près une heure, quand j'ai surgi derrière vous. Non que vous ayez réellement craint de mourir. Mais pour une autre raison, qui vous a poussé à filer au plus vite, en m'emmenant avec vous. Je crois que cela tient à ce qui s'est passé ce soir, en bonne partie. Pendant des années, vous avez été une sorte de ministre des finances secret, bénéficiant de la protection de Brejnev, sinon de sa confiance. Avec cette conséquence extraordinaire que vous, que personne ou presque ne connaît, avez pu parcourir le monde, du *Pierre* de New York, aux *Mandarin* de Hong Kong, *Cho-Sun* de Séoul, *Dorchester* de Londres, avec tous les attributs de la plus grande richesse. Vous avez pu prendre part au Grand Jeu, en votre qualité de responsable de la plus grande multinationale du monde, et de fort loin. Parce qu'en plus des capitaux fabuleux que vous manipulez, vous disposez de la plus grande armée de tous les temps, appuyée par le plus fanatique et le plus complet des services secrets jamais créés. Mais Brejnev meurt...

La Moskvitch qui jusque-là longeait l'immense parc autrefois princier, ralentit et s'engagea sur un chemin de terre.

— Brejnev meurt et vous voilà dans l'angoisse : et si son successeur décidait de se passer de vous ? de vous priver de votre jouet ? Il ne doit pas manquer d'hommes qui, à tort ou à raison, s'estiment plus aptes que vous à jouer la partie au nom de l'Union Soviétique...

Une grosse mais assez simple datcha apparut, enfermée dans une épaisse ceinture d'arbres. La Moskvitch ralentit encore. Elle stoppa, Popov laissant tourner le moteur, face à l'entrée d'un appentis qui devait servir de garage.

— Or, ce soir, dit Paul, on vous a confirmé dans vos fonctions, on vous a appris que vous pouviez continuer à tenir les dés...

Il tenait l'arme dans sa main droite. Il la changea de main, tout en la conservant plaquée contre le corps du Russe. Ses doigts libérés écartèrent le revers du manteau bordé de loup : l'insigne d'or à cinq côtés sur fond de ruban de soie rouge moirée étincela à la seule et faible lumière de l'habitacle.

— L'ordre de Lénine, dit Paul. La distinction la plus élevée dont puisse rêver un citoyen soviétique. Et il est venu vous la remettre en personne, à domicile, pour un triomphe unique. Et moi je surgis à ce moment précis, avec mes petits dossiers. Je suis la preuve vivante de ce que vous avez commis quelques erreurs. Vous comprenez dans la seconde, en me voyant, que ma seule présence, de nuit, chez vous, quelque explication que vous puissiez en donner par la suite, risque fort de tout compromettre, de ruiner vos espoirs. Coupez le moteur, s'il vous plaît.

Le silence les écrasa, dans la seconde suivante.

— Qui se trouve dans cette maison ?

— Ma femme, deux de mes filles et quatre de mes petits-enfants.

— Du personnel ?

Popov sourit : « Non ». Il ajouta :

— Mais si nous restons ainsi dans cette voiture à l'arrêt, ma femme finira par sortir et se demander ce que je fais. Bien entendu, vous pouvez parfaitement croire que mes femmes et moi allons vous égorger, vous dépecer et vous enterrer par morceaux dans le jardin.

Une lumière s'alluma au premier étage.

— Ma femme, Paul. Elle va sortir dans une minute. Ne me la tuez pas, s'il vous plaît. J'y tiens beaucoup.

Paul déposa le pistolet sur le tapis, le repoussa du pied. Il ôta et essuya ses lunettes :

— Je suis à demi mort de froid, dit-il. Vous savez qui habite cette maison, juste en face de votre hôtel particulier ?

— Des diplomates, l'un australien et l'autre danois. Où vous étiez-vous caché ?

— Dans le garage.

Une autre lumière s'alluma, cette fois au rez-de-chaussée. Popov remarqua :

— A votre place, avant de traverser la rue, j'aurais peut-être laissé un message à ces deux diplomates, pour le cas où quelque chose m'arriverait, lors de ma visite nocturne au sanguinaire Popov.

Il hocha la tête.

« Venez. Nous avons l'un et l'autre besoin de beaucoup de thé bouillant, très fort et très sucré.

C'était une maison très simple, à part les livres, entassés dans une profusion extravagante. Le désordre y régnait, mais il exprimait le confort, et une totale indifférence au décorum — traits que Paul Quant avait notés, chaque fois qu'il avait été reçu dans un intérieur russe. Même dans ce qui était la salle de séjour, au rez-de-chaussée, on avait tendu des couvertures au-travers de la pièce et, écartant ces couvertures, Popov avait montré à Paul deux enfants endormis sur un canapé-lit d'assez piètre facture.

— Ne parlons pas trop fort, s'il vous plaît. Je ne voudrais pas les éveiller.

Ils s'installèrent dans la cuisine, près d'un gros poêle de fonte, de part et d'autre d'une table.

— Vous habitez vraiment ici ?

— Quand je ne suis pas à l'étranger.

— L'hôtel particulier étant aussi l'étranger ?

— Aussi.

— Humilité voulue pour ne pas trop attiser les jalousies ?

— C'est une interprétation.

Le thé avait la couleur de l'acajou. Ils mangèrent des

boulettes de viande de veau accompagnées de pommes de terre et de quantité de pain noir. Sur une commode en bois dont le vernis s'écaillait, se trouvaient des photos glissées sous une plaque de verre, toutes représentant la même jeune femme en tenue de danseuse classique, pas extraordinairement jolie, mais les yeux très beaux, rêveurs et doux. Ceux de la femme qui les avait accueillis et servis, et s'était maintenant retirée, silencieuse.

— C'est arrivé il y a quatre ans, dit Popov. A... disons dans l'une de nos villes. Trois hommes. Au début, ils ont fabriqué des tee-shirts de style américain pour eux-mêmes, et leurs amis. Très vite, ils en ont fait des milliers, des dizaines de milliers. Ils se servaient de machines de l'usine qu'ils dirigeaient. Ils gagnèrent beaucoup d'argent. Et l'entassèrent, faute de pouvoir le dépenser. On les arrêta enfin. Avant de les condamner à mort, le juge leur demanda : « Mais pourquoi diable gagner tant d'argent, alors qu'il ne vous sert à rien ? » Et ils répondirent : « Parce que c'est tout ce que nous savons faire : gagner de l'argent. » Ils ont été exécutés. Vous aimez mon histoire, Paul ?

— Et vous êtes comme ces trois hommes. Vous êtes Popov, à manipuler des milliards et des milliards qui ne sont pas à vous et auxquels vous ne toucherez jamais, pour cette seule raison que vous ne savez rien faire d'autre.

— C'est un peu ça, dit Popov.

Il avait ôté son manteau doublé de loup, et se débarrassa avec négligence de son veston où brillait l'ordre de Lénine.

Il attira à lui une première bouteille de vodka. Se servit à ras bord. Lampa tout le verre.

— Ce soir, Paul, je suis heureux. J'ai obtenu un répit. De six mois, d'un an. Ou de cinq ou dix ans. Je me suis débarrassé de Tsypine. Mais bien sûr, je vais retrouver un autre Tsypine, dès demain. Qui me sera tout aussi insupportable.

Sourire. Il vida un nouveau verre :

« Vous me croyez, Paul ?

— Presque, dit Paul, le nez dans sa tasse de thé.

— Et vous ne voulez plus de votre clochette.

— Ni même être un chat.

— Du fromage ?

— Non merci, vraiment.

— Parlons *doucha douché,* Paul. De cœur à cœur. Je n'ai pas cru un seul instant que vous pouviez me tuer. En revanche, moi, je pourrais vous faire tuer. Vous savez bien entendu que ma femme a téléphoné, voici vingt minutes ?

— Evidemment, dit Paul.

— Et qu'on va venir, en réponse à cet appel qu'elle a lancé...

Paul acquiesça. Popov encore :

— Je ne crois pas à votre prétendu message confié aux diplomates australien et danois. Ça n'aurait d'ailleurs aucune importance, vraiment aucune. Vous le savez. Je sais que vous jouez aux échecs...

— Oui.

— Au point de prétendre pouvoir me battre ?

— Oui.

— Vous avez aventuré votre Dame, elle est en danger de mort, vous l'avez fait délibérément, sciemment, en toute lucidité. Le mat me semble proche. Mais je ne vois pas vos yeux. Vodka ?

— S'il vous plaît, dit Paul.

— Votre situation est en fait fort claire, et critique : vous êtes un visiteur étranger qui par je ne sais quel moyen a réussi à quitter discrètement son hôtel, puis a assommé le chauffeur-guide que mon pays avait eu l'obligeance de mettre à sa disposition, puis a volé une voiture, puis est allé s'embusquer en pleine nuit sur le passage de la plus haute personnalité d'Union Soviétique, non sans s'être au préalable armé d'un pistolet Tokharev de calibre 7,62, puis enfin qui a pris en otage un fonctionnaire heureusement très ordinaire...

— Décoré de l'ordre de Lénine.

— ... un fonctionnaire très ordinaire décoré de l'ordre de Lénine qui, par chance, a réussi à désarmer et à maîtriser ce dangereux individu.

— Je prendrai du fromage, réflexion faite.

— Vodka ?

— Vodka.

On approchait de deux heures du matin.

— Vous pourrez plaider la folie passagère, voire le somnanbulisme. Et vous en tirer avec dix ans. Vodka ?

— Vodka.

Ils lampèrent l'alcool. Sans autre bruit autour d'eux que le ronflement doux du poêle de fonte. Un des enfants dormant dans la pièce voisine, derrière l'écran des couvertures, avait quelques instants plus tôt bougé et bredouillé dans son sommeil, quand Paul avait dit les mots : « Décoré de l'ordre de Lénine. » Mais il s'était apaisé, à présent.

— Et je fixe votre Dame, éperdument, sur l'échiquier, dit Popov. Outre le fait que vous étiez bel et bien en position de me tuer, avec ce fil électrique autour de mon cou, j'aurais effectivement eu quelques difficultés à expliquer votre présence chez moi. Surtout une nuit comme celle-ci où j'ai reçu une aussi exceptionnelle visite. Dans la position où je suis — je sais que je ne vous révèle rien et c'est pourquoi je parle, la vodka n'y est pour rien — avec les responsabilités qui sont les miennes, on attend de moi la discrétion et le silence. Je n'ai pas que des amis, ils sont quelques-uns à s'étonner, ou pire, de ce répit que j'ai obtenu. A vous en croire, on vous aurait enfermé dans une sorte de piège extrêmement machiavélique, afin qu'en tant que banquier occidental, vous soyez contraint d'agir au mieux des intérêts de mon pays. Vous me demandez de vous libérer de ce piège...

D'abord à peine perceptible, puis de plus en plus distinct, monta dehors un bruit de moteur. Une ou plusieurs voitures.

« Et soit par l'effet d'une chance exceptionnelle, soit suite à un calcul très retors de votre part, vous me présentez votre demande le soir même où je connais le plus grand triomphe de ma vie...

Deux voitures au moins. Qui stoppèrent devant la datcha. *On* bougea, à l'étage.

« Une nuit où je suis naturellement enclin à la générosité et à la bienveillance...

Des pas légers de danseuse dans l'escalier, puis dans la salle de séjour. On ouvrit la porte sur le jardin. Chuchotements.

— Ceci dit, dit Popov abandonnant soudain le russe pour le français, en supposant que je puisse réellement faire quelque chose pour vous, en supposant que je possède assez d'influence pour convaincre les accrocheurs de clochette de renoncer à vous... alors que ce n'est guère dans leurs habitudes, ni dans leurs goûts, eux qui considèrent que nul ne peut jamais quitter leurs rangs, ou échapper à leur emprise, qu'aucune exception ne peut être acceptée, ne serait-ce que pour l'exemple... je devrais prendre le risque d'une intervention qu'on pourrait ensuite me reprocher ?

L'ex-danseuse parut sur le seuil de la cuisine. Elle s'y immobilisa, sans un mot, fixant son mari.

Popov acquiesça. Dans un français parlé très bas :

— On va vous ramener à votre hôtel, Paul... On ne vous

posera pas de questions. On ne vous reprochera même pas d'avoir fait un tour au clair de lune, à pied, en oubliant de réclamer votre passeport à la réception de votre hôtel. Demain, prenez sans faute votre avion, rentrez en Suisse. Et une fois là-bas, réfléchissez. Pensez à cette démission que vous voulez donner, notamment. Que votre décision soit mûrement réfléchie. Et, le cas échéant... j'aurai un cadeau pour vous...

Paul se leva. Il fit cinq ou six pas. L'ancienne danseuse lui céda le passage. Paul dit :

— Merci infiniment de votre hospitalité.

Elle inclina la tête, évitant son regard.

Paul alla jusqu'à la porte ouvrant sur la nuit glacée. Derrière laquelle on entendait le ronronnement des moteurs des deux voitures en attente. Il se retourna :

— Un cadeau ?

Demeuré assis à la table, ayant ingurgité, avec une rapidité fascinante, l'équivalent d'une pleine bouteille de vodka, Popov avait ses yeux bleus très légèrement voilés, le débit de sa voix un peu ralenti ; des rougeurs marquaient ses pommettes. Et ainsi en bras de chemise, avant-bras nus et fortement musclés, puissament attablé, massif comme un paysan, il n'était plus le même homme que celui qui, en Occident, avait sa table chez *Maxim's*, et des droits sur l'unique suite du *Connaught*.

Il ne tourna même pas la tête quand Paul Quant s'en alla.

31

Julie et Paul Quant arrivèrent à Sils-Maria, au-dessus de Saint-Moritz, au début de la nuit du 14 au 15 décembre 1982 — Julie tenant le volant comme d'ordinaire. Ils dînèrent au *Waldhaus*. Repas terminé, leurs bagages chargés sur le traîneau tiré par un cheval, ils prirent le chemin de Fex. Paul, cette fois, tenait les rênes, de par cette prétention qu'il avait toujours eue, d'une entente secrète entre lui d'une part, et d'autre part les chevaux, les chiens et les rossignols.

Les Quant, mari et femme, avaient donné leur démission huit heures plus tôt. Ensemble, par deux lettres identiques ou peu s'en fallait, qui avaient été confiées en trois exemplaires chacune à Margot Lelong, la plus sûre des secrétaires de Paul. A charge pour celle-ci de les remettre ou de les expédier, dès le lendemain matin 15 décembre. Les trois destinataires étaient Gros-Minet à Paris, si d'aventure il occupait encore son poste, Jacques Bellus à Genève, Charles Weber à Zurich.

Vers minuit trente, ils dépassèrent la petite église romane de Fex-Crasta, où ils s'étaient mariés. A partir de là, le chemin se révéla vierge de toute trace, la neige du matin n'ayant été foulée par aucun pas, entaillée par aucun patin de traîneau. C'était un temps à neige, étonnamment doux, d'une quiétude molle et presque oppressante et, loin de la rompre, la double clochette du cheval la renforçait, par sa délicatesse argentine.

Paul et Julie n'avaient d'autre lumière qu'une lampe-tempête dont le halo ne dépassait pas dix mètres.

Paul claqua de la langue. Par une coïncidence pour le moins surprenante, le cheval s'arrêta net, au même instant.

— Je vais allumer.

Il sauta à terre, s'enfonçant jusqu'aux genoux dans la poudreuse. Il marcha jusqu'à la véranda vitrée qui prolongeait le chalet, sur deux de ses côtés, fit le tour, pataugeant dans une véritable congère de plus d'un mètre. Il dut pelleter à pleines mains pour dégager la porte de l'appentis qu'il finit par ouvrir. Il mit en marche le groupe électrogène. Abaissa l'interrupteur.

La nuit s'éclaira d'un grand coup, jusqu'à la muraille noire des sapins.

Paul revint vers le traîneau, sur lequel Julie n'avait toujours pas bougé, emmitouflée jusqu'au menton dans la couverture de fourrure. Il commença de décharger les bagages :

— Si tu m'aidais ?

Elle ne broncha pas.

... Au point qu'il se figea lui-même, la fixant. La découvrant avec des yeux pâles, écarquillés sur le vide.

— Qu'est-ce qui se passe ?

— Regarde.

Elle conduisit en quelque sorte le regard de Paul. Et à ce moment-là ils les découvrirent, juste à la lisière de la forêt, à l'entrée du petit layon par lequel on rejoignait le sentier de la Mott'Ota. Deux bonshommes de neige, de taille inégale : l'un ridiculement haut et maigre avec des allures héronnières, et l'autre plus petit avec des seins marqués. Coiffés, pour le premier d'un vieux chapeau haut-de-forme, et pour le second d'une capeline enturbannée.

D'ailleurs, afin de dissiper toute équivoque, les bonshommes portaient sur la poitrine des écriteaux manuscrits en lettres capitales, rouges sur fond blanc : *PAUL* et *JULIE*.

Et ils étaient pareillement pendus à des branches, en un simulacre effrayant, par deux cordes.

La porte du chalet s'ouvrit.

— Entrez donc, dit Kostia Iamskoï

Deux autres hommes se trouvaient avec lui, à l'intérieur. Debout sur le seuil, il leva un bras et deux silhouettes supplémentaires apparurent, derrière le rideau des arbres, l'une d'entre elles à quelques pas du chemin par lequel le traîneau était arrivé.

— Vous voulez essayer de courir ? demanda Iamskoï. Vous vous mettez à courir et nous essayons de vous tuer. Comme dans un jeu.

— Commes les hermines.

Iamskoï se mit à rire : voilà, c'était tout à fait ça, comme les hermines. Il s'était écarté du seuil. Julie et Paul entrèrent dans le chalet. Les deux cordes terminées par des nœuds coulants pendaient dans le vide, au centre de la pièce unique, depuis la très grosse poutre à cinq mètres de hauteur.

— Mayerling, dit Paul.

Les yeux perçants du Sibérien se portèrent sur lui, le sourire sous la moustache disparut :

— Qui est Mayerling ?

— Aucune importance, dit Paul. Nous allons nous suicider, ma femme et moi ?

Le sourire revint :

— Mais sans souffrir, dit Iamskoï. Vous prenez du Valium. Prenez.

Il montra les verres à demi emplis d'eau, posés sur la table centrale.

— Vous prenez les verres, vous buvez, tous les deux. Ensuite vous êtes très calme, vous la pendez, elle...

— Et je me pends ensuite.

Acquiescement ravi.

— Et quel autre choix ? demanda Paul.

En un éclair, la férocité se fit jour, dans les prunelles noires, les yeux bridés :

— Pas de choix. A Moscou, vous m'avez frappé. Frappé. Et même...

Il s'interrompit, mâchonnant sa haine rageuse. Le sourire revint une nouvelle fois :

— Vous vous suicidez ou bien nous la tuons. Nous la violons et la tuons, très douloureusement. C'est votre deuxième façon de mourir, la deuxième explication si vous n'acceptez pas de collaborer à la première : des immigrants clandestins, peut-être yougoslaves, sont dans la maison quand vous arrivez. Vous entrez : ils vous tuent, au couteau. Ils tuent aussi la femme. Mais avant, ils la violent, tous. Ils lui font très mal. Prenez le Valium.

— Paul ?

— Oui, Julie.

— Finissons-en.

Il sourit, mais sans tourner la tête vers elle, ne regardant que Iamskoï :

— Et nous nous laisserions faire sans combattre ?

— *Paul.*

Cette fois, enfin, il pivota assez pour découvrir Julie : l'un des hommes accompagnant le Sibérien se trouvait maintenant derrière la jeune femme et la lame du couteau qu'il tenait était apposée sur la joue de Julie, à la commissure de la bouche.

— Quant, dit Iamskoï, ne tentez rien.

— Je vais boire ce verre, dit Julie.

Elle se mit à avancer, son gardien la tenant toujours contre lui.

Elle prit l'un des verres et le vida d'un trait.

— C'est bien du Valium, en tous cas, dit-elle.

On l'écarta de la table et on la conduisit jusqu'à un fauteuil, devant la cheminée, où on la fit asseoir.

— Quant ?

La pointe du couteau se trouvait maintenant perpendiculaire aux lèvres de Julie, prête à entailler la bouche et les narines.

La main gantée de Iamskoï tendait à Paul l'autre verre. Paul but.

— Vous devriez vous asseoir aussi, Quant. La dose était très forte.

Il se jeta en avant mais après trois pas, les jambes lui manquèrent. Il tomba à genoux.

— Il n'y avait pas que du Valium.

— Non, dit Iamskoï en souriant. Pas seulement.

L'une de ses mains accrocha le col du blouson fourré. Il tira Paul derrière lui sans effort apparent, jusqu'à l'autre fauteuil, face à Julie.

— Quant, êtes-vous encore assez lucide pour comprendre ce que je dis ?

— Oui, dit Paul.

— Il va neiger cette nuit. Beaucoup. Il y a dans l'air une odeur de neige. Qui recouvrira nos traces.

Paul tenta de se relever mais il ne put que retomber sur le tapis de fourrure, frappant le sol de sa tempe.

— Je passe la corde autour du cou de votre femme, dit Iamskoï. Vous me comprenez toujours ?

— Oui.

On le redressa en le tirant par les cheveux.

— Je passe maintenant la corde autour de votre propre cou, Quant. Vous ne pouvez plus ouvrir les yeux mais vous sentez la corde, n'est-ce pas ?

Paul acquiesça.

— Tendez la main, dit Iamskoï.

Contact de deux extrémités de corde sur la paume. Contact aussi du papier, d'une enveloppe scellée.

Bruits de pas.

— Cadeau, dit Iamskoï.

Bruit de la porte se refermant sur lui.

32

Un rayon de soleil filtrant à travers les volets dansait sur le visage de Paul. Il entrouvrit les yeux, les referma, ébloui. Où était-il, quelle heure était-il ? Des images tournaient dans sa tête, celles d'un film, peut-être... ou bien... Soudain, tout lui revint : Julie, le couteau, la pendaison... Il se redressa et découvrit la jeune femme qui semblait dormir paisiblement. Avant de la réveiller, Paul enleva la corde autour de son cou. Il l'embrassa doucement.

— Julie, murmura-t-il, Julie...

Elle ouvrit les yeux.

— Tout va bien, dit-il. Nous sommes vivants, nous sommes ensemble. N'aie pas peur.

Leurs regards se croisèrent. Bouleversé de tendresse, Paul la serra contre lui.

— Maintenant, continua-t-il, les yeux perdus dans ceux de Julie, j'arrête. Je ne veux plus que nous vivions ça. Plus jamais.

Julie se blottit dans ses bras. Paul la berça comme un enfant. Puis, brutalement, se souvint de l'enveloppe que Iamskoï lui avait remise. La vit au pied du lit. Il l'ouvrit et lut :

« Comme vous le voyez, je n'oublie pas. Un soir à Moscou, vous disposiez de ma vie. Aujourd'hui c'est moi qui tenais la corde. Un mot — un seul — et Iamskoï ne se contentait plus de vous la passer au cou. Il serrait. Il en avait *très* envie. Il est heureux que l'habitude de la soumission l'ait malgré tout convaincu de vous offrir ce cadeau, le plus beau que je puisse jamais vous faire : la vie. N'en attendez pas trop. Tout ne dépend pas de moi : il faudrait qu'A. continue de me faire confiance et qu'il survive à cette maladie. Si A. venait à nous quitter, ma propre position pourrait être modifiée. Et d'autres Iamskoï exécuteraient les ordres de leur nouveau maître. En attendant, cadeau. »

C'est le 22 décembre à midi qu'ils débarquèrent sur Amorgos, l'île grecque la plus éloignée d'Athènes, située dans l'archipel des Cyclades. Deux personnes seulement connaissaient leur destination : Pierre Quant et l'ami écrivain qui leur prêtait sa maison. Le ciel était d'un bleu vif comme on n'en voit que dans ces îles.

Le caïque qui les avait amenés de Santorin reprit immédiatement la mer tandis qu'ils se dirigeaient vers la grande bâtisse blanche, d'où l'on avait vue sur le couvent de la Choroviotissa à l'étrange forme de chenille livide, accrochée au flanc de la montagne. La maison comportait cinq pièces en tout et pour tout. Julie et Paul décidèrent de garder leur fils avec eux dans leur chambre, tant ils éprouvaient le besoin d'être tous trois réunis. La jeune Suissesse d'Engadine qui les accompagnait pour s'occuper de l'enfant s'installa dans la deuxième des chambres du premier étage.

Julie coucha son fils et caressa longuement ses cheveux, assise près de lui, la main dans celle de Paul, jusqu'à ce que l'enfant s'endorme. Ils demeurèrent un moment ainsi devant le petit lit où leur fils semblait bercé par le bruit régulier des vagues qui leur parvenait atténué. Paul se leva enfin et entraîna Julie vers la fenêtre qu'il entrouvrit. Une brise légère fit danser leurs cheveux alors que leurs regards se promenaient, éblouis, sur les couleurs éclatantes des îles.

Ils s'enlacèrent et firent l'amour désespérément.

Le *tachydromos*, postier privé, survint deux heures après leur arrivée. Il dit, dans un français hésitant, que c'était vraiment très surprenant qu'ils reçoivent du courrier alors qu'ils débarquaient à peine.

Paul ouvrit avec précaution le paquet... Il s'agissait d'une sorte de coffret isotherme, spécialement conçu pour contenir une boîte de deux kilos de caviar, accompagnée d'un magnum de champagne millésimé.

L'enveloppe posée dessus renfermait un extrait de presse découpé dans une publication financière spécialement destinée aux banquiers. Le texte faisait état de la conclusion définitive d'un nouveau prêt à la Pologne accordé par les pays du Marché Commun européen pour un montant de plus d'un milliard de dollars. Une photo y figurait, montrant le nouveau président du C.F.I.-Suisse signant l'accord au titre de chef de file, donc de principal bailleur de fonds. La légende indiquait qu'un prêt de même type allait être accordé à la Bulgarie, à la Roumanie et au Nicaragua.

Une carte de bristol était jointe à l'envoi, portant pour toute mention : *BONNES VACANCES ! POPOV.*

A. (Iouri Andropov) mourut le 9 février 1984 à seize heures cinquante.

Je pense à moi-même comme à un grand explorateur qui ayant découvert un extraordinaire pays n'en peut jamais revenir pour faire don au monde de son savoir, mais le nom de ce pays est ENFER.

Malcom Lowry *(Au-dessous du volcan).*

Achevé d'imprimer en mai 1984
sur presse CAMERON
dans les ateliers de la S.E.P.C.
à Saint-Amand-Montrond (Cher)

49-03-0135-03
ISBN 2-86-391-087-6

N° d'Édition : 8095. N° d'Impression : 991.
Dépôt légal : mai 1984.

Imprimé en France

Crédits photographiques cahier hors-texte :

P. 1 : photo Louis Monier-APPM ; P. 2, 3, 4, 5 (photo 1) : DR ; P. 5 (photo 2) : Martin Monestier ; P. 6 : Associated Press ; P. 7 : DR ; P. 8 : photo 1 : J. Andanson-Sygma ; photo 2 : DR.

49-0135-1

L'écrivain est un homme que ses lecteurs ne connaissent pas. Le plaisir qu'ils ont à découvrir ses livres n'en est pas moins grand pour cela. Mais une fois le roman refermé, ils ont souvent l'envie d'en savoir plus. C'est pour cette raison que, répondant à de nombreuses demandes de lecteurs, nous avons été amenés à présenter ce photo-portrait d'un écrivain vivant : quelques images pour le découvrir tel qu'on ne le voit jamais, avec ses proches, dans le décor naturel de sa vie quotidienne. ***Les Editeurs***

Photo-portrait
PAUL-LOUP SULITZER

▲ 1 ◄ 2 ► 3

1 de gauche à droite, Paul-Loup Sulitzer, sa mère Cécile et sa sœur Dominique. **2** Paul-Loup Sulitzer à trois ans. **3** Bal costumé rue Beethoven à Paris.

Sa mère Cécile
et son père Jules, qui prit une part
active à la Résistance.

Paul-Loup Sulitzer à 18 ans : un jeune homme qui débute brillamment dans les affaires. C'est en pensant à ce jeune homme qu'il a plus tard créé le personnage de ses premiers livres : Frantz Cimballi.

1 ▼ 2

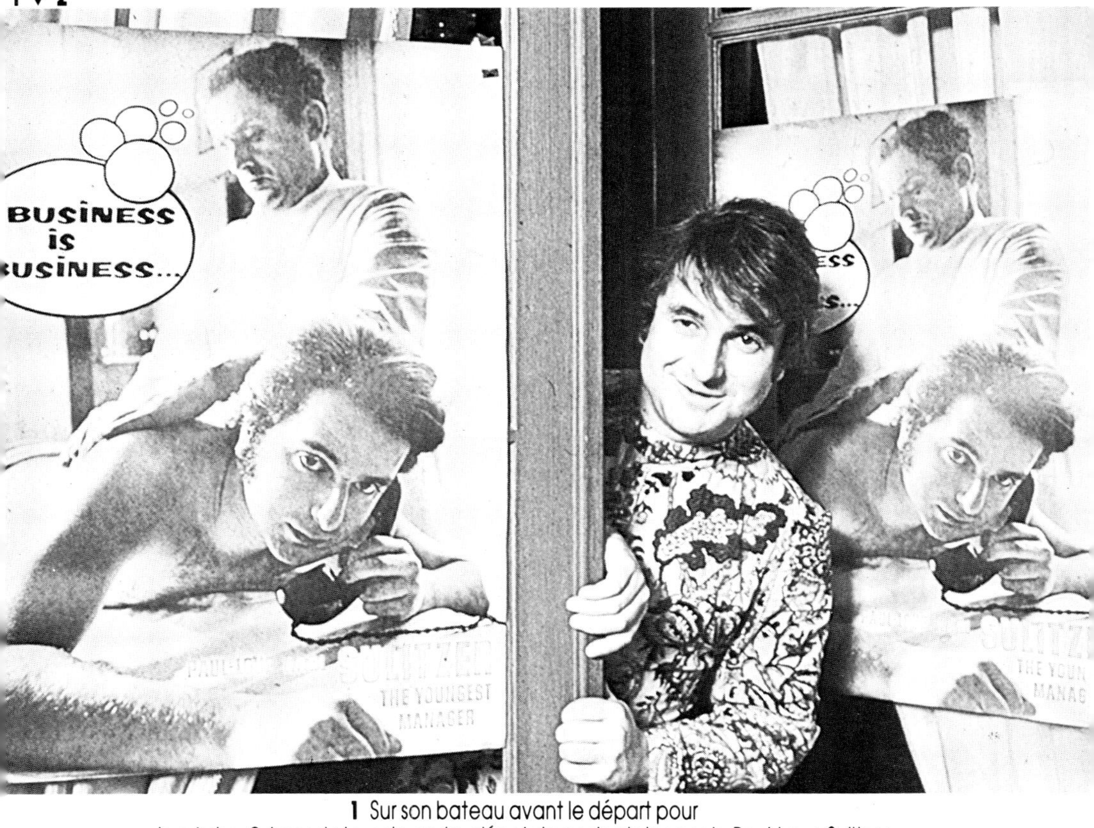

1 Sur son bateau avant le départ pour la pêche. **2** Importateur de porte-clés et de gadgets japonais, Paul-Loup Sulitzer est à 20 ans le plus jeune P.d.g. de France.

Mariage avec l'actrice Lyne Chardonnet, le 23 septembre 1968 à Londres.

Paul-Loup Sulitzer avec sa deuxième femme, Magali, et leur fille, Olivia, née en 1974.

▲1▼2

1 Paul-Loup Sulitzer et sa compagne Milly.
2 Avec Olivia.